조흔파문학전집 2

대하소설·만주 Ⅱ
滿 洲
아, 사라져 버리다
조흔파 지음

동서문화사

만주 I II

차례

만주 II

만주 I

제3장
에라이 샹

　일본의 간섭과 압력만 없으면 마냥 복 되리라. 배(梨) 주고 속 빌어 먹는 행복, 그나마 자신의 것이 아니고 일본이 주는 썩어버린 음식인 줄 깨달으면서 푸이(溥儀)는 이미 때가 늦은 것도 알아야 했다. 사냥꾼이 총질로 얻은 고기를 포식(飽食)하고 있을 때 사냥개는 상 밑에서 뼈다귀를 핥았다. 그 주인이 벼랑에서 실족하여 죽게 되는 날, 푸이는 일런탁생(一蓮托生), 유순한 사냥개도 죽어야 했다. 만주국이 무너지는 요란한 소리가 푸이일가(溥儀一家) 패망의 종말(終末)을 알리는 종소리였던 것이다.

사건들

아직은 후이성(慧生)이 태어나기 전, 그러니까 푸제와 일본 명문 출신 히로(浩)가 결혼한 지 석 달만인, 7월 7일 유명한 루거우차오(蘆溝橋)사건이 터졌다. 그보다 앞선 9일, 만주국 황제 푸이의 신변에 사소하나마 심상치 않은 사태가 발생했다.

황제에게는 군정부(軍政部)와는 관계없이 호위군이라는 직속 군대가 있다. 경상·운영 비용도 군사비에서 지출되는 게 아니라 특별회계, 즉 황제의 사재(私財)로 양성, 유지되는 이 3백 여명으로 구성된 군대는 황제의 사병(私兵)이라 할 만하다. 군정부에 소속되어 있는 '금위군'과는 전연 별개의 이 군대는 소규모나마 황제 직속이라는 긍지를 갖고 있을 뿐 아니라 실력에 있어서도 비교가 안 될 만큼 월등히 우수하다. 체격이 좋아 건장하고 인물이 잘나 미끈한 젊은이를 좋은 집안에서 가려 뽑아다가 우대를 하면서 맹훈련을 시켰으니 왜 그렇지 않겠는가. 전술학은 물론 사격술, 호신술 등 한두 가지 특기는 모두 갖춘 이들이기에 매사에 자신감 있고 위축되지도 비굴하지도 않은 성격은 만주국군의 이상형이라 할 수 있었다.

선망의 대상이고 가는 곳마다 인기 있는 그들은 우쭐댈만도 하고 세상에 무서울 것이 하나도 없었다.

이 군대가 있음으로써 푸이는 무척 대견하고 한결 마음 든든하기도 했으나 관동군에서 볼 때는 꽤 희떱고 시큰둥한 군대가 아닐 수 없었다.

호위군 총책임자 동제후(佟濟煦)가 이 점을 푸이에게 귀띔한지도 벌써 오래전 일이다.

"폐하, 관동군이 우리 호위군을 좋게 보지 않는 듯싶습니다."

"보고 싶은 대로 보라지. 호위군은 관동군과 무관한 별개부대니까, 관동군이 어떻게 보든 그만이야."

"호위군 사병들이 관동군을 얕잡아 보는데는 문제가 있습니다."

"하하하, 마땅해. 만주국의 진정한 주인공은 일본군인이 아니라 그들 아닌가."

푸이는 자기가 못하는 관동군에게 그들이 대신 저항해 주는 것 같아서 흐뭇하고 만족스러웠다.

"……힘으로 보나 재주로 보나 1대 1로 대결시키면 관동군 따위는 적수가 안 될걸."

"1대 1이 아니라 1대 3은 넉넉히 될 것입니다."

"장하지 뭔가. 경은 호위군 훈련에 있어서 사기를 떨치도록 각별히 유의해 주길 바란다."

"명심하겠습니다."

6월 28일이었다. 호위군 일부가 공원에 놀러갔다가 보트를 빌리는 일로 사복을 입은 일본인 무리와 말다툼이 붙었다. 한참 옥신각신 끝에 일본인이 먼저 손찌검을 하였다. 그중 하나가 호위군 따귀를 후려친 것이다. 이 굴욕을 참고만 있을 호위군이 아니다.

"앗, 이 자식이."

따귀를 맞은 젊은이가 발을 들어 상대의 배를 걷어찼다. 처음에는 고작 따귀 한대이건만 눈에서 불이 나는 듯 아팠다. 적어도 때리는 솜씨가 검도의 달인(達人)이 아니고는 그럴 수가 없다. 겨우 정신을 차리면서 반격으로 나간 일축(一蹴)은 일본인을 놀라게 했다.

"윽."

피할래야 피할 길 없는, 정확하고도 필살의 기합이 든 발길이었다. 운동으로 단련된 몸이 아니었으면 그 자리에서 죽었을지도 모르는 맹렬한 일격.

다음은 혼전이었다. 편싸움이 벌어진 것이다. 일본인의 수효가 많았다. 그래도 호위군 특유의 무술 앞에서는 문제도 되지 않았다. 나중에는 '게다'를 벗어들고 덤비는 것을 가볍게 번쩍 들어 호수에 쳐넣었다. 왜나막신이 물위에 뒤집힌 채 떠다니는 꼴이 완전 패배를 의미했다. 그러자 일본인들은 비겁하게도 세퍼드 개를 풀어 공격시켰다. 노도(怒濤)처럼 덤벼드는 이 사나운 독일 개를 호위군 사병들은 권법(拳法)과 축법(蹴法)을 써서 모조리 때려죽였다. 그러고는 의기양양하게 부대로 돌아왔다.

이것으로 끝난 것이 아니었다. 관동군 헌병대 책임자가 호위군 본부로 동제후를 찾아왔다.

"오늘 공원에 갔던 사병들을 즉각 인도해 주기 바랍니다."

동제후는 대략 보고를 받아 사건의 전말을 알고 있었기 때문에 다소 침착할 수가 있었다.

"밑도 끝도 없이 인도하라면 어찌됩니까. 그 문제에 대해서는 자체 내에서 목하 조사 중이니 조사가 끝난 뒤에 다시 의논키로 합시다."

"밑도 끝도 없다니요. 이건 중대한 국제 문제입니다."

"중대하다고 보니까 준엄한 취조를 하고 있는 게 아닙니까. 국제 문제라고 하시지만 오족 협화(五族協和)를 국시(國是)로 삼는 이 나라고 보면 일본인이고 만인이고 똑같은 만주국 신민입니다. 개인 대 개인 싸움을 가지고 국제 문제 운운함은 견문발검(見蚊拔劍)이요, 우도할계(牛刀割鷄)라 하겠습니다."

"개인 대 개인이라지만, 한쪽은 군인이고 다른 한편은 민간인입니다. 민간인에게 휘두른 군의 횡포를 헌병대로서는 묵과할 수가 없습니다."

"평소에 관동군 측은, 우리 호위군을 정규군(正規軍)이 아니라고 주장해 오지 않았습니까. 그러고 보면 민간인끼리 싸움에 불과합니다."

"정규군이라면 귀군 자체내에서 조사 처벌해도 무방하겠으나 그렇지가 않으니까 우리 헌병대가 인도를 요구하는 것입니다. 일본인은 만주국 국민이기 이전에 대일본 제국 신민입니다. 만주국의 발전을 돕기 위해 타향에 와서 고생하다가 그런 봉변이나 당한대서야 말이 됩니까. 우리 관동군에게는 거류민의 권익 옹호와, 생명·신체·재산을 보호할 권리와 의무가 있습니다. 이 점을 이해하신다면 범인 인도를 주저할 이유가 없을 듯 한데요."

"아무튼 호위군은 황제 폐하에 직속인 특수 부대라 신병(身柄)을 인도하려면 폐하의 칙허(勅許)가 있어야 하니 잠시 유예하시기 바랍니다."

"좋습니다. 그렇다면 책임자인 귀관만 연행하도록 하지요."

이 말 앞에서는 동제후도 무력했다. 풀이 죽은 그는 허둥대며 말했다.

"잠, 잠시 기다려 주시오. 조사 진도(進度)와 상황을 보고 오겠습니다."

그러고는 허겁지겁 나와서 괜히 시간만 보내다가 사무실로 돌아갔다.

"오래 기다리셨습니다. 알아보니 조사도 일단락 지은 모양입니다. 관동군 측 요청대로 일단은 범인들을 인도하겠습니다. 그 대신 조사가 끝나는 대로 곧 돌려보내 주시기 바랍니다."

"그것은 지금 이 자리에서 무어라 단언하기 어렵습니다. 조사 결과를 보아 고려할 문제고요."

결국 일본인과 싸웠다는 죄로 황제 직속 사병이 일본 헌병대에 인치되어 갔다. 그들은 반만항일(反滿抗日)이라는 죄목으로 무서운 보복을 당했다.

푸이가 이 일을 알자, 곧 요시오카를 불러 관동군에 석방 교섭을 의뢰했다. 그 결과, 관동군 참모장 도조(東條英機)는 요시오카를 통해 세 가지 조건을 제시해 왔다.

1. 호위군 관할책임자 동제후가 부상한 관동군 참모에 대해 공개 사죄할 것.

2. 사고를 일으킨 사병을 국외로 추방할 것.

3. 금후 절대로 이와 같은 사건이 발생하지 않도록 보증할 것.

—이 조건 내용에서 만주국 측은 싸움에 관동군 참모가 개재했음을 비로서 알고 더 알아본 결과, 사복을 입은 일본인들도 관동군 병사이고 맞아 죽은 세퍼드도 관동군용 개임이 밝혀졌다. 따라서 사건 자체가 관동군의 도발이고, 호위군에게 압력 내지 핍박을 다하자는 속셈인 줄 늦게나마 깨닫게 되었다.

푸이가 관동군 측 요구를 모조리 수락하자 관동군은 또다시 3개 조건을 들이대었다.

첫째, 경위처장 동제후를 파면하고 일본인 나가오 기치고로(長尾吉五郎)를 후임에 임명할 것.

둘째, 경위처 소속 호위군 편제와 기구를 축소할 것.

세째, 총화기를 모두 권총으로 바꿀 것.

이 조건도 다 받아들이고야 사건의 해결을 보게 되었다.

이 해결을 보게 된 7월 7일, 이른바 7·7 사건이 폭발했다. 루거우 차오 사건이라고도 불리는 이 사태는, 엄밀히 따져서 일본군 도발도 아니고 중국 측의 선공(先攻)도 아니었다. 중국 공산당의 공작에 의한 모략이 그 원인이었던 것이다.

그날은 토요일이었는데 오와다(大和田) 통신대 대원이 키를 향해 앉았다가 오후 4시경, 이상한 암호 전보 한 장을 방수(傍受)했다. 베이징 주재 미해군 무관 보좌관이 미 본국 해군작전부장 앞으로 보내는 긴급 전보였다. 중요 통신이 틀림없으므로 해독반(解讀班)은 아연 긴장해서 암호 해독에 온 신경을 모았다. 그 결과 내용을 알았다.

—오늘 저녁 중국 측은 일본을 공격할 것.

통신대는 이 내용을 곧 해군 군령부에 전화로 보고하였으나 수뇌부가 모두 퇴근하고 거처불명이므로 해군성 부관이 각처에 연락을 해서 겨우 이 사실을 상사에게 알렸다.

여기서 잠시 일본 군부의, 통신에 의한 정보 수집 상황을 살펴보자.

일본은 본디 암호 통신에 관한 관심이 그리 크지 않았다. 그러다가 미국의 블랙·체인버(국립 기밀실)의 자극을 받아 해군 군령부에 제4과 분실을 두고 미국과 영국의 암호 해독에 착수하게 되었다. 처음에는 체신성에 부탁해서 전보문을 얻어보는 정도였는데 체신성은, 법률이 보장한 신서(信書)의 비밀을 내세우며 요리조리 핑계를 대고 잘 협조하지 않았다. 할 수 없이 군부가 머리를 숙이고 담당자 매수 공작까지 벌여서야 간신히 국제 전보의 내용을 얻을 수가 있었다. 안타깝고 구차스러워서 다마가와(多摩川) 기슭의 다치바나(橘) 마을에 수신소를 설치하고 수신기를 군령부로 가져다가 암호 해독에 온 힘을 기울였다. 이 방법이 계속되어 오다가 1937년에야 비로소 사이타마현(埼玉縣) 오와다라는 곳에 규모가 큰 통신대를 신설했다. 여기서는 방수·해독, 두 가지를 다하는 것이다. 중·일 관계가 악화되자 군령부 제4과 분실에서 현지에 파견된 육해군 정보 장교는 처음에 해군 무관실 별관에서 일을 시작했는데, 이곳 비밀 명칭이 'X기관', 정식 호칭은 '상하이 해군 특무부'이다. 홍커우(虹口) 공원 적사

위로(狄思威路)에 담장이 넝쿨 채 파랗게 덮인 낡은 2층 벽돌집이 X기관의 본거지였으나, 현지 고급 장교들까지 그것을 아는 자는 극히 드물었다.

이 X기관에서 북사천로(北四川路)로 약 3백미터 떨어진 곳에 육전대 사령부가 자리 잡고 있었는데 옥상에 세워진 맘모스 안테나가, 양쯔강(揚子江)의 미·영 강상 함대가 영사관과 주고받는 암호 무전, 또는 중국 정부의 비밀 통신 등을 방수하고 있었다. 이 수신지는 오전 오후 두 번으로 나누어 X기관에 전달된다. X기관에서는 영국 담당의 가키모도(柿本), 미국을 맡은 야마다(山田), 두 특무 장교가 각각 암호 해독 임무를 수행한다.

—오와다 통신대가 알아낸 이 긴급 전보의 내용으로 볼 때 중·일 양군 출동은 누군가에 의해 계획, 진행하고 있는 것이 분명했다. 또 하나의 뚜렷한 증거는 베이징에서 찾을 수 있었다. 루거우차오 사건이 벌어지기 바로 전날, 7월 6일 저녁, 베이징 무관 출신의 이마이(今井武夫) 소령이 중국인 초대를 받아 베이징 서북쪽에 위치한 어느 요정에 있었다. 그 자리에 뛰어든 것이 5천 명의 병력을 거느린 보안 총사령 시요우산(石友三)이었다. 그는 이마이 소령을 보자 말했다.

"지금 루거우차오에서 중·일 양군이 충돌하고 있소. 그러나 본관 군대는 참가하지 않았으니 공격하지 말아 주기 바라오."

"충돌이요? 그럴 리가 있소, 그게 사실이라면 무관실에서 내게 전화 연락이라도 있을 터인데."

"연락이 늦어지는 건지 알 수 없어도 충돌은 사실입니다. 그럼 잘 부탁합니다."

그러고는 허둥지둥 돌아가는 것이었다. 그날 밤에는 아무 일도 없었는데, 다음날 7월 7일 밤10시 30분경, 양군의 충돌은 베이징 교외 루거우차오 근처에서 벌어졌다. 시요우산이 중공측 전쟁 도발 계획을 듣고 어마지두에 날짜를 하루 다 지나서 알았던 것임에 틀림없었다.

아무튼 이날 밤, 일본군은 일문자산(一文字山)에, 중국군은 완핑현(宛平縣)성에 주둔해 있었다. 일본군은 펑타이(豊臺) 주둔 제2대대 제8중대로 중대장 시미즈(淸水節郞)대위 지휘하에 루거우차오 북방 지구에서 연습을 마친 직후였다. 중국군은 풍지안(馮知安)이 지휘하는 제37사, 제219단장 지싱원(吉星文)의 부하인 2개 중대로 대대장 금진중(金振中)이 지휘하는 군대였다. 풍지안은 제29군 사장(師長) 중에서 가장 젊은 실력자이고 항일 의식도 왕성한 군인이었다.

어둠 속에서 갑자기 총성이 울리었다. 거기에 놀란 기관총 사수가 공포를 쏘아 위협했다. 이번에는 융딩강(永定河) 왼쪽 강기슭 둑 위 룽왕먀오(龍王廟) 부근에서 몇 개의 산탄이 날아왔다. 사태가 심상치 않은 것을 깨달은 중대장 시미즈 대위가 펑타이에 있는 대대 본부에 보고하는 한편 집합 나팔을 불게 하였다. 이번에는 루거우차오 방면에서 10여 방의 사격이 있고 둑 위에서는 무슨 암호인지 회중 전등이 명멸한다. 동시에 수수밭에서 이상한 불빛이 껌벅거렸다. 시미즈 중대는 응전 준비를 완료했으나 서오리점(西五里店)으로 후퇴했다. 이 중대는 만일을 대비해서 분대장만이 실탄 30발씩 가졌을 뿐 전부 공포이고 또 철모도 쓰고 있지 않았기 때문이다. 펑타이 부근에는 농경지가 많아서 일부러 그곳을 피해 루거우차오 근처를 연습장으로 사용해 온 것은 지금까지의 전례이고 또 연습훈련은 각국 주둔군에게 부여된 권리였다. 그런데 중국 측 도발 행위는 알 수 없었다.

그러나 중국 측에서 볼 때는 일본군이 선공해왔다. 장쭤린의 폭살이나 또 만주사변 원인을 만들기 위한 류타오후(柳條溝) 철도 폭파가 일본 측이 조작한 줄 잘 알고 있는 그들은 이것 또한 전쟁 도발

구실을 삼기 위한 사전 공작으로 밖에 달리 볼 길이 없었던 것이다.

한동안 잠잠하다가 또 총소리가 들린다. 결국 쌍방이 다 참을 수가 없었다. 펑타이의 제2대대로부터 연락 받은 베이징의 무다구찌(牟田口) 연대장은 전투 명령을 내렸다. 이리하여 8중대는 다시 룽왕먀오로 진격, 소전투 끝에 이것을 점령했다. 한편 대대 주력은 대대장 이치노키(一木) 소령의 지휘로 융딩강 부근 중국군과 교전하여 쌍방의 사상자를 내기까지 하였다.

베이징 특무기관장 마쓰이(松井太久朗) 대령은 보좌관 데라히라(寺平忠輔) 대위와 29군의 군사 고문인 사쿠라이(櫻井德太郎) 소령을 현지에 파견해서 중국군의 금진중 대대장과 회담, 항의를 했다.

"귀공이 방공자치(防共自治)를 주장하고 있는 한, 우리는 방공 전선의 동지가 아니요? 합법적인 연습을 시행하는 일본군에 대해 공격을 하는 건 불법이 아니겠소?"

이 질문에 대한 금진중 대대장의 답변은 뜻밖의 것이었다.

"천만에요. 일본군이 먼저 사격을 하기에 우리는 응사한 것 뿐이요."

계속 논쟁을 벌였으나 소용이 없었다. 쌍방이 서로 '네가 먼저 쏘았다는 것이다. 그럴 만도 했다. 양군 대치의 한가운데에 무언가가 있었다. 그것은 공산당원 류사오치(劉少奇)가 지휘하는 항일 대학생의 무리였다. 그들은 칠흑 같은 어둠 속에서 폭죽(爆竹)을 탕탕 터뜨리고 있었다. 중·일 양군에서 볼 때는 서로가 공격받고 있는 형국이었으리라. 결국 중국공산당이 중·일 양군의 충돌을 야기시켜서 어부지리(漁夫之利)를 노리고 있었던 것이다.

마침내 고위층의 노력으로 정전 협정이 성립되었으나 현지 교섭을 별로 기대하지 않은 일본 본국 조야는 크게 놀랐다.

당시 일본의 내각 수반은 고노에(近衞文麿)였다. 2·26사건 직후, 즉 작년 3월 4일 오후 4시, 고노에는 천황 쇼와에게 불리어 궁성으로 들어가 조각 명령을 받고는 일단 물러나왔다가 5시 30분, 다시 참내하여 총리 취임을 사퇴했다.

"건강이 좋지 않아서 소임을 완수할 자신이 없습니다."

이리하여 히로다(廣田弘毅) 내각이 탄생했으나 육군 대신 데라우치(寺內壽一)의 내각 자폭론에 희생이 되어 우가키(宇垣一成)에게 대명 강하, 그러나 우가키는 육군 측에 신망이 없어 육군대신 취임 희망자를 얻지 못해 사산(死産)을 하였고, 단명 내각 하야시(林銑十郎)의 뒤를 이어 고노에가 내각 총리대신에 취임한 것이 약 1개월 전일이다. 그가 제1착으로 봉착한 난문제가 대중 정책이었다. 그가 평소부터 갖고 있는 중국관은 이러했다.

"일본이 원하는 바는 중국과 제휴하여 동아의 번영과 평화를 도모하는 데에 있다. 두 나라의 악수는 일본 및 일본인의 이익인 동시 중국과 중국 인민의 이익도 될 테지. 중국의 이익을 존중할 때 비로소 영속성 있는 제휴의 유대가 있으리라."

고노에의 이 주장이 논문으로 발표됐을 때 텐진의 익세보(益世報)란 신문이 즐겨서 게재했다. 이같이 고노에가 중국에도 환영을 받고 있을 무렵, 루거우차오 사건이 발생한다. 그는 장제스와의 막후교섭을 시도하여 많은 성과가 오를 듯이 보였다. 되도록 불확대 방침을 수행하려는 그의 태도는 중국 측 지지를 받는 반면, 전쟁을 확대해서 대륙 진출을 추구하는 군부의 빈축을 샀다.

대륙 전선이 소강 상태를 넘어서 확대 일로를 걷고 있을 때, 오와다 통신대는 장제스가 주일 중국 대사에게 보내는 극비 지급 전보를 방수했다.

"북지사변 해결책에 관하여 총통은 고노에 총리와 의견이 일치하므로, 6일 상하이 도착 예정인 상하이환(上海丸)으로 고노에 수상의 밀사 미야사키(宮崎龍介)를 파견해 주길 바란다. 상하이환 입항 후, 일반 선객이 배를 내리기를 기다려 강남 조선소(江南造船所)의 기선으로 남시(南市)에 상륙, 난징으로 통행시킬 예정임……."

이 보고를 받은 육군 수뇌부는 나가사키(長崎) 헌병대에 연락해 4일 오전 11시, 상하이환에 타고 있는 미야사키를 체포, 구금해 버렸다. 이리하여 막후 교섭이 수포로 돌아간 뒤, 북지사변은 전면 전쟁으로 확대되어 갔다. 이로써 일본과 만주국 패망의 진흙 수렁길은 열린 것이다.

일본군은 베이징 입성에 이어 난징에 육박, 장제스는 하는 수 없이 마오쩌둥(毛澤東)과 손을 잡아 8로군으로 개편한 공산군과 합작했고 난징을 내어놓고 충칭(重慶)으로 옮겨가지 않으면 안되었다. 독일 및 이태리와, 이른바 방공 협정을 맺은 일본은 더욱 침략자의 본성을 나타내어 12월로 접어들며 난징 총공격을 개시한다. 사흘 뒤 드디어 난징을 완전 점령한 후 왕커민(王克敏) 등 친일파를 포섭, 베이징에 중화민국 임시정부라는 괴뢰 정권을 세우고 다음 해 1월 16일에는 고노에 내각 이름으로 '국민정부를 상대하지 않는다'는 성명을 발표하기까지에 이르렀다.

쉬저우(徐州)를 점령한 일본군이 한커우(漢口)로 대병력을 가지고 진격하고 있던 7월경, 소만 국경의 최남단이고, 또 조선의 두만강 건너편 복잡한 위치에 자리한 장고봉(張鼓峰)에서 일·소 양군의 충돌 사건이 돌발했다. 표고 겨우 1백 50미터에도 미달하는 구릉 지대의 하나인 장고봉은, 그런대로 정상에 올라서면 조선의 국경 철도가 손바닥 들여다보듯 환히 보이고 북한의 항구 나진(羅津)이 한눈에 뛰어드는 전략상 매우 중요한 위치에 있었다. 여기서 국경 분쟁이 발생했다. 일본 측은 장고봉이 만주영토라 주장했고, 러시아 측은 장고봉 꼭대기가 국경선이라 고집했다.

애당초 이 변두리 땅 부근은 만주인이 방목(放牧)하던 곳이건만 만주국이 생긴 이래로 일·소 양군의 국경 경비대가 대치되어 일본군 제19사단 보병 제76연대의 1소대가 고성(古城)에 주둔하고 있었다. 만주국 훈춘(琿春)지구에 소속될 이 지역 경비를 편의상 조선군 사령부가 맡고 있었다.

7월 11일, 약 40명의 러시아군이 장고봉 산꼭대기에 진지를 구축하기 시작했다는 정보를 입수한 조선군 사령관 고이소(小磯國昭)는 심경이 매우 복잡했다. 관동군 참모장을 역임한 그는 러시아군과 전면 전쟁이 무엇을 의미하는지 잘 알고 있었다. 더구나 대륙에서는 장기 소모전의 양상을 띠고 있는 이 마당에 정면충돌은 되도록 피하는 것이 상책이라 여기고, 13일에 이르러 대본영에 보고할 때 자기 의견을 첨부했다.

"우선 이치에 맞도록 현지에서 주장하여 철수케 할 방침."

그 이유로 다음과 같이 시사했다.

"육군이 중국 파견군으로 한커우 작전에 총력을 기울이고 있는 차제에 러시아군의 국경선 침범이 명료하더라도 반격으로 나아갈 적당한 시기가 아님."

이 보고를 받은 대본영에서도 찬반을 강력히 주장하고 나서는 자가 없었다. 물론 기회는 좋다. 지금까지 일본은 러시아를 가상 적국으로 보고 전쟁 준비에 광분해 오지 않았던가.

맞은 자는 다리를 펴고 자도 때린 자는 다리를 펴지 못하고 잔다고 했다. 일본의 처지가 바로 그랬다. 어쩌다가 러·일 전쟁에 이겨 놓고는 보복이 두려워서 잠시도 마음을 놓을 수가 없었다. 일본 육군이 만주국을 만들고 대륙 진출을 꾀하는 것이 제국주의적 영토 야심 뿐에서만은 아니었다. 언젠가 반드시 있을 러시아의 반격에 대비해 튼튼한 병참기지를 장만해 두자는 것이 제1목표였다. 그렇다면

한 번 더 덤벼 볼만한 시기가 지금이 아닐까. 그러나 시기가 좋지 않았다. 대륙에 벌여 놓은 싸움이 수습도 안 되는 이 마당에 어찌 강적을 상대하여 새 작전을 추진할 수 있겠는가. 러시아의 얄미운 행태를 생각한다면 죽는 날 죽더라도 한번 싸워보고 싶기도 하다. 러시아는 작년부터 중국과 불가침 조약을 맺는가 하면 1억원의 차관을 제공하고, 다시 군사 고문단과 의용 비행사들을 보내서 항일전을 적극 원조하고 있다.

원수를 돕는 자도 원수가 아니겠는가. 그러나 러시아 편에서 본다면 일본도 매한가지이다. 일본이 연래에 숙적인 독일과 손을 잡아 체결한 방공 협정은 분명한 적대행위이다. 앞으로 유럽에서 대독전이 벌어지는 날, 뒤에서 귀찮게 굴지도 모르는 일본을 한번 호되게 혼내어 둘 필요를 느껴서 국경 분쟁을 구실 삼아 국지전(局地戰)을 벌여 진지 구축이라는 충격으로 신경을 건드려 보자는 배짱인 것이었다.

이 검은 배포를 모르는 일본 측이 희비 양론으로 날샐 줄 모를 적에 전쟁 설계자로 이름 높은 참모본부 작전과장 이네다(稻田次純) 중령은 격퇴를 주장하는 하나의 논리를 짜냈다. 그는 이미 러시아의 본심을 파악하고 있었다.

7월 상순에 일본군이 입수, 해독한 러시아군 암호 통신 가운데 장고봉 경비의 상신 정보가 있었고 동시에 경비대 탄약 보급을 요구하는 것을 이네다는 알고 있었다. 이리하여 그는 비밀 작전 회의 석상에서 침착하고 차근차근하게 이론을 전개했다.

"……러시아가 참전하면 어떡하나, 이 불안 때문에 대중 전쟁 처리가 철저히 단행되고 있지 못한 이때에, 러시아는 절대로 전쟁 참가를 적극적으로 하지 않는다는 확증을 보여야 합니다. 또 황실 측근과 내각 일부 인사 해군 측과 육군 일부 상사에게 자신을 갖고 전쟁 수행 지도를 하도록 계몽할 필요에서도 이 절호의 기회를 놓쳐서는 안될 줄 압니다. 만일 러시아의 태도가 진심으로 전쟁 도발을 위한 것이라면 하필 장고봉을 택하겠습니까. 아무리 많이 투입해 본대도 겨우 3내지 4개사단 병력밖에 동원할 수 없는 편협하고 불편한 지역, 더구나 기갑부대 사용이 불가능한 곳에서 전투를 계획할 이유가 전혀 없질 않습니까. 체면상 장고봉의 탈취를 고집할지 모르는데, 그때는 그까짓 언덕하나 쯤은 포기해도 그만일 것입니다. 한번 건드려 보아서 상대방의 태도를 타진하자는 것이니 말하자면, 위력정찰(威力偵察)을 하자는 것입니다. 가장 알맞은 곳이 장고봉인데, 마침 그 정면에 전투를 하고 싶어서 몸부림치는 제19사단 정예 부대가 있습니다. 부득이한 경우에는 1개 사단쯤 희생이 될지 모르나 최악의 상황에서도 불행한 사태를 두만강으로 막아낼 수가 있으니 크게 염려할 것은 없을 줄 압니다. 이번 기회에 아군의 실력을 러시아에게 과시하는 것 조차도 보람없는 일이라고는 말할 수 없습니다. 구체적으로 전쟁 지도방침 사안(私案)을 발표하겠습니다. 우리 목적이 한정되어 있는 이상 비행기는 일체 사용하지 말 것. 둘째, 투입 병력은 1개 사단으로 국한하되 장고봉 탈환 이상 적극 행동을 취하지 말 것. 셋째, 전투와 병행해서 외교 교섭을 촉진, 정전으로 이끌 것. 넷째, 새 국경 경계선 설정에 구애 받지 말고 지역 점령을 도외시 할 것. 다섯째, 군 중앙부의 지도 통제 아래 실행을 현지 부대에 일임할 것. 여섯째, 자주적 견지에서 전투 중지가 필요한 때는 체면에 관계없이 대본영의 책임하에 현지군을 단호히 철수시킬 것. 최악의 사태에서라도 한정 지역인 두만강 이북을 포기한다면 반드시 해결이 될 것으로 사려됨. 일곱째, 실시는 조선군 사령관 지휘하에 진행하고 관동군의 용훼(容喙)를 불허할 것. ……이상과 같습니다."

　명석한 판단이고 명쾌한 결론이다. 여기에 먼저 귀가 솔깃한 것이 참모총장 간인노미야(閑院宮)이고 다음이 육군대신 이타가키였다. 이리하여 전투는 결정되었으나 병력 동원에는 천황의 칙허를 받아야 한다. 참모총장과 육상이 쇼와를 만난 자리에서 러시아와 벌일 일전을 누누히 설명한 후 총장은 과격한 어조로 다짐했다.

"……문제가 되고 있는 장고봉 지점은 무력행사를 해서라도 기어히 탈취해야 하는 곳입니다. ……그러나 칙재를 받기 전에는 결단코 실행하지 않겠습니다."

쇼와는 일단 물러가 있으라 하고 내대신 유아사(湯淺倉平)를 조용히 따로 불렀다.

"국경 분쟁 문제에 대해서 유아사는 어떻게 생각하는가?"

"신이 보는 바로는 작전상 중요한 지점과 국경이 어느 쪽인가 하는 것은 별개의 문제라고 생각합니다. 아무리 작전상 중요한 지점이라도 남의 나라에 있는 것을 무력으로 차지할 수는 없는 법. 어느 것이 올바른가 하는 점이 선결 문제일 듯합니다. 참모본부는 러시아 측 지도를 보더라도 만주국 영토임이 분명하다고 주장하고 있으나 설명 그것이 사실이더라도 대국적 견지에 있어서 지금 러시아를 상대해서 전쟁을 시작할 시기나 형편은 아니라고 봅니다."

"나도 그렇게 생각해. 내가 허락치 않더라도 현지군이 독단으로 전투를 감행하면 어떻게 하지?"

"만일 육군 수뇌부가 억제하지 못한다면 일본의 운명이 어떻게 되겠는지 심히 불안스럽습니다."

"그래도 거기까지 가지 않고는 육군이 정신을 차리지 못할 것 같은데……."

천황의 이 말을 전해 들은 원로 사이온지는 이렇게 논평했다.

"폐하의 견해도 잘못이신 것 같다. 어떤 경우를 당하더라도 지금 형편 같아서는 육군이 정신을 차릴 날은 없으리라."

쇼와는 외무대신 우가키(宇垣一成)를 불러 해결책을 물었다.

"내각은 이 문제에 대한 의견 일치를 보지 못했습니다. 국경을 넘어 다른 나라 영토 안으로 침입하려면 내각회의 승인이 필요한데 그것이 안되니, 이 문제는 외교적으로 해결하는 것이 좋을 것입니다."

"그렇게 하도록."

이리하여 우가키는 주소 대사 시게미쓰(重光葵)에게 훈령을 내려 대소 교섭을 진행하라 했다. 그러나 육군은 출병을 단념하지 않는다.

이튿날 아침, 참모총장과 육군대신이 알현을 청했을 때 쇼와는 우사미(宇佐美) 시종 무관장에게 일렀다.

"만일 무력 행사 허락을 받으려 만나자는 것이면 나는 어디까지나 허락할 의사가 없다. 그런 일을 가지고 왔다면 오지 않아도 좋다고 전하라."

그래도 두 사람은 끈덕지게 알현을 청해서 결재 서류를 천황에게 바쳤다. 그 서류 내용은 나남(羅南) 사단의 동원과 관동군 2·3개 사단을 동부 국경으로 이동시키겠다는 것이었다. 말미 비고란에 이 대목이 눈에 뜨이지 않도록 들어 있었다.

"금후에 있어서 이 군단 사용은 참모총장에게 위임한다."

쇼와가 이것을 보았다. 그는 서류를 깔고 돌려 주지 않으면서 육군대신 이타가키에게 물었다.

"여기에 대해 내각은 의견이 불일치라며?"

"그, 그렇지 않습니다. 우가키 외상과 요나이(米內光政) 해군대신까지 동의를 했습니다."

이 말에 쇼와는 격분했다. 자기를 속이려드는 것을 알았기 때문이다. 흥분했을 때 그가 늘 버릇으로 중풍 환자처럼 체머리를 돌리면서 떨리는 음성으로 나무란다.

"육군이 하는 일마다 전부 괘씸하다. 만주사변 때 류타오후의 경우라든가 이번 사변 최초 루거우차오의 행동이라든가 모두 중앙 명령을 무시하고 현지군 독단만으로 행한 것이다. 짐의 군대로는 있을 수 없는 비열한 방법을 쓴 예도 더러 있으니, 금후로는 짐의 명령 없이는 병사 한 명이라도 움직이지 말라."

"하."

전에 볼 수 없던 강경한 태도에 무안을 톡톡히 당하고 퇴출한 두 사람은 사의를 표명했으나 고노에 수상이 달래고 말려서 간신히 주저앉았다. 일단 동원 계획은 중지되었지만 현지에서는 달랐다. 온건 정의파로 알려진 조선군사령 고이소를 예비역에 편입, 나카무라(中村孝太郎)를 후임에 앉히면서부터 형세는 일전한 것이다. 공격준비 명령을 받았던 제19사단장 스에다카(尾高龜藏) 중장은 다시 중지 명령을 받자 격분했다.

"뭐야, 사람을 어떻게 보구 놀리려 들어. 전쟁을 계집애 변덕인 줄 아나. 언제는 하랬다 이제는 말랬다, 우리는 국경을 지키며 싸우러 왔지 로스케가 전쟁 준비 하는 걸 구경이나 하려고 이 고생을 하는 게 아니란 말이야."

그는 울분이 폭발했다. 전쟁을 화려한 예술이라고 믿어왔다. 화광은 그림이요, 폭음은 음악, 죽이고 죽는 것이 인간의 가장 엄숙하고 진지한 자세라고 역설해 온 그가 대륙 전선에는 보내주지 않고 대장으로 진급할 길이 막힌 채, 이 외딴 국경 경비를 맡아 보람 없이 나날을 허송세월로 보내다가 이번에는 한바탕 날뛰어 볼 기회가 왔나 보다 했는데 잇따라 중지 명령이 내리지 않는가.

"……중앙에서는 현지 사정을 모르고 책상에서 지도만 들여다보다가, 하라 마라…… 로스케들이 요새지를 만들기 전에 때려 부셔야지 또 한 번 러일전쟁 때 뤼순(旅順)꼴을 당하려구, 쓸개 빠진 것들이."

실제로 러시아군이 국경선을 넘어와 장고봉에서 약 2킬로 떨어진 사초봉(沙草峰)에 진지 구축을 개시했다. 말이 진지 구축이지 실상은 불과 10여 명의 공병이 초소 같은 집을 짓고 있는 것이었다. 이보다 앞서 장고봉 서쪽 6백 미터 장군봉(將軍峰)을 1개 중대 상당의 장군 척후가 출동 점령하고 있었으니 러시아군이라고 어찌 방관만 하고 있겠는가. 그러나 이것이 스에다카 중장에게는 좋은 구실이 되었다. 솥발처럼 서 있는 세 개의 봉우리, 장고봉과 장군봉, 사초봉에서 일·러 양군이 대치 상태에 있으면서 사초봉을 소군이 점령하고 있는 것을 장고봉 사건과 별도의 사태라고 핑계대기에는 안성맞춤이었다. 그는 드디어 공격을 결심하고 일선 수비의 책임자인 76연대장 사토(佐藤) 대령을 불렀다.

"귀관은 즉각 사초봉의 적을 격퇴하라."

"그런데 군 사령관 각하에게는 어떻게 보고할까요?"

"성공하기까진 사령관에겐 알릴 것두 없어, 긴급한 사태니까."

"알겠습니다. 사초봉 서남 고지의 적을 소탕하려면 지형상 장고봉을 먼저 점령해야겠습니다."

"하하하, 바로 그거야. 나머지는 귀관이 알아서 하라."

"핫."

—7월 31일 미명(未明), 사초봉과 장고봉 일대에 분산 주둔하고 있는 러시아군 진지에 1개 연대 약 1천 5백명의 병력으로 야습을 감행했다. 포격 지휘관은 말썽도 많은 다나카(田中隆吉) 대령이었다. 사초봉에는 겨우 1개 중대 병력을 투입했을 뿐, 연대 주력은 장고봉으로 집중했다.

스에다카 사단장은 러시아군이 먼저 공격해 오므로 부득이 응전해서 장고봉을 점령했노라고 거짓 전보를 대본영에게 보냈다.

러시아군 격퇴라는 말에 쇼와는 꾸중은커녕 '사단의 독단 야습은 가납······'이라 했다. 그러나 승리에 도취하는 것도 잠시 8월로 접어들면서 후퇴했던 러시아군은 대규모의 반격 공세로 나왔다. 지형상 기갑병력 출동이 불가능하다는 일본 측의 판단은 크나큰 오산이었다. 초하루에 비행기 정찰과 폭격이 잇따르더니 이튿날 밤부터는 탱크 출동에 이어 중포격의 세례를 퍼붓는다.

일본 대본영은 크게 놀래서 국면의 확대를 방지하기 위해 현지군에게 전투는 현전선 유지에 한정하라 명하고 회령(會寧)의 비행 부대 사용까지 금지해 놓고는, 남만주에 대기 중인 제104사단을 훈춘(琿春)까지, 관동군 일부를 서쪽에서 동쪽으로 이동시키는 조치를 취했다.

이것에 자극을 받았는지 모른다. 6일부터 있은 제2차 공세에서 러시아는 현지에 2개 사단의 대병력을 투입, 무서운 반격을 해왔다. 일본 측에는 전상자가 매일 2백 명씩이나 속출했다.

한편 모스크바에서는 일본 대사 시게미쓰와 러시아 외상 리토비노프 사이에 정전 교섭이 진행되고 있었다. 러시아는 세계 여론이 불리한 것을 간파하고 유연한 태도로 교섭에 임해서 많은 양보를 하는 듯이 가장했다. 결국 10일 밤 현재 전선에서 정전하기로 합의를 보고 군사적 세부 협정은 현지 지휘관에게 일임하기로 낙착이 되었다.

현지에서 몇 차례 가진 회담 결과, 양군은 장고봉 산정에서 8백 미터씩 후퇴한 지점에 대치하게 되고 전사자의 시체 교환을 마친 후, 종전을 맞았다. 이 장고봉 사건에서 일본의 피해는 컸다. 8월 6일을 전후해서 75연대 손해 51%, 76연대 손해 31%로, 19사단 예비 병력은 74연대 뿐이니 사단의 손상은 21.1%로, 전사 5백 26, 전상 9백 14, 모두 1천4백 여명의 사상자를 내었다. 러시아 측은 전사 2백 36, 전상 6백 11, 도합 8백 47명이 아침이슬로 사라졌다.

얻은 것도 없이 잃어버린 수많은 장병의 희생은 단 한 번 위력 정찰을 위해 버려진 값비싼 소모품이었다.

그러면 쇼와 천왕은 어떤 인물인가. 전쟁에 상관없는 군부의 허수아비였나, 아니면 백치의 호전마였나.

일본 사람들은 그를 가리켜 평화주의자요 조용한 생물학자라고 한다. 전쟁 범죄의 책임을 벗겨주기 위해, 군부에 휘둘리며 이끌려 다닌 로봇에 불과하다고 변명하기를 즐겨한다. 황태자 시절 유럽 시찰 여행을 하면서 세계 대전의 전후 참상을 목격하고는 평화주의자가 되었을까? 꼭 그렇지만도 않은 것 같다. 그 평화롭고 부드러워 보이는 얼굴 표정은 험한 것 모르고 궁중에서만 성장한 탓이지, 잔인하고 대담한 것은 전후에 나타난 문헌에 기록된 몇 가지 에피소드가 웅변으로 말해 주고 있다. 그가 소심해져서 전쟁을 주저하는 것은 꼭 한가지 이유 때문이다. 패전하여 국체(천황제)가 변혁될 염려가 있을 때 뿐이다. 자신 있는 싸움에는 적극성을 띠고 앞장서는 대담한 그에게는 살인마인 그의 조부 명치 천황 피를 이어받은 흔적이 짙다. 군인 교육을 받아온 그가 언제나 처음에는 전쟁을 반대하는 듯 보였는데, 여기에는 엄청난 권모술수와 타산의 비밀이 숨겨져 있었다. 군부의 횡포에 천황이 휘말린 것이 아니라 천황의 교활한 수단에 단순한 군부가 도리어 휘둘리는 느낌이 든다. 이 전부가 그 자신에게서만 나온 것은 아니리라. 그의 측근에는 머리가 비상한 모사꾼들이 얼마든지 있었다. 육군성 의무국장 고이즈미(小泉親彦) 중장의 제안으로 의학박사인 이시이(石井四郞) 중령 연구실이 도쿄 우시고메(牛込) 와카마쓰정(若松町) 군의학교 구내 우거진 수풀 속에 설치되었다. 물론 쇼와 천황의 비밀 명령에 따른 것이었다. 1년 후 장고봉 사건이 일어나던 바로 그달에 이 연구실이 하르빈 남쪽 평방(平房)으로 옮겨져 '만주 731부대'라는 이름으로 불리며, 그 규모가 매우 커진 것도 천황은 알고 있었다.

이 부대는 하르빈 역에서 따로 지선(支線)을 끌어 자재를 반입할 수 있도록 되어 있는데, 병사 주위에는 높이 4미터나 되는 둑을 쌓고 그 바깥쪽에 철망과 못을 파서 물을 둘렀다. 밤에도 바깥벽을 조명으로 밝히고 무장 경비병이 순찰을 돈다. 그러고도 마음이 안 놓여서 2킬로 주변에는 일반인 출입을 엄금하고 일본 비행기라 할지라도 그 상공을 날지 못한다. 무엇 때문에 이런 엄중한 경계를 할까. 이 731부대야말로 세균전(細菌戰) 부대였다. 임무가 전염성 세균으로 가축을 전멸시킬 목적의 우역(牛疫), 비저(鼻疽), 양두(羊痘) 등 병원체(病原體)와 인명을 빼앗는 페스트, 콜레라, 장티프스, 파라티프스, 탄저(炭疽) 균등, 또 농작물을 일시에 시들게 만드는 약물 따위의 연구 생산에 있었기 때문이다.

이 연구를 위해 처음에는 만주국의 사형수가 실험용으로 이용되었다. 사형수가 없을 때는 필요에 따라 일부러 사형수를 만들어서 제공하기도 한다. 연구 진행에 따라 부족할 때는 대륙 전선의 포로들로 충당하기도 했다. 그런 중에서도 인체 세포 조직에 미치는 변화와 영향을 실험하기 위한 생체해부(生體解剖)는 천인공노할 만행이다. 멀쩡히 살아 있는 사람을 해부대 위에 뉘어서 묶어 놓고 칼을 대는 것이었다. 처음에는 전신 마취를 시켰으나 그럴 겨를이 없을 때는 그냥 신체 부분의 살을 도려냈다. 여기서 죽은 중국인이 수천 명이다.

이러한 연구 결과, 80일간 페스트균을 보유한 벼룩(蚤) 3백킬로그람 생산이 가능하게 되었다. 이것을 공중 살포할 특수한 장치도 완성했다. 살포 범위는 탄 한 개가 4평방 킬로로 2시간 뒤에는 사람에게 발병하여 활동력이 반감한다는 효과적인 것이었다. 다시 치료하는 주사와 특효 가루약도 발명했다. '병 주고 약 준다'는 말 그대로 선무(宣撫)공작 의료 부대에 생색내도록 하자는 것이었는지 모른다.

다음 해에도 천황 명령대로 이 특수 부대의 4개 지부가 북만주에 설치되었다. 명칭은 '관동군 방역 급수부(給水部)', '군마 방역창(軍馬 防疫廠)'이라고 하지만 실상 아무도 모르게 사람을 대량 살해하자는 것이다. 또 드러내놓고 누구나 다 알게 학살하는 법도 천황은 잘 알고 있었다. 그 좋은 예가 난징대학살 사건이다.

작년 1937년 12월 13일, 일본군이 난징을 완전 점령한 이래 3개월 간 학살·약탈·강간, 그밖에 만행을 자행한 것은 목불인견이었다. 그때 영국인 손으로 매장된 중국인 시체만도 4만 2천 명을 넘는다고 한다. 상하이·난징 전투에서 전투원 30만 명, 비전투원 30만 명 도합 60만 명을 살해한 사실도 통계가 보여 준다. 이 사건은 세계에 널리 알려졌는데도 일본 국민만은 알지 못했다. 제대하는 군인에게도 엄중한 함구령이 내린다. 이른바 삼원주의(三猿主義=듣지 마라, 보지 마라, 말하지 마라)를 방첩(防諜) 표어로 내세우면서 자신들의 죄악상을 엄폐하기에 급급했다. 온 국민은 맹·농·아(盲聾啞)의 암흑 속에서 살아야 했다.

종군 작가 이시카와 다츠조(石川達三)는 실록 소설 《살아있는 병대》에서 난징 공격 당시 군의 폭행을 폭로했다가 육군에게 고발되었다. 그 뒤부터 군사물 작품은 일체 집필 발표치 말라는 협박을 당한 것도 이 무렵이다. 군 보도부는 엄격한 검열망을 통해, 일본 군인이 중국 국민을 돕고 보호하고 사랑하는 장면을 묘사한 것만을 발표하게 했다. 신문 기사나 기록 작품은 물론 사진, 그림에까지 검열 수위를 높였다.

도나리구미(隣組)라는 말초 조직을 통해 국민은 서로 감시당했고, 조금이라도 '사실'을 말하는 자는 이적(利敵)행위라 하여 매국노, 비국민 등 낙인이 찍혔다. 부부도 형제도 서로 믿을 수 없는 불신 사회가 형성된 암흑 속에서 침략 계획은 광적으로 진행되어 갔다.

천황 쇼와가 이 진상을 몰랐을까. 난징 사건의 책임자 중 중국 방면 군사령관 마츠이(松井石根) 대장은 처벌은커녕 금치훈장(金鵄勳章)을 받기까지 했다.

하기야 천황은 말리는 척하기는 했다. 난징 사건 이후, 군의 횡포를 제지하는 특사 파견까지 했으니까.

그러나 이것은 등 치고 배 만져 주는 그의 교활한 상투 수단이었다. 신경과민의 피해망상증 환자인 그가 전쟁 책임을 회피하기 위한 도피처와 복선을 미리 깔아 두기 위해 꾸민 연극일 뿐이었다. 어디까지 위선자이고 억지꾼인지 모른다.

혹시 쇼와가 분명한 진상을 모르고 있음은 아닌가. 인의 장막 속에서 들어야 얼마나 들었을까……그렇지 않다. 들었을 뿐 아니라 그는 눈으로 보았다. 그의 막내동생인 미카사노미야(三笠宮)가 참모로 대륙 각지를 전전(轉戰)하면서 견문한 것을 말했고, 난징 사건을 소재로 중국정부가 제작한 영화 〈승리 행진곡(勝利行進曲)〉의 필름을 쇼와 앞에서 영사했을 때 그는 냉담했다고 전한다.

쇼와가 가진 이면의 비밀은 대륙 침략 이후에 발표한 소위 칙어에서 역력히 나타나고 있다.

개전 벽두, 군사비 추가 예산 심의를 위해 열린 임시 의회 개원식에서…….

"……중화민국은 깊이 제국의 진의를 깨닫지 못하고 이번 사변을 보기에 이르렀음. 짐은 이를 유감으로 여김. 짐의 군은 백난을 무릅쓰고 충용을 다하고 있으니, 첫째로 중화민국의 반성을 촉구하고 조속히 동양 평화 확립의 목적 달성밖에 다른 것이 없다. 짐은 제국 신민이 오늘의 시국을 감안하여 충성, 봉공할 것과 일심 협력으로 소기의 목적 달성을 바람. 국무대신에게 명하여 짐은 특히 시국에 관해 긴급 추가 예산안 및 법률안을 제국 의회에 제출시킴. 경 등은 짐의 뜻을 받아 협찬 소임을 다하도록 노력하라……."

전쟁 도발자가 중국이라 단정하고 확대 책임자인 육군 행동을 '충용'이란 말로 칭찬하였다. '중화민국의 반성을 촉구한다'는 대목은 적반하장의 느낌이 없지 않다. 더구나 이런 전쟁이 평화 확립을 위한 것이라는데 이르러서야……

중국은 제 나라 영토를 일본 침략에서 보호하고 생명과 재산을 지키며 살해와 파괴에서 죽어가는 중국인을 구할 권리가 있다. 그 권리를 행사하여 저항하는 마땅한 자세를 천황은 반성하라고 한다. 그 저항을 그만두면 동양에 평화가 온다고 예언했다. 그는 국민에게 전쟁에 협력하라고도 명령했다.

쇼와 천황은 전쟁 수행을 위한 추가예산과, 전쟁에 필요한 법률안을 국민 대표인 의원들에게 지지하라고 명한다. 이로써 쇼와는 통치권과 통수권 최고 책임자로 군부의 선두에 나서서 전쟁을 지도하고 있는 것이 명백해진다.

육군의 요직인 군무국장이던 사토(佐藤賢了) 소장이 그의 수기에서 밝히기로는 다음과 같다. ……만주사변에 있어서 병력 동원과 작전 수립에 있어서 모두 대명(大命) 아닌 것이 없었다. 현지군에게 중앙이 끌려 들어간 적도, 중앙 막료들 독단으로 명령된 일도 없었다. 쇼와가 얼마나 전쟁에 간섭하고 개입했는지 알 수 있지 아니한가.

그의 관심사는 오직 일본의 승전이요, 중국군의 손실이다. 결국 전쟁에 이기면 된다. 영·미의 간섭이 없으면 그만이었다. 중국 상대라면 간단히 이길 것 같은 판단에서 전선을 확대해 간 이 행위가 중국 국민에게 미친 재해는 사상 최대의 것이었다.

이러한 때에 중국 자체 내에서 기괴한 사건이 하나 발생했다. 국민정부 행정원장을 지내고 지금은 국민당 부총재 자리에 있는 왕징웨이(汪兆銘)가 부인 천비쥔(陳璧君)과 함께 충칭을 빠져 나와 하노이(河內)로 탈출한 일이다.

천비쥔은 본디 말레이 화교(華僑) 부호의 딸로 일찍이 일본 유학 중, 왕징웨이가 푸이 아버지 순친왕을 암살하려던 사건으로 투옥되자 수없이 편지로 격려하고 장래를 맹세하여 부부가 된 정열의 여인이다.

여배우 이향란

야마구치 요시코(이향란)가 여배우가 된 1938년 만영에는 아직 스튜디오조차 없었다. 촬영은 신징(新京) 교외에 있는 철도 차고의 폐건물에서 얼어붙는 듯한 추위를 견디면서 진행되었다. 그런 환경 속에서 만영은 배우를 양성하고 있었다. 창립한 뒤 곧 배우훈련소를 만들어, 2년 동안 3기 훈련을 마치고 140명이나 되는 신인배우를 탄생시켰다.

첫 작품인 《밀월쾌차(蜜月快車)》를 끝내자 이향란은 스케줄이 자꾸만 들어와 약 1년간 연이어 5편의 영화에 출연한다. 《부귀춘몽(富貴春夢)》, 《원혼복구(冤魂復仇)》, 《동유기(東遊記)》, 《철혈혜심(鐵血慧心)》 등이다. 이향란은 마음이 내키지 않았지만 야마가 도오루(山家亨)에게 '나라를 위한 일'이라고 설득당한 부모가 이향란의 만영 전속계약을 승낙해버렸기 때문에 어쩔 수 없었다고 적혀 있다.

마침내 1939년 10월, 만영에 동양 최고로 일컬어진 훌륭한 촬영소가 완성되었다. 처음에는 거액을 투자하여 독일의 우파영화촬영소를 참고로 설계하고, 시즈미구미(清水組)가 시공했다. 부지 면적 5만 평, 건축면적 6200평, 최첨단 기계와 설비가 도입되었다. 스튜디오가 완성되자, 대동가(大同街)의 닛케 빌딩에 있었던 만영사무소도 이곳으로 이전했다.

만영에서 여배우로 활동하기 시작한 이향란은 왜 중국인 행세를 하게 되었을까? 누가 일본인이라는 것을 숨기라고 지시했을까.

인기 절정의 스타 이향란인 만큼 항간의 소문부터 신문과 잡지까지, 세세한 차이를 다룬다면 끝이 없다.

영화평론가로 유명한 사토 다다오(佐藤忠男)의 저서 《키네마와 포성―일중영화전사(日中映畵前史)》를 보면, 그는 야마구치 요시코의 이향란 시절을 잘 알고 있는 사람들과 아는 사이였던 것 같다.

처음에 그녀가 중국이름으로 만영 작품에 출연했을 때는 꼭 가명이 필요했다기보다는 일본인으로서 중국인을 위한 영화에 중국이름으로 출연한 것뿐이었다. 일본영화 《백란(白蘭)의 노래》, 《지나(支那)의 밤》 등에 출연하게 되자 일본 영화인들은 야마구치 요시코를 이용하여 일본인이 중국인들에게 사랑받고 있다는 환상을 만들어냈는데, 그 환상을 유지하기 위해서는 이향란이 일본인이라는 사실을 철저히 비밀에 부치지 않으면 안되었다.

그리하여 그녀의 중국이름에는 특별한 의미가 주어졌다. 그녀는 전 펑톈(奉天) 시장의 딸로, 순수한 중국 명문가의 영애(令愛)가 되었고, 만주 전역에서 인기를 독차지하고 있는 스타로 발돋움한다.

마음에 걸리는 것은, 최초의 출발점에서는 특별한 작위가 없었다는 점이다. 실제 그녀는 만영에 데뷔하기 전부터 라디오 가수로서 이향란이라는 이름을 쓰고 있었다. 중국 풍습에 따라 아버지의 절친한 친구인 리지춘(李際春) 양녀가 되었을 때 얻은 것이었다. 그 뒤 그녀는 역시 아버지의 친구인 판유구이(潘毓桂)의 양녀가 되어 판슈화(潘淑華)라는 이름도 얻었다. 자연스레 그녀는 때와 경우에 따라 본명 야마구치 요시코를 포함한 세 개의 이름이 사용되었다.

그러나 이향란이 여배우로서 출발했을 때, 본인 및 만영측 생각은 어떠했을까, '중국인을 위한 영화에 중국이름으로 출연했을 뿐'이라는 단순한 것이었을까? 몇 가지 의문점이 든다. 먼저 야마구치 요시코의 자서전을 읽기만 해도, 더욱 복잡하고 떳떳치 않은 것으로 생각된다는 점. 또 사토와 같은 견해는 이향란 본인과 이향란을 만들어낸 사람들의 책임문제를 너무나 경시하는 것이라고 생각되는 점. 그렇게 단순한 견해를 가지는 한 이향란이라는 존재를 받아들였을 뿐 아니라 그녀에게 열광한 대중의 야릇한 심리도 어둠 속에 묻혀버릴 수도 있다는 점 등이다.

가수 이향란으로서 야마구치 요시코는 영화《밀월쾌차》의 노래를 녹음하기 위해 만영을 찾아갔다. 그런데 번갯불에 콩 볶듯이 카메라 테스트를 받고 촬영현장에 투입되어 연기를 하지 않을 수 없게 되었다. 야마구치 요시코는 감독인 마키노 미쓰오(光雄)에게 거세게 항의했지만, 결국 감언이설에 넘어가고 말았다.
"괜찮아, 괜찮아. 나만 믿으라구."
간사이(關西) 사투리말로 속삭이는 바람에 큰 피해를 입었다. 감독은 물론 조감독, 카메라맨, 조명 담당까지, 거의 모든 스태프가 일본인이어서 중국어를 할 줄 몰랐다. 그런 반면 배우는 모두 중국인이었다. 그런 속에서 이향란과 스태프가 일본어로 대화를 나누는 모습을 상대역인 두한성(杜寒星)과 함께 출연한 여배우 장민(張敏)이 보았다.
그런데 한편, 야마구치 요시코는 자신이 일본어를 할 줄 안다는 것을 필사적으로 숨겼다. 만영 간부와 스태프가 사용하는 일본어와 배우들이 사용하는 중국어로는 의사소통이 잘 되지 않아, 촬영소에서도 배우 양성소에서도 진풍경이 연출되곤 했다. 일본인 스태프가 아침인사를 생략하고 남자들끼리 "여어! 여어!" 서로를 부르는 것을 보고, 중국인 미녀배우들이 진지한 얼굴로 스태프에게 "여어!" 인사했다. 일본어와 중국어를 할 줄 아는 이향란은 그 상황이 우스워 견딜 수가 없었다.

그러나 중국인으로 알려진 그녀는 웃어서는 안되었다. 필사적으로 혀를 깨물고 웃음을 참으면서 고개를 숙여야했다.

이향란의 자서전에 일본어를 모르는 척했다는 것은 명확하게 기록되어 있지는 않았지만, 그녀는 여배우로서 출발할 때 중국인으로 행동할 것, 일본인이라는 사실을 숨기라는 지시를 받았으리라.

야마구치 요시코는 이향란이라는 이름으로 영화에 출연했을 뿐만 아니라 동료들에게 거짓말을 하면서까지 중국인 행세를 하고 있었다. 그녀는 여배우로 출발할 때부터 단순히 '이향란이라는 이름으로 영화에 나오는 일본인'이 아니었던 셈이다. '이향란이라는 이름을 사용하여 스스로 중국인으로 위장한 일본인'이었다. 이 '위장했다'는 사실을 분명히 짚어두지 않으면 안 된다. 왜냐하면 그것은 만영이 지닌 성격의 근본과 관련된 문제이고, 이향란을 써서 영화 공작을 추진한 군관계자와 영화계의 문제이기도 하기 때문이다. 더욱이 그 무렵 자신들 처지를 생각하여 이향란을 거들었던 수많은 대만인도 있었다.

또는 누군가로부터 중국인 행세를 하라고 분명하게 지시를 받은 것은 아니지만, 그녀가 주위 여론을 넘겨짚고 중국인 여배우로 출발했다는 추측도 가능하다. 만영 간부가 중국인 여배우를 원하고 있었기 때문에 자진해서 그 뜻에 따르려고 했거나, 여학교 시절부터 중국인으로 행동하는 데 익숙해져 있었기 때문에 무의식적으로 출신을 애매하게 만들어 중국인으로 행동한 것이 아니었을까.

그런데 이상한 점은 이향란이 만영에서 중국인으로 취급받았는가? 그렇지 않았다. 만영에서는 연회에서 한 원탁에 둘러앉아 요리를 먹고 술을 마실 때도 일본인에게는 흰 쌀밥이, 중국인에게는 수수밥이 나왔다. 물론 야마구치 요시코에게는 흰 쌀밥이 나왔다.

무엇보다 이상한 것은 이향란에 대한 파격적인 대우이다. 자서전에는 다음과 같이 적혀 있다.

나는 기숙사가 아닌 호텔에서 지냈다. 승용차로 데려다주고 월급은 250원이었다. 중국인 배우는 20원에서 40원. 당시 내지(內地)의 대졸 남자 초임이 60원, 만주 회사에 근무하면 외지 수당이 가산되어 합계 150원 정도였다.

이런 특권이 주어지던 이향란은 동료 중국인이 보기에는 분명 '수상한' 존재였으리라. '이향란이 중국인' 설을 고수하는 데는 상당한 강권이 작용했을 것이 틀림없다.

만영에서는 이향란이 일본인이라는 사실은 극비였다고 증언한 사람도 있다. 간부는 이향란이 일본인이라는 것을 발설하지 않으려는 강한 의지를 가지고 있음을 알았다. 혼자 힘으로 만영을 조사하여 몇 권의 저서를 남기고 요절한 야마구치 다케시(山口猛)는 《애수의 만주영화》에서 만영 경리담당자의 증언으로 다음과 같이 썼다.

당시 만영에서 그녀가 일본인이라는 것을 알고 있었던 것은 네기시(根岸), 마키노, 야마나시(山梨) 등 간부와 경리관계자뿐이었다. 경리 담당자에 따르면 이향란의 서류에는 극비 도장이 찍혀 있었다.

감추면 오히려 일본인이 아닌가 하는 의혹이 절로 생기게 된다. 뒷날 이향란도 만영 시절의 동료가 자신을 일본인으로 생각하고 있었는지 중국인으로 생각하고 있었는지 궁금해 했다. 1978년 40년 만에 옛 만영, 즉 창춘영화제작소를 방문한 야마구치 요시코는 지난날 동료들에게 자신이 일본인이라는 점을 알고 있었는지 물어보았다. 그러자 이런 대답이 돌아왔다.

"나중에 매니저가 딸리게 된 뒤, 그 사람은 이향란이 늘 일본어로만 얘기했기 때문에 소문대로 부모 가운데 어느 한쪽이 일본인일 거라고 생각했어. 베이징어도 잘하는 것을 보면 역시 나고 자란 것은 중국이지만 한쪽 부모가 일본인일 거라고 생각했지."

그 말을 들은 야마구치 요시코는 이미 '혼혈'로 간주되고 있었던 것 같다'고 결론지었다.

그러나 실제로 가까이 있는 사람을 속이는 것은 그리 쉬운 일이 아니다. 2002년 4월 BS아사히가 《야마구치 요시코 격동의 반생》이라는 다큐멘터리를 방영했다. 그 속에서도 야마구치 요시코는 옛 만영을 방문하고 지난날 동료들을 만났다. 그 가운데 한 사람인 왕계민(王啓民)은 다음과 같이 말했다. 참고로 그는 만영 시절에는 왕복춘(王福春)이라는 이름의 배우였지만, 개명하여 중국인 최초의 카메라맨이 된 뒤 창춘영화제작소 임원을 역임했다.

"이향란이 일본인이라는 것은 금방 알 수 있었다. 그녀는 중국어를 무척 잘했지만 중국인의 귀는 속일 수 없다. 역시 발음이 약간 달랐다."

일본인이라는 사실을 숨기면서 일본인이기에 파격적인 대우를 받고 있었던 이향란. 순전한 아마추어 상태에서 느닷없이 주역을 맡는 행운을 얻었지만, 그때는 아직 속성으로 양성된 신출내기 배우에 지나지 않았다. 그녀가 출연하고 있었던 만영의 초기 작품들은 대체로 형편없었다. 야마구치 다케시는 실지조사 끝에 《환상의 키네마 만영》에서 만영 초기 작품에 대해 엄격히 비판했다.

"만영에서는 일본인이 쓴 시나리오를 중국어로 번역하여 중국인 배우에게 연기하게 했는데, 일본어의 '스미마셍(미안합니다)'을 사죄의 말인 중국어 '두이부치(對不起)'로 바꿨기 때문에 이 말이 빈번하게 나오게 되었다. 그래서 사람들은 만영의 작품을 '두이부치 영화'라고 야유했다."

이러한 점에서 만영의 작품은 본디 중국영화이지만 결코 그렇게 될 수 없었다. 배우가 모두 중국인이었기 때문에 일본영화라고 할 수도 없었다. 사람들은 그것을 화취(和臭)라고 말했다. 무국적 영화라고 하면 듣기에는 좋지만, 어정쩡한 위치여서 어느 나라 작품인지 알쏭달쏭한 것이었다.

이향란은 곧 도쿄에 진출하게 된다. 그러나 처음부터 그녀의 복잡한 입장을 보여주는 사건이 일어난다.

1938년 10월, 만영에 입사한 지 2, 3개월 뒤에 이향란은 처음으로 일본 땅을 밟게 된다. 수많은 만영 여배우 중에서 이향란과 맹홍(孟虹)이 '일만친선여배우사절'로 선발되어, 도쿄에서 열리는 만주건국 박람회 이벤트에 출연하기로 결정된 것이다.

이향란과 맹홍은 야마나시 미노루(山梨稔)와 배우양성소장 곤도 이요키치(近藤伊與吉)의 인솔로 도쿄를 향해 출발했다. 신징에서 한반도를 지나 다시 부산에서 배를 타고 시모노세키로 가는 나흘이나 걸리는 여정이었다. 야마구치 요시코는 일본에 가까워질수록 흥분과 기대로 밤잠을 설칠 만큼, 처음 보는 조국에 대한 그리움이 강했다. 그런데 시모노세키 항에 도착하자마자 부푼 기대는 한순간에 물거품처럼 사라지고 말았다.

시모노세키항에 도착하자 수상경찰이 승선하여 여권을 검열하기 시작했다. 먼저 일본인 승객이 배에서 내렸고 다음이 외국인 차례였다. 이향란은 맹홍과 함께 경찰관 앞에 섰다. 맹홍이 여권을 내밀자 바로 하선이 허락되었다. 이어서 이향란이 여권을 보여주자 경관이 고개를 끄덕이고 가라는 몸짓을 해서 그녀도 지나갔다. 그러더니 경관이 불러세우더니 다시 여권 제시를 요구했다.

그러고는 느닷없이 거친 호통을 내질렀다.

"당신! 그러고도 일본인인가?"

여권을 내밀자 경관은 이향란의 얼굴과 비교해 보더니 내뱉듯이 소리쳤다. 그녀의 여권에는 〈야마구치 요시코, 예명 이향란〉이라고 적혀 있었다.

경관이 소리친 이유는 이향란의 복장 때문이었다.

"어이, 그 행색은 도대체 뭐지?"

그는 그녀의 중국옷을 가리키며 혀를 찼다.

"일본인은 일등국민이야. 삼등국민인 창코로(중국인을 비하하여 부르는 말) 옷을 입고 중국어를 지껄이다니, 부끄럽지도 않나?"

많은 사람들이 보는 앞에서 그녀는 무서워서 얼어붙은 듯이 서 있었다. 동행인 맹홍도 불안한 듯 어쩔 줄 몰라하며 서 있었지만 그녀는 사정을 설명할 수가 없었다. 맹홍은 이향란을 중국인으로 생각하고 있었기 때문이다.

평소 함께 일을 하고 함께 긴 여행을 하고 있는 친구에게도 그녀는 이유를 말할 수가 없었다. 이향란의 심정은 매우 고독했다. 그렇지만 고개가 갸웃하지 않을 수 없다. 그녀는 왜 외국인으로서 검열을 받았을까?

만주국에서는 국적법이 결국 최후까지 제정되지 않았고, 따라서 법적으로는 만주국민이라는 것은 존재하지 않았다. 그렇게 된 주된 이유는 만주에 거주하고 있었던 일본인들이 그것을 원하지 않았기 때문이다. 그들은 만주국을 '민족협화, 왕도낙토의 이상국가'라고 노래하면서도, 한편으로는 일본국적을 이탈하여 중국인들과 같은 '만주국민'이 되는 것을 싫어했다. 그 결과 만주국은 국민이 한 사람도 없는, 기괴하기 짝이 없는 국가가 되어 버렸다.

그래서 만주에 있는 일본인은 끝까지 일본국적 그대로였다. 그것은 전후에 이향란이 매국노 재판에 회부될 상황이 처했을 때 유명한 에피소드에서도 명백하다. 만주에서 나고 자란 그녀가 처형을 면하기 위해 제출한 것은 '일본국적'을 증명하는 사가(佐賀)현 기시마(杵島)군의 호적등본이었다. 만주에 거주하고 있는 일본인은 줄곧 일본국적을 유지했기 때문에 일본에 올 때도 여권이 필요 없었다. 만주로 돌아갈 때 편의를 위해, 거주지를 기록한 신분증명서를 지니는 정도였다. 그뿐 아니라 일본인은 만주국에서 조선이나 중국에 들어갈 때도 국경에서 세관의 소지품 검사는 있지만 여권 검열은 없었다고 한다.

이향란과 거의 동년배인 지인에게 이 부분의 실정을 확인해 보았다. 재단법인 만철회(滿鐵會)의 전무이사 이오리야 이와오(庵谷磐)이다. 만철회는 전후에 퇴직금 지불 업무를 위해 전 만철(滿鐵 남만주철도주식회사) 직원이 결성한 것으로, 지금은 회보발행이나 자료보존 등의 활동을 하고 있다.

1917년생이니 이향란보다 세 살 연상이다. 만주에서 자라 도쿄 중고교에 진학하고 도쿄대학을 졸업한 뒤 다시 만주로 돌아가 만철에서 근무했다. 그는 만주와 일본을 오갈 때는 물론이고, 조선을 통과했을 때도 소지품 검사를 받는 일은 있었지만 여권은 전혀 필요하지 않았다. 그뿐 아니라 루차오구 사건 전 해에 베이징에 갔을 때도, 여권 제시는 전혀 하지 않는 프리패스였다.

그렇다면 이향란은 왜 일본인 줄에 서서 하선하지 않고 외국인으로서 여권 검사를 받았을까? 만영이 그녀에게 만주인을 가장하게 한 것일까? 만약 위장공작을 위해서였다면 왜 일본이름인 '야마구치 요시코'가 기재되어 있었을까? 일본이름을 기재하면 위장공작은 그 자리에서 들통나고 말 텐데.

이향란은 여권을 가지고 외국인 줄에 서는 것을 이상하게 여기지 않았던 걸까? 이때 함께 있었던 만영 간부인 일본인 두 사람은 어떻게 했을까? 아마 일찌감치 일본인 줄에 서서 일찌감치 하선한 것이 아닐까. 이향란이 갑자기 거친 호통을 듣고 충격을 받은 것은 충분히 동정하고도 남지만, 자기가 일본인 줄에 서지 않고 중국인인 척한 것은 제쳐두고, 일본인의 차별의식으로 이야기를 몰고 간 느낌이 없지 않다.

자서전에서 야마구치 요시코는 말했다. "나는 한 가지 일에 열중하면 푹 빠지는 타입." 화보 페이지에 초등학교 시절 요시코의 사진이 실려 있다. 단발머리에 교복을 입고 수줍은 눈빛을 한 소녀. 그녀는 미래에 '만인(滿人) 여배우'로서 화려한 활약을 하게 될 줄은 꿈에도 몰랐다. 그러나 아버지 지인들과의 인연으로 의도치 않게 들어가게 된 만영에서는 '만인'을 위한 영화를 만들어야 했기에, 그녀를 향한 간절한 기대를 도저히 저버릴 수 없었던 것이다. 처음에는 반발을 느꼈지만 사람들 앞에서 연기하는 것이 점점 재미있어서 의욕이 솟아났다. 이향란이 진지한 자세로 영화에 임했다는 것은 스크린에서도 느낄 수가 있다. 많은 작품에서 그녀가 들려준 노래도 수많은 연습을 통해 정확함과 진정성이 담겨 있었다. 그 철저한 외곬의 성격이 돌이킬 수 없는 '가짜 중국인'의 길로 몰아넣은 것이라면 참으로 안타까운 일이 아닐 수 없다.

처음으로 조국을 방문한 이향란은 일본에서는 무명배우에 지나지 않았다. 당시 신문에서는 '만주 여배우'로서 다음과 같이 보도되었다.

이번 일본 영화에 특별출연을 위해 만주 여배우 이향란, 맹홍, 두 여성이 19일 오전 8시 관계자 다수의 환영 속에 도쿄역에 도착했다. 화려하게 내일(來日)한 이향란은 펑텐 태생의 19세, 가미하라 야스오(神原保男) 씨가 이끄는 시라고에(白聲) 현악단의 가수로서 일찍부터 백계 러시아인 음악가로부터 교육을 받아 이태리어, 영어, 순수 베이징관화(北京官話)까지 할 줄 아는 재원으로, 라디오, 레코드 모두 일본어와 만주어를 자유롭게 구사하는 라디오계의 인기여왕이다.('요미우리 신문' 1938년 10월 23일자)

만영에서 이향란은 파격적인 급료뿐만 아니라 자동차로 송영(送迎)하고 호텔에 체제하는 등 특별한 우대를 받고 있었다. 그러나 일본에 온 만주 여배우 이향란은 여왕 같은 대접은 받지 못했다. 그녀는 맹홍과 함께 중국옷을 차려입고 도쿄 다카시마야(高島屋)에서 열린 만주건국박람회와 니혼극장(日劇)에서 열린 여흥에 출연하여 애교를 보여주었다. 사전에 '능숙한 일본어를 구사하는 쿠냥(중국 아가씨)'이라고 선전했던 그녀가 '황성의 달', '하마치도리(浜千鳥)' 등을 노래하자 당장 '일본어를 굉장히 잘한다'는 평가를 받았다.

'중국인'이 일본어로 말하고 일본 노래를 부르는 것을 들은 일본인들은 우월감에 빠졌다.

그녀는 자서전에 '나는 공허함을 느꼈다'라고도 회상했다. '중국인으로 위장하고 일본어를 하는 모습을 보여준 자신' 때문이었을까? '가짜 중국인인 줄 모르고 중국인에 대한 차별의식을 드러낸 일본인'에 대해서 였을까.

그러나 이향란은 중국인이 아니라 일본인이다. 중국인을 가장함으로써 일본인이 중국인에게 드러내는 모멸을 뼈아프게 느꼈으리라. 하지만 중국인이 아닌 그녀가 그 일로 중국인처럼 상처받지는 않을 것이다. 만영에서 '일본인으로서 특권의식을 드러낸 적은 없었다'고 말했지만, 특권을 휘두를 필요가 없을 만큼 이미 후한 대우를 받고 있었다. 그녀는 그 특권을 누리면서 중국인 행세를 했던 것이다. 그렇기 때문에 그녀에 대한 멸시가 열광으로 변하는 데는 그리 오래 걸리지 않았다.

만약 이향란이 중국인이었다면 어땠을까. 아마 그런 식으로 일본에서 쉽게 일하게 되지는 않았을 것이다. 하물며 그 시절에 일본에서 열광적인 인기를 얻지는 못했으리라. 실제로 이향란은 달콤한 노랫소리와 사랑스러운 용모로 열심히 멜로드라마에 출연하는 한편, 만주 정재계 요인들의 든든한 보호를 받고 있었다. 야마구치 요시코 자신이 자서전 속에서 '나의 팬클럽'에 대해 쓴 대목에 눈길이 간다. '쇼와(昭和)의 요괴'들이라고 불리며, 만주국의 어둠을 짊어지고 전후의 정계에 복귀하여 수상에까지 오른 기시 노부스케(岸信介)도 팬클럽 회원이었다. 만영의 이사장 아마카스 마사히코(甘粕正彦)도 회원이었다고 한다.

······신징의 정재계 요인들이 '이향란을 후원하는 모임'이라는 후원회를 결성했다. 회장은 황제 푸이(溥儀)의 궁정어용담당(관동군 참모)인 요시오카 야스나오(吉岡安直) 중장, 이름이 잘 기억나지 않지만, 요시오카 중장의 장녀 유키코(悠紀子) 씨의 기억에 따르면 호시노 나오키(星野直樹) 총무장관을 비롯하여 재계인사 다카사키 다쓰오스케(高碕達之助) 등 여러 인사들이 있었다.

어느 날 밤 요정에서 연회가 열려 다 같이 노래하며 즐거워하고 있는데, 아마카스 이사장이 예고도 없이 찾아왔다. 부끄러운 듯 술을 몇 잔 마신 뒤 헤어질 때 겸연쩍은 듯이 웃었다. "나도 그대 팬클럽에 가입했으니 잘 부탁하오."

야마구치 요시코는 심상하게 썼지만, 그때 그녀는 아직 스무 살 젊은 아가씨였다. 만주국을 좌지우지하는 거물들에게 이토록 인기가 있었다는 것이 이향란 여배우의 특수성을 고스란히 보여주는 게 아닐까. 그 뒤에도 이향란은 다양한 권력과 계속 관계를 유지한다. 그녀의 자서전에는 활약에 걸맞게 중요인물이 자주 등장한다. 만주의 정재계인과 군인, 일본군인과 관리, 영화종사자, 중국의 친일정권 요인들, 나중에는 자민당의 거물들도 다수 거론되었다.

노몬한의 패전

노몬한은 아무것도 없는 초원이다. 왜 이곳에서 국경을 둘러싼 전투가 일어났는지 의문을 가지는 사람도 있으리라.

노몬한 사건을 몽골에서는 할하강 전쟁이라고 부른다. 일본인은 할하강을 국경이라고 생각하고 있었지만, 할하강은 몽골 한가운데를 흘러가고 있을 뿐이었다. 몽골인들은 강을 한가운데에 두고 그 주위를 하나의 유목지대로 삼았다. 몽골인들에게 있어서 할하강 동쪽 만주 사람들은 한 민족이나 다름없었고, 할하강 주변이 몽골 영토인 것은 분명한 사실이었다.

그러나 러시아 또한 처음에는 잘못 알고 있었다. 일본은 만주국이 세워질 때까지 계속 현지조사를 허락받지 못했고, 어쩔 수 없이 시베리아로 출병했을 때 옛 러시아군에게서 빼앗은 지도를 확대해서 사용했다. 러시아 지도가 잘못되어 있었던 이유는 청(淸)나라와 캬흐타 조약을 맺을 때, 산 또는 강을 국경선으로 삼는다는 조항을 유목지에도 멋대로 적용시켰기 때문이다.

그러나 몽골인민공화국이 세워진 뒤, 몽골인들이 러시아에 항의하여 할하강을 넘어서 국경으로 삼을 수 있도록 지도를 고쳤다. 그래서 몽골과 일본이 주장하는 국경이 어긋나 서로 국경을 침범했다고 언쟁을 벌였고 충돌이 일어나게 된 것이다.

노몬한 전투에서는 일본군보다 만주국군 쪽이 많이 참전했다. 후룬베이얼에 있던 만주국군이 노몬한에서 러시아군과 싸웠다.

만주인들과 몽골인들은 일본과 러시아를 대신하여 싸운 셈이다. 할하강 양쪽이 몽골 초원이었으므로, 만주국군에도 몽골인들이 포함되어 있어서 서로 싸우고 싶어 하지 않았다. 그러나 만주국은 일본 괴뢰국가였고 몽골은 러시아 괴뢰국가였기 때문에, 일본과 러시아의 뜻을 거스를 수가 없었다.

일본인이 현지 몽골인들의 말을 좀 더 진지하게 들어주었다면 진실을 알 수 있었을 것이다. 몽골인과 더욱 좋은 관계를 맺었다면 귀한 정보도 손에 넣을 수 있었으리라. 모든 이들이 그렇지는 않았겠지만, 현지 사람들을 원주민 취급하며 거들먹거린 군인들도 몇몇 있었다.

장고봉(張鼓峰)사건이 일어나던 바로 다음날, 즉 1938년 7월 13일 아침이었다. 훈춘 지방 국경 경찰대 소속 가미모토(神本利夫)가 조선인 경비원 두 명과 함께 훈춘 동쪽 창링쯔(長嶺子) 부근의 소·만 국경을 순시하고 있었다. 이때다. 수풀 속에서 '부시럭' 하는 인기척이 났다.

"누, 누구야?"

거의 반사적으로 권총을 뽑아 들고 다급히 외쳤을 때 숲에서 뛰어나온 것은 사람이었다. 손에 가방을 든 사복 차림의 러시아인이었다.

"쏘지 마오. 망명을 원하는 투항 군인이요."

그는 가방을 던지고 두 손을 번쩍 든다.

"투항 군인?"

"그렇소."

"계급과 소속, 성명을 밝혀라."

"러시아군 삼등대장(三等大將), 게·페·우(비밀경찰) 극동장관 겸 최고회의 대의원 겐릿히 사모이로비치 류시코프 정치대장."

"뭐?"

가미모토는 놀랐다. 믿어지지 않았다. 초라한 신사복에 흩어진 머리, 텁수룩한 수염을 기른 36~7세의 청년을, 게·페·우의 극동장관이라고 믿기란⋯⋯.

류시코프는 조선으로 압송되어 경성에 있는 헌병대 사령부에서 취조를 받았다. 경성 헌병 분대장 나카무라(中村通則) 소령과 사령부의 츠네요시(恒吉淑智) 대위가 취조관이었다.

아조프(Azov)바다 지구의 NKVD(내무인민위원부) 장관이던 그가 우크라이나 지방에 일어난 폭동을 사전 탐지하여 빈틈없이 처리한 솜씨가 높이 평가되어 게·페·우의 5대 장관 에죠프에 의해 발탁, 극동장관으로 하바로후스크에 부임한 것은 10개월 전이었다.

그는 임지로 떠나기 전에 스탈린에게서 비밀 지령을 받았다. 극동에 도착하는 대로 전임자 바릭키를 체포해서 모스크바로 압송하고 극동 공군 병단장 레핀 그밖에 수십 명의 반(反)스탈린파를 숙청하라는 것이었다.

이 지령을 영광스럽게 알고 그는 충실히 실천했다. 그러나 류시코프를 놀라게 한 것은 그칠 줄 모르는 숙청 선풍이었다. 두 명의 고관이 체포, 처형된 사실은 그를 의혹과 공포 속에 떨게 했다. 레닌그라드의 내무장관 쟈콥스키와 우크라이나 장관 레프레후스키는 류시코프의 친구일 뿐 아니라 스탈린의 신임이 두터워 반대파 숙청에 종사해 온 열성분자다.

'그런 사람이 왜 숙청 당했을까⋯⋯. 이상한 일이다.'

그런데 이상한 일은 또 계속된다. 에죠프와 친하고 그 명령에 절대 복종하던 심복 베르만이 또 숙청 대상에 오른 것이다.

'알았다!'

속으로만 외치면서 류시코프는 덜덜 떨었다. 이용할 대로 이용하고 죽여 없애는, 다시 말해서 비밀을 없애기 위해 말살하는 스탈린의 상투 수단을 뒤늦게나마 깨달은 것이다.

'다음은 내 차례?…… 언젠가는 내 앞에 닥쳐올 운명이다.'

생각이 여기에 미치자 그는 잠시도 안정할 수가 없었다. 러시아에는 이런 속담이 있다.

"죠르지아(Georgia) 사람을 화내게 하거나 의심을 받으면 사과나 변명이 소용없다. 죽든 살든 먼저 해치워야 한다."

죠르지아는 그루지아라고도 불리우는, 수람(Suram) 산맥을 중심으로 발달한 광산 지대인데, 끈덕지고 음흉하고 짓궂은 러시아인 중에서도 가장 고약한 성격의 소유자를 산출한 곳으로 이름이 높다. 악독의 표본, 잔인의 대표가 바로 이곳 출신자인데, 스탈린이 바로 이 죠르지아 출신이다.

이리하여 류시코프는 신변의 안전을 위해 러시아를 탈출하지 않으면 안되었다. 이것이 그가 진술한 망명의 동기요, 이유였다.

취조관은 판단에 자신을 잃었다. 진술이 사실인지, 거물을 사칭하는 간첩인지 알아낼 수가 없었던 것이다. 취조관뿐 아니라 조선군 사령관도 조치가 곤란하여 참모본부에 조회한 뒤 도쿄로 압송하라는 회답이 왔다.

7월 20일경, 류시코프는 융숭한 대우를 받으며 도쿄로 향했다.

요코하마에서 기차를 내리자 헌병대 자동차로 일단 미야케자카(三宅坂)에 있는 참모본부에 들렀다가 그날 저녁 구단자카(九段坂)에 자리 잡은 해행사(偕行社) 신관으로 안내해서 전에 대사관 무관으로 러시아에 재임한 바 있는 고오타니(甲谷悅雄) 소령과 면담케 했다.

"귀관은 군사 암호에 권위자였지요?"

고오타니가 묻는 말에 류시코프는 자신 있게 말했다.

"암호라면 각국의 것을 거의 다 알고 있습니다. 다만 폴란드의 암호만이 어렵소."

"폴란드의 암호는 아직 모릅니까?"

"알 수 없습니다."

"일본 암호는 어때요?"

"일본 암호도 모릅니다."

이 회담에서 참모본부는 이용가치를 인정하여 며칠 뒤에 산노(山王) 호텔에서 내외 기자단과 회견을 마련했다. 러시아 안의 숙청 선풍은 소문으로만 각국에 알려졌을 뿐 자세한 진상을 모르던 때라 세계의 관심은 이 게·페·우의 최고 간부에게로 집중했다. 러시아 측도 당황하여 이렇게 발표했다.

"류시코프라는 대장은 러시아에 없다. 그자는 일본이 날조한 가공의 인물이다."

그러나 미국 신문은 작년에 러시아 기관지 《태평양의 별》에 실려 있는 류시코프의 사진과 기사를 전재(轉載)하여 러시아의 주장을 반박하고 나섰다. 이런 상황에서 그는 일본의 보호와 우대를 받으며 러시아 방송을 듣고 신문 잡지를 읽어 정보 분석과 정세 판단을 하면서 숙청으로 인한 혼란 양상과 내부 실정을 원고로 써서 폭로했다. 참모본부는 이 원고를 인쇄하여 극비 문서취급으로 관계 고위층만 내람(內覽)하도록 제공했다. 때마침 장고봉 사건에서 억울히 참패를 본 뒤끝이라 류시코프가 제공한 정보 중 군부 내 숙청 실정 서술은 군 수뇌부 층에 인기가 높았다. 그의 말을 빌리면 러시아군은 자멸 직전에 놓여 있었다. 이미 숙청된 군간부는 원수가 5명 중 3명, 군사령관 15명 중 13명, 군단장 85명 중 57명, 사단장 195명 중 110명, 여단장 406명 중 220명, 장성과 고급 장교 706명 중에서 약 57%에 해당하는 403명이 사라졌다고 한다. 이밖에 숙청된 수는 모두 3500 명인데 장성급이 90%, 대령급 80%를 포함해서 고위층에 갈수록 그 비율은 높다고 했다. 마땅히 러시아 군부 내의 혼란상은 뻔하지 아니한가.

일본 군부는 흐뭇했다. 러·일 전쟁 때 패전한 러시아의 보복이 늘 두려운데다 중국 대륙에서 전쟁을 벌려 놓고는 늘 뒤가 꺼림칙한 것이 러시아였다. 이 기회에 한번 혼을 내주어서 찍소리 못하게 하는 것이 유리하리라는 판단을 내린건 관동군 수뇌부의 경솔한 결론이었다.

류시코프는 말라토프라는 가명을 쓰다가 일본 여인과 결혼하여 가토(加藤) 성으로 위장한 뒤 일본 구미에 맞을 정보만을 제공하여 군부를 기쁘게 만들었다. 그가 말한 숙청은 사실이었으나 혁명이 끝난 뒤 사병 출신 소장(少壯) 장교를 대량으로 육성하여 일선 지휘관에 배치함으로써 군 사기에 새로운 활기가 소생한 일이라든가, 제2차 5개년 계획에 의해 전투력이 엄청나게 증강된 사실에는 전혀 언급을 회피했다. 즉 10년 전에 비해 탱크가 43배, 비행기 6·5배, 대포 7배, 대전차포 70배, 기관총 5·5배 증강을 보았고, 그동안 상비군(常備軍)제도를 채택해서 군의 자동차가 2·6배로 늘어나 기계화 보병부대는 1·8배로 증강된 사실을 류시코프는 전혀 입밖에 내지 않았다.

일본은 자신이 생겼다.

'이 기회에…….'

이렇게 벼르면서 장고봉 사건의 쓰라린 경험과 아픈 상처가 아물기도 전 불과 8개월만인 1939년 4월, 관동군은 일선 부대에 대해 소위 국경 분쟁 처리 요항(國境紛爭處理要項)이라는 지침을 명시했다.

1. 침범치 말고 침범 당하지 말 것을 만주 방위의 근본으로 한다.

2. 만일 침범을 당했을 때는 기회를 놓치지 말고 응징(膺懲)한다.

러시아와 몽고 영토로 일시에 쳐들어가는 것도 불가피하다.

3. 국경선의 한계가 명확치 않은 지역에서는 분쟁 방지 및 제1선 부대 행동을 용이하게 하기 위해 방위 사령관은 자주적으로 국경선을 인정하고 이를 최전선 부대에 명시한다.

4. 금후, '국경 수비의 제1선 부대는 행동을 적극적으로 하고, 그 결과로 야기되는 사태 수습 처리는 상급 사령부의 임무로 한다……'.

이 내용으로 볼 때 사령부가 국경 분쟁을 처리하겠다는 게 아니고 분쟁을 조장하고 선동하며 장려하는 태도임을 알겠다. 싸우라, 국경을 넘어가라, 억지로 국경선을 만들어 떼를 쓰라, 사양 말고 덤벼라, 책임은 위에서 진다……이것이 아니겠는가.

10여년 전 장쮀린이 폭살 당하기 전 당시 내각 총리대신이던 육군 대장 다나카(田中義一)가 쇼와에게 바친 비밀 상서는 400자 원고지 약 60배나 되는 장문의 의견서로 일본의 본심이 노골적으로 묘사되어 있다. 그 간략한 줄거리는 러·일전쟁의 목적이 중국 전토를 정복하기 위함이요 중국 정복은 아시아, 인도의 정복을 위함이고, 만·몽(滿蒙)의 점령은 출발점이라고 지적한 후, '만몽의 이권을 우리 손에 장악하면 무역의 가면을 쓰고 중국 4백여 주를 풍미(風靡)하여 이원(利源)을 확취(攫取)하여, 중국의 재원으로 인도 및 남양 군도, 나아가서는 유럽 정복의 자료를 삼아 세계 정복을 논하고 나서 결론지었다.

"만·몽에 철도를 건설하여 그 권리를 파악하면 누구에게 꺼릴 것 없이 만·몽을 침략하여 명치 천황의 제3기 계획인 만·몽 멸망의 대업을 실천에 옮길 수 있고 야마토(大和) 민족의 세계 정복이 가능케 될 것입니다. 명치 대제(大帝)의 유책(遺策)이신 제1기 대만 정복 제2기 조선 정복은 이미 실현되었으나, 제3기 만·몽을 멸망시키고 중국 전토를 정복하여 동양 및 온 아시아가 우리에게 굴복케 할 대업은 아직 실현을 보지 못하였으니 이는 오로지 신의 허물인가 여기옵니다……신, 대명(大命)을 받자올 때, 특히 중국과 만몽에 대한 행동은 모두 아국의 권리를 확보하고 이로써 진출 발전의 기회를 삼으랍시는 칙유(勅諭)를 받자왔습니다. 성지(聖旨)대로 신 등이 감읍 불금(感泣不禁)하는 바이옵니다."

이에 따라 그 후 만주사변을 일으키고 만주국을 만들어 놓은 일본이었다.

이와 같은 일련의 국면 전개가 일·소 간에 어떠한 변화를 가져왔는가. 첫째 소·만 국경을 사이에 두고 관동군과 대치하는 관계가 생겼다. 그 무렵 극동 러시아군은 보병 8개 사단, 비행기 200대의 소병력이었다. 철저한 양보 정책을 취해서 일본이 만주를 점령해도 대항정책을 강구하는 일이 없이 철도권을 포기하고 흑룡강 이북으로 후퇴한 채 약 7년 전부터 묵묵히 극동 방위의 요새선 구축에 힘썼다. 몽고와도 상호 원조 조약을 맺고 만주국에 접한 러시아와 몽고 국경선 전역에 걸쳐 경계 조치를 취하기에 이른 것이다. 이와 때를 같이하여 관동군도 전쟁 준비에 광분했고 시험 단계라고 할 장고봉 사건에서 참패를 당했으나 자신을 반성하는 일 없이 억지로 참으면서 승리를 호도(糊塗)해 오다가, 류시코프 대장의 정보로 군부 내분을 액면대로 받아들여 전적으로 믿고 전쟁 도발을 획책했던 것이다.

이리하여 노몬한 사건이 일어났다. 노몬한은 만주 서북부 하이라얼(海拉爾) 남방 약 60킬로 지점에 위치한 조그만 마을이었다. 이 근처 만·몽 국경선이 희미하여 벌써부터 경계 분쟁이 자주 일어났던 곳이다. 도조(東條英機)의 후임으로 관동군 참모장이 된 이소가이(磯谷廉介) 중장은 작전 참모 츠지(辻政信) 소령의 진언을 받아들여 러·만 국경선에 많은 병력을 배치하는 한편, 노몬한 국경지대에도 고마츠바라(小松原道太郎) 중장을 장으로 하는 동경 병단인 제23사단을 투입해 두었다.

　이 지방은 청조(淸朝)시절부터 유목(遊牧)하는 몽고족이 초원을 탐내어 쟁탈권을 벌여오던 곳으로 국경선의 한계가 분명치 않았다. 일본을 등에 업은 만주국은 할하강을 국경이라 주장하고 러시아를 배경으로 하는 외몽고 측은 할하강을 멀리 넘어선 동쪽에 금을 긋고 거기가 국경선이라 고집하는 것이었다.

　5월 12일 외몽고군 소부대가 할하강을 건너 만주 국경경비대와 충돌을 일으킨 것이 사건의 발단이었다.

　외몽고군의 진출 보고를 받은 23사단장 고마츠바라 중장은 기병 연대장 아즈마(東八百藏) 중령이 지휘하는 지대(支隊)를 현지에 파견했다. 러·만 국경에는 소군의 경비도 엄중하겠지만 만·몽 국경에서야 뭐가 대단하랴…… 그는 가볍게 여겼다. 과연 아즈마 지대는 몽고군을 격퇴, 할하강 대안으로 철수시키고 현지에는 만군 일부만 남겨 둔 채 주력은 후퇴했다.

　그런데 다음날, 몽고군은 할하강에 다리까지 놓고 병력을 집중하지 않는가. 고마츠바라 사단장은 다시금 아즈마 지대에 보·포병 부대를 투입시키는 한편 64연대장 야마가타(山縣武光) 대령이 지휘하는 약 1000명의 병력을 증파했으나 외몽고군의 탱크와 포병에게 포위당하여 아즈마 중령 이하 기병 연대가 거의 전멸하고 말았다. 뒤이어 러시아 공군이 참전하여 일본군 전략 기지에 폭격을 해오니 일본도 본격적인 전면 전쟁으로 돌입했다. 일·러 양측이 서로 자극을 피하기 위해 '노몬한 사건' '할하강 사건'이라 부르지만 이것은 규모가 큰 전투 행위요, 전쟁이었던 것이다.

　관동군은 전차 2연대, 기동 포병 1연대에 비행기 부대까지 동원했다. 이리하여 탱크 70, 자동차 400, 비행기 80, 대전차포 112……합계 약 15,000의 병력으로 반격 준비를 마치었다. 초반전에서 일본 공군의 공중전은 압도적이었다. 이에 러시아도 신예 비행기를 증파하여 강한 타격을 주니 일본군은 견디다 못해 러시아 근거지, 탐스크 비행장을 폭격해서 큰 전과를 올렸다. 아이들 싸움에 어른이 나선 형국이었다.

관동군 지상 작전은 예정대로 7월 1일부터 개시하여 공군 엄호 아래 할하강 도하작전에 성공하여 러시아군 진지 후방까지 진출했다. 여기서 러시아군 탱크 부대와 만난 일본군은 고전에 난전을 거듭했다. 일본군을 괴롭히는 것은 탱크보다도 불이 붙는 듯한 열사(熱砂) 위에서 참아야 하는 심한 갈증이었다. 목구멍이 마르다 못해 타붙는 것만 같았다. 사막 지대인 노몬한에서는 수풀도, 산악도 없기 때문에 보급이 거의 불가능했다. 사막을 가는 말이나 트럭은 곧 공군 부대에 발견되어 그들의 밥이 되었다.

야간을 이용해 보려 해도 이 지방은 밤 10시가 지나야 해가 저물어 열기가 식었으니 그것도 쉽지 않았다. 일본군의 식량은 건빵이라 불리는 건조(乾燥) 비스킷이었다. 물 없이는 먹기가 힘들었다. 침까지도 말라붙은 입 안에 그것을 넣고 씹으면 가루가 풀썩 일며 약간의 남은 습기마저 흡수해 버린다. 이래서 고안해 낸 것이 말라붙은 물통에 소변을 누어서 모아두는 일이었다.

소변마저도 만족하게 나오지 않는다. 그래도 모래 속 수통에 묻어두었다가 냉각되었을 밤에 꺼내어 건빵과 함께 마시곤 했다. 이것이 유일한 요기의 방법이었다. 수통의 소변이 도난을 당하는 일도 빈번했다. 이러한 때에 사이다가 한 병씩 배급되었다. 감로수……, 아껴서 마시고 나니 빈 병까지도 애틋하다. 소중히 지니면서 물을 만난 때 수통의 보조용으로 썼다.

그런데 이상한 일이 생겼다. 무기와 탄약 보급 없고 러시아군 탱크가 극성을 부릴 때 누군가가 빈 사이다 병에 가솔린을 넣어 헝겊 마개를 씌운 뒤 불 붙여서 탱크를 향해 던져 보았더니 큰 효과가 났다. 탱크 안에서 활활 화재가 일어났다. 사막 지대의 노몬한에서는 모래 위에 철판을 깔고 그 위에 장치하기 전에는 전차 지뢰도 효과가 없는 판인데, 사이다 병 한 개가 이렇게 큰 전과를 올리니 대단한 발견이 아닐 수 없다. 이때부터 사이다 병은 물병 보조용이 아니라 신예 무기로 등장했다. 그러나 실용 가치는 그리 많지 않았다.

전투에서는 불을 붙이고 던지는 원시적인 방법이 통하지 않는다. 그럴 겨를이 없었다. 한 번은 다급한 대로 불을 붙이지 않은 채 접근하는 탱크에 가솔린만 넣은 사이다 병을 던졌더니 의외로 효과가 났다. 이 소문이 퍼져 모두들 가솔린 병을 던지는 작전으로 나왔는데 이것이 웬 걸, 그 효과가 대단했다. 던지면 병이 깨지며 탱크 바깥벽에 검은 기름이 번진다.

그러고는 그 자리에서 연기가 폴싹 피어오르며 불이 붙기 시작하는데 다 타버리고 꺼질 무렵에는 "뷰웅." 소리와 함께 탱크 속에서 불이 나오고 연기가 피어오르는 것이다. 견디다 못해 포탑 뚜껑이 열리고 뛰쳐나오는 러시아군이나 몽고군들은 대부분 하반신에 중화상을 입고 비틀거리다가 쓰러지기가 일쑤였다.

타기 시작한 탱크 안에서는 포탄이 터지기 시작하고 기관총탄도 계속 작렬하면서 탱크는 5~6시간은 타고 있다. 여기에 재미를 붙인 일본군은 후방에서 빈 병을 모아다가 탱크 공격용으로 사용했는데, 이것도 7월까지고 그 뒤부터는 효과가 나타나지 않았다. 기온 관계로 불을 붙여 던져도 가솔린만이 탈 뿐 탱크에는 아무런 영향도 주지 못했다. 게다가 러시아군은 타지 않는 디젤 기관을 부착한 신형 탱크의 대량 보급을 받았다.

이 탱크는 어떤 공격에도 끄떡하지 않는다. 밤에는 제멋대로 아무 데나 멈추어 놓고는 확성기로 일본 자장가를 방송하고 포크와 나이프 소리를 내며 컵에 냉수 따르는 효과음도 내는 것이었다. 가뜩이나 갈증과 향수에 사로잡혀 있는 일본군의 투지와 사기를 떨어뜨리는 심리 작전이었다.

밤에는 어지러운 꿈길에서 방황하고 낮에는 살인적인 더위와 고전에 시달리는 일본군인 중에서 발광하는 자, 자살하는 자가 속출했다.

7월로 접어들면서 전투는 더욱 치열해 갔다. 공군과 기갑부대 전투에서 일본의 패색이 짙을 때 포병 부대 지상 작전은 어떠했나.

일본군의 자랑인 가농포(加農砲)는 포신이 긴 원거리용 10센티 화포이다. 그러나 무쇠까지 녹일 듯한 맹렬한 더위 속에서는 제구실을 못하게 설계된 것만 같았다.

자주 쏠 수도 없고 많이 쏘기 힘든 상황에서 명중의 정확성과 포탄을 절약하기 위해 기구(氣球) 부대가 본국에서 동원되어 왔다. 기구 부대란 대형 기구 아래 등나무 줄기로 엮은 소쿠리를 달아매고 굵은 밧줄로 지상과 연결하여 일정한 고도까지 띄워 올려서 소쿠리에 탄 관측 장교가 적진을 망원경으로 정탐, 포화의 조준과 거리 조절을 측정해 주는 부대다. 기구가 떠오르고 중포화의 일제 공격에 협력한다는 장교의 목소리에 모두들 기대가 컸고 또 호기심도 유발되었다. 그러나 소쿠리 밖으로 상반신을 반쯤 내밀다시피 하고 망원경 촛점을 맞추고 있는 관측 장교의 표정은 굳었다.

"적 포병 발견."

호령을 숨가쁘게 기다리고 있는 포병 진지는 초긴장 상태이다.

이때 돌연히,

"쌔앵."

금속성의 날카로운 소리와 함께 진지 우익에 있는 구릉지대를 넘어 저공으로 날아오는 러시아 비행기 세 대가 기수를 올려 기구 쪽

을 향해 급상승을 하는 순간,

"푹."

소리와 함께 기구에서 불이 났다. 다음 찰나 소쿠리가 땅에 떨어지고 거기에 타고 있던 관측 장교 전원이 추락사를 하였다. 어이없는 일이었으나 눈앞에서 벌어진 엄연한 사실이었다. 예비로 갖고 온 기구가 없었으므로 기구 부대는 그냥 본토로 철수했다. 장병들은 이것을 여간 부러워하지 않았다. 남아서 싸워야 한다. 이기기 위한 싸움이 아니라 생존을 위한 싸움이었다. 오전 중 2백발 오후에 3백발……쉴 새 없이 포탄을 퍼붓다가 실수로 포신에 손이 닿으면 지익 화상을 입는다.

사흘째 되던 날, 3번 포수가 포탄을 쏘고 폐쇄기를 열었을 때이다. 자동적으로 튀어나와야 할 탄피(彈皮)가 나오지를 않았다. 열을 받아서 붙었는지 꼼짝을 않는 것이었다. 이 현상은 다른 부대에서도 마찬가지였다.

탄피 뒷쪽 조그마한 뇌관(雷管) 구멍에 못을 달아맨 철사를 넣어서 걸리게 한 뒤 천신만고 끝에 그것을 잡아당겨 뽑아내는 방법인데, 10분 내지 15분씩 걸려서 바짝바짝 속이 타들어가는 것 같았다. 이래서는 한 시간에 4, 5발 쏘기가 고작이니 전쟁이라기보다 마치 장난을 하는 듯했다. 며칠 후 치중대(輜重隊)에서 굵은 장대가 하나씩 각 분대에 배급되었다. 포를 한 번 쏠 때마다 앞구멍으로 그 장대를 넣어서 탄피를 밀어내는데 쓰라는 것이다. 4~5명이 달려들어 장대를 한 번씩 조작할 때마다 러시아군의 포탄이 터져서 중대원 3분의 1이 희생되었다. 그런대로 작업이 익숙해져서 한 시간에 10발 내지 15발을 발사하게 되었는데, 이번에는 어쩐 일인지 포를 고정시킨 한쪽 발이 모두 기울어져서 포구는 적을 외면하고 딴곳을 바라본다. 이것을 수리하기 위해 야전 수리장에 다녀오는데 사흘씩이나 걸렸다. 이렇듯 악전고투하는 동안 러시아군 탱크 부대에게 완전 포위된 일본 포병단이 있었다. 포위당한 것은 포병뿐만이 아니다. 할하강을 건너 공격해 오는 탱크 부대는 그 수를 셀 수 없을 만큼 많아서 전군이 2중 3중으로 포위되고 만 것이다. 식량과 음료수는 물론, 포탄도 다 동이 나고 남은 것이라고는 무용지물인 가농포와 트럭 10대가 있을 뿐이었다.

"우."

음산한 싸이렌 소리를 내어서 서로 신호를 주고받으며 포위 작전을 하는 탱크 부대는 날로 그 수가 늘어만 간다. 완전히 3중 포위를 당하기까지 꼬박 사흘이 걸렸다. 러시아군은 서두르지 않았다. 양식도 식수도 없는 부대는 그냥 내버려두어도 1주일 안팎에 자멸할 것을 알고 있기 때문이다. 무전기도 고장나서 포위당한 탱크 부대로 날아드는 공군의 폭격에도 단념하지 않을 수 없었다.

나흘째 되는 날 러시아군 전투기 세 대가 포위당한 일본군 진지를 향해 급강하 비행을 시도했다.

"기총 소사다, 모두 엎드렷."

누군가가 악 쓰듯이 외쳤으나 아무도 엎드리지 않는다. 비행기가 날아간 뒤, 하늘에서는 항복 권고의 전단지가 날아 내려온다.

"나는 ○○부대에 XX상등병이다. 러시아군의 포로가 되었으나 내가 가진 기술을 존중하여 지금은 하바로후스크에서 융숭한 대우를 받고 있다. 전우들이여, 무기를 버리고 빨리 오라."

일본말로 인쇄된 전단지 위에는 XX상등병의 사진까지 나와 있다.

"그대들은 누구를 위하여 싸우고 있는가. 전쟁의 덕을 보는 것은 자본가뿐이다. 그대들 배후에서 사복을 불리고 있는 자본가를 위해 그대는 싸우는가. 총을 버리고 하루바삐 그리운 부모 처자의 곁으로 돌아가지 않으려는가. 러시아군은 그대의 친구다."

러시아행 여권도 있었다.

"이 여권을 지참하는 자를, 러시아는 결코 적대시하지 않을 것이다."

이제는 목구멍 속이 말라서 짝짝 갈라지는 것 같다. 행여나 탈출할 때 쓰려고 보초까지 세워서 지켜온 자동차 라디에터의 물이라도 빼어 마시지 않으면 죽을 지경에 이른 것이다. 가솔린 냄새가 풀풀 나는 라지에터 물을 뽑아서 나누어 마시었다. 이제 자동차는 움직일 수 없게 되었으나 당장은 살아난 것만 같았다.

포위 당한지 이레째 되는 날, 러시아군은 하늘과 땅의 입체 작전으로 맹공격을 해왔다. 포격과 탱크의 기관총 발사, 삽시간에 피바다가 되고 일본군은 전멸했다. 전멸을 옥쇄(玉碎), 패주(敗走)를 전진(轉進)이라 외치면서 싸워온 일본군은 전진할 기회를 놓치고 그만 옥쇄를 하였던 것이다.

4개월에 걸친 노몬한 전쟁은 일본의 완패로 일단락을 짓고 9월 8일부터는 주러 일본대사 도고(東鄕茂德)와 러시아외상 모로토프 사이에 정전에 관한 외교 교섭이 진행, 16일 오전 2시 정전협정이 성립되었다. 이 싸움의 결산은 어찌되나.

일본 측 전투 참가 연인원 11만 5천 8백 명 중 전사 2만 5천, 전상 2만 5천 내지 3만 명이니 45%를 넘어서는 피해를 입었고 비행기 피해가 660대인데, 러시아와 몽고군도 9천 명에 달하는 사상자를 내었다.

이 전쟁을 도발한 관동군 사령관 우에다(植田謙吉) 대장과 참모장 이소가이 중장은 예비역에 편입되고 참모들은 전근 발령을 받았으나, 일선 지휘를 맡아 죽을 고생을 하다가 중상을 입고 생존한 고급 장교들은 거의 예외 없이 강요당하거나 시사를 받아 모두 책임지고 자결하였다. 패전의 문책보다 그 비밀을 막기 위한 입막음이였는지도 모른다.

이리하여 관동군 사령관에는 우메즈(梅津美治郎) 중장, 참모장에 이히무라(飯村穰) 중장이 각각 취임, 잃어버린 체면을 되찾기 위한 준비를 하면서 저자세와 소극 정책으로 일관했는데, 그런 중에도 만주국에 대해서는 매섭도록 고자세를 유지했다.

곧이어 일·독·이 방공협정의 가맹국인 독일이 러시아와 독·러 불가침 조약을 체결하자 고노에의 뒤를 맡았던 하라누마(平沼騏一郎) 내각이 '복잡 괴기'라는 대사를 남기고 내각 총사직을 하여 후임에 육군 대장 아베(阿部信行)가 조각에 착수했다. 독일은 러시아와 불가침 조약을 맺은 뒤 안심하고 폴란드로 출병하니, 이것이 제2차 세계대전의 도화선이 된다.

괴뢰 난징정부

왕징웨이에게는 세 가지 신념이 있었다. 하나는 일본과 화평 제휴이다. 승산 없는 싸움을 계속하여 참혹한 전화만을 입을 게 아니라 차라리 손을 잡는 편이 나으리라. 모조리 빼앗기기 전에 반쯤을 자진해서 내주면 생색이 나고 피해도 없고 또 말발도 설 것이 아닌가. 일본의 기술과 극성이 중국의 무궁무진한 자원과 합작하는 날, 동아 주인은 일본이 될 것이 분명하다. 그때에 가서 주장하거나 조르면 절반까지는 몰라도 3분의 1정도는 중국의 것이 되지 않겠는가…… 일본의 요구를 받아들인데도 당장 크게 손해 볼 일은 없다. 오히려 전쟁을 계속하는 편이 손해이다.

둘째 철두철미한 반공이 마음에 든다. 국체(國體)라 하는 천왕제도 견지를 위한 것이기는 해도 러시아나 중공을 배척하는 그 태도가 좋지 않은가. 다행히 대일전에서 승리를 거둔다 해도 밖으로는 러시아, 안으로 공산당의 조량과 발호를 무슨 수로 막는다는 말인가. 일본과 하나가 되어 반공에 투철하자.

셋째, 우후(牛後)가 되기보다 계두(鶴頭)가 되자. 일본이 국민정부를 상대하지 않겠다는 것은 쉬운 일이 아니기에 단념했으리라. 그러나 내가 있지 아니 하냐. 왕커민(王克敏) 따위로는 아니 될 것이다.

이 세 가지가 그가 지닌 신념이었다. 이러한 자신감이 장제스 대신 나서서 주기를 은근히 바라는 일본의 속내를 알고 충칭에 더는 머물러 있을 수가 없었다. 그것은 매우 위험한 일이기도 하다.

'만주의 푸이, 몽고의 덕왕, 나라고…….'

야심도 없지 않았다. 일본과 제휴로 충칭 안의 정적들을 앞질러 볼 마음도 없지 않다. 이러한 움직임을 보자 당시 일본 수상 고노에가 11월 3일에 발표한 제2차 성명에서 동아 신질서 건설을 말하는 가운데 '국민정부를 상대하지 않겠다'던 1차 성명 내용을 슬쩍 바꾸어 놓았다.

"국민정부라 할지라도 종래의 지도 정책을 버리고 인적 구성을 고쳐서 갱생의 실효를 거두고 신질서 건설에 참여한다면 굳이 이를 물리칠 이유가 없다."

여기에 힘을 입은 왕징웨이는 부인 천비쥔과 동지 쩡중밍(曾仲鳴) 등과 함께 충칭을 탈출, 윈난성(雲南省) 쿤밍(昆明)을 거쳐 베트남 하노이로 나왔던 것이다. 이 일이 있은 지 나흘 만인 12월 22일 일본 정부는 왕징웨이의 탈출을 환영하는 반응을 보여 중국에 대한 새 방침을 고노에 제3차 성명으로 발표했다.

"정부는 올해 두 차례에 걸쳐 발표한 성명에서 시종일관 항일 국민정부에 철저한 무력 소탕을 하는 동시, 중국 동우구안(同憂具眼)의 인사와 서로 제휴하여 동아 신질서 건설을 향해 매진하고자 하는 바입니다. 현하 중국 각지에서는 갱생 세력이 팽배히 일어나 건설의 기운이 점고(漸高)하고 있습니다.

이에 정부는 중국과의 관계를 조정할 근본 방침을 중외(中外)에 천명함으로써 제국의 진심이 알려지기를 바랍니다. 일·만·지 3국이 동아 신질서 건설을 공동 목표로 결속하여 서로 선린우호(善隣友好) 공동 방공, 경제 제휴의 열매를 얻기를 기대합니다. 무엇보다 중국이 낡고 좁은 관념을 청산하고 항일의 우(愚)와 만주국에 대한 얽매임을 과감히 버릴 필요가 있습니다. 일본은 중국이 만주국과 완전한 국교를 가지도록 솔직히 요망하는 바입니다."

이 성명을 보고 느긋해진 왕징웨이는 29일 충칭 정부에 대해, 중·일 양국 화평 해결을 주장한 전보를 쳤다. 이른바 염전(艷電)이다. 이에 대한 충칭 정부의 반응은 냉담하고도 준엄했다. 이듬해 1월 1일에 이르러 국민당 중앙집행위원회는 왕징웨이의 공직을 파면, 국민당에서 제명할 것을 결의하는 동시 화평 제안에 절대 반대임을 표명하였다. 그래도 왕징웨이는 하노이에 체류하면서 계속 화평 권고를 하는 한편, 동지 획득에 주력했다. 그러나 중국 국민의 항전 결의는 굳었다. 왕징웨이의 은신처는 충칭에서 온 테러단에 포위되고 같이 탈출해 온 심복 쩡중밍은 습격을 받아 살해되었다. 홍콩과 마카오에서도 동지들이 습격당하는 것을 보자 그는 안전한 곳을 찾아서 그해 4월 다시 상하이로 탈출했다.

그러나 상하이도 안전한 곳은 못되었다. 일본군 점령 하에서 백주의 테러가 횡행한다. 누가 어느 편인지 알 수 없는 인물들이 우왕좌왕 번화가에서도 폭력이 난무한다.

이러한 상황 속에 뛰어든 왕징웨이의 신변 보호를 책임진 것이 딩모춘(丁默邨)과 리스췬(李士群)이었다. 이들은 도이하라(土肥原) 기관의 하루키(晴氣慶胤), 쓰카모토(塚本誠), 두 소령의 협조를 얻어 특무 공작대를 조직, 그 본거지를 우원로(愚園路)에 두고 활동을 개시했다. 지하에서 폭력을 조정하는 정치 공작대인데다 점령군인 일본의 특무 기관이 보장하는 단체라 그 세력과 권한은 대단한 것이었다. 본거지 주소를 '76호'로도 불리었는데, 76호하면 공포의 대명사처럼 되어 있었다. 최고 책임자가 딩모춘, 리스췬이 차장격이었다.

딩모춘에게는 밉지 않은 여비서가 하나 있었다. 이름은 정핑루(鄭蘋如), 상하이 고등법원 수석 검찰관 정월(鄭鉞)과 일본 여자 사이에 태어난 혼혈아다. 정핑루가 충칭 측 스파이라는 것을 알 리가 없는 딩모춘이었다.

"대장님, 크리스마스가 가까웠네요."

"음."

"그날 무슨 좋은 일이라도 있으세요?"

"없어. 너는?"

"저두 없어요."

"그럼 잘 됐군. 나하구 놀러나 가지."

"좋아요."

"약속한 거야?"

"그렇다니까요. ……허지만……."

"뭘?"

"대장님을 모시고 다니려면 옷이 초라하지 않아야 하는데."

"옷이 왜 초라해?"

"이게 초라하지 않단 말예요? 이건 사무복이에요."

"그거문 됐지 뭘?"

"속은 그렇다구 해요. 허지만 겉옷이 없거든요. 헐벗구 다닌대두 전 괜찮지만 대장님 체면이 어찌 되겠어요? 같이 파티에라도 나가 보세요. 남들이 뭐라고 소곤댈까요. 웬 거지 계집애를 데리고 다닌다구 비웃지들 않을까요?"

"하하하, 알아 들었어. 크리스마스 선물 삼아서 옷 한 벌 사 주지."

"아이 좋아라, 진작 알아듣지 못하시구서, 호호호."

"하하하. 뭐가 필요해?"

"밍크 외투."

"갑자기 좋은 걸 구할 수 있나."

"벌써 봐둔 게 있어요."

"어디서?"

"정안사로(靜安寺路) 대로변에 모피점이 있어요. 시베리아 잡화공사(雜貨公司)라구."

"그래? 하하하, 모두 계획적이었군."

순간, 정핑루는 찔끔하였으나 딩모춘의 다음 말은 그녀를 안심케 했다.

"……지금 나가지."

"지금이요?"

"응."

"아이, 지금은 안돼요. 내일이구 모레구 가세요, 네."

"뭐 그래야 할 사정이라두……?"

"아니에요, 그저요."

평소에는 표범처럼 광채가 나던 눈도 소녀의 아양 앞에서는 가늘고 부드러워진다.

"알았어. 그럼 내일……."

다음날 오후 딩모춘은 정핑루와 함께 전용 자동차를 타고 정안사로로 향했다.

시베리아 모피점은 동, 서양쪽에 출입문이 있고 가운데가 쇼윈도로 되어 있었다. 딩모춘의 차가 멈춘 곳이 동쪽 출입문 앞이었다. 정핑루의 어깨에 가벼히 손을 얹고 차를 내리는 순간, 그는 찬물을 끼얹힌 것처럼 등골이 오싹했다. 동쪽 출입구 양쪽에 손을 찔러 넣은 중국 옷차림 사나이 둘이 팔짱을 낀 채 서 있지 아니한가.

그의 직업의식이랄까, 발달된 육감이 사나이들 솜옷 속을 번개처럼 꿰뚫어 보았다. 그 속에는 권총이 들어 있었다. 그 후에 취한 딩모춘의 조치는, 적절하고 치밀하면서도 민첩했다. 그 치밀한 일거일동이 위험에서 자신을 지켰다.

'달아나 버릴까?' 그는 잠시 고민했다.

'만일 그랬다면 근거리에서 정확한 저격을 받았을 거다.' 딩모춘은

운전수에게 빠른 말로 일렀다.

"행길을 건너서 반대방향으로 차를 세워 두게."

말을 마치자 정펑루를 놓치지 않기 위해 어깨 위에 얹어 놓은 손에 힘을 주었다. 그리고는 아무것도 모른다는 듯 암살자가 서 있는 문으로 향했다. 이것 또한 현명했다. 무슨 눈치를 챈 것처럼 부자연스럽게 서쪽 문을 택하였다면 암살자는 측면에서 사격을 퍼부었으리라. 딩모춘은 태연스레 동쪽 문으로 들어갔다. 이때 사나이들은 잠시 긴장을 풀었다. 그가 나오기까지 10분 내지 15분의 여유는 있으리라 생각했을 것이다. 그중 하나가 중얼거렸다.

"사격엔 자신 있지만 정펑루가 너무 가까이 붙어서서 안되겠는걸."

"이따가 나올 때는 억지로라도 떼어놓아야겠어."

이때 가게 안에서 그녀의 비명이 들려왔다.

"까악—."

"뭐야?"

"빈여다."

"난 여기를 지킬테니까, 얼른 들어가 봐."

"음."

사나이 중 하나가 가게 안으로 뛰어가고 나머지 한 명이 권총을 빼어 들었다. 살인자들도 서투르지가 않았다. 보통 같으면 둘이 다 쫓아 갔을 텐데 하나는 남아 있었다.

안에서 무슨 일이 생겼나.

딩모춘은 점포 안에 들어서자마자 정펑루를 진열장 유리에 힘껏 밀어 붙였다. 그리고 동시에 서쪽 문으로 달려나갔다.

"탕."

총소리가 울렸으나 그는 이미 빈틈없이 자동차들이 내달리는 정안사대로를 횡단하고 있었다. 때마침 러쉬아워의 혼잡을 이룬 거리라 걸음을 멈추는 인파를 헤치고 길을 건넌 딩모춘은 맞은편에서 대기 중인 자동차 안으로 뛰어들었다.

"출발, 빨리 가."

차는 쏜살같이 난징로(南京路)로 달린다.

"탕……탕, 탕."

등 뒤에서 총소리가 났으나 그는 무사했다. 유리에 금이 가서 얼음이 깨진 듯했으나 용의주도하게도 유리창에는 방탄(防彈)장치가 되어 있었다.

이 일이 있은 뒤 딩모춘의 인기는 날로 떨어져 갔다. 무슨 꼴이냐. 비린내 나는 계집아이에게 속아서 끌려다니다가 하마터면 죽을 뻔하고 도망치다니…….

이 비난의 진원지(震源地)가 지금까지 동지로 알고 형제처럼 믿어 온 리스췬의 흉계임을 알고는 둘 사이에 심각한 대립 장벽이 생겼다. 그 뒤로도 리스췬의 공작은 맹렬하여 결국 딩모춘은 실각하고 리스췬이 최고 책임자 자리를 꿰찼다. 그 후 정펑루는 76호에 발견, 체포되어 총살당하고 뒷날 리스췬도 누군가에게 독살된다.

이런 험악한 공기 속에서도 왕징웨이 정권은 태동하고 있었다. 5월에 도쿄로 간 그는 히라누마(平沼) 수상에게서 정부 수립 확약을 받고 베이징으로 와서 임시정부 주석 왕커민과 유신 정부 주석 량홍즈(梁鴻志)와 면담 후, 신중앙 정부 수립에 착수했다. 머지않아 3월 30일, 국민정부가 난징에 환도하는 형식으로 신정부를 발족했다. 왕커민의 임시정부는 화베이(華北) 정무위원회로 개편, 난징 중앙 정부 위임 범위 안에서 정권을 그대로 두고 량홍즈의 유신 정부는 해체하여 정부 구성원을 중앙 정부에 흡수토록 했다. 왕징웨이가 주석 대리에 취임하고 그 자리는 공석으로 남겨 두었다. 충칭 국민정부 주석 린썬(林森)을 추대한다는 정치적 배려에서였다. 이처럼 일본은 괴뢰 정권을 세워 놓고 외교 교섭을 추진한다고 허풍을 떠는 한편, 별도로 충칭 정부와도 비밀 교섭을 진행시키고 있었다. 이 교섭이 실패로 돌아가자 왕징웨이가 괴뢰 난징정부 주석에 취임하고 전 수상 아베(阿部信行) 대장과 사이에 일·화 기본 조약에 조인을 마쳤다.

건국신묘

관동군 제4과장 가타쿠라(片倉衷) 참모로부터 협화회의 후루미(古海忠之)에게 이런 말을 해온 것은 벌써 오래전 일이다.

"만주국 국민의 신앙 중심이 될 신을 정하는 것이 필요할 줄 아는 데요. 의향이 어떻소?"

"물론 환영합니다. 그러나 신은 정하거나 만드는 것보다는 어느 나라에나 예부터 내려오는 민족 신앙의 표상이 있지 않습니까?"

"그렇지요, 그래서 그걸 찾아 주는 거요."

"찾아 주지 않더라도 만주족은 만주족대로 그것이 있습니다. 공자(孔子)나 관우(關羽), 악비(岳飛)라든가……."

"그건 알아요. 신교(信敎)는 자유니까 강요하거나 통제할 수 없지만 국교는 정해야 할 게 아닙니까. 다시 말하면 제실(帝室)의 신위는 작정을 해야 할 것 같은데요."

"알겠습니다. 관료신(官僚神)을 만들자 그 말씀이로군요."

"명칭이야 무엇이든 상관 없습니다. 국민 정신 작흥을 위해서라두, 하나 있기는 있어야겠는데."

"관동군에서 이미 내정한 신위가 있을 거 아닙니까, 그걸 솔직하게 말씀하시지요."

"없는 건 아닙니다. 만주족의 고유사상을 바탕으로 해서 천·지·인 삼주(三柱)를 모시도록 하는 게 어떻겠소?"

"좋군요. 그러나 막연히 천·지·인이라고만 해서는 알 수 없는 걸요."

"설명하지요. 인신은 만주 건국에 희생된 수많은 사람들 혼백을 제사하는 거고요……."

"무방하겠지요. 그리구 천신·지신은?"

"그게 문제에요. 공자, 관우, 악비도 좋겠으나 내 생각 같아서는……."

"말씀하시오."

"명치 천황의 어령을 받들어 모시는 게 어떨까 합니다."

"흠, 글쎄요……."

이 문제에 대해서는 의논이 분분했다. 만주국 정부와 협화회, 만·일 수뇌자 간에 회의를 거듭했으나 좀처럼 합의를 볼 수가 없어 유야무야로 묻혀 왔다.

이 무렵, 만주국 황제 푸이와 제실어용계라는 관동군 참모 요시오카 소장 사이에 격렬한 논쟁이 진행되고 있었다.

"……내가 이 나라의 황제인 만큼 조상의 능묘를 참배하고 조령(祖靈) 제사를 모시는 것은 마땅하지 않소?"

"안되십니다."

"안되다니요? 그렇게 하는 것이 천지자연의 섭리가 아닙니까. 평민이라 할지라도 그런 자유를 누리는데 일국의 황제로 앉아 그것을 못하다니……."

"폐하는 황제라서 그것을 못하십니다."

"알 수가 없구려, 내가 알아 듣도록 설명하여 주오."

이 일에 관해서 만은 태도가 강경하여 조금도 양보하지 않는 푸이였다.

"폐하가 청조의 황제라면 문제가 다릅니다. 그러나 만주국은 일·만·몽·조·한(日滿蒙朝漢) 5족 협화로 이루어진 대제국이고, 폐하께서는 그들을 다스리는 황제이십니다. 만주와 몽고만의 황제가 아니신 이상 청조의 조령만을 제사 지내심은 온당치가 않습니다. 일시동인(一視同仁), 5족을 공평하게 모셔야 합니다."

"나는 만주국 황제이지만 아이신교로(愛親覺羅)의 후손이요, 자손이 조상 제사를 지내는 건 당연하지 않소?"

"정 그러시면 다른 계통의 후손으로 제사를 모시게 하십시오."

"음."

논쟁에 진 푸이가 굴복하여 그동안 준비 중이던 베이링(北陵) 대제(大祭)는 중지되었다.

그리고 1940년, 노몬한 사건 뒤에 새로 부임해 온 관동군 사령관 우메즈(梅津美治郎) 중장이 요시오카를 통해 황제에게 본심을 털어놓았다. 요시오카는 득의양양하여 황제 푸이 앞에 섰다.

"폐하, 오늘은 기쁘고 좋은 소식 하나를 갖고 왔습니다."

"뭐요, 요시오카."

"다름이 아니고 일본과 만주는 일덕일심, 한 몸이 아닙니까?"

"그, 그렇지요. 다시는 나눌 수 없고 천황 폐하와 나는 일심동체입니다."

"바로 그것입니다. 따라서 일본의 종교는 곧 만주의 종교가 아니겠습니까."

"뭐, 뭐?"

"폐하께서는 모름지기 일본 황제 왕족이신 '아마테라스 오오미카미(天照大神)'의 신위를 모셔다가 만주국의 국교로 삼으셔야 합니다."

"……."

"마침 금년은 신무(神武) 천황께서 개국하신 지 2천 6백 년이 되는 경사롭고 유서 깊은 해입니다. 도쿄에서는 대대적인 경축 행사가 벌어지는데 폐하께서도 참석을 하셔야 되지 않습니까?"

"그야 가기로 되어 있으니 가야겠지요."

"그렇습니다. 이번 제2차 방일 때에 도쿄에 가셨다가 귀국하시는 길에 신위를 모시고 오면 되겠습니다."

푸이의 검은 얼굴이 창백해졌다. 그리고 음성은 떨리었다.

"못, 못하겠소."

"예?……못하시다니요?"

"못한다면 못하는 거요."

"그렇게는 안되실 겁니다. 이것은 신임 사령관 우메즈 각하의 요청이기도 합니다."

푸이는 다시 입을 다물었다. 마침내 일본 방문은 5월로 결정되었다.

8일간 체류할 예정으로 일본을 방문한 푸이는 천왕 쇼와를 만난 자리에서 요시오카가 작성 해준 원고를 낭독했다.

"……대일본제국과 대만주제국은 일덕일심, 나뉠 수 없는 관계이므로 이것을 체현하기 위해, 일본국의 아마테라스 오오미카미를 만주국에 모셔다가 봉사(奉祀)할 것을 희망합니다……."

쇼와는 간단히 대답했다.

"폐하의 소망이 그러하시니 어의를 좇지 않을 수 없습니다."

말을 마치고 일어난 쇼와는 테이블 위에 진열한 삼종(三種)의 신기(神器)를 가리킨다. 낡은 칼과 구리쇠 거울, 꼬부라진 구슬이었다.

"이 세 가지가 일본 황실의 상징입니다."

쇼와가 아마테라스 오오미카미를 대표한다는 물건들 유래를 설명할 때 푸이는 딴생각을 하고 있었다.

'저런 것들보다 베이징 고물상에 굴러 다니는 물건들이 훨씬 더 볼품 있을 게다. 태감들이 자금성에서 훔쳐낸 것이 얼마나 더 값어치가 나가는데. 신성불가침의 대신? 황조(皇祖)?'

푸이는 웃음이 나오려는 것을 간신히 참았다. 다음에는 눈물이 나려 했다.

쇼와는 이어서 미리 준비해 두었던 일본도 한 자루를 기념품이라 하며 건네주었다.

푸이가 갖고 돌아온 이 칼이 건국 신묘의 신체(神體)가 되었다.

그는 귀국하자 제궁 앞에 목조 건물인 '건국신묘'의 신축을 명하는 한편, 제사부(祭祀府)를 조직하고 일본 근위 사단장, 관동군 참모장, 헌병 사령관을 역임한 하시모토(橋本虎之助)를 제사부 총재에, 심서린(沈瑞麟)을 부총재에 각각 임명하고는 황송해서 못견디겠다는 조칙을 내렸다.

삼광정책

중국 대륙에서 일본군의 점령 지역은 차츰 확대되어 가고 있었다. 그러나 이것은 점(點)과 선(線)의 점령일 뿐이다. 노몬한 사건을 전후로 쉬저우(徐州), 광둥(廣東), 무한삼진(武漢三鎭) 난창(南昌) 및 난닝(南寧)을 공략해서 한커우(漢口), 충칭(重慶)을 포위한 전선을 형성했으니 점령 지역이 방대했으나 이름이 알려진 역(驛)과 그것을 연하는 철도 연변뿐이라, 점과 선의 점령이란 말도 있을 법하지 아니한가. 그나마도 치안이 유지되어 있지 못했다. 신출귀몰하는 기습과 공격 앞에 현지군은 어찌할 바를 몰랐다. 농촌에서는 일본군이 주둔하면 주민들은 아녀자들까지 데리고 피했다가 떠나면 다시 돌아와서 항일군의 편의를 다각도로 도모하며 지원을 아끼지 않는다. 도시에서는 청천 백일기와 일기장를 따로 마련해 두었다가 필요에 따라 구별하여 쓸 줄을 안다. 이것을 가리켜 일본은 이렇게 표현했다.

"쫓아도 쫓아도 다시 모여드는 파리떼."

이쯤 되면 성깔 있고 악착스러운 일본의 공격 부대가 발악과 보복을 겸해서 박멸 작전으로 나올 것을 짐작하기 어렵지 않다. 현지군 수뇌부에서 구상한 것이 이른바 삼광(三光) 작전이다. 살광(殺光), 소광(燒光), 창광(搶光)……

―모조리 죽이고, 모조리 불사르고, 모조리 뺏는다. 이것이 바로 삼광정책이다.

"민간인들도 남김없이 죽이자, 민간 시설이나 개인 소유물까지도 완전히 불태우자, 무엇이든지 빼앗아 버리자."

점령 지구는 아무도 살지 않고 누구도 살 수 없는 무인지경으로 만들어 버리자는 작전이다.

─만주국 황제가 신징에 건국 신묘를 건립하고 일본 신을 모셔다가 감지덕지 예배를 하고 있을 때, 수많은 동족들은 일본 군인의 손에 무참히 죽어가고 있었다.

그날은 마침 크리스마스 밤이었다. 제39사단 제232연대는 삼국지(三國志)로 유명한 양쯔강(揚子江) 상류 쪽인 후베이성(湖北省) 당양현(當陽縣) 일대에 주둔하고 있었다. 여기서 서북쪽으로 파산(巴山)의 능선(稜線)을 몇 개 넘은 25킬로 지점에 백양사(白陽寺)라 부르는 마을이 있다. 수풀이 우거진 산기슭 골짜기에 자리 잡은 이 부락은 100채 가량의 중국 농민이 평화롭게 살아가는 곳이다. 한때는 항일 유격대가 이 마을에 머무르면서 일본군 232연대에 많은 손해를 입혔던 유서 깊은 곳이다.

이날 밤 장교가 회식하는 자리에서 연대장 하마다(濱田弘) 대령이 느닷없이 이런 말을 꺼내 놓았다.

"머지않아 정월인데 추위도 참기 어려운 판에 축배를 올릴 술과 고기가 부족해서야 쓰겠나?"

"옳은 말씀입니다."

대꾸를 한 것은 제2중대장 가와카미(川上雄三郎) 중위였다.

"백양사 부근에 사는 놈들은 전부가 우리에게 적의를 품은 주민들뿐이야."

"이 마을을 쳐서 신징을 축하할 음식거리를 마련해 보면 어떨까."

"좋은 의견이십니다."

"곧 착수하는 게 좋겠어. 물자를 입수한 뒤에는 부락을 몽땅 태워버리구 주민은 남녀노소할 것 없이 깡그리 소탕해 버려. 삼광정책에 순응해서 말이야."

"알겠습니다."

가와카미는 이 작전을 시카타(鹿田正夫) 소위 등에게 명령했다. 작전을 수행하는 군대가 아니라 살인, 강도에 방화범을 겸한 불한당 패다.

약탈 부대가 백양사 마을을 굽어볼 무렵은 이른 새벽이었다.

시카타가 각 분대에게 부락 소탕을 명령하니 30명 남짓한 병력이 산을 달려 내려간다. 이것을 확인한 시카타 소위도 당번병(當番兵)을 데리고 마을로 향했다. 제1분대와 제3분대가 협공작전으로 농가를 포위했다. 잠을 자다가 놀랜 주민들이 밖으로 뛰어나와 피난을 하느라 갈팡질팡 좌왕우왕한다. 전족(纏足)한 노파가 불편한 발로 달아나다가 쓰러진 것을 본 시카타는 소리쳤다.

"사격 개시. 뭘하구 있어? 빨리 저것들을 죽이지 못하구."

경기관총의 콩볶듯 끔찍한 소리가 명령과 함께 일었다.

"탕탕탕……."

"쌔앵 쌔앵 쌔앵……."

불을 뿜으며 쏟아져 나가는 총탄이 작은 골짜기에 메아리를 남기고 아침 안개 속을 누비면서 날아가는 곳에 농민들은 기운 없이 죽어 넘어진다.

소다(曾田)라는 일등병이 시카타 앞으로 달려 왔다.

"소대장님! 이 집에 커다란 돼지가 있습니다."

"그런 것은 나중이다. 먼저 사람들을 죽여라."

"핫. 그리고 방 안에 여자가 있었습니다! 쟝꼬로도 하나……."

"뭐? 여자가……? 어디야? 안내해."

"하."

소다가 앞장서서 안내한 곳은 뒷곁에 있는 조그마한 골방이었다.

방 문을 걷어차서 안을 들여다보니 24, 25세나 되었을까 한 여인이 병색이 완연한 몸으로 초라한 나무 침대 위에 누워 있고, 그 앞에는 뼈만 남은 노인이 침대를 막고 서며 창백한 입술을 바르르 떤다.

"사, 살려 주시오. 내 딸은 앓아누워 있는 몸이요."

그는 손을 모아 빌면서 무릎을 꿇고 절을 한다. 고개를 든 노인의 눈에 눈물이 하얗게 빛난다.

"뭐라구? 너두 항일군의 스파이지."

"아, 아닙니다. 나는 노……농사를 짓는……."

"듣기 싫다. 늙은 거지."

시카타의 군화가 늙은 농부 어깨를 걷어차 넘어뜨려 놓고 권총을 겨냥하여 움직이지 못하도록 하고는 당번인 호리(掘)병장에게 명령했다.

"그 계집은 총검으로 찔러."

"……."

"찔러. 빨리 찌르라니까."

호리는 차마 찌를 수가 없었던지 방아쇠를 당겼다.

"타앙."

여인은 단번에 숨졌다.

―화염이 벌써 이 집을 포위했다.

"출발이다. 짊어지든 들든 가질 수 있는 만큼 운반해라. 포로들에게도 짐을 지우고."

시카타는 노인에게도 명령했다.

"일어나서 짐을 져라."

노인은 꼼짝도 못한다. 눈앞에서 병든 딸이 총에 맞아 죽는 것을 목격한 그는 눈빛을 잃은 모습이었다. 그러나 시카타는 노인의 손을 결박짓고 군도 칼집으로 등을 후려쳐서 억지로 일어나게 한 다음,

젓가락 같은 어깨에 쌀자루를 올려놓았다.

"어서 출발하자. 이 물건을 다 갖고 가면 훌륭한 신년연회가 되겠군."

생포된 농민들의 등에는 기름, 술, 엿, 곡식, 닭, 돼지 따위가 말바리에 실듯 얹혀졌다.

"이놈들, 빨리 걸어."

보병총의 개머리판으로 때리고 칼끝으로 후려쳐서 선량한 농민들을 몰아세운다. 그들은 고생 끝에 얻은 수확물을 등에 지고 발부리에 걸리는 식구들 시체를 넘어서 불속에 잿더미로 변해가는 정다운 집을 돌아보며 헛깨비처럼 길을 걷는다.

일행이 부락을 벗어난 마을 어귀에 피난한 아녀자 30명 가량이 붙잡혀 얼싸안고 통곡하는 광경이 벌어진다. 젖먹이를 안은 채 넋을 잃고 앉아 있는 여인도 보인다.

"여기서 잠시 휴식이다."

시카타의 명령에 따라 소대원은 아녀자 무리를 포위하듯 둘러 앉았다.

이노우에(井上) 소위가 거느린 제2소대와 후지이(藤井) 상사가 이끄는 제3소대도 도착하여 합류했다. 어디선가 나타난 가와카미 중대장이 노획품을 보면서 빙긋 웃는다.

"시카타 소위, 전과는 있었나?"

"하. 보시는 바와 같습니다."

"저것들 시끄러워서 견딜 수가 있나. 할거라면 빨리 해치우는 편이 낫다. 후지이 상사, 너희 소대에서 처치하라."

"하. 그러나 저는 혼자서 11명 반이나 없앴더니 좀 지쳤습니다."

"반은 뭐야?"

"임신부 뱃속에 든 애는 반밖에 안되지 않습니까."

"하하하."

"그러나 가만 계십쇼. 저것들도 뭘 좀 갖고 있는지 모릅니다."

그러면서 여인들에게로 접근한 후지이는 칼집으로 하나하나 턱을 치켜올려서 얼굴을 자세히 들여다보다가 그냥 돌아와 버렸다.

"음. 모두 거지 궁상들이로군. 귀걸이 하나두 변변한 걸 가진 년이 없어."

"중대장님. 저것들 한가운데다 척탄통(擲彈筒) 하나를 처박으면 어떨까요?"

"바보 같은 수작 하지 마라. 저까짓 것들 죽이는데 척탄통? 물자를 아낄줄 알아야 한다."

"하하하."

모두들 웃는다. 결국 아낙네들과 어린아이들은 경기관총 세례를 받고 몰사했다. 가와카미는 다시 물었다.

"소가 모두 몇 마리냐?"

"전부 11마리, 말이 한 필 있습니다."

"음. 그럼 노획물은 소와 말에 나누어 싣고 저 쓰잘데 없는 포로들도 여기서 처치하는 것이 좋겠다."

"하. 군도가 얼마나 잘 드는지 시험도 해볼 겸 칼 쓰는 솜씨도 익힐 겸 연습 삼아 참수(斬首)를 하겠습니다."

"좋겠지. 그 편이 소리가 안 나서 조용도 하겠고."

늙은 농부를 포함한 남자 네 명은 살인마들이 휘두르는 칼바람에 목에서 머리가 떨어져 나가 비탈진 언덕을 굴러 내려갔다……

백양사 마을은 전멸했다. 그 대신 232연대 장병의 신년연회는 마냥 화려하고 푸짐했다.

1941년 5월 9일 심야, 허남성(河南省) 복양현(僕陽縣)의 이가장(李

家莊) 부락을 공격하기 위해 보병 대대장 혼다(本田義夫) 소령은 대대 병력 8백명 전원을 이끌고 행동을 개시했다. 비가 주룩주룩 내리는 밤길을 강행군해서 목적지에 도착할 무렵에는 비도 개어서 구름 사이로 지새는 별이 반짝이고 있었다.

"놈들이 잠시 뒤 운명도 모르고 낄낄낄! 어쨌든 독 안에 든 쥐다."

그 자리에 부관 에노모토(榎本榮一) 중위가 달려왔다.

"전개완료(展開完了)라는 무전이 들어 왔습니다."

이 보고가 끝나기 전에 혼다 소령은 신호수에게 붉은 신호탄을 올리도록 지시했다. 전투 개시의 신호탄.

동시에 6, 7중대 방면에서 기관총 소리가 요란히 울리고 5중대에서도 총성이 일더니 포위망을 차츰 압축해 간다. 부대가 벌써 부락 안에 침입했을 무렵인데도 아무런 전황보고가 없다. 참다 못해 현장으로 달려간 그는 5중대장 고보다(甲田助五郎) 대위를 만났다.

"이거봐 중대장. 전과는? 노획품은?"

"대대장님, 죄송합니다. 전과가 전혀……."

"없단 말인가? 저만큼이나 사격을 퍼붓고도 전과를 못 올렸단 말인가?"

"적은 벌써 우리 행동을 알고 미리 피난을 했습니다."

"음, 빠른 놈들. 그래, 한 놈도 못죽였어?"

"10명쯤 민간인이 죽어 있었고 노인과 어린아이 2, 30명 생포하였을 뿐입니다."

"모두 감금시켜 둬."

"하."

10시경이었다. 5중대장 고타 대위가 헐떡거리며 달려왔다.

"대대장님, 아침 식사 후에 사이토 일등병이 행방불명되었습니다."

"무엇이?"

혼다의 머릿속에는 사이토의 창백한 얼굴이 떠올랐다. 싸움터에서는 수재형의 인텔리가 소용없다. 도리어 거추장스러운 존재일 뿐이다. 꾀병을 부리며 되도록 전투에 참가하지 않으려는 대학 출신의 사이토를 너무 미워하는 나머지 그를 기억하는 혼다였다. '낙오(落伍)하려 할 때마다 손수 기합을 주어서 억지로 끌고 다녔는데, 결국……' 사이토가 죽었다면 문제는 간단하다.

"그 새끼 끝내 말썽이군." 그러나 만일 포로가 되었다면?…… 그건 큰일이다.

"고타 대위. 어떻게 처리했나?"

"생포한 주민을 고문해서 알아보았더니 사이토가 적에게 납치된 사실을 알았습니다. 분명치는 않지만."

"분명치 않은 건 고타 바로 너다! 뭐가 그렇게 흐리멍덩해? 그 따위 미지근한 처리가 어디 있어. 그러고도 네가 중대장이냐. 다시 가서 주민을 철저히 고문해라."

"하."

고함을 질러서 보내 놓고 곧 부관을 불러 수색을 명하고는 고문 현장으로 달려간 혼다였다.

주위를 토벽으로 쌓아올린 벽돌 건물 안에 조금 전 생포된 농민들이 감금되어 있고 마당에는 지금 막 고문을 받은 청년이 퍼렇게 멍든 얼굴에서 검붉은 피를 흘리며 뒹굴고 있었다. 배가 유난히 부른 것으로 보아 코와 입으로 물을 퍼부은 게 분명하다. 혼다에게 욕을 먹고 화가 난 고타가 분풀이 삼아서 모진 악행을 벌인 것이었다.

혼다는 다시 고타에게 명하여 감금한 전원을 마당에 끌어내게 한 다음 입을 열었다.

"일본 군인 한 명이 행방불명되었다. 너희들은 알고 있을 것이다. 이미 납치된 것을 보았다는 자도 있으니까. 보고도 말하지 않는다면 그건 너희들 책임이다. 당장 실토해라. 그렇지 않으면 모조리 저 젊은 놈처럼 고문을 할 테다."

그래도 모두들 무표정한 채 입을 꽉 다물고 있다. 혼다는 같이 잡혀온 아비와 아들을 앞으로 나오라 했다. 50세 전후의 아버지와 20 안팎 됨직한 아들. 그는 다시 상사(上士) 한 명에게 명하여 아들 뒤 통수에 권총 총구를 바짝 대게 하였다.

"야잇! 늙은이, 말하지 않으면 네 아들을 쏘아 죽일테다."

이 협박에 노인은 잠시 안색이 변하더니 한마디를 내뱉고는 외면해 버리는 게 아닌가.

"모른다."

부하들 앞에서 이 꼴을 당하니 체면이 말이 아니었다.

"네 아들을 쏘아 죽인단 말이다. 나중에 후회하지 마라."

"모르니까 모른다고 했다. 죽이려면 죽여."

"이 새끼가. ……쏴라!"

이때 아들이 무어라고 소리쳤다. 자백을 하는가 했는데 그것이 아니었다. 그는 노인을 향해 분명한 투로 말했다.

"아버지, 정의를 위해 이 땅을 끝까지 지켜주십시오. 저는 우리 승리를 믿으면서 먼저 갑니다."

순간, 권총이 불을 뿜었고 젊은이는 그 자리에서 앞으로 꼬꾸라졌다.

"너희들도 자백하지 않으면 저 꼴이 될 줄 알아. 알았나?"

이 위협 앞에서도 아무런 반응이 나타나지 않았다. 살기가 등등한 혼다는 이 말을 남기고 대대본부로 말을 몰았다.,

"이것들을 모조리 처치해라."

등 뒤에서 울려 퍼지는 총소리는 안 들리고 사이토의 행방만이 궁금했다. 만일 자기 대대에서 탈출병이나 포로가 났다면 불명예일 뿐 아니라 출세나 진급에도 지장이 있기 때문이다.

잠시 뒤 고타 중대장에게서 보고가 들어왔다.

"사이토 일등병이 오촌(吳村) 부락 밭 가운데 도랑에서 자살한 시체로 발견되었습니다."

"그래? 하하하! 그거 잘됐다. 바보 같은 자식, 속을 썩힌다니까."

그는 곧 부관에게 사이토 일등병이 장렬한 전사를 했다고 연대본부에 보고하도록 지시했다.

이튿날부터 혼다 소령은 각 중대를 동원해 대추나무 수풀을 벌채토록 명령했다. 벌채 상황을 시찰하고 독려도 하기 위해 혼다가 시미즈(淸水) 중위와 부관, 당번들과 함께 말을 몰아 현장으로 향하던 중 모래톱(砂丘) 기슭을 급히 달려가는 사나이 하나를 발견했다.

"저놈을 잡아라."

"하."

시미즈는 군용견을 풀어서 따라가 물게 하고 자기들도 말로 추격했다. 붙잡혀온 젊은이는 나이가 27, 8세나 되었을까. 장대하고 날렵해 보이는 청년이었다.

"시미즈. 이놈은 농부가 아니야. 군인이거나 스파이다. 철저히 문초해라."

"하."

혼다는 나무 등걸에 걸터앉아서 벌채 상황을 감시하는 한편 고문하는 소리를 듣고 있었다. 잠시 뒤였다. 웬일인지 비명을 지르고 있는 것이 중국인 청년이 아니라 시미즈 중위 같아서 벌떡 일어나 달려갔다. 시미즈 중위가 밑에 깔리고 청년이 타고 앉아서 주먹다짐을 하고 있는 게 아닌가. 뜯어말리던 보초병이 손을 물려서 비명을 지른다. 불타는 투지 앞에 손쓸 겨를 없이 당하다가 여럿이 달려들어서야 간신히 붙들어 결박을 지었다. 혼다는 시미즈를 꾸짖었다.

"바보 같은 것, 어쩌다가 그런 추태를 보여?"

"죄송합니다. 이놈이 소변을 보겠다구 해서 밧줄을 풀어준 채 문초를 하고 있는데 갑자기 덤벼들어 보초의 총을 뺏으려고 유도로 넘기려 했을 때 발이 미끌어져서 그만……."

"고약한 놈이로군."

혼다는 손수 목검을 들고 청년의 등을 서너번 내리쳤다. 그러나 강철 같은 투지가 전신을 감고 있는지 목검은 도리어 고무를 치는 듯 튀어 올랐다.

"시미즈, 철저히 해. 자백을 못 받으면 도루묵이 되어 버린다."

그는 무안해져서 이 말을 남기고 벌채 작업 현장으로 말을 몰았다.

잠시 뒤 시미즈가 허겁지겁 혼다 앞으로 달려왔다.

"대대장님, 죄송합니다."

"뭐가 또 죄송해?"

"그자를 고만 놓쳐 버렸습니다."

"무어? 놓쳐 버려?"

"하, 형편 없는 놈입니다."

"형편 없는 건 너야. 그러고도 장교라고 할 수 있는가? 쏘아 죽이지도 못해?"

"죽기는 죽었습니다. 놈은 역시 군인이었습니다. 두고 봐라, 이 원수는 꼭 갚는다, 두 손을 뒤로 묶인 채 달아나 우물에 빠져 죽었습니다."

"병신들, 에잇! 이 밥벌레야!"

입으로는 큰소리를 지르면서 혼다도 전신에 소름이 오싹 끼쳤다.

'무서운 놈들.'

원한과 분노에 불타는 이 거대한 국가의 수많은 민족을 어떻게 제거하고 무슨 수로 수습하면 좋단 말인가. 그렇다. 죽여야 한다. 죽이고 죽이고 또 죽여서 씨를 말려 버려야 한다. 삼광정책—그것만이 해결의 길이다. 이런 생각을 되씹으며 입술을 악문 혼다는 기분을 바꾸려고 벌채 작업에 관심을 모았다.

대추나무 밭은 15정보(町步)를 웃도는 넓은 것이었다. 2, 30년 동안이나 농부들이 애써 가꾼 과수원 2천 5백주가 넘는 과목이 가득 차 있다. 직경이 3, 40센티나 되고, 키도 3미터가 넘는 탐스러운 과실나무는 전지(剪枝)가 잘돼 있어 옆으로 무성하여 마치 우산을 펴놓은 것처럼 싱싱하다.

중국 허난(河南)땅은 대추의 명산지로, 일 년 수확이 이 고장 농민들의 생활 근거가 되고 있다. 여기에 자라난 2천 5백 그루만으로도 30톤에 가까운 수확이 예상된다. 포개지고 엉킨 어린 가지에 싹이 돋아나 지금 막 눈이 트려고 꿈틀거리는 소리가 귀에 들리는 것만 같았다. 그런 나무를 혼다는 끊어내고 잘라냈다. 나무가 쓸 곳이 있어서가 아니라 농민들 생계를 빼앗음으로써 이곳에 살지 못하게 만들고 항일군이 발을 붙이지 못하게 하는 작전이다. 이것도 삼광정책의 일환이었다. 나무는 소리를 내고 흙비를 날리면서 차례로 넘어진다. 이 소리나 모양이 혼다 이목에는 상쾌하게 들리고 보였다. 중대장이 자랑스럽게 말했다.

"아침부터 백 그루 이상을 잘랐습니다."

"백 그루? 고작 그것뿐이야? 톱이 전부 몇갠가?"

"30개 있습니다."

"톱 하나로 한 시간에 두 그루도 못 베었다는 계산이 나오는데, 그렇구야 뭐가 돼. 중대장은 장난을 하고 있나?"

"대추나무는 단단합니다."

"알고 있어."

"적의 습격에 대비해서 1개소대는 경비에 나서고 있으며, 솜씨들이 서툴러서 생나무라 톱날이 꽉 물려 잘 움직이질 않습니다."

"머리를 써야지. 나무 말뚝을 만들어 자른 자리에 박으면 쉽게 돼. 대추나무를 베는 것도 전쟁이야, 대추나무를 적으로 알고 마냥 증오하라. 오후에는 적어도 3백 그루는 잘라야 한다."

7중대의 중대장 오오츠카(大塚信義) 중위는 병사들이 점심 먹기를 기다려 전원을 집합 시킨 자리에서 훈시를 하였다.

"잘 들어라. 오후에는 3백 그루를 자르는 게 책임량이다. 두 소대는 경쟁으로 작전을 완수하라. 먼저 끝낸 소대부터 귀대(歸隊)시킨다. 작업 시작!"

산골짝에 나무 찍는 소리가 다시금 메아리친다. 오오츠카 중위는 손수 채찍을 들고 감독에 나섰다.

"오이, 야마모토 일등병."

"하."

"어째 톱질하는 팔에 기운이 하나두 없나?"

"하, 죄송합니다."

농가 출신인 그는 이 무의미한 중노동을 왜 강요당하여야 하는지 알 수가 없었다.

'병사를 괴롭히기 위해 이러는 걸까?'

그것 말고는 다른 이유를 그의 단순한 두뇌로는 상상조차 할 수 없는 일이다.

'이만큼 키워서 만들기까지 얼마나 많은 농부의 피땀이 스미었을까? 파괴하는 데도 이렇게 힘이 들고 시간이 걸리는데, 만드는 수고야 또 얼마나…… 과수원 일꾼 농부들이 베고 찍고 하는 이 광경을 본다면 얼마나 가슴 아파할까, 피눈물이 날거야……'

순박한 그는 나무를 벌채한다는 행위에서 전쟁의 참혹한 양상을 보았다. 전쟁이 의미하는 것을 뼈저리게 느낀다.

"이 자식, 뭘 생각하고 있었느냐 말이야?"

중대장은 채찍을 휘둘러 야마모토의 몸을 후려쳤다.

"새끼, 긴장이 풀렸구나. 정신 차려, 지금은 전쟁을 하고 있는 거다."

"핫!"

얻어맞고 나서야 농군 출신 병사는 톱질하는 팔에 힘을 모았다.

고된 작업을 마치고 노영지(露營地)인 대대본부로 돌아왔을 때는 벌써 주위가 어둑어둑해졌다. 혼다는 작업 성과에 만족하면서 약탈해 온 술과 고기로 배를 채우고 있었다.

'내일은 좀 더 성과를 올려야⋯⋯.'

다음날이 되었다. 혼다가 5중대 옆에 있는 모래톱에 앉아서 벌채 상황을 주시하고 있는데 고타 대위가 중국 노인 한 명을 데리고 나타났다. 60이 넘은 송장 같은 늙은이다. 그러나 움펑 꺼진 눈에서는 날카로운 광채를 뿜어내고 있다.

"뭐야?"

"대대장님께 간청이 있다고 해서 데리고 왔습니다."

"음⋯⋯. 이봐, 넌 누구야?"

"오촌 사는 왕(王)이라는 백성입니다."

노인은 상반신을 꺾듯이 굻어앉으며 말을 이었다.

"⋯⋯이 고장은 보시다시피 사막 지대여서 밀이나 수수 따위는 자라지를 못합니다. 다른 농사는 되지가 않아서 조상님 때부터 대추를 심어 이렇게 가꾼 탓에 저희들은 간신히 배고픔을 채워가고 있습니다."

"그래서 어쨌다는 거야?"

"다른 곡식 같으면 일 년 농사로 그치지마는 대추나무는 30년이나 걸려서 겨우 요만큼이나 되는 것입니다. 저렇게 다 잘라 버리면 저희는 다 죽습니다. 제발 자르는 걸 멈추어 주시오."

덜덜 떨려나오는 음성 속에 혼다 매서운 반항을 느꼈다.

"뭘 지껄이구 있어. 나는 취미로 나무를 자르는 게 아니야. 이것도 군 작전의 일부다."

"아무리 그렇다고 무죄한 백성을……"

"무죄한 백성? 너희가 중국군에 협력하고 있는 줄 나는 잘 안다. 그런 너희들이 이곳에 다시는 살지 못하게 하기 위해 이렇게 애를 쓰고 있는 것이야."

"허지만……"

"듣기 싫다, 임마."

혼다는 벌떡 일어나 가죽 장화 신은 발로 노인의 옆구리를 힘주어 차올렸다.

"윽."

왕노인은 기운 없이 쓰러진다.

"가라. 빨리 꺼져."

노인은 비틀거리며 배를 쥐고 일어선다. 그는 말 없이 번뜩이는 눈초리로 쏘아보며 걸음을 옮겨 놓는다. 그 뒷모양을 바라보며 혼다는 속삭였다.

"시미즈 중위."

"하."

"저놈이 수상하지 않어?"

"그렇습니다."

"살려 보낼 수 없다. 적에게 연락할지도 모르니까. 어디 시미즈의 사격 솜씨를 보자."

"하."

시미즈는 노인의 초라한 등을 향해 권총을 겨냥했다.

"타앙."

노인은 퍽 고꾸라졌다…….

생활을 걱정하고 대추나무를 사랑하고 공포의 내일을 근심하면서 굴욕적인 탄원을 하려고 찾아왔던 노인은 빈약하고 미지근한 피로 모래 위를 물들이며 숨져 갔다.

—13일 저녁, 연대 명령을 따라 부대는 각각 원대(原隊)로 복귀하게 됐다. 혼다는 부관을 불러 명령했다.

"제5중대는 오촌 부락 70채를 소각한다. 제6중대는 상원(桑園)부락 50채를, 7중대는 이가장(李家莊)의 가옥 50채 전부를 남김없이 불태워 버릴 임무를 부여한다."

만주에서도 삼광정책은 철저히 실현되고 있었다. 문제의 731부대, 세균전을 위한 준비와 연구 제작을 담당한 이시이(石井)부대에 막중한 임무가 가중되었다. 그것은 고성능 독가스탄의 대량생산이었다. 관동군 사령부의 고급 간부만이 모인 비밀회의 석상에서 부대장 이시이는 신이 나 보고하기에 열을 올리고 있었다.

"……세균탄과 독가스 공격이 지니는 의의와 특징으로 첫째, 그 위력이 크다는 점에 있습니다. 강철 포탄이나 폭탄은 주변의 일정한 범위 안에서만 살상이 가능하고 또 상해를 입었다 해도 다시 전선 투입 전투에 참가할 수 있지만, 세균이나 가스로 인한 신체 오염은 맹렬한 기세로 전염이 되어 사람에게서 사람, 마을에서 마을로 번지기 때문에 효력권이 확대됩니다. 뿐만 아니라 인체 깊숙히 파고들어 가 사망률이 포의 포격에 비해 매우 높습니다. 사망은 않더라도 거의 폐인이 되어서 전선에 재투입은 불가능하게 됩니다. 한번 감염되면 우리 부대가 연구해 낸 특수 치료가 아니고는 회복이 매우 곤란하다는 점에도 유의해야 할 것입니다. 둘째로 강조하고 싶은 특징은 강철 생산량이 부족한 우리 일본이 취할 최선의 전투 방법이 세균전과 가스전이라고 확신합니다. 재정상에서도 군사비 염출에 상당한 무리를 하고 있는 상황에서 경비가 극히 적게 드는 세균탄과 가스탄 대량생산은 바람직한 일이라고 생각합니다. 근소한 비용으로 효율적인 신무기 생산을 위한 연구는 쉼 없이 계속 추진되어야 합니다."

의학 박사인 이시이 부대장은 악귀처럼 소리를 높였다.

"그런데 본부대는 중대한 난관에 봉착했습니다. 그것은 다름 아닌 재료의 부족, 인체(人體) 수입난에 있습니다."

이시이가 자청해서 이 보고를 맡고 나선 동기가 바로 이것이었다. 그는 천황도 아는 특수 부대 책임자라 관동군의 지원은 받을지언정 지시는 거부해도 좋을 입장에 있다. 그가 지금 필요한 것은 연구 재료, 살아있는 사람의 몸을 의미했다.

"……인체는 연구 재료가 될 뿐 아니라 실험 재료, 특히 독가스 성능 실험에는 없어서 안 될 중요한 물질입니다. 더구나 세균 배양과 장기 보존 용기로도 시급히 필요한 전쟁 물자입니다. 최근에는 유능한 군의(軍醫) 양성을 위한 교재로 해부용도 부족할 지경이니까요. 다행히 지금까지는 관동군 당국의 적극적인 협조로 재료 입수에 그다지 신경을 쓰지 않아도 좋았지만, 요즘은 연구의 진전과 시설 확장 및 새 임무 가중 부하(負荷)로 다량 소요되는 재료난에 봉착하여 허덕이고 있는 실정입니다. 이 고충을 십분 이해하시고 귀관들의 협조 있으시기를 부탁해 마지않습니다."

이시이의 보고는 끝났다. 간단히 말해서 인체 조달에 유의해 달라는 것이었다.

만주사변 이후 일본 제국주의는 '엄중 처분'이라는 불법 이름을 감행해 왔었다. 현지 부대의 판단 하나만으로 중국인 생살여탈 권한을 공공연히 자행해 온 일이다. 이 동안에는 이시이 부대의 '재료 수집'이 순조롭게 진행되어 갔다. 인간성이라든가 양심이라든가, 인도주의, 국제 법규 따위가 안중에도 없는 일본 군인들은 중국인의 생명쯤은 전혀 염두에 두지 않았다. 그러나 항일 반만 투사들의 열화 같은 활약은 드디어 이 '엄중 처분'을 표면에서나마 중지도록 만들어 이시이 부대가 재료난에 봉착하게 된 것이다.

부대장 자신의 설명을 들은 관동군 수뇌부는 사령관 이하 참모장과 고급 참모, 헌병과 경찰 비밀 연석 회의에서 애로를 타개할 해결안이 논의, 결정되었다. 즉 '엄중 처벌'에 대치할 대안(代案)을 마련한 것이다. 그것은 일종의 비밀 명령으로 '특이급규정(特移扱規定)'이라는 이름으로 불렸다. 특별 이동 취급 규정이라는 뜻이다. 특이급이란 헌병대와 만주국 경찰이 중국인을 불법 체포해 '중대 범인'이라는 낙인을 찍으면 재판에 회부하지 않고 행방불명되는데, 그들이 가는 곳이 이시이 부대였다. 이 수송은 극비리에 진행되었지만, 사람 대우가 아닌 물건 취급을 한다. 수사(數詞)로도 한 명 두 명…… 하지 않고 한 개 두 개, 한 통 두 통, 한 장 두 장…… 이렇게 셈을 했다.

도쿄 헌병 사령부 부관 요시후사(吉房虎雄) 중령이 이 중대 임무를 띠고 관동군 헌병대 사령부 제3과장으로 부임한 것이 1941년 8월이었다. 그는 착임 즉시 헌병대 사령관 하라(原守)에 인솔되어 하르빈으로 향했다. 관동군 방역 급수부라는 간판 아래 이시이 부대가 자리 잡고 있는 평방(平房)을 방문하기 위해서이다. 관동군 사령관의 허가 없이는 누구라도 출입할 수 없다는 이 어마어마한 금단(禁斷) 지역으로 들어가서 인상깊게 눈에 뜨인 것이 무섭도록 치솟은 굴뚝이었다.

부대 현관에 들어서자 두껍고 튼튼한 여러 개의 문이 앞을 가로 막는다. 그것을 다 지난 곳에 너비 1미터 50, 길이 15미터 정도의 보도가 있는데 복판에서 오른쪽으로 꺾어지는 통로에 들어서니 양쪽에 쇠창살을 끼운 유리창이 나란히 있다. 그중 페스트(黑死病)를 감염시키는 곳이 있었다.

첫 번째 감방에 40세 전후의 중국인 노동자가 발랑 누워서 페스트 세균을 이식받고 있었다. 희미한 조명 아래 눈을 감고 있는 얼굴은 백납처럼 희고 기운이 없어 보인다. 밧줄로 묶었는가 마취를 시켰는가…… 시체실에서 보는 주검과도 같았다.

그 옆방에는 35, 6세나 됨직한 젊은 남자가 뼈만 남은 손발을 꽁꽁 묶인 채 벽을 기대고 앉아 있다. 그 앞에서 전신에 고무 제품인 작업복을 입고 입에 마스크를 한 군의가 앙상한 허벅지에다 유리컵에 넣은 벼룩을 엎어 놓고 물어뜯게 하고 있었다. 누더기 옷이 찢겨서 드러난 가슴에는 다섯 군데나 궤양(潰瘍)이 생겨 딱지처럼 벌겋게 보인다.

"저건 페스트 균을 감염시킨 흔적입니다."

이시이 부대장이 설명했다.

"페스트 환자의 특징은 다리 관절의 기운이 쏙 빠지는 것입니다."

이시이는 보충 설명을 하면서 담당 군의관에게 채찍을 주었다. 그것을 움켜쥔 군의가 채찍을 휘두르니 놀란 환자가 벌떡 일어나 달아났다. 그러나 두어 걸음 못가서 비틀거리다가 주저앉는다.

막다른 복도 벽을 오른쪽으로 꺾인 방에 수갑과 차꼬로 손발의 자유를 잃은 세 명의 남자가 있었다. 첫눈에 농부임을 알 수 있는 선량한 젊은이들이었다.

요시후사 일행이 접근하자 여섯 개의 눈이 일제히 쏘아보는데 저주에 가득찬 그 무서운 시선은 차마 똑바로 보기가 힘들었다. 이시이가 말했다.

"이건 동상(凍傷)실험을 한 겁니다."

다섯 개의 손가락이 전부 제2관절에서 끝쪽이 없다. 이것은 동상 실험 후 영도(零度)의 물과 체온과 비슷한 온도의 물속에 담아 그 경과를 실험한 결과라고 했다.

원망과 분함, 아픔을 참지 못하면서도 이시이를 쏘아보는 눈들은 독기(毒氣)를 뿜어내고 있는 것처럼 보였다.

복도를 3미터쯤 가서 좌측으로 구부라진 곳에 해부실이 있었다. 세 명의 군의가 이마를 모으고 무엇인가를 들여다보다가 이시이를 보자 일제히 경례를 한다.

폭이 3미터 가량 될 방 안 한복판에 커다란 해부대가 자리하고 그 위에 사람의 동체(胴體) 부분만이 있다. 갈비뼈가 한 개 한 개 분명히 보이고 그 사이로 핏방울이 똑똑 떨어지고 있었다. 깨어진 두개골 사이로 뇌장(腦漿)이 보이고 절단된 팔과 다리가 방구석에 아무렇게나 던져져 있다.

"해부한 시체는 저 보일러 속에 넣어서 태워 버립니다. 냄새가 나지 않도록 굴뚝은 특별히 높게 설계했지요……. 이 해부실에서 일하던 몇몇 군의는 신경쇠약에 걸려 정신이상자가 되었습니다. 하하하."

이시이는 악귀처럼 웃는다.

저 높은 굴뚝에서 낮이나 밤이나 하얀 연기가 하늘 높이 치솟는다. 일본 제국주의에 대한 증오가, 원한이, 연기가 되어 흩어지는 것이리라. 이 참혹한 희생자들의 원령(怨靈)이 그대로 소멸되고 마는 걸까. 그들은 원수의 멸망을 기대하면서 어디선가 패망의 과정을 지켜보는 게 아닐까.

"……다음 독가스 시험장을 견학하시지요."

이시이의 말에 놀래서 요시후사는 하라와 함께 그 뒤를 따랐다.

제1시험장이라고 쓴 나무패가 붙은 강당처럼 생긴 건물 안으로 안내되어 가니 50세에 가까운 위생복을 입은 꼽추가 이시이에게 경례한다.

"아다치(安達) 시험장장입니다."

유심히 살펴보니 기계마냥 냉엄한 얼굴이 악귀처럼 보인다. 위생복 차림의 군의가 몇몇 있는 가운데 체격이 다부진 남자 하나가 섞여 있는데, 그는 하라를 보자 얼어붙은 자세로 경례를 한다. 사복을 입었지만 헌병임이 분명했다. 아다치는 다른 사람의 존재를 잃어버린 듯 제멋대로 사무적인 지시를 민첩하게 내린다.

"헌병 한 놈을 끌어내다가 천막 속에 묶어놔."

"하."

여기에도 유치장이 있었다. 닭장처럼 칸막이를 한 철창 속에 중국인이 몇 명 수용되어 있는데 이들은 비교적 건강해 보이고 패기만만하다. 헌병이 접근하자 고함을 지르고 욕설을 퍼붓는다.

"니폰퀴츠(日本鬼子), 가까이 오지 마라."

침을 뱉는 사람도 있었다. 헌병은 상사가 보는 앞이라 목검을 들어서 그들을 한 차례 패어준다. 나중에 알았지만 이 헌병은 검도가 4단인 와타나베(渡邊泰長)라는 상병이었다.

와타나베가 꼽추의 지시대로 밀폐된 이중 천막 속에 중국인 젊은이를 묶어 놓고 나온다. 천막에는 커다란 유리가 달려 있어서 안이 환하게 보인다. 젊은이는 몸부림쳤으나 마음대로 되지 않았다. 머리를 내저어서 눈가리개를 한 하얀 헝겊을 풀어 보려고 애썼지만 이것마저도 헛수고였다.

이중 천막은 강당 한가운데 마련되어 그 옆에 가스가 들어찬 쇠통이 나란히 놓여 있었다. 그중 가스통 하나가 군의 한 사람 손에 열리려고 한다. 다른 군의들은 시계와 수첩을 손에 들고 유리창 너머로 안을 엿보고 있다.

"시작."

꼽추의 명령이었다. 가스를 맡은 군의의 손이 움직인다. 철관 속 가스는 마치 독사처럼 고무관 속을 기어서 꿈틀거리며 천막 안으로 스며든다.

1분…… 2분…….

천막 안의 중국인은 처음에는 잠자코 있다가 매캐한 연기가 천막 안에 차기 시작하자 발버둥을 치기 시작했다. 그를 묶은 나무 말뚝이 뽑혀질 만큼 용틀임을 한다. 막사 안에서 단말마의 비명이 흘러나온다.

5분 30초…….

사나이는 고개를 수그리면서 머리가 앞으로 축 처진다.

"가스 그만."

아다치의 명령으로 가스 주입은 중지되고 송풍 스위치가 넣어졌다. 막사 안의 가스는 5분도 되기 전에 바깥으로 빠져나갔다. 헌병이 방독마스크를 끼고 안으로 들어가 끌어내오자 우르르 덤벼든 군의들은 청진기를 끼고 시체처럼 늘어진 몸을 만지면서 무언가를 열심히 기록하고 있다. 눈, 코, 입, 가슴, 심장 부위를 불빛으로 비쳐 보며 반응을 알아 보려고도 한다. 군의장이 자기 메모장 들여다보며 꼽추에게 귀속말로 한다.

"음…… 음……."

다 듣고 나더니, 꼽추는 말했다.

"인공 호흡을 해라."

이 명령에 따라 군의가 교대로 희생자의 온몸을 주물렀으나 의식을 회복하지는 못했다.

"죽지는 않았지?"

"하."

"그럼 제2실험."

희생자는 또 한 번 같은 막사에 수용되었다. 이번에는 결박을 하지 않는다. 제2실험은 질식(窒息) 가스의 효능 시험이었다. 이 가스는 2분도 채 되기 전에 그의 생명을 끊어놓았다.

"뭣들 하는 거야? 시체를 빨리 해부실로 옮겨가지 못하구서."

꼽추의 호령으로 시체는 들것에 실려서 시험장을 나간다.

이 사람에게 무슨 죄가 있나. 무슨 업보로 두 번 죽음을 당하고 다시 육시(戮屍)까지 당해야 한단 말인가.

─시찰을 마치고 돌아오는 길에 하라는 자동차 안에서 요시후사에게 지껄였다.

"어때? 좋은 걸 구경했지?"

"하아. 매우 유익한 일이니까 돌아가면 곧 명령을 내려서 이시이 부대에 적극 협조하겠습니다."

"물론이야. 그렇게 해."

이후부터 요시후사는 점수를 따려고 성적을 올리기 위해 '특이급'을 증가할 조처를 취했다. 이 일을 하기에 편리한 '국경 방첩'과 무선 탐지 등을 강화하라는 명령을 내리고 각 헌병대를 독려해서 상금과 상장을 수여하라는 제도까지 마련했다.

이리하여 예하(隸下)의 각 헌병대장은 진급과 영전을 위해 아귀처럼 날뛰었다. 반절하(半截河) 분견대장 츠다(津田) 준위는 장교 임관을 하기 위해 국경 부근의 선량한 중국인 세 명에게 스파이 혐의를 씌웠다. 펑톈 헌병대 특고과장 고바야시(小林喜一)가 체포한 중국인을 이용하려고 했지만, 응하지 않아 무단장 헌병대장 히라키(平木武)는 고문한 청년의 상처 때문에 그를 석방할 수 없는 난처한 입장에 놓이고 말았다. 그 해결책으로 모두 '특이급'으로 처리해 이시이 부대에 보내 버렸다. 이리하여 연인원수 4천의 억울한 생명이 시험대

위에서 이슬로 사라졌다.

요시후사 헌병 중령은 이 공로로 다롄 헌병대장을 거쳐, 8·15해방까지 평양(平壤) 헌병대장의 요직에 앉게 되었다.

대만공연 여행

1941년이 되자, 이향란은 많은 공연 여행과 위문공연을 소화하느라 무척 바빴다.

1월 7일 이향란은 아직 설 기분이 남아있는 도쿄 도라노몬(虎ノ門)의 만영도쿄지사에 나타났다. 지사장실에 모기 규헤이(茂木久平) 사장을 방문하여 대만순회흥행에 대해 의논하기 위해서였다. 모기 규헤이도 대만에 동행할 예정이었다. 이때 이향란에게는 뜻밖의 동행자가 있었다. 아버지와 여동생이었다.

이 무렵 인기가수와 예능인은 모두 중국 각지의 전선 위문과 일본 각 도시에서의 공연이 늘어나 서로 데려가려고 야단들이었다. 이향란처럼 자기 노래를 여러 곡 가지고 있는 와타나베 하마코도 쉴 새 없이 위문공연을 하는 가운데, 전쟁 말기에는 종군위문으로 전지까지 가서 텐진(天津)에서 종전을 맞이했다. 화려한 데뷔로 유명한 다카라즈카(宝塚) 가극단도 놀랍게도 아득히 먼 독일까지 공연 여행을 다녔다. 나치스의 조직적 유대인 습격 '크리스털 나하트(수정의 밤)'가 일어난 1938년 11월 9일 다카라즈카의 소녀들은 공연을 앞두고 베를린에서 연습 중이었다. 온 독일에서 전개된 유대인에 대한 폭력과 박해는 소녀들 바로 옆에서도 일어나고 있었다. 그뿐만이 아니라 다카라즈카 가극단은 그즈음 시국에 편승한 노골적인 중국인 차별로 손님을 웃기는 콩트도 상연목록에 넣고 있었다. 육군 요청에 따라 북지황군위문단(北支皇軍慰問團)을 보내 그 상연목록을 내걸고 만주에서도 몇 차례나 공연했다.

아마 이향란의 이 대만순회흥행도 그러한 수많은 예능인 지방공연 가운데 하나였으리라. 그녀는 인기인으로서 다망한 생활에 대해 자서전에 다음과 같이 썼다.

숨 돌릴 틈도 없이 잇따라 기차와 비행기 표를 건네받아 '일본을 위해', '만주를 위해'라는 구호 아래 동분서주했다. 어디서 어떤 연기를 해야 하는지, 무슨 노래를 불러야 하는지, 현지에 도착하지 않으면 알 수 없는 일도 있었다.

이 무렵에는 대만에서도 이향란의 인기가 점점 올라가고 있었다. 지난 해 6월 일본에 이어서 《지나의 밤》이 공개되어 대히트를 했기 때문이다. 개봉은 대북 일본인 거리 서문정(西門町)에 있는 국제관에서였는데 그 뒤 대만인 거리의 영화관으로, 대만 전역으로 퍼져갔다.

그러나 대만에서 《지나의 밤》의 폭발적인 인기에는 그만한 배경이 있었다. 중일전쟁이 터지기 전까지 대만인들에게 압도적인 인기를 차지하고 있었던 것은 중국영화였다. 그런데 중일전쟁 발발과 함께 중국영화는 상영금지가 되고 말았다. 태평양전쟁이 시작되자 중국영화 다음으로 인기가 높았던 미국영화도 금지되어, 대만인 관객은 어쩔 수 없이 일본영화로 눈길을 돌리게 된다. 이 무렵은 중일전쟁과 함께 대만에서는 황민화 운동에 박차가 가해지고 있었다. 생활 구석구석까지 일본화가 강요되었고, 대만과 중국 전통 문화는 탄압되고 연극과 노래 같은 전통예능도 금지되었다.

대만과 중국의 예능과 문화, 중국영화까지 주위에서 사라지자, 그 빈자리를 메운 것이 이향란을 앞세운 '가짜 중국'이었다. 대만인은 중국영화 대신 강요된 일본영화의 히로인 이향란에게 뜨거운 관심을 보냈다. 그것은 이향란이 '자신들과 같은 중국인'이었기 때문이다. 이 말은 이향란의 활약을 알고 있던 연배인 사람들 입을 통해 도시 시골을 불문하고, 일본어를 잘하는 것과 상관없이 끝없이 퍼져갔다. 이 시기에 이향란의 인기를 믿고 형편없는 만영의 초기 작품까지 상영되었다. 중국영화는 금지되었지만 만주영화는 금지되지 않았다. 이향란이 출연한 《철혈혜심》, 《원혼복구》 등이다.

대만인 관객들은 이향란이 출연한 일본영화에서 예전에 인기가 있었던 중국영화와는 달리 조상 땅 중국으로 우르르 침략해 들어오는 일본군과 일본인을 보아야 했다. 그러나 그러한 일본군의 모습에도 그들은 용의주도하게 길들여지고 있었다. 대만 총독부는 만주사변 발발 무렵부터 수많은 군사교육영화를 제작하여 순회상영했다. 《명예로운 군부(軍夫)》(1930년), 《난양평원(蘭陽平原) 훈련기록》(1931년), 《광동남지사정(廣東南支事情)》, 《하문(廈門)남지사정》(1931년) 등이다. 이러한 작품의 목적은 대만인에게 일본인으로서 중국과 싸울 각오를 다지게 하는 것이었다. 그즈음 학생들은 수업시간에 이런 영화들을 보아야 했다.

중일전쟁이 시작되자 일본영화계가 거국일치체제로 협력하여 제작한 전의를 북돋는 영화들이 속속 상영되었다. 이런 영화들이 대만인의 젊은 세대에게 우후죽순처럼 밀려들었다.

이향란은 그런 대만인 사정을 아는지 모르는지, 1월 8일 고베항에서 야마토마루(大和丸)호를 타고 11일 만에 대만의 기융항(基隆港)에 이르렀다.

대만에서 첫 무대는 대북의 일본인 거리에 있는 대세계관(大世界館)이었다. 이향란은 대만에서는 일본인보다 대만인들에게 인기가 훨씬 더 높았다. 대만에 사는 일본인들은 늘 대만인과 중국인에 대해 차별의식을 가지는 데 익숙해진 탓인지 이향란에게는 오히려 냉담했다. 식민지 대만의 정무를 통괄하고 있었던 '대만일일신보' 신문은 대만총독부 어용신문으로, 1941년 1월 11일자 '이향란 일행 12일부터 대세계관에'라는 기사에 다음과 같이 썼다. '본토인'은 대만인을 가리킨다.

특히 본토인 팬들에게 인기가 높은 이향란인 만큼 공연은 절대적인 성황을 이룰 전망이다.

관객은 연일 만원이었다. 표를 사려는 사람들 줄이 3블록, 4블록까지 이어졌다. 공연 시간이 다 되어서도 계속 밀려드는 군중들에게 극장 관계자가 이미 만석이라 입장할 수 없다고 외쳤지만, 군중은 닫히는 문 앞으로 쇄도하여 비집고 들어가려 했다. 극장 측은 위험한 혼란을 피하기 위해 급기야 입석표를 파는 이례적인 조치를 취해야 했다.

대북의 대세계관에서 바쁜 공연 중에도 이향란을 식사에 초대한 기록을 일기에 남긴 사람이 있었다. 대만에서 신망이 두터운 명사 임헌당(林獻堂)이다. 임헌당은 대만근대사에서 중요한 위치를 차지하는 인물이었다.

임헌당은 1881년 대중현(台中) 중부의 무봉(霧峯)에서 대만 5대 집안 하나로 손꼽히는 자산가의 장남으로 태어났다. 아버지가 일본 식민지 통치에 저항하면서 고초를 겪는 것을 보고, 독학으로 터득한 학식을 통해 소년시절부터 강한 민족의식을 지니고 있었다.

그는 재력을 이용하여 식민지 지배에 저항했다. 대만인을 위한 고등교육의 장을 만들기 위해 대중중학 창설에 노력하고, 대만 자치를 목표로 대만의회설치 청원운동에도 참여하면서, 대만문화협회의 중심으로 대만인 계몽활동을 전개했다. 그밖에도 대만인 언론기관지 '대만민보' '대만신민보'의 사장을 역임하고, 대만인 금융기관을 목표로 '대동신탁주식회사'도 세웠다. 일본과 중국대륙은 말할 것도 없고 유럽, 미국까지 여행하여 넓은 견문을 가지고 있었다.

그러나 대만문화협회가 계급투쟁을 목표로 하는 좌파세력과 합법적 정치투쟁을 지향하는 민족주의 세력으로 분열된 뒤에 좌파세력에 주도권이 돌아가자 임헌당은 탈퇴하여 점차 온건노선을 걷게 된다.

중일전쟁이 발발하자 대만인 정치운동은 철저히 억압되었다. 그런 한편, 대만인에게는 전쟁을 위한 '물심양면의 총동원'이 강제되었다. 잇따른 세금 증세, 강제저축, 전시공채할당, 금품헌납 강요, 군부(軍夫), 통역, 군수용 징용, 근로봉사, 지원병으로 젊은이들을 착취하고 황민화운동을 강요했다. 일본어 사용, 풍속과 관습에 이르기까지 일본화가 강제로 이루어졌다. 황민화운동을 추진하는 가운데 본디 유력자로서 인망을 모으고 있었던 임헌당에게 일본 측에서 다양한 협력을 요청한 것은 그의 일기에 잘 드러나 있다. 1941년 4월 황민봉공회가 결성되자 대만인도 끌어들여 치밀한 조직이 만들어졌다. 황민봉공회는 대정익찬회에 호응하여 만든 것으로, 생활과 문화활동 등 모든 면에서 감시가 강화되고 전시체제가 구축되었다.

이러한 가운데 임헌당은 황민봉공회 대중지부에 참여했고 대둔군(大屯郡) 지부장에 취임한 뒤에는 총독부평의회원에 임명되었다. 이 시기 임헌당이 민족주의 저항을 버리고, 동화주의와 영합함으로서 지위 향상을 노렸다고 비판하는 사람들도 있다. 반면 전시체제 속에서 대만인에 대한 압력을 완화하기 위해 임헌당이 총독부와 대만인

사이에서 완충 역할을 하고 나선 것이라 여기는 이도 있어, 아직도 평가가 엇갈리고 있다.

전황이 절박해지자 총독부는 대만인에 대해 약간 평등화한 처우를 하는 한편, 전쟁에 대한 공헌을 강요했다. 의용대와 지원병이라는 명분으로 대만인을 전지로 보내기 시작했고, 1945년 1월에는 징병제도 실시했다. 그해 4월 임헌당은 귀족원 의원에 칙선되었으나, 공습이 격해지면서 일본으로 도항하지 못해 의원으로서 활동은 하지 않았다.

이향란이 대북에서 공연하고 있었던 무렵 임헌당의 짤막한 일기를 보면 총독부와 군부에 어떤 식으로 관계하고 있었는지 알 수 있다.

이향란의 대북공연 이튿째인 1월 13일, 임헌당은 대중현 무봉의 자택에서 대북으로 갈 예정이었다. 아침 8시 50분, 대만 제73보병대장 육군중령 야마와카 시게지로(山脇茂司郎)가 장교 16명을 이끌고 무사(茂社)로 가던 도중에 임헌당에게 들렀다. 무사는 말할 것도 없이 1930년 소수선주민족이 일으킨 식민지 압정에 대한 무장봉기 사건의 발생지로, 이때 일본은 그 보복으로 잔인한 방법으로 반항세력을 섬멸했다. 임헌당 일기에 따르면 야마카와 중령들은 20분이 채 안되어 사라졌다. 가까운 곳을 통과한 뒤 유력자인 임헌당에게 간단한 연락이나 인사를 한 정도였을까. 그 뒤 임헌당은 자동차로 대중역에 가서 12시발 급행열차로 대북을 향했다.

14일 하루종일 군부와 총독부 다수의 사람들과 함께 어려운 시국에 맞서기 위해 대만인 지식인 모임을 만드는 것에 대해 간담을 나누었다. 15일에는 하세가와(長谷川) 총독, 마쓰오카(松岡) 식산국장, 야나이(梁井) 식산국장과 함께 호국신사의 지진제(地鎭祭)에 참석하고 자기 회사인 대동신탁(大東信託)의 업무를 마친 뒤, 오후에는 대만인 거리 대도정에 있는 호화로운 레스토랑 봉래각(蓬萊閣)으로 갔다.

봉래각에서는 이향란을 초대한 연회가 열리고 있었다. 이향란을 맞이한 무리는 임헌당을 비롯하여 그가 경영하는 대만신민보사의 전무 임정륙(林呈六) 및 직원들이었다. 이향란 측은 이향란, 그와 동행하고 있는 만영동경지사장 모기 규혜이 일행이었다. 연회를 마치고 나서 기념사진을 찍고 해산한 뒤, 이향란은 그길로 서문정으로 다시 돌아가 남은 무대를 소화했다.

임헌당이 어떤 사정으로 이향란을 연회에 불렀는지는 적혀 있지 않다. 그러나 이러한 연석을 마련하는 데는 임헌당이 황민화운동에 협조하는 대만인 유력자였던 점이 크게 작용했으리라. 이향란은 단순한 인기배우가 아니었다. 일본이 중국대륙 침략을 순조롭게 진행하는 것을 돕는 역할을 맡고 있었다. 그 이향란에게 대만인들 사이에서 인망도 두텁고 사상적 경제적으로도 영향력이 큰 임헌당이 친근하게 다가온 셈이다. 아마도 황민화 운동을 고조시키는 데 매우 효과적인 장면이었으리라. 이 대만순회흥행 중에 이향란은 곳곳에서 신사참배를 했다. 흥행주가 대만 사람일수록 이향란을 맞이하면 곧 신사에 가는 경우가 많았다. 이향란은 수많은 팬들이 일거수일투족을 주시하는 가운데 모범을 보이듯 진지하게 참배를 해보였다. 대만에서 이향란은 그야말로 '나라를 위해'라는 구호 아래 사람들을 규합하는 데 적격이었다. 이향란 자신도 그 역할을 충분히 인식하고 있었다.

재미있는 일화가 있다. 훨씬 뒷날인 2002년 3월 21일, 당시 대북주일경제문화 대표처(대사관에 상당하는 대만정부의 재일출장소) 대표

나복전(羅福全)이 야마구치 요시코를 만났을 때, 옛날 이 대만순회 흥행에 대해 물어보았다. 그러자 야마구치 요시코는 말했다.

"임헌당 그분께서 대중에서 대북까지 제 일행을 맞이하러 오셨지요. 그래서 대중으로 갔지요."

이것은 나복전이 야마구치 요시코를 만난 이틀 뒤에 대만협회에서 주최한 '신춘교례 대만의 모임' 자리에서 축사를 했을 때 한 말이다.

이향란은 임헌당이 대만의 유명한 유력자인 것을 알던 모르던 대중에서 대북까지 자신을 맞이하러 와 주었다고 들었거나 생각했다. 그 이후에도 그녀는 수없이 환대를 받았다.

하지만 임헌당이 정말 이향란을 맞이하러 갔던 걸까? 그는 대북 체재 중에는 총독부 관계 업무와 자신이 경영하는 회사 일로 연일 바쁘게 살고 있었다. 틈틈이 변사 첨천마가 경영하는 천마다방에 들러 담소도 나누었다. 이향란이 대북공연을 마친 이튿날, 1월 17일 그의 일기에는 이런 글이 적혀 있었다.

임정류이 아침 8시에 호텔에 와서 어제 중역회의 결정을 보고했다. 신민보의 명칭을 흥남일보로 변경하게 되었다.

임헌당은 간결하게 이렇게 기술했지만, 사실은 대만인의 언론활동에 대한 탄압을 생생하게 기록한 것이다.

왜냐하면 '신민보'라는 것은 '대만신민보'를 가리키며, 그 전신인 '대만민보'는 1923년 대만총독부의 혹독한 검열을 피해 도쿄에서 발간된 월 2회 중국어 신문이다. 중국어로 신문을 발행하기 위해 그들은 대만에서 쓴 원고를 도쿄로 옮겨 인쇄하는 수고를 거듭하고 있었다. '대만민보'가 주간지가 된 1924년에는, 총독부가 거액을 투자하여 운영하던 어용신문 '대만일일신보'가 발행부수 거의 2만이었던 것에 비해 '대만민보'는 1만이 넘을 정도로 인기였다. 1933년에는 중국어와 일본어를 병용한 '대만신민보'로 바뀌었다. 1937년에는 신문 중국어 사용이 금지된다. 언론통제를 위해 신문통합이 추진되어 결국 총독부의 지시로 '흥남일보'로 개명하지 않을 수 없게 된 것이다. 그즈음 대만에는 신문이 6종이 있었지만, 대만인이 경영하는 신문사가 발행하는 것은 '흥남일보'뿐이었다.

신문 이름을 변경한다는 중역회의 결정을 들은 뒤, 임헌당은 대북역에서 9시 반에 출발하는 급행열차를 타고 대중으로 떠났다.

대북에서 대중으로 가는 열차 안에서 임헌당은 점심을 먹기 위해 식당차로 갔다. 사람들이 웅성거리고 있었다.

"무슨 일입니까?"

"이 같은 열차에 이향란이 타고 있어요! 아이고! 좋아라!"

중년 남자는 눈에 빛을 내며 떠들어댔다. 대중에 도착하자 역전은 이미 많은 인파로 혼잡을 이루고 있었다. 이향란이 온다는 소문을 들은 몇백 명의 사람들이 이향란을 애타게 기다리고 있었던 것이다.

그날 밤, 무봉의 자택에 있는 임헌당에게 전화가 걸려 왔다. 이향란 일행의 지배인 모토무라 다케주(本村竹壽)였다. 모토무라는 임헌당에게 물었다.

"여배우 이향란이 내일 육군병원에 위문하러 가는데 인솔을 부탁해도 되겠습니까?"

임헌당은 승낙했다. 그것은 황민봉공회 임원으로서의 역할이었을까? 아니면 자진하여 떠맡는 것이 마땅했기 때문일까.

이튿날 18일, 임헌당은 대중에서 이향란 일행을 만났다. 그때가 되어서야 임헌당은 모토무라의 속내를 알게 된다. 모토무라는 임헌당에게 인솔만 부탁한 게 아니었다. 바로 위문공연 악대에 줄 개런티도 지불해 달라는 거였다.

모토무라 다케주라는 사람은 이향란 일행이자 대만순회흥행의 책임자이다. 이 사람이 누구인지는 좀처럼 알아낼 수가 없었다. 그러나 다양한 잡지와 책을 살핀 끝에 모토무라 다케주가 대북역 근처에서 영화 기기를 판매하고 있었던 남방영화공업주식회사 사장임을 알 수 있었다.

모토무라는 상술이 뛰어났다. 대만에서 뜨겁게 치솟는 이향란의 인기에 주목한 그는 대북남상설흥행장 조합을 설립, 만영 및 동보와 교섭하여 이향란의 대만순회흥행을 실현시켰다. 그 순회흥행을 자사의 대만인 직원과 함께 동행하며 자신이 지휘를 했다.

그 무렵 예능 활동에는 반드시 군대 위문이 뒤따랐다. 군에서 요청을 받거나 강제된 것이라도, 뜻밖의 사고나 비용 등을 생각하여 공식적으로 본인이나 흥행주가 스스로 하는 방식임을 내세우는 경우가 많았다. 모두가 앞다투어 전쟁에 협조하는 자세를 보여주려 했던 시절이었다. 그렇다 해도 이 경우는 염치없이 대만인 임헌당에게 비용을 통째로 떠맡긴 셈이다. 육군병원 위문을 하여 공을 세우는 일인데도 말이다. 차를 제공받았을 뿐만 아니라 악대의 개런티까지 우려냈으니……. 임헌당은 이 개런티 제공도 승낙했다.

이날 사건도 임헌당은 다른 날들과 마찬가지로 시간 순서로 기록했다. 대중에서 임헌당은 이향란 일행을 만나 11시 15분에 육군병원으로 향했다. 육군병원에 도착하자, 원장인 구라시마 쇼이치로(倉島松一郎) 중령이 부상병 백여 명이 모인 방으로 안내했다. 12시 15분. 드디어 공연이 시작되었다. 리키 미야가와의 밴드 연주가 흐르고, 이어서 이향란이 노래를 두 곡 불렀다. 1시 무렵 위문공연을 마치고 모두 모여 기념사진을 찍었다.

이향란은 잇따라 대중극장 공연이 기다리고 있었다. 임헌당은 대만신민보사의 대중지국에 들러 모토무라에게 악대 개런티로 150원, 이향란에게는 전통공예장식품을 선물로 전했다.

그날 밤의 일이다. 아름다운 가회 이향란은 무봉에 있는 임헌당 저택에 초대되었다. 6시 반에 이향란이 오기를 기다려 일족이 모두 참석한 성대한 만찬이 시작되었다. 대만에서는 가족 축하행사에 연극단을 불러 저택 안에서 연극을 즐기는 관습이 있었다.

임헌당의 집은 참으로 크고 호화로운 저택이었다. 부지면적은 약 9천평, 사합원(四合院) 전통 구조로 사각형의 마당을 에워싸고 있는 네 동의 건물에 방이 147개나 되었다. 백 년 전에 일부러 복건성 장저우(漳州)와 푸저우(福州)에서 기술자를 불러 지은 것이다. 나중에 중요 문화재로 지정되었는데, 1999년 9월 21일 대중지방을 덮친 대지진 때 복원이 불가능할 만큼 심각한 피해를 입고 말았다.

임헌당이 이향란을 만났을 때 부른 8수의 시가 《임헌당 선생 기념집》 전3권(1960년 간행)에 들어 있는 '유저(遺著)'에 수록되어 있다. 그를 감탄시킨 이향란의 아름다움이 담겨 있었다. '소주야곡(蘇州夜曲)'을 들었을 때 차오르던 감동. 봉래각에서 담소를 나눴을 때 연이은 공연의 피로가 느껴지지 않을 만큼 눈부신 아리따움. 브로마이드에 사인을 하는 동안 밖에 몰려와 있던 수많은 팬들. 며칠 동안 이향란과 해후를 노래한 몇 편의 시가 나오는데, 그 가운데 이향란과 한 열차를 타고 대중역에 도착했을 때를 그린 노래도 있다. 임헌당은 이향란이 일본인이라는 것을 깨달았다.

아침 화장을 마친 아름다운 여인이
남하하는 열차에 동승하는 이 기쁨.
역사에는 3천 명의 사람들이
일본 미녀를 보려고 몰려든다.

임헌당은 이향란을 '부상해어화(扶桑解語花)'라고 썼다. '부상'은 일본, '해어화'는 미인을 가리키므로 '일본 미녀'라는 뜻이 된다.

임헌당이 영화와 연극을 좋아하는 것은 널리 알려져 있었다. 일본인이면서도 중국인으로 위장하여 대만에서 인기를 누리던 이향란을 볼 때마다 임헌당은 그녀의 아름다움에 온 마음이 넘실거렸다.

그러나 약 8년이 지나서야 1949년 말 임헌당은 일본에서 이향란을 재회하게 된다.

일본 패전을 경계로, 두 사람의 처지는 크게 바뀌었다. 이향란은 중국의 매국노 재판을 아슬아슬하게 모면하여 귀국해 일본인 야마구치 요시코로 돌아가 배우활동을 재개하고 있었다.

임헌당은 일본의 대만 식민지통치가 끝나고 중국대륙에서 국민당 정부가 대만으로 내려오자, 또다시 새로운 시대의 창설을 위해 온 힘을 기울였다. 1947년 2·28사건(국민당군의 대만인 대량학살사건)이 일어난 뒤, 임헌당은 전후처리를 위해 다양한 요직에 취임을 요청받았다. 그러나 그는 1949년 9월, 신병치료를 핑계로 일본으로 건너간 뒤 대만에는 두 번 다시 돌아가지 않았다.

그 임헌당이 일본에 온 지 8개월 뒤인 12월 끝무렵 쇼치쿠오후나(松竹大船) 촬영소로 이향란을 방문했을 때 일이 《임헌당 선생 기념집》 '동유음초(東遊吟草)'에 적혀 있다. 그 전날 임헌당은 늘그막에 스트립쇼를 구경했다. 문득 외로움에 그 옛날 알았던 여배우가 생각나 만나러 갔다. 이제 그는 68세였다.

옛날 화려한 스타 이향란이 쓸쓸한 촬영소 한 구석 세트장 안에서 무언가 연기를 하고 있다. 세상은 무상하여 모든 것이 놀랄 만큼 변해버렸다.

1956년 도쿄에서 임헌당은 생애를 마감했다. 74세였다. 그를 모델로 단편소설 《객사》를 쓴 대만의 타이난 출신 작가로 나오키(直木)상을 수상한 구영한(邱永漢)은 이렇게 썼다.

일본시대에는 일본과 싸우면서 귀족원 의원에 선출되고, 국민당 시절에는 국민당이 좌지우지하는 성(省)참의회에 이름을 올려놓고 국민당과 결별한 뒤 도쿄 한 모퉁이에서 불우한 삶을 마감한다면……. 겉보기엔 그는 여러 조정을 섬긴 중신이었지만, 그 이면을 들여다보면 피끓는 반항의 역사를 되풀이해 왔다. 이러한 운명은 청일전쟁과 태평양전쟁의 작은 여파에 지나지 않겠지만, 대만인으로서는 피할 수 없는 비극이 아니었을까.

그 옛날 아름다웠던 이향란. 그녀는 임헌당의 광대한 저택에서 배웅을 받은 뒤, 대중에서 열차를 타고 가의(嘉義)에 닿아 극장 무대를 소화했다.

그 뒤에도 이향란의 순회흥행은 계속되었다. 타이난, 가오슝(高雄), 북상하여 신죽(新竹)으로 이동을 거듭하면서 많은 무대에 올랐다. 대만 곳곳 공연장은 언제나 대만원이었고, 이향란은 가는 곳마다 뜨거운 환대를 받았다.

신죽 세계관에서는 이향란 공연에 맞춰 그녀가 단역으로 출연했던 만영작품 《원혼복구》(1939년)를 준비했다. 야마구치 요시코는 뒷날 자서전에 '만영초기의 귀신영화, 권선징악의 소름끼치는 복수이야기'라고 남겼다. 당시 영화평에서도 도무지 알 수 없는 영화라는 혹평을 받았다. 그 가운데 영화관 소유주는 이향란을 먼저 신죽 신사에 안내한 뒤, 자신이 경영하는 전통공예 공방을 구경시켜 주고 요리사를 불러 진수성찬을 대접하는 환대를 베풀었다.

그 무렵 신죽 세계관의 입장료는 성인 35전, 어린이는 25전이었다. 그런데 이향란 공연에서는 그녀를 초대하는 비용을 계산하니 아무리 낮춰도 2원이 한계선이었다. 관객들은 늘 동전으로 치르던 입장료를 이날만큼은 지폐로 냈다. 창구에서는 지폐가 눈깜짝할 사이에 자루에 가득 찼다.

대북 대세계관(大世界館)에서 첫날 1월 12일부터 이향란 순회흥행을 줄기차게 따라다닌 한 남자가 있었다. 대북의 돈 많은 대만인 상인들이 늘어선 번화가 대도정(大稻埕)에서도 특별히 규모가 큰 장역태(張亦泰)의 젊은 포목상 주인 장무곡(張武曲)이었다. 20대의 젊은 나이에 경영을 맡고 있었다.

그는 고급천을 구입하기 위해 상하이와 일본에도 줄곧 오가고 있었다. 일본과 중국의 예능 정보에도 밝았다. 그는 본격적으로 예능계에서도 일하고 싶었다. 중국의 대스타 바이광(白光)을 초대하여 콘서트를 열고, 일본에서 큰 인기를 끌고 있는 쇼치구(松竹)소녀가극단의 스타를 불러 쇼를 열기도 했다. 그는 젊은 상인의 취미를 넘어선 대단한 수완이 있었다.《노트르담의 곱추》,《백조의 죽음》,《오케스트라의 소녀》,《빨간신》등 명작영화를 수입하고, 바이광을 초대하여 대만에서 영화 만들 준비도 추진하고 있었다.

1941년 1월, 이향란의 대만순회흥행을 따라 남하하여 다시 북상한 장무곡은 2주일 정도 여행하는 동안 출연교섭을 마무리했다. 마지막 대만 공연을 장식하는 형태로, 대도정의 제1극장에서 이향란쇼를 열려는 계획이었다. 제1극장은 찻잎장사로 거부를 이룬 진천래(陳天來)가 대만인을 위해 훌륭한 오락장을 만들려는 생각으로 이미 경영하던 영락(永樂)극장에 이어 1936년에 완성시킨 것이다. 철근 콘크리트 4층 건물로, 방음장치, 냉방장치, 엘리베이터 등도 완비되어 있었다. 3천 명을 수용할 수 있는 호화로운 좌석은 '영화관보다 훌륭하다'고 취재차 방문한 일본인 기자가 남겼을 정도였다. 그러나 그는 1947년 일어난 2·28 사건에서 국민당군에게 살해당하고 만다.

1941년 12월 8일, 태평양전쟁 발발과 동시에 일본군이 '조계(租界)'를 제압하자, 상하이의 영화계는 큰 변화를 맞이했다.

이날을 경계로 당시 상하이에 있었던 11개 영화제작회사는 중화전영공사의 완전한 통제 아래 놓였다. 늘 그랬듯이 생필름 제공, 제작된 영화 배급 등을 중화전영공사가 통괄하게 되었다. 1942년 4월에는 통제가 더욱 강화된다. 중화전영공사 및 대형 3사(신화, 예화, 국화)의 공동출자로, 신회사인 중화연합제편고분유한공사(中華聯合製片股扮有限公司)(중련)가 설립되어 제작 스케줄을 조정하기 시작했다.

중련 창립에 있어 50편에 이르는 제작 기획 리스트가 발표되었다. 그 가운데 《아편전쟁》이라는 것이 있었다. 아편전쟁이 끝난 지 백 년째 되는 해였기 때문이다. 그런데 일본 육군이 개최한 대륙영화연맹회의에서 기획안 수정을 요청했다. 일본의 영화공작이 마침내 여기까지 힘이 미치게 되다니, 놀라운 일이 아닐 수 없다. 상하이에 있는 대형제작회사의 기획까지 일본육군은 간섭했다.

육군 주최 대륙영화연맹회의에 소집된 것은 국책영화회사 3사, 만영, 화베이전영, 중화전영이었다. 《아편전쟁》의 기획에서 수정이 요구된 까닭은 두 가지였다. 하나는 이 작품을 중련의 단독제작이 아니라 중화전영, 중련, 만영 3사의 합작으로 할 것. 또 하나는 이향란을 출연시키는 것이었다.

중련은 육군의 요구를 받아들여 기획을 변경했다. 제목을 《만세류방(萬世流芳)》으로 바꾸고 이향란이 출연할 수 있도록 내용도 고쳤다. 그렇게 이향란은 육군의 강제에 의해 중국영화에 처음으로 출연하게 되었다. 일본 통제를 받는 중국영화인 셈이었다. 변경된 제목의 의미는 '위공(偉功)은 영원한 향기를 남긴다', 아편전쟁의 영웅 임칙서(林則徐)를 찬양하는 내용이다.

육군이 소집한 대륙영화연맹회의에서는 이런저런 말들이 오갔다.

"동양 으뜸을 자랑하는 만영의 대스튜디오가 사용되지 않는 것은 아까운 일입니다."

"그 스튜디오에 중국 톱여배우 진운상(陳雲裳)을 만주에 초대하여 만영의 이향란과 공연시키면 멋질 겁니다."

그러나 시미즈 아키라(清水晶)는 결사반대했다.

"그런 일은 있을 수 없습니다!"

상하이에서 일어난 만영에 대한 강한 반발을 그는 《상하이조계영화사사(上海租界映畫私史)》에 쓰고 있다. 그렇다면 상하이 영화계를 통제한 중화전영에 대한 반발은 없었을까?

'일본의 만주침략을 상하이의 지식인들은 어떤 눈으로 보고 있는가. 깊은 성찰이 없기 때문에 헛소리를 늘어놓는 것이다. 진운상이 만영의 스튜디오행을 승낙하는 것은 천부당만부당한 일이며, 만약 이향란이 억만금 앞에 만영행을 승낙한다면 변명의 여지가 없는 매국노가 되어 충칭 지하조직 테러에 의해 사라지게 되리라.'

그러나 이향란을 추천한 일본육군인 만큼 체면을 위해서라도 그녀를 끝까지 보호하기는 했다.

중련에서는 《만세류방》에 이름난 제작진과 배우를 투입, 감독은 셋이나 배치했다. 복만창(卜萬蒼), 주석린(朱石麟), 마서유방(馬徐維邦)이다. 제작 총지휘는 오락성을 보태는데 뛰어난 장선곤(張善琨), 주역에는 옛 인기투표에서 영화배우 김염(金焰)을 잇는 표를 얻은 고점비(高占非), 인기여우인 진운상과 원미운(袁美雲)이었다.

만영의 스타 이향란을 넣지 않을 수 없게 되자 제작자인 장선곤은 남몰래 고심했다. 이향란을 사이드 스토리에 배치하여 중국 인기 여배우와 관계를 최소화한 것도 그 하나이다. 사실 야마구치 요시코는 진운상이 이 영화에 출연하는 걸 꺼려했다.

"내가 만영 합작영화에 나온다는걸 알게 된 팬으로부터 수치도 모르는 매국노라고 비난하는 협박장이 날아왔어. 처음부터 나가고 싶지 않았지만 어떡해.《목란종군》에서 신세를 진 장선곤의 부탁이라 거절할 수 없었다고."

또 한 사람, 이향란의 상대역인 왕인(王引)도 장선곤과 쌓아온 친분 때문에 어쩔 수 없이 출연을 승낙했다. 장선곤이 일본 측과 손을 잡은 일로 목숨이 위태로워지자, 외출할 때마다 장선곤의 차를 대신 타서 상대에게 눈속임 역할을 해주던 그였다.

게다가 장선곤은 다른 작품 출연이 밀려 있던 이향란을 위해 그녀가 출연하는 장면을 먼저 촬영함으로써 스케줄 관리와 현장에서도 노련한 솜씨를 뽐내었다.

완성된《만세류방》의 주인공은 임칙서이고, 그를 연기한 고점비는 당당한 대장부였다. 또한 이 작품은 세 여배우의 경연 같은 느낌으로 연기를 비교 감상하는 묘미가 있었다. 일본에서는 1944년 공개된 이후, 61년 만의 리바이벌 상영이었다. 종전 때는 상하이에서 접수된 필름이 베이징의 중국전영자료관에서 발견되어, 35밀리 필름을 제공받았다고 한다.

《만세류방》은 1943년 5월 상하이에서 개봉되어 호평을 얻었다. 뒷날 야마구치 요시코는 자서전에 '상하이뿐 아니라 중국 전역에서 영화관이 있는 곳, 일본군 점령지역이면 어김없이 상영되었다'고 밝히고 있다. 그러나 중국 측에서 '노예 영화'라고 무시했기에 자료가 부족해 정확한 것은 알 길이 없다.

하지만 중국인 관객이 일본인과는 다른 생각으로 이 영화를 보았을 것은 쉽게 상상할 수 있다. 그들은 《목란종군》 때와 마찬가지로 영국군과 전투를 벌이는 일본군 전투에 비견하여 성원을 보냈으리라. 제작자 장선곤은 《목란종군》의 주연 여배우 진운상을 다시 등장시키는 효과를 마땅히 계산에 넣었을 것이다.

이향란은 당시 중국에서는 '베이징 출신 중국인'으로 통했다. 《만세류방》의 평판이 베이징까지 전해지자, 이향란은 베이징에서 중국계 신문 각사로부터 공동기자회견을 요청받았다. 그 자리에서 그녀는 자신이 일본인임을 고백하려고 했지만, 결국 그렇게 하지 못했다. 생각한 끝에 그녀는 마음먹었다. '이향란을 버리자. 어쨌든 만영에서 나오자.'

일 년이 흘러 1944년 가을, 이향란은 만영에서 나왔다. 그 뒤 그녀는 상하이에서 살았다.

《만세류방》의 촬영을 위해 상하이에서 정착하게 된 이 무렵, 이향란과 몇 차례 만났던 일을 일기에 써서 남긴 사람이 있다. 왕정위(汪精衛) 정부의 중요 인물 주불해(周佛海)이다. 전쟁이 끝난 뒤 다른 이들은 모두 처형되고 주불해는 옥사했다.

1942년 10월 15일 목요일
……12시, 이토(伊藤)가 이향란을 데려와서 함께 집으로 가서 식사를 하자고 초대하다. ……('이토'는 이토 요시오(伊藤芳男). 전 만주국 외교부 촉탁. 루거우차오 사건 뒤에는 서의현(西義顯) 조수로서 왕정

위파의 투항권유활동에 종사. 이때는 만주국 상하이사무소소장.'

1945년 5월 23일 수요일
……베이징에서 문병하러 온 이향란이 노래를 몇 곡 부르다.……

1945년 6월 5일 화요일
……오카다 유지(岡田酉次) 소장이 이향란과 함께 점심식사를 하러
와서 이향란이 노래를 부르고 2시 반에 돌아가다.……
일본상하이파견군 특무부 회계담당자, 유신정부 경제고문 등을
역임. 이때는 국민정부의 경제 겸 군사고문.'

영화제작은 점차 불가능해져 갔다. 1945년 5월, 가와키타 나가마사
는 일류극장 대광명대희원(大光明大戲院)에서 사흘 동안 이향란 공
연을 열었다. 연일 만원이었고, 신문 비평도 호평이었다. 입장권이 매
진되어 세 배나 할증금이 붙었다.
그 무렵, 중국 명문 출신 여류화가 증우화(曾佑和)가 한 연회석에
서 이향란과 동석한 적이 있었다. 훗날 증우화에게서 들은 이야기는
논픽션 작가 도스 마사요(ドウス昌代)의 《이사무 노구치, 숙명의 월경
자(越境者)》에서 소개된다.
전시 중인 상하이에서 인기여배우 이향란은 긴 중국옷을 입고,
그 당시 세력을 자랑하던 중국 군인 옆에 앉아 유창한 베이징어로
이야기를 나누고 있었다. 6년 뒤인 1951년 봄, 미국으로 망명하여 호
놀룰루에서 살던 증우화는 독일인 남편이 친구를 위해 연 약혼파티
에 참석했다. 남편은 미술학자이며 하와이대학 교수였다. 친구란 그
날 주빈인 조각가 이사무 노구치(野口勇). 증우화의 남편은 이사무가
1930년에 반년 정도 베이징에서 수묵화를 배운 무렵에 서로 알게 되

었다. 또한 주빈인 이사무의 약혼자는 말할 것도 없이 야마구치 요시코였다.

그녀는 할리우드 영화 《동(東)은 동(東)》에 대한 협의를 마치고 돌아온 길이었다. 그날 야마구치 요시코는 예복 차림으로 증우화 앞에 나타났다. 증우화는 매국노로서 처형된 줄만 알고 있었던 이향란이 살아 있을 뿐 아니라 이사무의 약혼자가 된 것에 놀랐지만, 상하이에서의 일에 대해서 언급해서는 안 된다는 것을 직감했다. 태연스레 영어로 대화를 계속했는데, 야마구치 요시코가 갑자기 입을 다물더니 홀연히 모습을 감췄다. 이사무는 억수같이 쏟아지는 빗속으로 뛰쳐나간 요시코를 쫓아갔지만, 요시코는 어떠한 설명도 하지 않았다.

1945년 8월, 전쟁이 끝났다. 이향란은 일본 여성매국노로서 가와시마 요시코(川島芳子), 도쿄 로즈 등과 함께 필두에 이름이 올라갔다. 패전 뒤, 상하이의 일본인 거리에 있었던 전 육군 어용상인 '왕양인(王樣印) 우동' 경영자의 딸이 귀국을 기다리는 사람들 틈에서 수속을 하러 온 이향란을 보았다. 키는 작지만 사치스러운 모피코트를 입고 있어 그 아름다움이 더욱 눈길을 끌었다. 귀국을 기다리던 일본인들은 저마다 쑥덕거렸다.

"아니, 이향란도 일본으로 가는 건가?"

"역시 일본인이었어?"

"중국인이지만 나라를 위해 애썼으니 일본인으로서 철수하는 거겠지."

1946년 2월, 이향란은 사가현(佐賀縣)을 본적으로 한 호적등본을 제시함으로써 일본 국적임을 증명, 간신히 매국노 재판을 모면할 수 있었다. 이향란이 귀국을 허락받기까지 가와키타 나가마사가 상하이에 남아 이향란을 돕다가 함께 귀국했다. 1946년 4월이었다.

궁럽설리

중일전쟁의 양상은 마치 구름을 잡는 것 같았다. 애써 모래성을
쌓아올리면 파도가 밀려올 때마다 휩쓸고 나가는 형국이다. 신경질
적인 일본의 성격과 경솔하고 폭이 좁은 정치적 역량을 가지고는 뒷
수습이 도저히 불가능했다. 게다가 고립된 형편에서 독일과 이탈리
아와 손을 잡음으로 극성스럽고 독살맞은 방랑자로 취급받아 빈축
과 원망을 사는 처지가 아닌가. 온 나라도 잘되리라 내다보고 있다.
쇠머리를 맡은 고양이 꼴이다. 무엇을 어디에서 착수하여 어떻게 처
리해야 좋을지 알 수 없었다. 팔로군(八路軍)의 항일열은 날로 높아
가고 강대국의 원장(援蔣) 통로는 착착 정비되어 간다. 게다가 미국
을 위시한 자유 진영의 간섭과 압력도 차차 도를 더해갔다. 그뿐 아
니라 국내에서 염전(厭戰)사상이 고조되더니 이제는 노골적으로 반
전(反戰)을 내세워 들고일어나지 않는가. 그 수령이 민정당 소속 중의
원(衆議院) 의원 사이토 다카오(齋藤隆夫)였다.

1940년 2월 2일, 그는 발언권을 얻어 중의원 단상에 섰다. 그해 70
세, 학구수신(鶴軀瘦身)의 노정객(老政客)은 볼품없고 초라한 쑥처럼
흐트러진 머리와 때묻은 얼굴에 음성조차 기운이 없고 쉬어버렸다.
그러나 그의 발언은 폭탄 선언이라 할 정도로 대담한 것이었다. 발
언에 대한 대의사 신분은 일본 헌법에도 보장이 되어 있으나 군부
세력의 비대와 그 엄청난 독주(獨走) 앞에 중신(重臣=수상의 전력을
가진자)들까지 기를 못 펴던 세상이니, 늙은 대의사 사이토가 대놓

고 쏟아내는 반군(反軍) 숙군(肅軍)에 대한 열변은 대담이라기보다 거의 생명을 걸고 하는 사자후(獅子吼)가 아닐 수 없었다.

"본인은 일지사변(日支事變)의 복면과 대륙 정책의 흑막을 폭로하여 일본의 빗나가는 길을 바로잡아 보려고 이 자리에 나선 자이올시다……."

비록 박력은 없어도 그 내용에는 칼이 들어 있었다. 그는 늙어서 식은 피를 의장 단상에 뿌릴 각오로 다시 입을 열었다.

"……본인이 구태여 지적할 것도 없이 국정을 맡아서 정책을 수립하고 그 정책을 수행하기 위해 대호령을 발하는 분이나, 그 호령에 맹종하여 어찌할 바를 모르고 순응해야 하는 국민이나, 누구를 막론하고 일본인 하나하나의 가슴속 깊은 곳에는 대륙침략 정책이 올바르지 않다는 양심의 소리를 간직하고 있을 것입니다. 번득이는 양심의 불빛을 아니 보려 하고, 그 소리를 아니 들으려는 노력을 적지 않은 고민과 발악이 무마 엄폐하고 있으며, 이것이 만성이 되어 버리면 면역(免疫)도 생기는 것이니, 실로 가공할 일이라 아니할 수 없습니다. 거짓말을 되풀이하는 동안 그것이 사실인 듯한 착각에 빠지는 것도 우리 모두가 연약한 인간이기에 일어나는 기괴한 현상입니다. ……이제까지 우리는 무엇을 위해 생각하며 무엇을 해왔고 또 무슨 일을 하려는 것입니까. 중국대륙에 무엇을 주려하고, 무엇을 얻으려고 합니까. 대륙 전쟁의 명분은 동아시아에서 유럽, 미국의 세력을 구축하는 것이지요. 식민지 착취로부터 해방시키는 데 있다고 합니다. 일본은 군대를 철수해야만 합니다. 남의 집안일에 왜 간섭입니까. 구박 받는 며느리가 딱하다고 이웃집에서 들고 일어나 딴 살림을 차려 주며 시어머니를 살해하는 것이 저들에게 무슨 이익이고 해방이 되겠습니까……."

사이토 대의사의 연설은 차츰 열에 떠서 불처럼 되어 간다.

"……여러분, 만주국이 그렇고 난징정부 또한 마찬가지올시다. 그것을 얻기 위해 우리가 잃은 것은 너무도 크고 많은 것이었습니다. 국제 도의를 저버린 세계의 반역아로 낙인이 찍히어 지구에서 고아처럼 된 것 말고라도 성전(聖戰)이라는 미명(美名)에 숨어서 이 땅의 젊은 생명이 수없이 대륙의 얼어붙은 땅에 스미었습니다. 상대는 또 얼마나 많은 희생을 당했겠습니까. 동양인의 생명과 재산과 역량 소모를 강요하는 것이 동양을 아끼고 사랑한다는 나라의 소행입니까. 군부의 권능은 국토를 방위하는 데에 그쳐야 합니다. 정치, 외교, 기타 국정 전반에 걸친 각 분야에 간섭하여 군부 내각의 사생아를 만들려고 획책하는데 있는 게 아닙니다. 무골충의 정치인들은 군부에 휘말리고 끌려들어가 침략 무도회에 가담하여 날뛰는 괴뢰여서는 안 될 것입니다……."

반응은 곧 나타났다. 보도 관제로 말미암아 연설 내용은 요미우리(讀賣) 신문에만 간단히 보도되었을 뿐, 국민의 눈앞에 나타난 것은 거리마다 나부끼는 모필등사(毛筆謄寫)된 격문(檄文)이었다.

─國賊 齊藤隆夫를 埋葬하라

賣國奴 齊藤隆夫를 追放하라……

사이토 대의사의 제명을 주장하는 군부 아부파와, 반대파가 심각하게 대립되는 가운데 신변의 위험을 느낀 사이토는 곧 진사(陳謝)를 했으나 전국에서 날아드는 격려의 편지는 사이토 앞에 쇄도했다. 결국 사이토는 제명이 됐으나 보궐 선거에서 그는 다시 당선됐다.

뒤이어 독·러전이 일어나니 이탈리아와 함께 독일은 3국 동맹을 맺는다. 독일의 행동은 러·일 중립 조약을 체결한 일본을 배신한 듯 싶어서 불쾌했으나 러시아로서는 외교적으로 성공한 셈이었다. 중립

조약을 맺음으로써 만주를 차지한 관동군의 진출을 견제하여 뒷날 닥치게 될 근심을 덜고 대독전에 전심전력을 기울일 수 있게 된 때문이다. 이제 독일마저 잃으면 아예 고립하게 될 일본은 독일에게 추파를 던지는 동시에, 초반전 올리는 독일의 성공을 못내 기뻐하며 미·영의 압력을 호도(糊塗)하여 위안을 삼으려 했다.

독일의 배신은 일본 뿐만이 아니라 러시아에 대해서는 더욱 직접적이다. 저들 사이의 불가침 조약을 폐기하고 벌인 공격이었으니까.

일본은 당황한 가운데에도 신중했다. 어차피 독일과는 일련탁생(一蓮托生)의 공동 운명을 지니고 대소 전쟁은 일본 육군의 전통적 염원이라 러시아를 가상(假想)의 적으로 삼아 전쟁 준비에 광분할 것은 당연한 추세였다. '중립'이 아니라 '불개입(不介入)'이란 모호한 태도를 밝히며 기회주의를 취하기에 이른 것이다.

독일의 승승장구, 모스크바를 점령하게 되면 극동에서는 러시아 공격을 개시하려는 심산인데, 독일은 개전한 지 열흘도 안된 6월 30일과 7월 2일, 두 차례에 걸쳐 일본의 대소 참전을 요구해 왔다. 일본은 주저주저하면서도 최소한 준비 병력만이라도 동원하지 않을 수가 없었다. 관동군 증강으로 러시아의 극동 병력 2백만을 붙잡아 두는 효과를 올려 독일을 원조하고, 또 하나는 만주국의 자원을 확보하려는 배짱이었다. 이때까지 일본은 남진(南進)이냐 북벌(北伐)이냐, 근본 정책을 세우지 않았다. 1940년 9월 하순부터 일본은 불령(佛領) 인도차이나(베트남, 라오스, 캄보디아)에 평화 진주(進駐)를 하였다. 불인(佛印)은 고무, 철, 텅스텐, 무연탄, 쌀…… 등 일본의 군수 공업과 전시 생활에 필요한 자원이 풍부한 곳이기 때문이다. 독일에 굴복하고 일본에도 항복한 프랑스를 협박, 점령을 승락 받았던 것이다. 그러면서도 일본은 프랑스군의 반항이 없는 베트남 하이퐁(海防)에 강제 상륙, 또 폭격하여 민간인 15명을 살해했으니, 평화 진주란 말뿐이고 무력 점령이나 다름없었다. 여기에 자극을 받은 미국은 고철(古鐵) 대일 수출을 금지하는 태도로 나왔다. 일본은 연간 2백만톤의 고철을 미국에서 수입해 약 절반을 군수품 제조에 충당해 온 터라 큰 타격이 아닐 수 없었다. 그러나 미국으로서는 당연한 조치였다. 일본이 내세우는 불령 인도지나 진주(進駐) 구실은 충칭에 대한 원조 물자 루트 차단, 중국군 불인(佛印) 국경 지대 집결 분쇄 등이지만, 일본의 본심이 불인을 근거로 북에 있는 중국에 대한 작전일 뿐 아니라 남방 진출의 기지로 삼으려는 아는 속셈을 까닭에 가만둘 수가 없었던 것이다. 이리하여 남쪽 지역의 자원 확보가 불안해지자 이왕 얻어놓은 만주국의 보고(寶庫)나마 유지하려고 일본은 대소전 준비를 서두르지 않으면 안되었던 것이다.

이런 상황에서 계획된 것이 '관특연(關特演)', 정식 호칭으로는 관동군 특별 대연습이었다. 연습이라는 구실 아래 40만 관동군을 70만으로 증강하는 동원 계획이다.

만주국 정부의 다케베(武部) 총무청 장관과 후루미(古海) 차장이 관동군 사령부에 불려간 것은 7월 초였다. 이들은 참모장에게서 이런 극비에 관한 요청을 받았다.

"군은 러시아로 진격하게 되니 보급 관계의 책임을 지기 바라오. 군이 필요로 하는 물자는 별도로 연락하리다."

군이 필요로 하는 물자란, 석유, 석탄, 식량, 숯 30만 톤과 말린 채소 5만 톤인데, 그것을 급히 마련하여 군에 납품하라는 것이었다.

"이런 방대한 물자를 조달하려면 막대한 비용이 드는데 마땅히 관동군이 부담하는 거겠지요?"

"현재 관동군은 예산이 없으니 만주국 정부가 빌려 주어야겠소. 후일 임시 군사비가 책정되어 보내질 테니까 그 점은 조금도 염려마시오."

극비리에 이 일은 추진되었으나 워낙 중대한 문제라 다케베, 후루미, 아오키(青木) 기획처장이 본국 정부와 육군성의 의향을 타진하기 위해 도쿄로 향했다. '군사 기밀'이라고 쓴 붉은 표시의 준비 계획서를 갖고 대장성(재무부) 수뇌부를 만나 사정을 말한 뒤에 정부 예산에 관한 설명을 구하니 회답은 이러했다.

"대장성은 육군 측으로부터 그와 같은 요청을 전혀 받은 바 없소. 따라서 예산 조치를 취할 근거가 없습니다."

하는 수 없이 육군대신 도조(東條英機) 중장을 면회하고 되물었더니 도조도 말했다.

"관동군이 러시아에 진출하는 일은 없으니 그런 염려는 아니해도 좋아."

안심하고 돌아왔으나 관동군의 재촉은 여전히 성화였다. 결국 만주국 책임자들은 물자 구입, 보관, 말린 채소 및 숯 대량 생산을 추진했다.

이런 중에 증원부대는 파견되었으나 전원을 도저히 수용할 수가 없었다. 간이병사(簡易兵舍)를 신축, 월동 준비에 착수했다. 이렇듯 북진 계획을 추진하는 한편, 일본은 남방 진출에도 게으르지 않았다.

이러한 일련의 사태는 미국으로 하여금 석유 대일 수출을 거부하게 만들었고 영국, 네덜란드(和蘭)와 함께 3개국 영토 안에 있는 일본인 재산을 동결하는 조치를 취하게 하였다.

이제 일본은 작전을 수행할 길을 잃고 말았다. 일본 해군만도 하루에 12,000톤의 석유를 소비한다. 저장량은 앞으로 1년 반 내지 2년이면 바닥이 날 판이다.

이같은 압력을 일본은 A(미국), B(영국), C(중국), D(화란) 포위선이라고 불렀다. 일본에게는 애원(외교)과 발악(전쟁)의 두 길밖에 남지 않았다. 그 한 길인 노무라(野村吉三郎) 주미 대사의 교섭은 교착 상태로 제자리 걸음을 하고 있을 뿐이었다.

예비역 해군 대장인 노무라 가치사부로는 미국 워싱턴에 도착 즉시, 코델 헐 국무장관을 비롯해서 미국 해군 수뇌부와 자주 접촉하여 양국간의 긴장된 분위기를 완화하기에 많은 노력을 기울였다. 그에 대한 루즈벨트 대통령의 신임도 두터웠다. 대통령과 면담한다는 것은 쉬운 일은 아니지만, 그가 전에 주미 대사관부 무관으로 재직 당시 해군 차관이던 루즈벨트와 가까웠고 그 뒤에도 교제는 계속되어 신임 대사로 대통령에게 신임장을 받을 때에도 형식적 의식은 일체 생략, 환담 형식으로 오랜 벗을 만난 듯한 분위기 속에 진행되었다. 그 자리에서 루즈벨트 대통령은 호의를 보였다.

"자네라면 언제라도 만날 터이니 사양 말고 면회를 신청해 주게."

노무라의 교섭은 주로 코델 헐 국무장관이 대상이었는데, 그는 먼저 미·일 교섭의 기초가 될 4개 원칙을 제시했다.

1, 미·일 양국은 물론 모든 국가의 영토 보전 및 주권 존중
2, 타국 내정에 간섭하지 않는다는 원칙
3, 통상의 기회 균등을 포함하는 평화 원칙
4, 평화적 수단에 의하여 변경되는 경우 말고는 태평양의 현상을 교란하지 않을 것

그러나 이것도 교섭 초기 때 일이다. 일본이 교섭을 진행하는 한편, 적극적 군사 행동을 전개하고 있음을 보고 처음에는 '무성의한 태도'라 하였고, 다음에는 '기만술'이라고 단정했다. 여론이 들끓고 태도는 강경했다. 게다가 연합군에 가담한 각국이 유화(宥和) 정책에 반대하고 나서자 코델 헐 장관은, 11월 27일 군부 수뇌부와의 회

담에서 입장을 내비쳤다.

"이제 미·일간 외교 교섭은 끝났습니다. 외무 당국으로 취할 노력은 이것으로 마칩니다. 앞으로 일은 군당국 책임 하에 진행해 주길 바랍니다."

이처럼 언명하고 26일에 이르러 이른바 '헐·노트'를 주미 일본 대사관에 전달했다.

1, 4개 원칙의 무조건 승인
2, 중국과 인도차이나에서 전면 철수
3, 난징정부의 부인(만주 포함)
4, 3국 동맹 폐기

이 노트는 일본의 요구를 모조리 거부하는 것이었다. 일본 정부와 군부의 수뇌들은 곧 미국의 선전포고라 해석했다. 전쟁을 피할 수 없다면 선공(先攻)을 하는 것이 유리하다는 해석이 주전파들의 결심을 압도적으로 지배했다.

마침내 12월 8일, 일본은 드디어 미·영 양국에 대해 선전을 포고했다. 고노에 내각의 뒤를 이은 도조 정부의 손으로 말이다.

—이날 저녁, 만주국 황제 푸이는 제실 어용계 요시오카의 요청으로 '시국에 관한 조서'를 낭독하지 않으면 안되었다. 다른 조서는 발포하는 절차가 국무원에서 처리되었는데, 이번만은 황제가 친히 읽어야 한다는 것이었다. 국무원 총무청 촉탁인 일본 한학자 사토(佐藤知恭)의 작품이었다.

천명(天命)을 받들고 제운(帝運)을 계승한 대만주 제국 황제는 너희 백성에게 이르노라. 맹방(盟邦) 대일본 제국 천황 폐하, 오늘

로서 미·영 양국에 선전을 포고하셨다. 짐(朕)은 일본 천황 폐하
와 정신 일체이니, 너희 백성들 또한 그 나라 신민과 함께 모두 하
나(一德)의 마음을 지니고 있음이라. 이는 나눌 수 없는 관계이고,
하물며 공동 방위의 결의(結義)를 했음에랴. 사생존망(死生存亡),
단연 제휴에 분리됨 없이 다같이 짐의 뜻을 본받아, 관민 일심, 만
방 일지(萬方一志), 거국 일치, 봉공(奉公)의 충성을 다하고 국력을
바쳐서 맹방의 전투를 원조하여 동아시아 감정(戡定)의 공을 받들
어 세계 평화에 이바지할지라……

주제 넘는 선전 포고였다.
　그때부터 만주 백성의 고생은 말이 아니었다. 초반전에 일본이 승
리를 거둘 때는 괜찮은 편이었다. 차츰 전세가 기울어지기 시작하자,
'관특연'으로 강화됐던 관동군 주력이 남방으로 뽑혀가기 시작하면
서부터 만주인의 노동력이 온갖 명목으로 동원되었다. 거리를 지나
다가 징용에 끌려가기는 보통이고, 전차나 기차를 타고 여행하는 사
람까지 끌려 내려와 트럭에 실리어 일터로 수송됐다. 이 무렵 거리
에 다니는 말(馬)은 거의 예외없이 시력을 잃은 것들이다. 빼앗길 바
에야 차라리…… 눈알을 찔러 모두 장님 말을 만들었다. 그렇게 해
야 말도 징발을 면하기 때문이다.
　한편, 징용에 끌려간 만주인 경찰서장이 있었다. 제아무리 자기는
경찰서장이라고 아우성 쳐도 일본 군인은 코웃음치고 탄광으로 보
내 버렸다.
　이런 횡포 속에 전세는 날로 기울어져 갔다. 다행히도 만주는 물
자가 풍부한 곳이라 생필품을 얻기가 일본과 비교도 안 될 만큼 넉
넉했다.
　본토에서는 쌀은 물론, 설탕, 성냥까지 배급이고 담배는 한 사람

앞에 한 갑, 술도 한 손님 앞에 한 병씩만 파는가 하면 고기 따위는 아예 구경도 할 수 없고 썩은 고래 고기(鯨肉)를 배급 받는 것이 고작이었는데 만주는 그렇지가 않았다. 불고기, 맥주, 생선회……등 음식도 그랬지만 양복지기, 피혁 제품, 무엇이든 얻기 쉬웠다. 값이 비싼 게 흠이었으나 일부러 본토에서 음식을 먹으러 물건을 구하러 찾아오는 형편이니, 제궁 안에 사는 황제 푸이에게야 전날과 조금도 다른 것이 없어서 천하태평이었다.

관동군에 대한 불평과 욕구불만은 주변인들에게 벌을 줌으로써 충족시켰고 돌파구를 거기에서 찾았다. 푸이는 치질이 있어서 좌약(座藥)을 잔뜩 마련해 놓고 항문에 넣는데 하루는 그의 어린 조카(누이의 아들)가 이 좌약을 보고 말했다.

"총알 같이 생겼는데……."

푸이가 발끈했다.

"너는 내가 총알에 맞아죽기를 원하는 것이냐. 애들아, 저 녀석 볼기를 때려라."

다른 조카들에게 명령하여 문제의 어린 조카가 흠씬 얻어 맞았다.

그는 반찬 투정도 심했다. 맛이 없다는 둥 불결하다는 둥 트집을 잡아 요리장에게 벌수금을 받아내는가 하면 그 돈을 모았다가 상금이라고 주기도 한다. 이 변덕스러운 상벌 앞에 궁 안의 사람들은 모두 벌벌 떨었다.

혁혁전과(赫赫戰果)니 당당입성(堂堂入城)이니, 신문 기사 제목으로 즐겨쓰던 말들이 옥쇄(玉碎)란 말로 자주 바뀌게 되었다. 와전옥쇄(瓦全玉碎)에서 인용한 이 말을 일본인들은 전멸(全滅) 대신으로 표현할 때 즐겨 쓰는 버릇이 있었다.

옥쇄라고 할지언정 전멸이란 말을 쓰기 싫어서다. 푸이는 그것을 안다. 관동군이 제아무리 뉴스 영화의 필름을 가져다가 보여 주어도 대세가 이미 기운 줄 푸이의 민감한 신경은 말해주고 있었다.

'일본이 망하면 나는 어떻게 되나?'

생각하고 싶지가 않았다. 그러나 현실이 그런 것을 어찌하랴.

'한간(漢奸=조국 배반자)의 죄명으로 처형될 것인가? 아니면 증거인멸(證據湮滅)을 위해 일인 손에 죽으려는가?'

그는 되도록이면 일본이 패망하지 않기를 믿고 또 빌고 싶었다.

천대와 모욕, 멸시와 구박 속에서 이를 갈며 증오하는 일본이 승리하기를 기대하는 자가당착(自家撞着)에 빠져서 고민하기 전에 그러한 신념을 가지려고 애를 쓴다. 그래도 잘 되지가 않는다. 때때로 울려오는 공습경보, 그럴 때마다 동덕전(同德殿) 땅속 방공호에서 식사를 해야하는 긴박한 정세, 게다가 육탄(肉彈)들 장행식(壯行式)에서 그는 일본의 폐색을 역력히 보았다. 가미카제(神風)라는 이 특수부대원은 만주에서 뽑혀나갔다. 폭탄을 잔뜩 실은 비행기를 조종하여 적의 비행기나 군함, 탱크 등에 송두리째 격돌하는 작전인데, 여기에 뽑히면 사형 선고를 받은 것보다 더 정확하게 죽게 된다.

어느 날 푸이는 관동군으로부터 새로 선발된 특공대원의 출정을 황제가 친히 축하 격려해 달라는 요청을 받았다. 장소는 방공용 모래 주머니가 쌓여있는 동덕전 안뜰이었다. 그날은 바람이 몹시 불어 황토 먼지가 휘날리는 가운데 홍안 소년 10여 명이 한 줄로 정렬해 섰다. 어용계로 승진한 요시오카 중장이 지은 축사를 낭독한 푸이는 떨리는 손으로 축배를 들었다. 그것은 축배가 아니라 분명 제주(祭酒)였다. 20세 안팎의 소년들이건만, 빛이 꺼멓게 죽은 얼굴 아래로 눈물이 흘러내린다. 어떤 아이는 소리 내어 흑흑 흐느끼기도 하였다.

푸이는 초조하고 겁이 나서 얼른 식을 마치고 내전으로 들어왔다.

'저렇게까지 해야 하나. 패전의 날도 멀지않은 것 같다.'

어두운 가슴이 떨리고 있을 때 요시오카가 나타났다.

"폐하의 축사는 참으로 훌륭하셨습니다. 저 소년들은 너무 감격하여 어전인 것도 잊고 울음을 터트렸던 것입니다."

이 횡설수설하는 말을 들으면서 푸이는 속으로 중얼거렸다.

'흥! 너도 겁이 나는 게로구나. 더구나 너는 육탄들이 드러낸 마각(馬脚)을 내가 보았을까봐 두려워하지? 나는 그걸 보았다. 그러나 나도 너 못지않게 캄캄한 앞날이 두렵기만 하다……'

하지만 모른 체 해야 한다. 어리석어서 몰라본다는 태도를 취해야 신변이 안전하리라고 푸이는 내다봤다. 그러자니 신경쇠약증을 일으키어 변태 성격의 노이로제 증상이 재발한다. 이런 상태에서도 그는 안전책을 위해 관동군 사령관을 만날 때마다 속내를 드러냈다.

"일본과 만주국은 일체불가분의 관계, 즉 사생존망을 함께 할 관계에 있습니다. 국력을 총동원하여 대동아 성전의 최후 승리를 위해 일본을 맹주로 하는 대동아 공영권(共榮圈)을 위해서 끝까지 싸우겠습니다."

도조 수상이 만주국을 전격(電擊) 방문했을 때도 그는 서슴없이 익숙하게 말했다.

"수상 각하, 안심하십시오. 나는 만주국의 전력을 들여서 친방(親邦) 일본의 성전을 지원할 것입니다."

이 자질구레한 일들이 피로한 신경의 혹사를 강요한다. 푸이의 생활은 다시 절도가 없어졌다. 거의 밤을 새우다가 아침에야 잠을 잔다. 새벽 3시 취침, 아침 11시 기상이 보통이고 식사는 하루에 두 번만 하는데 조반이 12시에서 1, 2시경, 저녁은 9시에서 11시 사이에 한 번 한다. 오후 4시에서 5, 6시까지는 낮잠…… 먹는 일, 자는 일 말고 그가 하는 것은 때리고, 악쓰고, 점치는 것, 약 먹고 겁내는 것이 전부였다.

지나친 결벽은 정신병의 시초라는데 푸이는 그 정도로 심했다. 파리가 앉았던 음식은 절대 먹지 않았고 만일 입술에 파리가 와닿으면 알콜 소독기를 꺼내어 입술이 아파질 때까지 닦아내야 견디었다. 그러면서도 적선을 한답시고 일체 살생을 금하여 쥐는 물론 파리 한 마리도 잡아 죽이지 못하게 한다.

절제 없는 생활에 신경만 날카로워 몸이 날로 쇠약해진다. 조선과 국경 지대에 새로 만든 수력발전시설인 수풍(水豊)댐을 시찰하기 위해 안동에 갔을 때, 실신 직전에서 강심제와 포도당 주사로 간신히 의식을 되찾을 지경이었다.

그는 호신책으로 일본에 대한 자신의 아첨만으로는 부족하다고 생각했다. 한 번은 테니스를 하러 코트로 향하던 도중 벽에 쓰여 있는 백묵 글씨가 눈을 쏘아보듯 했다.

'일본인에게 이렇게까지 핍박을 받고도 아직 부족한가.'

푸이는 질겁했다. 테니스가 다 뭐냐, 그는 글씨를 지우라 이르고는 달아나듯 침실로 돌아왔다.

제3부인 탄위링(譚玉齡)이 침대 머리에 다가섰다. 22세의 황비는 그런대로 푸이의 유일한 상담역이었던 것이다.

"폐하, 오한이 나십니까, 옥체에 열이 높으십니다."

"음. 나는 살아있어도 죽은 것이나 다름없는 몸, 언제 누구 손에 죽게 될지 몰라."

"왜 그런 걸 생각하십니까?"

"그런 생각을 안 할 수 있겠어? 나는……."

푸이의 설명을 다 듣고 나서 탄위링은 말했다.

"하긴 걱정입니다. 또 평지풍파가 일어나겠군요."

"그래, 항만 반일분자를 퇴치한다는 구실 아래 궁정 안에서 일대 검거 선풍이 일어날 거야. 그보다두……."

"?"

"누구나 볼 수 있는 넓은 뜰 바람벽에 그런 글을 써 붙일 수 있다는 건, 첫째 경비가 소홀하다는 것이고, 둘째 생사도 개의치 않는 대담무쌍한 자가 궁내에 숨어 있다는 증거가 아니겠어? 언제라도 나를 죽이려고만 하면 할 수 있는 자들이니 불안해서 견딜 수가 있나."

"너무 걱정하실 것 없습니다. 폐하 곁에는 이몸이 그림자처럼 있지 않습니까."

"그건 그렇지만……."

이 벽서(壁書)사건은 그럭저럭 무사히 넘어갔다. 그러나 그 뒤부터 푸이는 풍성학려(風聲鶴唳), 의심암귀(疑心暗鬼) 바로 그것이었다. 탄위링이 시독(試毒)을 마친 음식이 아니면 젓가락을 들지 않았고, 온갖 보약 종류도 푸이가 보는 앞에서 그녀가 먼저 먹어서 무사한 것을 확인하고 나서야 손을 대었다.

아직 36세의 젊은 나이건만 푸이의 머릿속을 떠나지 않는 것은 죽음의 그림자다.

'우선 몸이 건강해야한다. 내 몸이…….'

그는 좋은 약이란 약은 모두 구해다가 한약은 약고(藥庫)에, 양약은 약방에 보존하고 그 관리를 조카들에게 맡겨 조금도 허술치 않게 했다. 다음에는 정신 수양이 필요하다고 느꼈다. 무엇보다 좌선(座禪)이 좋으리라 생각한 그는 그날부터 조카들까지 불러 앉혀놓고 함께 했다.

이 무슨 청승이며, 얼마나 고역인가…… 도통한 노승이라면 모를까 20안팎의 젊은이들을, 정좌하여 손을 모으고 눈은 반쯤 감고 반쯤 뜬채 몇 시간이고 가만히 있으라니, 그런 고문이 또 있겠는가. 그 중에는 새 신랑도 있다. 화촉 동방을 비어놓고 해골처럼 되어가는 황제를 벗해서 참선(參禪)을 해야하는 신세란……

그러다가도 황제 비위에 거슬리는 일이 있으면 매를 맞아야 하고 기침이나 재채기를 하는 날이면 짜증도 받아야 했다. 입정(入定=좌선으로 정신 통일됨)을 하면 무아지경(無我之境)에 몰입(沒入)한다지만 푸이는 그렇지가 않았다. 바싹하는 인기척에도 좌불안석이고 조그만 소리에도 신경을 곤두세운다.

궁 뜰에 커다란 두루미(鶴) 한 마리가 살고 있었다. 이놈은 때를 가리지 않고 소리를 내어 울어댄다.

"끼룩."

그래서 하인들에게 책임을 지워서 좌선을 하고 있을 때는 못 울도록 단속하라 이르고 만일 우는 날에는 책임자에게서 벌금을 받는다고 선언했다. 그 후 하인들은 이 두루미 탓에 상당액수를 벌금으로 빼앗기지 않으면 안되었다. 그래서 그들은 연구한 끝에 두루미가 울음을 울려고 목을 길게 뽑으면 그 긴 목을 손으로 탁 쳐서 옴츠리게 했다. 이것은 매우 효과적인 처사였다.

푸이가 좌선에도 지쳐갈 무렵, 그의 신변에 돌발사고 하나가 발생했다. 전적으로 신임할 수 있는 단 한 사람, 탄위링이 갈증을 호소하면서 냉수를 들이키더니 갑자기 열이 나며 앓아누웠다. 한방 의학의 대가이고 황제 시의이기도 한 황자생(黃子生)이 진찰한 결과 장티푸스라는 진단을 내렸다.

"그러나 폐하, 이 더운 날씨에 장티푸스는 극히 위험한 병이오니 시립(市立)의원 일본인 의사를 초빙하여 진료케 하는 것이 좋겠습니다."

푸이는 황 의사의 진언을 받아들여 그렇게 하라 했다.

한편 요시오카도 매우 근심하는 표정으로 말했다.

"모든 질병은 확실한 조기 진단이 필요한데 의사 한 사람에게만 맡겨둘 게 아니라 유능한 명의의 종합적인 판단을 받는게 현명합니다. 관동군 군의 중에서 권위자 한 사람을 부르겠습니다."

마다할 수 없는 처지였고 그래야 할 형편이 아니므로 푸이는 오히려 그 의견을 고맙게 알며 환영하는 뜻을 표했다.

종합 진단은 내려졌다. 급성 뇌막염(急性腦膜炎)이라 했다. 이제부터는 최선의 치료만 하면 된다. 그 치료 방법에 대한 의논이 일본인 의사 두 명에 요시오카까지 포함한 세 일본인만으로 출입을 금한 밀실에서 진행되었다. 그 결과 '백의(白衣) 천사'라 불리는 일본 간호사까지 동원되어 주사와 투약(投藥) 내지는 수혈(輸血)하는 소동까지 벌였다. 탄위링은 주사를 매우 싫어했다. 저녁마다 푸이가 맞는 호르몬 주사를 보면서도 얼굴을 찡그리곤 했었다. 아편 주사의 피해를 아는 그녀가 주사를 싫어하는 것은 감정적일지 몰라도, 만주에서는 주사를 맞으면 매독이 감염된다는 말까지 떠돌고 있어 탄위링도 이 말을 믿었다.

의식이 몽롱한 혼수상태에 있으면서도 주사를 놓을 때마다 비명을 지르곤 했다.

"으아악!"

푸이는 조금 떨어진 거리에 있으면서도 머리털이 쭈뼛하곤 했다.

죽음의 경계를 넘나드는 하룻밤이 지났다.

아침이 되자 스물 두살의 활짝 핀 나이로 탄위링은 꽃처럼 떨어져 죽어갔다.

푸이의 슬픔은 컸으나 체면이 있지 아니한가. 소리 높여 한번 울어보지도 못한 입이 원망 속에서 굳게 닫혀졌다.

'요시오카의 짓이다. 일본인들이 일부러 죽인 거야.'

의심은 신념으로 바뀌었다.

푸이의 판단에도 근거나 이유가 없는 것은 아니다. 요시오카가 근민루(勤民樓)에서 밤을 꼬박 새우며 병세를 지켜보던 간호사에게 자주 전화를 해서 물어본 것도 의심이 간다. 그보다 더욱 의심나게 하는 것은 임종하자마자 곧 관동군 사령관의 대리라고 하는 자가 문상(問喪)을 왔는데, 어느 겨를에 마련하였는지 조화(吊花) 한 쌍이 도착한 일이다. 사태를 미리 알고 있으면서 준비하지 않고서는 되지 않을 일이었다.

푸이는 탄위링의 유해를 먼 조상들이 잠자는 펑톈에 매장하기를 원했다. 그러나 관동군은 관(棺)을 신징에 있는 불사(佛寺)에 안치하도록 강요했다. 이것마저도 뜻대로 안된 푸이가 탄위링을 위해 할 수 있는 일이라곤 고작 귀비 직위에서 일계급 승진시켜 고귀비(高貴妃)를 만드는 일이었다. 후비 지위로는 황후에 버금가는 가장 높은 지위가 고귀였다.

황후 완룽이 전지 요양을 마치고 돌아왔다. 그러나 이 일은 푸이에게는 관심 밖의 것이었다. 아편쟁이 여인이 오든지 가든지 아랑곳없었다. 푸이는 나날이 침울해 갔다. 그는 일본에서 부쳐오는 부인잡지 등 권두화보에 실린 여인들 사진에서 탄위링과 비슷하게 생긴 여인만을 골라 유심히 들여다보는 것이 유일한 낙이었다.

한 번은 동생 푸제와 히로(浩)부인이 알현하는 자리에 일본의 부인잡지가 펼쳐져 있었다. 히로는 반가웠다.

"이 책들은 폐하께서 보시는 것입니까?"

"그렇소. 글자는 모르니, 그림이나 사진 따위를……."

푸이가 펼쳐 놓은 면에는 다도(茶道)에 정진하는 일본 귀족의 영애와 꽃꽂이를 하며 앉은 청초한 소녀의 모습이었다.

"이런 부인이 내 옆에 있다면 황비로 삼고 싶어."

그 두 여인의 모습에 어딘가 세상 떠난 탄위링과 비슷한 그림자가 깃들어 있는 것을 발견하였을 때 히로는 가슴이 뭉클했다.

푸이가 그 사진을 요시오카에게도 보인 모양이다. 요시오카는 일본 처녀의 사진을 한아름 안고 와서 말했다.

"폐하, 이 가운데에서 마음에 드는 처녀를 하나 고르십시오. 신이 주선을 하겠습니다."

농담으로 보기에는 너무나 심각한 표정이어서 푸이도 정색하지 않을 수 없었다.

"탄위링의 육체가 아직 다 식기도 전인데 재취를 고려하는 건 이르지 않겠소?"

"네……."

그러나 얼마 뒤에는 또 조르기 시작했다.

"폐하께서 슬픔에 잠겨 계신 모습을 차마 뵈올 수 없고, 또 그 슬픔을 빨리 씻어 드리기 위해 이 대사를 감히 주장하는 것입니다."

"혼인은 말끝마다 대사를 말하는 구려. 그러나 짐의 이상형을 찾기란 힘든 일이라 경솔히 처리할 수 없는 노릇인데다 일본 여인하고는 말이 통하지 않아 이 점도 문제요."

"그렇지 않습니다. 말은 통합니다. 이 아가씨는 만주어가 능숙합니다."

"민족이 다르다는 자체에 크게 문제될 것도 없겠으나 습관이나 취미가 같지 않다는 건 신중히 고려하지 않을 수 없소."

이것을 거절하느라 푸이는 진땀을 뺐다. 일본 여자를 계비(繼妃)로 맞는다는 일은 침실 안에까지 관동군 스파이를 불러들이는 결과가 된다고 그는 굳게 믿고 있었다. 그래서 이 일 만큼은 끝내 고집할 작정이었다. 그러나 요시오카도 작전을 바꾸었다.

일본 처녀를 굳이 싫다고 한다면 중국 처녀라도 자기 말을 고분고분히 잘 듣는 애를 천거하여 안쪽에서 황실 실권을 장악해 보기로 간계를 구상하기에 이르렀다. 이 마수를 물리치기 위해 푸이는 손수 13세짜리 어린 소녀를 비로 책봉했다. 어리면 어린만큼 순진할 테니까 교육을 잘 시켜서 자기에게 맞도록 키워 보리라는 생각이었다.

그런데 여기에도 관동군의 압력은 작용했다. 어느 깊은 밤, 처녀는 달아나 버리고 말았다. 관동군의 협조 없이는 탈출할 수 없는데, 불과 사흘만에 빠져 나간 것을 보고 사람들은 관동군이 납치해 나간 것이라 쑤군대기도 했다.

요시오카의 책동은 다시 재개되었다. 그의 눈에 뜨인 것이 16세 만주 아가씨 이옥금(李玉琴)이다. 변두리 대포집 하녀의 딸이었다.

언니는 기생으로 팔려 갔고 옥금이에게 궁정 삯빨 또는 빨랫감을 주겠다고 꾀어서 데려온 것이다. 뒷날 이귀인(李貴人), 또는 복귀인(福貴人)이라고 불리게 될 이 미천한 소녀가 어찌 요시오카에게 선발되었나.

옥금은 어딘가 모르게 죽은 고귀비 탄위링을 닮은 데가 많았다. 푸이의 취미를 누구보다 잘 아는 요시오카는 자신이 있었다.

'이만하면 제아무리 고집쟁이라도……'

"폐하, 이옥금이라는 처녀를 한번 만나보시겠습니까."

"그는 또 누구요?"

"만주 귀족 출신으로 신의 양녀(養女)입니다."

"요시오카의 양녀?"

"그렇습니다. 신의 양녀이기 때문에 열심히 권할 수는 없지만 한번 만나만 보시라는 겁니다. 대뜸 마음에 드실 것입니다."

푸이는 호기심이 부쩍 일어났다.

'어떤 여자이기에 그다지나……만나만 보는데 어떠랴. 백 번을 만나고도 거절하면 할 수 있는 것을.'

만주 귀족 출신이라는 말이 그를 안심하게도 만들었다.

"어디 만나봅시다."

"네."

요시오카는 곧 궁정 미용사에게 명하여 이옥금을 닦달하라 했다.

해진 옷을 벗기니 때에 찌들은 까만 살이 드러난다. 볕에 그을고 바람에 마른 바삭바삭한 머리털 밑에는 이와 서캐가 득실거린다.

구린내 나는 이빨을 닦아주고 때를 벗겨서 새 옷을 입혔으며 머리에는 향기로운 기름을 발라 잘 가꾼 뒤 값진 보석으로 만든 패물들로 몸을 다듬으니 바탕은 미인이라 온몸에서 광채가 나는 듯 보였다.

이 금옥을 수양딸이라며 푸이 앞에 데리고 나타났을 때, 푸이는 요시오카를 보며 입이 함지박 만하게 웃고 있었다. 첫눈에 마음이 끌린 것이다.

"어쩌면!"

탄위링의 어릴 때 모습이 바로 이렇지 않았을까 생각되었던 것이다.

더 늦출 것도 없는 노릇, 푸이는 당장 이옥금으로 복귀인을 삼고 날마다 침석을 모시게 했다.

붕괴

대세는 이제 판가름 났다. 일본의 패망은 결정적이다. 이렇게 되니 일본 국민들도 호전마 도조 히데키 수상에 대해 정이 뚝 떨어졌다.

그러면서도 그 자리를 물러나지 않고 발악을 일삼는 독재자를 암살하려는 계획까지 한편에서 진행되고 있었다. 파마까지 사치라 하여 금하고 오락장 일체를 모조리 폐쇄하고 군부 기관이나 시설로 바꾼다. 자기도 괴로우니 다 같이 고생을 하자는 심사인가. 그것도 전국이 호전되면서라면 모르겠다. 간당간당 섬마저 빼앗길 패전의 분위기 속에서도 그 횡포와 만행은 날로 심해져 간다. 헌병을 동원해 무법 정치를 이루고 반대하거나 복종하지 않은 정적을 체포 감금하기가 일쑤다.

그는 마침내 온 국민을 정적으로 상대해야 하는 비운에 맞닥뜨렸다. 자기 정적을 찾기에 혈안이 되어 있는 도조의 눈에 뜨인 1943년 1월 1일자 아사히(朝日) 신문에 실린 동방회(東方會) 대표 나카노(中野正剛)의 논설은 급기야 분노의 불을 지르고야 말았다. 제목은 전시재상론(戰時宰相論)이라 되어 있었다.

이 글은 도조 히데키를 정면으로 공격한 것으로서, 도조의 이름은 내놓지 않았으나 제갈공명(諸葛孔明), 클레망소, 힌덴부르크, 루덴돌프, 악비(岳飛) 등 동서고금의 영웅들을 인용, 비교하며 도조를 공격하는 내용이었다. 누가 보아도 곧 도조인 줄 알게 된 교묘한 논문이리라.

도조는 신문 잡은 손을 덜덜 떨며 크게 분노, 곧 발매금지를 명령했으나 조간이 이미 배달된 뒤라 아무런 소용도 없었다. 이로부터 도조는 나카노를 없애버리려고 벼르기 시작했다. 그는 귀족원 본회에서 이것을 발표했다.

"본인이 영국과 미국을 상대하는 전쟁에서 필승의 신념을 갖고 있는 것은 두말할 나위도 없습니다. 그러나 패전할 경우는 두 가지가 있습니다. 하나는 이 전쟁의 핵심을 이루고 있는 육해군이 둘로 분열되는 경우이고 다른 하나는 나라의 보조(步調)가 혼란을 야기할 경우인 것입니다. 이렇게 되면 분명히 패전입니다. 그러므로 국내의 결속을 어지럽히는 언동에 대해서는 철두철미, 단속해 나아갈 작정입니다. 예컨대 그자가 고관이건 어떠한 자이건 용서는 없습니다……"

이것은 나카노를 위시한 정적에 대한 살인 예고였다. 이해 봄날 제82회 국회에 '전시 형법 개정안'이 상정 심의될 때 나카노는 또 반기를 들고 일어섰다.

국회 안팎에서 정부의 비판을 봉쇄하려는 악법이라고 비난하고 나선 것이다. 전국은 더욱 악화, 동맹국인 이탈리아가 이미 연합국 앞에 굴복, 독일도 패색이 짙어지자 도조의 발악도 절정에 이르렀다. 연합 함대사령관 야마모토(山本五十六)까지 전사하는 이 마당에 전쟁을 반대하고 자신을 배척하는 자는 살아 있을 이유나 가치가 없다고 그는 판정했다.

이해 10월 21일, 아침 일찍이 특별 훈련이란 명목으로 시부야(澁谷) 도키와마츠 훈련도장에 특고과(特高課) 직원 10여 명이 소집되었다. 그들은 대기 중인 경시청 자동차에 오르자 곧 행동을 개시했다. 동방회에 대한 검거 선풍을 일으키기 위한 행동 개시였다.

이날 나카노가 체포, 구속되었으나 현직 대의사인 그의 감금은 누구에게도 납득이 안 가고 또 분명한 헌법 위반이다. 죄명이라야 경미한 유언비어.

나카노는 곧 풀려났다. 도조 히데키는 다시 요모(四方) 동경헌병 대장을 시켜서 불법 감금케 한 뒤 자살을 강요하는 최후 서한을 보냈다.

그중 병역복무 중인 나카노의 아들에게도 압박을 주리라 적혀 있었다.

너도 사무라이(武士)의 후손이다. 따라서 무사다운 자결의 기회를 준다. 만일 너 자신이 처리하지 않을 때는 우리가 적절히 처리할 뿐이다…….

나카노는 알겠다는 언질을 주고 집에 돌아온 10월 26일, 바로 그 날 일본도로 할복 자살했다.

나카노의 장의(葬儀)위원장은, 그에게 전시 재상론의 집필을 청탁했던 아사히 신문 주필 오가타(緒方竹虎)가 맡았다. 일찍이 아사이 신문 경성 특파원을 지낸 바 있는 나카노는 이렇게 죽어갔다.

그의 장례식에 도조는 뻔뻔스럽게 조화(弔花)를 보냈다.

"고인의 의도에 위배된다."

오가타가 거절하자, 이번에는 오가타가 도조의 눈총을 받게 되었다.

—이렇게 극성을 부리던 도조도 운이 다해 총퇴진하고 조선 총독이던 고이소(小磯國昭)가 신임 내각의 수반으로 앉을 무렵 일본 본토는 맹렬한 공습에 온 국민이 시달리고 중공업 시설이 파괴되었다. 만주도 B29 중폭격기에 의해 폭탄 세례를 차례 겪었다. 고작 신징만이 공습 경보망이 울릴 뿐 공습이 무엇인 줄 알지 못했다.

황제 푸이는 벌벌 떨었다. 1944년 11월 10일, 난징정부 주석 왕징웨이(汪兆銘)이 일본 나고야(名古屋)대학 병원에서 병사했다는 소식을 들었을 때 푸이는 가슴이 철렁했다. 도무지 남의 일 같지 않았다.

9년 전, 중국의 애국 청년에 의해 왕징웨이가 권총 저격을 받은 일이 있었다.

그때 몸에 박힌 총알 파편이 병의 원인이라고 했지만, 푸이는 아무래도 일본이 일부러 살해한 것만 같았다.

야래향 랩소디

이향란이 중국에 살 때 그녀의 마지막 거주지는 상하이였다.

상하이는 중국에서 가장 크고 세계의 대도시라 할 수 있다. 국제도시, 근대도시, 무국적도시, 암흑도시, 향락도시, 경제도시, 음악도시…. 여러 가지가 있지만, 전쟁이 일어나기 전 상하이에는 역시나 '마도(魔都)'와 '마등(摩登)'이라는 말이 가장 잘 어울린다. 상하이는 악덕한 거리와 현대 도시의 두 가지 성격을 지니고 있으니까.

호화로운 호텔, 레스토랑, 나이트 클럽, 극장, 잡화점 등 고딕이나 알데코풍의 대리석 빌딩이 늘어선 중심가에서 조금 들어간 뒷골목은 대낮에도 햇빛이 가려진 듯 어둑어둑했다. 그곳에는 범죄, 모략, 마약, 도박, 매춘 등 악덕의 곰팡이가 슬고 있었다.

그러나 프랑스 조계(租界), 공동 조계 일대에는 아름다운 거리와 공원, 훌륭한 고층건물과 고급주택이 펼쳐져 미국과 유럽 근대도시의 아담한 정원, 그곳에 서 있다.

석양이 드리워지면, 브로드웨이 맨션(지금의 상하이빌딩) 불빛이 가든 브릿지(외백도교, 外白渡橋) 건너편 밴드[황푸강(黃浦江)을 따라 있는 하안도로]에 등불을 비춘다. 황푸강은 우쑹강과 만나 양쯔강으로 흘러드는데, 그 수면에 신기루처럼 떠 있는 19세기 유럽을 떠오르게 하는 마을이 바로 상하이 조계였다.

여러 인종이 뒤섞인 상하이의 지정학(地政学)을 파악하기 위해서 지도 밑(남쪽)에서부터 위(북쪽)를 향해 중국인 거리[남시(南市), 성

내(城內)], 프랑스 전관(專管)조계, 공동 조계의 세 지역이 인접해 있다고 생각하면 쉬울 것이다.

미국·영국·프랑스·일본·이탈리아의 공동 조계는 쑤저우(蘇州)강을 기준으로 보아 남북으로 나뉘어 있었다. 남서쪽이 영미군 경비 구역, 북동쪽이 훙커우(虹口)에서 자베이(閘北)로 이어지는 일본군 경비 구역이었다. 그러나 태평양 전쟁이 일어날 때까지의 기준이며, 1941년 12월 이후에는 일본군이 조계를 포함한 상하이 모든 구역을 점령해 버린다.

상하이는 개항한 뒤, 외국 여러 나라들의 중국 대륙 진출 거점으로서 조계가 열렸을 뿐 아니라 일본에게 점령당하기까지 했으며, 전쟁이 끝나고 나서야 겨우 외국의 지배에서 벗어났다. 그 시기 열강에서 온 백인들이 상하이 조계에서 얼마나 제 세상인 것처럼 굴었는지……. 이향란이 상하이에 처음 갔던 황푸강 공원 입구에 걸려 있던 '개와 중국인은 들어가지 말 것'이라는 팻말이 잘 말해주고 있었다.

그러한 열강들 지배에 대한 반발이 상하이에 '혁명도시'나 '게릴라 도시'의 성격까지 부여했다. 뒤얽힌 조계의 골목이나 슬럼가 깊숙한 곳으로 도망치면 중국 관헌의 눈이 닿지 않았기 때문이다.

중국의 근대화를 향한 첫걸음은 상하이에서 시작되었다. 쑨원(孫文)을 비롯, 많은 사람들이 상하이에 망명해 그곳을 혁명의 거점으로 삼았다. 새로운 중국을 수립한 중국 공산당은 상하이 조계에서 결성되었고, 문화 대혁명의 발단도 상하이에서 시작되었다. 다카스기 신사쿠, 미야자키 도텐, 기타 잇키, 오스기 사카에 등, 일본의 혁명가들도 상하이에서 놀며 회천의 로망을 꿈꿨다.

중국대륙의 현관 상하이는 전쟁이 일어나기 전에는 '나가사키현 상하이 시'라고 불릴 만큼, 나가사키에서 겨우 하루 만에, 그것도 여권 없이 갈 수 있는 '서양'이었다.

　이향란이 상하이에 처음 간 것은 1940년, 《중국의 밤(支那の夜)》을 촬영할 때이다. 1944년 말에 만영을 퇴사한 뒤, 거의 상하이에 살게 되어 종전도 그 땅에서 맞이하고 1946년 4월 일본에 귀향할 때까지 그곳에 있었다.

　상하이는 분명 '동양의 파리'로, 영화, 연극, 발레, 오케스트라, 재즈 등 여러 분야에 있어서 아시아의 화려한 환락가 중심지였지만, 1930년대까지의 일이었다.

　중일전쟁과 태평양전쟁이 격해지자 일본군부에 의한 문화통제도 엄격해지면서, 영화, 연극, 음악을 비롯한 각 분야는 갈수록 활기를 잃어갔다. 예술가들은 이 땅을 떠나 충칭(重慶)지구[장제스(蔣介石) 정부군]와 옌안(延安)지구(마오쩌둥 팔로군)로 달아나거나, 또는 홍콩에서 전쟁이라는 이름의 태풍이 지나가기를 기다리거나, 침묵을 지켰다. 장산쿤(張善琨)씨처럼 현실과 타협해, 일은 계속하면서 저항정신을 자기 작품에 불어넣는 사람들도 있었다.

　중국 예능계에서 가장 인기가 많았던 것은 전통예술인 경극이었다. 영화는 일부 도시에서만 상영됐지만, 연극은 모든 중국인들이 좋아하는 무대예술이었다.

　최고의 경극 배우는 여자역할로 유명한 메이란팡(梅蘭芳)이었지만, 그는 전쟁 중 일본 군국주의에 저항하는 의미로 홍콩에 칩거해 한 번도 베이징이나 상하이 무대에는 서지 않았다.

　가와키타 나가마사도 메이란팡의 그런 굳은 저항정신을 느꼈다. 전쟁 상황이 일본에게 차츰 불리해지자, 군 보도부는 점령하고 있던 중국 민심이 자신들에게서 멀어질 것을 염려해 그들의 인기를 만회할 방법을 생각해 내었다. 그 유력 후보 가운데 하나가 메이란 팡의 경극이었다. 일본군은 명배우를 큰 극장에 출연시키려 계획하고 그 교섭을 중국인에게 신뢰받는 가와키타에게 의뢰했다.

가와키타는 홍콩에 가서 메이란 팡과 친한 장산쿤과 함께 회식 자리를 가졌다. 약속한 중국 음식점에 나타난 메이란 팡은 수염을 덥수룩하게 기르고 그 등허리는 굽어 있었으며, 척 보기에도 영락해 초라한 모습이었다. 곱디고운 미녀로 분장, 아름다운 목소리로 대극장을 매혹하던 메이란팡의 옛 모습을 어디에서도 찾아볼 수가 없었다.

가와키타가 출연 의뢰 이야기를 꺼내자, 메이란 팡은 쉰 목소리로 한숨을 내쉬며 이렇게 말했다.

"호의는 감사하지만, 보시는 대로 저는 이런 초라한 모습입니다. 오랫동안 병을 앓고 부쩍 늙어버려 허리와 다리도 제대로 못 피는 몸으로 무대에 설 수는 없습니다. 게다가 가장 중요한 목소리가 완전히 망가져 버렸습니다. 부끄러워서 다른 사람 앞에 설 수조차 없는 것을."

그는 가와키타의 눈을 빤히 바라보았다.

가와키타는 곧바로 그의 속마음을 이해했다. 메이란팡은 자신 앞에서 일생에 한 번 뿐인 명연기를 보여주고 있는 것이라고 그는 느낀 것이다. 그 얼굴을 마주하면서 자신과 같은 생각을 품고 있음을 확인할 수 있었다.

가와키타는 보도부에게 가서 말했다.

"메이란팡은 너무 늙어서 쓸모가 없습니다. 억지로 무대에 올려보내면 웃음거리가 되어 일본군에게 창피를 줄 것입니다."

메이란팡은 전쟁이 끝나자 곧바로 덥수룩한 수염을 깎고 굽었던 허리를 쭉 펴더니, 상하이 대극장에서 전승 기념 대공연에 출연, 그 아름다운 외모와 목소리로 관중을 매혹시켰다.

1944년이 되자 남방 전국은 갈수록 일본의 열세를 덮어주기 어려워졌다. 10월부터 11월에 걸쳐 미국 육해군은 필리핀에 진격하면서 레이테섬을 점령했다.

"대만 앞바다에서 미국 공군을 추격하여 큰 성과를 올렸다."

일본은 이렇게 발표했지만, 상하이에 있던 중국 사람들은 단파 라디오에서 미군 방송을 듣고 그 진상을 정확히 알고 있었다.

'일본해군에 의해 격추된 우리 함대는 모두 바다속에서 올라와 아무런 이상 없이 서쪽으로 진격하고 있다.'

이즈음 상하이에도 폭격이 있었는데, 북부에 있는 비행장과 나부의 조선소가 직격탄을 맞았다.

가와키타는 영화제작을 축소하는 쪽으로 검토하기 시작했다. 이미 1943년 6월, 비상시 기기개혁으로서 일본 '중화전영공사(中華電影公司)'(중영)과 중국 영화회사연합인 '중화연합제편공사(中華聯合製片公司)'(중연)이 합병하여 '중화전영연합고분유한공사(中華電影聯合股份有限公司)'(화영)에 일원화했다.

화영은 가와키타씨의 강력한 지원 아래 장산쿤이 인기 여배우 천윈상(陳雲裳), 위안메이윈(袁美雲), 구란준(顧蘭君), 천옌옌(陳燕燕), 리리화(李麗華), 저우만화(周曼華), 저우쉔(周璇)의 '7인 명성'으로 흥행 가치를 유지해왔지만, 곧 천윈상이 결혼해 은퇴하고 구란준은 화극무대로 전신했다. 또한 천옌옌과 리리화도 영화계에서 떠나고, 남은 것은 저우쉔, 저우만화, 위안메이윈의 '3대 명성'뿐이었다.

그때 장산쿤은 이향란을 더해 체제를 다시 세우자 생각해, 〈항아분월(嫦娥奔月)〉과 〈향비(香妃)〉 등 기획을 준비했다. 이향란은 7년 동안 신세를 진 만영을 퇴사, 브로드웨이 맨션에 거처를 정하고 회의에 들어갔다.

항아. 중국 전설에 나오는 미녀 이름이다. 그 내용은 10개의 태양 중 9개를 활로 쏘아 떨어뜨린 예(羿)라는 명궁의 아내 항아가, 남편이 서왕모로부터 받아온 불로불사의 약을 훔쳐 먹고 달에 숨은 뒤, 그곳에서 살게 되었다는 전설이다.

장산쿤은 루쉰(魯迅)이 이 전설을 소재로 쓴 소설을 토대로 대규모 뮤지컬을 제작, 〈만세류방(萬世流芳)〉을 잇는 히트작을 기대하고 있었다. 또한 '향비'는 정복자인 왕비에게 환영받은 변경 왕녀의 비극을 담은 이야기였다.

이향란은 이 두 작품을 마치고 스크린에서 떠날 생각이었다. 이미 계약하고 있던 작품들 촬영이 끝나면 기자회견을 한 뒤, 그녀의 태생이 일본이라는 것을 공표, 중국 사람들에게 사죄하는 것을 마지막으로 여배우를 그만둘 계획이었던 것이다.

그러나 이미 촬영 하기 전부터 문제가 생겼다. 일본 헌병대 충칭정부와 관계를 의심받고 있던 장산쿤이 갑자기 상하이에서 사라진 것이다.

온 필리핀 지역이 미국군에 의해 점령되자 가와키타는 화영 사원들에게 가족을 소개하도록 명령하고, 특히 필요한 부서에 있는 사원들 말고는 귀국하도록 권유했다.

1945년 4월. 미국군이 오키나와에 상륙할 때쯤, 화영의 영화제작은 전면 중지되었다. 주요 인물들 중 곤다이보 타로, 하즈미 츠네오, 시미즈 아키라씨 일행은 출정 또는 귀국을 했다. 가와키타는 미국군이 상하이에 상륙하는 것을 상정, 본사를 베이징에 이전할 계획을 세우고 있었다.

영화제작이 불가능해졌기에 화영 관계자에게는 무료함을 한탄하는 나날이 이어졌다. 대음악회를 개최하고자 했던 기획이 올라온 것은 그 때쯤이었다. 가와키타, 노구치 히사미츠 일행의 머릿속에는 불로 불사의 묘약을 먹은 미녀가 달에 비약하는 내용의 뮤지컬 영화 〈항아분월〉에 아직 미련이 남아 있었다. 관계자는 훌륭한 뮤지컬 쇼로 기운을 내자며 분발했다.

상하이 보도부 촉탁 작곡가 핫토리 료이치가 그 고안에 흥미를 보여 이향란을 내세운 환상한 독주회를 제안했다. 핫토리 료이치는 공개 상영되지 않았던 환상 뮤지컬 영화 〈나의 휘파람새〉를 무대에 재현하려고 생각했다.

이향란과 핫토리는 데뷔 때 부른 〈백란의 노래〉 이래로 알고 지냈으며 서로에 대해 속속들이 잘 아는 사이이다. 뮤직 판타지 기획에는 군 보도부도 무척 적극적이어서 곧바로 기획 회의가 열렸다.

핫토리가 배치된 상하이 육군 보도부 음악 담당이었던 장교가 나카가와 마사조 중위였던 것은 행운이었다. 나카가와는 게이오 대학 출신으로, 천황 쇼와 초기에 유럽 유학을 다녀와 이탈리아에서 음악을 배운 테너 가수이다. 키도 크고 멋진 수염을 기른 호감적인 남자였다. 또한 그는 자신이 예술가인 만큼 문화인에 대한 이해가 깊고 '나카츄'라는 애칭으로 불리며 모든 사람들과 친하게 지냈다. 낮에는 군복이었지만, 저녁이 되면 신사복으로 갈아입고 점잖은 신사로서 밤의 사교계로 씩씩하게 나갔다.

보도 반원들에게도 밤에는 사복을 입도록 늘 권유하고 다녔다.

"상하이는 특수한 곳입니다. 군인은 미움을 받지요. 군복을 입고 있으면 위험해질 수도 있습니다. 보도 반원들은 영관대우를 받을지도 모르지만, 그런 칭호는 중국인 사회에서는 통하지 않으니까요. 한 예술가로서 자유롭게 상하이 사람들과 만나 주세요."

처음부터 핫토리는 상하이에 와있던 와타나베 하마코와 여동생 핫토리 토미코 등 여러 가수들을 모아 그랜드 시에터에서 음악회를 열었다. 이 음악회는 일본인 청중이 대부분이었지만, 차츰 호평을 받게 되었고, 나카가와 중위는 끊임없는 격려를 해주었다.

"이대로 문화공작을 이어가 주길 바랍니다."

그 성공을 발판으로 그 다음에 제안된 기획이 바로 이향란의 독주회였다. 프로듀서인 가와키타 나가마사, 상하이 교향악단 지배인 구사카리 요시토, 음악 총감독 핫토리 료이치, 그들의 부름으로 단숨에 달려와 참가한 이가 있다. 바로 노구치 히사미츠, 츠지 히사카즈, 고이데 다카시와 같이 상하이에 남은 화영 제작진들, 발레리노 고마키 마사히데 일행이었다. 관계자는 떠들어댔다.

"일본인보다 중국인이나 다른 외국인들이 열광할 것 같은 꿈이 넘치는 멋진 뮤지컬 쇼, 세계에서도 통하는 최고 수준의 뮤지컬 판타지를 실현 시켜봅시다!"

나카가와 중위가 제안했다.

"핫토리와 이향란 콤비로 히트한 영화 주제가로 합시다."

핫토리는 주장한다.

"이곳에는 상하이 교향안단이라는 세계적 수준의 외국인 오케스트라가 있으니, 그것을 이용한 심포닉 재즈를 기조로 한 이향란의 뮤지컬 쇼를 하고 싶습니다."

상하이 교향악단은 그즈음 동양에서 최고라는 말을 들었으며, 단원들은 이탈리아인, 유대계 독일인, 오스트레일리아인, 백계 러시아인을 중심으로 총 60명에 이르렀다. 핫토리의 은사 엠마뉴엘 메터도 몇 번씩 객연 지휘를 한 적이 있다.

"그것 참 호화롭겠군. 하지만 저 자부심 높은 오케스트라에 유행가나 재즈 반주를 시키는 건 좀 어려울 텐데 말이죠."

나카가와 중위는 그렇게 말했지만 핫토리의 의견은 달랐다.

"이향란이 부르는 것은 단순한 유행가가 아닙니다. 유럽 미국 일본 클래식 가곡이 대부분이죠. 거기에 주요 주제를 조지 거슈윈 같은 심포닉 재즈이면서, 클래식 팬들도, 재즈 팬들도 즐길 수 있는 공연으로 만들고 싶어요. 중국인도 미국과 유럽인들도, 즉 어떤 사람들이어도 즐길 수 있도록."

핫토리는 그 미래까지 생각해 거슈윈의 '랩소디 인 블루'와 같은 심포닉 재즈를 일류 오케스트라 연주로 지휘해보고 싶다는 간절한 희망을 가지고 있었다.

적성음악을 관리해야 할 보도부 장교 나카가와 중위는 한동안 생각해 보았지만, 음악인 그는 이미 결단하고 있었다.

"좋습니다. 그 대신 타이틀에는 랩소디라든지 판타지라는 글자는 넣지 말아주세요. 보도부에는 사고가 꽉 막힌 군인들도 있으니까요. 일본어와 중국어로 표시해서 '환상곡'이라는 말을 씁시다."

독주회는 제1부를 미국과 영국 및 일본 가곡, 제2부를 중국 가곡으로 정해졌지만, 가장 중요한 제3부의 심포닉 재즈에 의한 환상곡(랩소디) 주제곡을 결정하는 데 지지부진하게 시간이 걸렸다.

"시국상, 미국과 유럽 곡은 피하자."

"밝고 화려한 멜로디로, 나도 모르게 춤추고 싶을 것만 같은 리듬."

"문화 공작면으로 보아도 중국어로 부를 수 있는 곡."

기탄없는 논의들을 듣고 있던 노구치 히사미츠가 기운 넘치게 손을 들었다.

"〈야래향〉으로 갑시다. 본인 노래이기도 하고 밝은 느낌의 룸바, 게다가 중국어로 부를 수도 있죠. 지난해 히트곡 순위 톱까지 올라간 〈야래향〉을, 핫토리상의 손으로 클래식 재즈와 중국식 등 여러 멜로디와 리듬으로 편곡해 주시는 겁니다. 그 메들리를 상하이 교향악단과 함께 호궁이나 생황, 비파를 사용한 중국음악악단이 연주하게 되지요. 그 모든 곡들을 이향란 혼자서 부르게 하지요."

노구치는 갑자기 '남풍이 시원하게 불어오고~', '야래향'의 첫머리를 흥얼거리며 손발로 리듬을 타기 시작했다. 그 흥분은 곧바로 다른 사람들에게도 번져 갔다. 핫토리는 노구치의 손을 꽉 잡았다.

"고맙네, 이걸로 결정이야. 〈야래향 환상곡〉, 즉 〈야래향 판타지〉, 〈야래향 랩소디〉가 되겠군!" 니카가와 중위도 말했다.

"좋은 노래예요. 느린 룸바의 리듬도 그야말로 심포닉 재즈에 딱 맞아요. 주제도 중국 명화이니 문제없고, 어두운 분위기를 날려버리는 밝은 멜로디! 중일합작음악회라는 간판을 걸면 대히트를 칠 게 틀림없어!"

일동은 노구치의 아이디어에 흠뻑 젖어 감탄했다.

노구치는 동화상사에서 출향한 중화전영선전부 소속 일러스트레이터였지만 열광적 재즈 팬으로, 상하이에 있는 동안 일본에서는 들을 수 없는 미국의 새로운 노래들을 찾아 들으며 그 레코드 앨범들을 모으고 있었다. 영화 평론가로서도 활약했지만, 뒷날 1930년대의 재즈 에이지에 흠뻑 빠진 일본 재즈 음악 평론의 창시자로 이름을 알린다.

1933년 노구치는 도쿄미술학교(현재의 도쿄예술대학)공예부 도안과를 졸업했지만, 서양화와 재즈를 너무 좋아한 나머지 동화상사에 취직했다. 취미인 서양 영화를 마음껏 보면서 살리게 된 일러스트의 재능으로 '회의는 밝게', '상선테너시티', '하얀 처녀지', '당근' 등 전쟁 전, 동화상사가 유럽에서 수입하여 히트를 친 영화 포스터는 거의 다 그의 손을 거쳐 갔다.

그 선명한 파스텔 톤의 옅고 산뜻한 채색 스케치. 활자는 한 자도 쓰지 않고, 타이틀은 물론 캐치 프레이즈나 제작진 및 배우 이름들까지 모든 것이 수제였다. 다시 말해 화가의 붓으로 그려진 예술작품이었던 것이다. 그의 전후 대표작품에는 '제3의 남자', '금지된 놀이', '선술집' 등이 있다.

'야래향'은 콜롬비아 레코드(백대공사)가 상하이 신진 작곡가 으뜸으로 불리던 려금광(黎錦光)에게 '사탕수수 노래(売糖歌, 매당가)처럼 아름다운 음색'이라 지정해 작곡을 의뢰한 곡이었다. 려금광은 중국 레코드 상하이 분사의 음악감독으로서 활약했다. 1981년 일본을 방문했을 때 그녀는 핫토리 일행과 오랜만에 인사를 나누었다.

호텔 뉴오타니 라운지에서 핫토리가 피아노를 치고, 그 시절을 그리워하며 다 같이 '야래향'을 비롯한 많은 노래들을 불렀는데, 그녀도 '야래향'을 무척 좋아하는 곡 가운데 하나로 꼽았다.

려금광은 작곡을 의뢰받았을 때, 청초하고 아름다운 달맞이꽃(야래향)을 떠올렸다고 한다. 월하향(月下香)이라는 별명처럼 달밑 정원을 향기로운 향으로 가득 채우는 하얗고 가련한 꽃이다. 정원 화단에 내려가 그 야래향을 밤마다 바라보고 있자니, 번득이는 영감처럼 하나의 곡상이 떠올랐다. 중국 민요조 '매야래향(賣夜來香)'과 옛노래 '야래향(夜來香)' 두 노래를 참고했지만 멜로디도 리듬도 전혀 다른 새로운 구미식 감각을 더해 느린 룸바의 경쾌한 곡을 만들어낸 것이다. 후반 후렴 부분은 중국 음악식 터치로 정감을 더했다.

夜來香 (야래향)

那南風 吹來 淸凉, 那夜鶯 啼聲 凄愴.
남풍이 시원하게 불어오고, 저 소쩍새 울음소리 처량하구나.

月下的 花兒 已 入夢, 只有 那 夜來香, 吐露着 芬芳,
달빛 아래 꽃들도 이미 꿈속에 들었는데, 저 야래향만이 꽃향기를 풍기고 있네.

我 愛 這 夜色 茫茫, 也 愛 這 夜鶯 歌唱,
이 아득한 밤의 세계도 좋아하고, 소쩍새들의 노랫소리도 좋아
하지만,

更 愛 那 花一般的夢, 擁抱着 夜來香, 吻着 夜來香,
저 꽃 같은 꿈속에서 야래향을 껴안고, 또 야래향과 입 맞추고
있는 걸 더 좋아하지.

夜來香, 我 爲 你 歌唱. 夜來香, 我 爲 你 思量,
야래향, 내 널 위해 노래할 거야, 야래향, 너를 늘 그리워할 거야.

a a a, 我 爲 你 歌唱, 我 爲 你 思量.
아 아 아, 널 위해 노래하고, 너를 늘 그리워할 거야.

夜來香, 夜來香, 夜來香.
야래향, 야래향, 야래향

후지우라 코(藤浦洸)가 번역한 가사는 '바람은 살랑살랑, 살랑이
는 남풍'으로 시작하고, 사에키 타카시(佐伯孝)가 번역한 가사는 '가
련한 봄바람에 지저귀는 휘파람새여'로 시작하는데, 그 어느 쪽도 원
어의 뉘앙스와 이미지와는 조금 다르다. 아무렇지 않은 가사지만, 전
쟁에 싫증나고 지친 사람들 마음을 위로하는 '청량한 남풍'의 느낌
은 원 가사에서만 느낄 수 있는 맛이 있다.
'야래향' 레코드는 대히트였다. 핫토리의 기억에 의하면 1943년부

터 종전에 걸쳐 상하이에서 대히트한 곡은, 그밖에도 '사탕 장수의 노래'(량르인, 梁樂音), '장미꽃이 곳곳에 피어있네'(천거신,陳華辛), '드럼 송'(야오밍, 姚敏) 등이 있다. 이 노래들의 신진 작가는 중국 전통적인 음악과 서양 음악 융합을 꾀해 새로운 멜로디를 만들어 내었고, 양공샨(嚴工上)을 더해 '중국 5인조'로 불렸다. 그중에서도 려금광은 '새로운 음악의 기수'적인 존재였다.

이향란은 〈야래향(夜來香)〉을 녹음한 날 겪은 일을 똑똑히 기억한다. 리진구앙(黎錦光)이 지휘봉을 휘두르자 경쾌한 전주가 흐르기 시작했다. 그때 문득 녹음실 유리창 너머 모니터 룸에서 가련해 보이는 여성이 이향란 쪽을 지그시 바라보고 있었다. 여배우 저우쉬안(周璇)이었다. 그녀는 '거리의 천사(馬路天使)'(1937년)에서 주역을 맡았고 톱스타 지위에 있었을 뿐 아니라 가수로서도 '사계절노래(四季歌)', '하늘 끝 멀리서 노래하는 여인(天涯歌女)' 등의 히트곡으로 인기가 있었다. '님은 언제 다시 오시려나(何日君再來)'를 처음 노래한 가수이기도 하다.

이향란은 저우쉬안의 팬이었고, 그녀의 노래를 좋아했다. 전주가 끝나고 노래를 시작하기 전 동경하는 스타를 본 이향란은 감격하고 흥분한 나머지 외치고 만다.

"와아! 저우쉬안."

물론 예상치 못한 감탄사가 들어갔기 때문에 녹음은 NG.

그 뒤 저우쉬안과는 친해져서 함께 차를 마시거나 식사를 하기도 했다. 저우쉬안은 이향란보다 2살 위였는데, 그녀도 어릴 때부터 노래를 배워 라디오 가창 콩쿠르에서 입상(入賞)하고, 가수로 데뷔한 뒤 영화계에 들어갔다. 데뷔작은 〈특별급행열차(特別快車)〉, 이향란의 만주영화 첫 출연은 〈밀월급행열차(蜜月快車)〉. 둘은 몇 가지 공통점도 있었지만, 가수로서 함께 보낸 시간이 많아서 서로 곡을 교환하거나 집에 있는 피아노 앞에서 몇 시간이나 노래 부르며 함께 보내기도 했다. 카덴차 풍의 노래를 부르고 싶으니 가르쳐달라고 말하며 노래 연구에 열심이었다.

저우쉬안은 대(大)가수라던가 대(大)여배우라고 뽐내지 않는 상냥하고 가련한 여성이었지만, 불행의 그늘과도 같은 것을 품고 있었다.

'사탕장수의 노래(賣糖歌)'가 인기를 얻기 시작했을 즈음, 이향란은 홍보도 할 겸 란신극장(蘭心劇場)에서 작은 무대를 열었는데, 그때 노래한 '님은 언제 다시 오시려나'로 공부국(工部局, 공동조계(共同租界) 행정·경찰당국)에 불려갔다.

충칭(重慶)정부 또는 공산당정부로 돌아와 달라는 바람을 담아 '님은 언제 다시 오시려나'를 부르고 있는 게 아닌가—그런 의심 때문이었다. 이향란의 취조 담당은 중국인 경찰관이었다. 이향란은 따져 물었다.

"그런 생각은 털끝만큼도 없어요. 그저 사랑 노래를 불렀을 뿐이예요. 저우쉬안을 비롯해 누구나 부르고 있지 않아요?"

그 일은 그렇게 끝났지만, 공부국이 특히 이향란을 의심했다는 건 그녀가 일본인이라는 사실을 몰랐기 때문이다. 경찰관 지적을 받고 처음으로 알아차렸는데, 무대장치가 오해를 부를 법한 배경이었다. 우연히 그녀는 하얀 드레스를 입고 무대에 섰지만, 무대 배경이 남색과 빨간색이었기에 충칭정부군의 '청천백일기(靑天白日旗)'를 암시한다고 받아들여졌다. 게다가 노래는 '님은 언제 돌아오시는지' 그리운 '님'이 돌아오기를 바라는 내용이었으니⋯⋯.

'님은 언제 다시 오시려나' 노래 제목의 유래와 작곡가 류쉐안(劉雪庵)에 대해서는 나가조노 에이스케(中薗英助)가 쓴 '님은 언제 다시 오시려나'에 자세하게 나오는데, 이 가사에 나오는 '님'은 일본군

압제정치에 괴로워하는 중국 국민들이 기다리고 바라는 구세주를 뜻한다는 해석도 있었다.

중일합작음악회 '야래향 환상곡(夜來香幻想曲)' 구상은 굳어졌다. 제작은 가와키타 나가마사(川喜多長政), 구사카리 요시히토(草刈義人), 음악감독·편곡은 핫토리 료이치(服部良一), 각본구성·쓰지 히사카즈(辻久一), 노구치 히사미츠(野口久光), 안무·고마키 마사히데(小牧正英), 무대·고이데 다카시(小出孝) 제작진. 연주는 상하이 교향악단, 지휘는 천거신(陳歌辛), 핫토리 료이치이다.

핫토리는 먼저 요코하마(橫浜) 정금(正金)은행(오늘날 도쿄(東京)은행) 상하이 지점장 가와무라(河村) 집에 2주일 동안 틀어박혀서 20곡을 편곡하는 작업에 몰두했다. 가와무라 집에는 유럽에서 가져온 유명한 그랜드 피아노가 있어서 핫토리는 그 집 응접실을 자유로이 출입할 수 있었다.

악보가 완성되자 이향란은 자주 찾아가 노래 연습을 했다. 핫토리는 그녀의 목소리에 맞추어서 몇 번이나 곡조와 박자를 이리저리 고쳐나갔다. 이번 무대에 건 마음가짐이 예사롭지가 않았다.

핫토리는 말했다.

"전쟁을 벌이고 있는 일본에서는 도저히 할 수 없었던 거슈윈의 기법을 도입한 실험을, 마음껏 해보았습니다." 구성을 도운 노구치는 뒷날 이렇게 추억했다. "리허설이 끝나고, 우리 집에 들러 맥주와 위스키를 벌컥벌컥 마시면서 새로운 선율과 박자에 대해 이야기를 나누다보면, 밤이 깊어가는 것도 잊어버렸답니다."

1945년 5월, 징안스(靜安寺) 거리 궈지판덴(國際飯店)과 나란히 선 다광밍대극장(大光明大戲院)에서 3일 동안, 낮과 밤에 2번 공연을 했다. 상하이에서 가장 호화로운 극장으로, 붉은 벨벳 등받이가 있는 고급 좌석은 2천 개이며 모두 지정석이다.

전쟁에서 일본의 패색이 짙어졌던 때였다. 가와키타도 나카가와(中川) 중위도 이향란이 일본인이라는 걸 알게 되면 중국인들은 오지 않을 거라며 조마조마해했다.

그러나 3일 동안 사람들로 자리가 꽉 찼고, 신문 비평도 호평이었다. 입장권은 다 금액이 팔려서 3배까지 올라갔다. 극장에서는 이어서 1주일 동안 공연을 계속해달라고 요청해왔지만, 이향란은 목이 잠길 우려가 있어서 거절했다. 거의 모든 청중은 중국인과 외국인 거주지에 사는 백인들이었다. 핫토리는 진지하게 말했다.

"음악에 국경은 없다는 말을 실감할 수 있었다. 음표는 세계 공통 언어."

무대는 3부로 구성되어 있었다. 제1부가 '동서(東西)가곡집'으로, 〈황성의 달〉, 〈뜰에 핀 온갖 화초〉, 〈카츄샤〉, 〈검은 눈동자〉, 〈축배의 노래〉, 〈즐거운 과부〉 등 일본과 서양 가곡 및 민요. 제2부가 '중국가곡집'으로, 그 시절 중국에서 유행하고 있었던 〈사계절노래〉, 〈무란이 전쟁터로 나가네(木蘭從軍)〉, 〈장미꽃이 곳곳에 피어 있네(薔薇處處開)〉, 〈사탕장수의 노래〉 등. 제1부와 제2부는 중국인 작곡가 천거신이 오케스트라를 지휘했다.

제3부가 '야래향 환상곡'이었다. 간판과 프로그램에 쓰인 제목과 달리, 우리들은 '야래향 랩소디' 또는 '야래향 판타지'라고 부르고 있었다.

일본극장(日本劇場) 7바퀴 반(半) 사건 때도 그러했지만, 이향란은 줄곧 무대 위에서 노래를 부르는 것에만 열중하고 있었기에 어둠 속 객석의 반응은 소리로만 알 수가 있었다. 핫토리 또한 관객들에게 등을 돌리고 오케스트라 박스에서 지휘봉을 휘두르고 있어서 등으로만 반응을 느낄 수 있었다. 한마디로 열광과 흥분의 판타지였다.

제3부 시작을 알리는 벨이 울려 객석이 어둠 속에 가라앉았고, 청중들은 무대의 막이 오르기를 기다렸다.

그러자 멀리 커튼 너머에서 낮은 목소리로 "예·라이·샹." 길게 꼬리를 끄는 선율을 부른다.

"예·라이·샹……."

잠시 뒤 목소리는 조금 높아지더니 한 번 더 한 구절.

핫토리의 지휘봉이 휘둘러지며 조용히 〈야래향〉 전주가 흐르기 시작했다. 오케스트라가 낮은 소리로 연주하는 사이에, 스르르 무대막이 올라가고 백 명에 가까운 오케스트라 앞으로 새하얀 중국옷을 입은 이향란이 걸어 나왔다. 콜로라투라 카덴차로 독창. 이향란이 한 구절 노래할 때마다 그 선율을 풀 오케스트라가 쫓아와 독창과 반주가 주고받는 돌림노래처럼 번갈아 되풀이되었고, 고음부까지 올라가자 새로이 가사 시작부분부터 예의 경쾌한 슬로우 룸바 선율이 흘러나왔다.

"와아!"

함성이 터져 나오고, 곡의 끝이 다가오자 청중은 무대 아래까지 몰려들었다.

오케스트라가 간주를 연주하는 사이에 서둘러 푸른 천에 은색으로 테두리를 두르고 휘파람새 무늬로 꾸민 중국옷으로 갈아입고, 달맞이꽃다발을 담은 하얀 꽃바구니를 안은 이향란이 다시 등장한다. 이번 곡은 풀 오케스트라의 사양하듯 소극적인 연주가 흐르는 가운데 그녀의 독창과 호궁(胡弓) 소리가 번갈아 들리는 민요 〈달맞이꽃 사세요(賣夜來香)〉.

'달맞이꽃은 아름답게, 밤의 어둠 속에 어렴풋이 하얗게 떠오르고 그윽한 향기를 풍기고 있지만, 그 색도 향기도 머지않아 사라져

간다. 늦기 전에 즐깁시다. 꽃의 아름다움을, 꽃의 향기를. 늦기 전에 사세요. 달맞이꽃을.'

가사 중간에 짧은 대사가 들어간다. "달맞이꽃 사세요" 부를 때마다 몇몇 관객들이 이끌리듯 무대 위로 올라왔다. 이향란은 놀라면서도 계속 노래했고, 꽃을 한 송이씩 건네주며 인사했다.

무대에는 색색 조명이 사방팔방 쏟아졌고, 오케스트라에 속한 캄보 형식 파트가 다시 한 번 룸바 선율로 〈야래향〉을 연주한다. 이향란이 붉은 중국옷으로 스텝을 밟으면서 노래를 마치자, 이번에는 현악기를 중심으로 한 왈츠 선율. 우아한 '야래향 왈츠' 다음은 약동감 넘치는 '야래향 부기우기'.

마지막 부기우기가 연주되니, 관객들도 박자에 맞추어 몸을 움직였다.

예부터 미국에서는 노구치의 말에 따르면, 부기 음악이 연주되었다. 대중음악에 본격적으로 받아들여진 것은 1930년대 후반부터이다. 동양 재즈 중심지 상하이에서도 1940년 즈음부터 유행하기 시작했다.

전부터 약동감 넘치는 8박자에 흥미를 가져서, 〈부기우기 버글 보이〉 악보를 손에 넣어서 '적성음악(敵性音樂)'의 새로운 박자를 연구하고, 일본 음악에 도입하고 싶다고 생각하고 있던 찰나에 '야래향 랩소디'에서 처음으로 시험해본 것이다.

중일합작음악회 '야래향 환상곡'에는 부기우기 말고도 몇몇 일화가 있다.

─마지막 날, 첫머리 카덴차에 막 들어갔을 때 이향란은 한 박자를 놓치고 말았다.

'앗!'

깨달았지만 이미 늦었다. 하는 수 없이 그대로 계속 노래했는데, 어느새 백 명 가까운 오케스트라가 한 치 흐트러짐 없이 이향란의 아리아를 따라와 주었다.

핫토리는 고개를 갸웃했다. "신기한걸. 오케스트라가 지휘자 말고 가수에게 따라붙다니……."

—첫날 밤 무대가 끝나고, 상기되어 분장실로 돌아가니 인파 속에서 늙은 노인이 지팡이를 짚으며 다가왔다. 〈달맞이꽃 사세요〉 작곡가라고 한다. 작자는 행방불명이라고 들었는데? 리진구앙과 핫토리 씨는 서로 노인과 손을 꼭 마주잡았다. 리진구앙은 〈달맞이꽃 사세요〉와 또 하나 옛노래를 모티프로 〈야래향〉을 작곡했다고 하는데, 전통적인 중국 선율과 서양풍 스윙조(調)의 차이는 있어도 선율의 아름다움에는 변함이 없다. 〈사탕장수의 노래〉를 닮은 서글픈 선율로 호궁의 소리죽여 우는 소리와 어울리는 정서를 자아내고 있다.

—마지막 날 마지막 공연. 커튼이 내려가도 관객들은 돌아가려고 하지 않았다. 그때 이향란은 앙코르 곡으로 저우쉬안의 〈사계절노래〉를 불렀다. 그래도 박수는 그치지 않았다. 다음으로 역시 그녀가 부른 〈변하지 않는 마음(不變的心)〉을 불렀다. 그래도 관객들은 자리를 떠나려고 하지 않았다. 그때 그 시절에도 불렀던 〈미친 세상(瘋狂世界)〉을 불렀다. 관객들은 흥분해서 무대로 뛰어올라왔다. 가수 저우쉬안도 바이훙(白虹)과 함께 커다란 꽃다발을 들고 올라왔다. 이향란과 저우쉬안은 서로를 꼭 끌어안았다.

〈미친 세상〉은 첫 번째 가사가 '새는 목숨을 걸고 노래하고, 꽃은 원하는 만큼 피어나지, 무척 유쾌하구나', 두 번째 가사는 '새는 왜 노래하고, 꽃은 왜 피어나나, 무척 이상하구나'로 이어진다. 즉 미친 소녀의 환상 세계, 제목 그대로 미친 세상이었다. 가련한 천재 여배우 저우쉬안은 뒷날 B형 뇌염에 의해 세상을 떠났다.

저우쉬안에게 꽃다발을 받고, 겨우 관중들 박수갈채에서 벗어나 분장실로 돌아가려던 때, 키가 크고 아름다운 백인 여성이 인파를 헤치고 부르면서 다가왔다.

"요시코, 요시코."

이향란은 깜짝 놀라 눈을 크게 뜨고 그 얼굴을 꼼짝 않고 바라보았다. 놀란 나머지 잠시 목소리가 나오지 않았다.

"아아, 류바! 류바치카! 류보프 모노소바 그리네츠 맞지? 무사했구나."

하지만 인파에 밀려 다가갈 수가 없었다.

"류바, 느긋하게 이야기를 나누고 싶어. 나중에 분장실로 와 줘. 꼭 와 줘야 해."

그때까지 중국어로 이야기하고 있던 이향란이었지만, 어느새 류바와는 일본어로 이야기를 나누고 있었다.

류바와 헤어진 것은 십 몇 년 전이었지만, 분장실에 나타난 그녀는 옛 모습이 그대로 남아 있는 류바치카였다. 애교 있는 주근깨는 연하게 비쳐 보이는 모습으로 바뀌어 있다. 세 가닥으로 땋아 늘어뜨린 머리는 뒤에서 말끔하게 하나로 묶여 있어서 이지적 느낌을 주었다.

"멋진 공연이었어. 아빠도 엄마도 와 계셔."

그녀의 시선을 쫓아가자, 인파 뒤에 반가운 아저씨와 아주머니가 서 계셨다. 아주머니는 볼을 눈물로 적시고 연신 손수건을 코에 가져다대고 있었다.

이향란은 류바가 노래를 잘하게 되었다고 칭찬해준 것이 너무 기뻤다. 성악을 공부하기 시작한 것은 류바가 마담 포드레소프를 소개해준 일이 계기였다.

"포스터에 나온 이향란 사진을 보니 꼭 닮았고, 분명 요시코는 평텐(奉天)에서 옆집 리지춘 아저씨 집으로 입양되었다는 걸 떠올려서, 설마하면서도 와 본 거야. 요시코, 어떻게 여배우가 된 거니? 언제 상하이로 온 거야. 이제부터 어떻게 할 거니? 이런 훌륭한 극장에서 노래를 부를 수 있게 될 거라고는 상상도 못 했어."

류바는 빠른 일본말로 한꺼번에 쏟아냈다.

"류바, 너희 가족은 왜 갑자기 펑톈에서 없어진 거야? 너야말로 지금 상하이에서 무얼 하고 있니? 아저씨는 아직도 빵집을 하고 계시니?"

"그렇게 한 번에 설명해줄 수 없어. 오늘밤 우리 집에서 식사하자. 늦어도 되니까 꼭 와 줘."

그날 밤 발표회의 성공을 축하하는 뒤풀이가 있었다. 이향란은 가와키타에게 사정을 이야기하고 중간에 빠져나와 프랑스인 거주지 한쪽에 있는 그리네츠 가(家)로 곧장 갔다.

큰길에서 돌계단을 오르자 현관으로 이어지는 전형적인 러시아인 집이었다. 응접실로 안내받아 바로 눈에 것은 붉은 바탕에 별, 망치와 낫 모양이 새겨진 붉은 깃발과 스탈린의 초상사진이었다.

류바가 갑자기 펑톈에서 사라진 날의 놀라움이 되살아났다. 그녀의 집은 헌병대에게 마구 짓밟혔다. 하얼빈, 다롄(大連)을 거쳐서 펑톈으로 망명해 왔던 유대계 백(白)계 러시아인 가족은 사실 볼셰비키(러시아 공산당원)였던 것이다.

그 볼셰비키 오빠도 건강한 모습으로 함께 살고 있었다. 여위어서 예민해 보이는 여드름 난 얼굴이었던 소년이 지금은 당당한 청년 신사가 되어 있었다. 여전히 부루퉁한 얼굴에 무뚝뚝한 모습이 무척 반가웠다. 그도 부끄러워하는 듯한 얼굴로 "여어하면서" 악수를 청해 왔다. 아저씨는 이제 빵을 굽지 않았고, 상하이 러시아 총영사관 (總領事館)에서 일하고 있었다. 오빠도 류바도 영사관원으로 일한다.

온 가족이 다함께 그녀를 환영해주었다. 그날부터 류바와 이향란은 다시 자주 만나기 시작했다.

　류바와 함께하는 시간은 이향란이 1946년 4월 일본으로 돌아갈 때까지 이어졌지만, 그동안 두 사람 관계는 우정 말고, 조금 정치적인 의미와 역할을 띠게 된다.

　육군 보도부 관계자에게서 이향란은 이런 말을 들었다.

　"당신은 류보프와 친구이고 러시아어도 할 줄 아니까, 러시아인 친구와 지인들도 많이 있겠지요. 일본과 러시아는 전쟁을 하고 있지 않고 어엿한 외교 관계가 있으니, 그들과는 가능한 한 친하게 지내주십시오. 이번에는 러시아 민요 무대를 여는 게 어떻겠습니까?"

　하지만 그것이 일본과 러시아의 화평공작 실마리로서 이향란과 류바 사이를 이용하기 위해서였다는 사실을, 쓰지 히사카즈가 쓴 《중국영화사 이야기(中華電影史話)》를 읽고 이향란은 깜짝 놀랐다.

　히사카즈 쓰지는 중국 파견군 참모부 상하이 보도부에 소속되어, 상하이 점령지역에서 영화 배급 통제·검열 등을 맡고 있었는데, 그 중 하나로 러시아 영화 배급 문제에도 관련하게 되었다.

　그때 일본과 러시아는 중립조약을 맺고 있었기에, 겉으로는 평범한 외교관계에 있었다. 1942년부터 러시아는 러시아 영화를 상하이에서 상영하기 위해 중화전영공사(中華電影公司)에 배급하고 싶다고 제의했지만, 일본은 난색을 보였다. 태평양 전쟁을 위해 수많은 군대를 투입했기 때문에 병력은 턱없이 모자랐다. 만주 국경에서 러시아와 일을 일으키고 싶지 않았으므로. 우호적인 관계를 유지하고 싶다. 하지만 일본·독일·이탈리아 삼국동맹의 반공(反共)적인 성격 때문에, 일본군 점령지역에서 공산주의국가 영화를 상영할 수 없다는 사정이 있었다. 러시아가 상영 희망을 드러낼 때마다 그 이유를 찾아내서는 태도 결정을 요리조리 미루던 참이었다. 그때 일본 쪽에서 교섭 역할을 맡은 것이 쓰지 히사카즈였다. 러시아총영사관 담당자는 60살에 가까운 노인과 그 노인의 딸이었다.

쓰지는 1942년부터 3년 동안 러시아 총영사관 문화담당의 만만치 않은 교섭상대로 류보프와 교섭하고 있었다.

1945년, 관동군 정예가 남쪽 태평양 전선(戰線)으로 이동했기에, 중국 파견군은 더더욱 러시아와 시비가 붙지 않도록 신중한 태도를 취했고, 반대로 적극적인 친(親)러시아 방침을 내세웠다. 그러기 위해 상하이 육군부에서 대(對) 러시아 접근공작을 담당한 것이 참모 모리(森) 대령이었다. 모리 참모는 러시아와 접촉하면서 러시아 영화를 상영하고 싶어 하는 그들 바람이 강함을 알고, 가와키타 나가마사에게 중화전영공사가 러시아 영화를 수입하고 배급·상영할 수 있도록 요청했다. 가와키타는 승낙했고, 5년 만에 러시아 영화가 상하이에서 상영되었다.

무엇보다도 전쟁은 날이 갈수록 일본의 패배가 뚜렷해져서, 대러시아 공작을 시작하기 전에 전쟁은 이미 끝났다.

일본 정부의 대러시아 접근공작은 천황이 생각해낸 제안이었다. 정부는 스탈린에게 영국, 미국 화평 공작 중개를 부탁하기 위해 고노에 후미마로(近衛文麿) 전(前) 수상을 특사로 모스크바에 파견할 것을 결정했다. 1945년 7월 13일, 사토 나오타케(佐藤尚武) 주(駐) 러시아 대사는 그 일을 러시아 정부에게 제의하기 위해 몰로토프 외상(外相)에게 면회를 요청한다.

그러나 몰로토프 외상은 바쁘다는 이유로 면회에 응하지 않았다. 로조프스키 외무인민위원대리와 면담하여 특사파견을 제의했다. 러시아 측에서는 고노에 특사의 사명이 확실하지 않으니 승낙 여부를 답할 수 없다고 했다.

7월 21일, 도고(東郷) 외상은 고노에 특사 파견 목적이 대(對) 영미 화평 주선을 러시아에게 의뢰하는 것이라는 문건을 러시아에게 전해달라고 모스크바 사토 대사에게 전보를 보냈다. 이 전보는 24일 도착했고 대사가 로조프스키에게 전달한 것은 25일이었다. 그러나 대답은 없었다.

다음날 7월 26일, 미국·영국·중국 등 세 나라는 역사적인 포츠담 선언을 발표했다. 그것은 일본에게 무조건적인 항복을 권고하는 내용이었다.

종말

　신징 교외, 서만수대가(四萬壽大街)에 자리 잡은 금위대 장교 관사에서, 푸제와 그의 아내 히로(浩)는 태산 같은 근심을 앞에 놓고 이마를 맞대고 있었다. 때는 1945년 8월 9일 밤—

　맏딸 후이셩(慧生)은 일본 학습원에 유학하여 도쿄에 가 있고, 지금 여섯살 짜리 작은 딸 윤셩(嫮生)이 세상 모르고 깊은 잠에 파묻혀 있다.

　"여보, 일이 심상치가 않지요?"

　"음, 보통 일이 아니야."

　"어떻게 될 것 같아요?"

　"그걸 누가 알겠소. 되어가는 대로 당하고 있을 뿐이지."

　"그래도 정보를 종합하면 무슨 답이 나올 게 아닙니까?"

　"히로! 각오해야 하오. 나는 군인이니까 싸우다가 죽는 길밖에 없을 것 같소."

　"어머나, 별안간 끔찍한 말씀도. 왜 그런 말씀을 하시는지 저도 좀 압시다."

　"관동군 고급 간부 부인들과 교제가 있는 당신편에서 더 자세히 알고 있을 것 아니오?"

　"그렇지 않아요. 저는 아무것도 모릅니다. 들려주세요."

　"그럼 말하지. 내가 알기로는 그동안 일본이 러시아를 통해서 연합국 측에 전쟁 종결 알선을 부탁해 왔소. 그런데 러시아가 이제 일본을 향해 돌연 선전포고를 한 거요."

"네에?"

"그저께 미공군이 일본 히로시마(廣島)에 원자폭탄이라는 무시무시한 고성능 폭탄을 투하했소. 어쩌면 이것을 계기로 일본이 손을 들지도 모른다는 계산 아래 전쟁이 끝난 뒤 이익 분배에 한몫 끼어들려는 검은 배짱을 부리는 게 틀림없소. 이것은 아직 아무도 알지 못하는 극비 정보요. 연합국 측 방송을 비밀리에 청취한 내용이니까. 오늘 미군은 또 나가사키(長崎)에 원자탄 공격을 감행했소."

"그럼 우린 어떻게 되나요? 도쿄에 가 있는 우리 후이성은……."

이때 갑자기 사이렌 소리가 단속적(斷續的)으로 울렸다.

"공습 경보예요."

"전등을 꺼."

"콰앙."

폭발음이 온 집 안을 뒤흔들어 놓았다. 그러나 히로는 침착했다.

"드디어……. 원, 원자폭탄이……."

"아니야, 러시아 비행길거야."

푸제가 벌떡 일어나 유리창 밖을 내다보니 먼발치로 눈에 보이는 것은 화광이 하늘을 찌르는 광경이었다.

"궁성부 남쪽이야."

"여보! 윤성을 데리고 어서 방공호로 대피합시다."

"그보다두……, 라디오를 켜보오."

"네……."

스위치를 넣자 벌써 수 차례 반복하는 뉴스가 흘러나온다. 태연한 척 하려고 꾸미는 아나운서의 음성에 흥분과 공포를 감출 수는 없었다.

"……오전 2시, 하르빈 방면에서 내습한 적기는 지린(吉林) 방면으로 진행 중입니다. 적기는 제궁 근처에 폭탄을 투하한 모양입니다……."

푸제는 거칠게 중얼거렸다.

"역시 적기는 러시아 비행기였어. 만일 미군기라면 다롄(大連) 방면에서 올거니까. ……여보, 나는 곧 제궁으로 가봐야 하니 당신 혼자서 윤성을 데리고 방공호에 들어가 있소."

"네……. 조심하세요."

이 무렵 제궁 안에서는 푸이 황제가 창백한 얼굴로 벌벌 떨고 있었다.

그 옆에는 관동군 사령관 야마다(山田乙三) 대장과 참모장 하타(秦彦三郎)가 있다. 그들은 러시아 참전을 보고하기 위해 동덕전(同德殿)으로 심야 방문했다. 말이 보고지 사실은 푸이가 동요할세라 겁을 먹고 독려(督勵)하는 한편 동태도 살피려고 나타났던 것이다.

"폐하, 러시아 참전은 필지(必至)라고 이미 알고 있었고, 군은 비상사태에 대비하여 만반의 작전 준비를 갖추었습니다. 군은 필승의 신념을 가지고……."

야마다가 말을 마치려고 할 때 공습 경보가 조용한 밤하늘에 울려 퍼진 것이다. 하타가 말했다.

"아, 폐하. 대피하셔야겠습니다."

불필요한 말이었다. 일동은 곧 방공호로 달렸다. 방공호에 수용이 끝난 지 얼마 되지 않아서 폭발음은 멀지 않은 곳에서 들려 왔다. 눈을 감은 채 푸이는 염불을 외우고 야마다는 입을 다물어 버렸다. 일단 돌아갔던 야마다와 하타가 다음날 또 푸이 앞에 나타났다.

"폐하, 관동군은 일단 남만주로 후퇴하여 작전을 재정비 한 뒤 전투에 종사하기로 방침을 세웠습니다. 따라서 수도를 다리쯔(大栗子)로 옮기고 정부도 통화(通化)로 이전하게 되었으니, 폐하께서는 오늘

안에 신징을 떠나셔야 합니다."

"그렇게나 갑자기……."

"네, 배차(配車)관계도 있고 하니 빨리 서두르셔야겠습니다."

"오늘 안으로 떠나라는 건 무리요. 일행이 많고 재산도 반출해야 하니 아무리 잡아도 사흘의 여유는 있어야 할 것 같소."

"알겠습니다. 그러면 3일 말미를 드릴 터이니 늦어도 13일까지는 떠나 주십시오."

"……."

종말이 눈앞에 다가선 것을 푸이는 느꼈다.

퉁화로 가서는 어찌할 건가. 끝까지 패주하는 일본을 따를 것이 아니라 베이징으로 돌아가고 싶다. 그런 길만 있다면 충칭에 있는 장제스 정부에 투항하고 싶은 마음도 있다.

야마다 일행이 총총히 돌아간 뒤 이런 궁리를 하고 있는데 요시오카가 마음을 꿰뚫어 보기나 하듯이 불쑥 이런 말을 뱉어 놓았다.

"폐하가 신징을 탈출하지 않으시면 러시아군에 붙잡히어 먼저 살해될 것입니다."

순간 푸이는, 자기 생명이 아직 일본 수중에 있다는 점을 깨달았다. 잔인하고 악착스러운 저들의 최후 발악이 어떤 모양으로 나타날지 예측하기 어려운 이 마당에서 되도록이면 비위를 건드리지 않는 편이 안전하리라고 생각한 그는, 곧 국무총리 장징후이와 총무청 장관 다케베를 불러서 이런 말을 했다.

"전력을 다해 친방의 성전 수행을 원조하시오."

이밖에도 아부하는 말을 횡설수설 늘어 놓았다.

이날 신징은 일대 혼란에 빠져 있었다. 관동군 간부 가족과 일계(日系)정부 요인의 가족, 만철(滿鐵) 직원의 가족이 퉁화 방면으로 긴급 피난하는 소란이 벌어진 것이다. 만철만하더라도 사원 40만, 가족을 포함하면 백 만이 넘고 있었다.

이것은 군부의 명령이기도 하다. 군인 가족 말고는 만철, 정부, 각 특수 회사 순서로 신징으로부터의 가족 소개(疏開)를 13일까지 완료하라는 것이었다. 그러나 시시각각으로 긴급해지는 사태는 그럴 여유를 주지 않았다. 11일 밤 아홉시경 요시오카가 제궁으로 와서 말했다.

"출발 준비는 완료했습니다. 사태가 급박하니 오늘밤 자정에 신징을 떠나셔야겠습니다."

그 말을 따라 푸이는 두 부인과 동생 푸제 가족과 함께 신징을 떠나기로 결심했다.

밤중에 폭우가 쏟아지기 시작했다. 특별 열차를 향해 걸음을 옮기는 푸이는 살아 있는 사람 같지가 않았다 그보다 더 처절한 것은 아편 중독으로 거의 폐인이나 다름없이 된 황후 완룽이, 간호원 등에 업힌 채 축 늘어져서 차에 오르는 모습이었다. 비가 쏟아지는 칠흑 같은 밤, 등화 관제로 불빛이 없는 어둠 속에서 황제 일가는 떠나야 했다. 이따금 번쩍하는 번갯불에 윤곽이 보이는 초라한 일행의 행색은 차라리 어둠 속에 감춰지는 게 다행이었다. 그렇지 않고서야 이 운명적인 일가의 역정(歷程)을 차마 두 눈 뜨고 바로 볼 수가 있으랴.

— 황제의 목적지는 통화성의 수도 통화가 아니다. 통화에서도 기차로 6시간이나 동남쪽으로 내달린 곳에 임강(臨江)이라는 한적한 마을이 있는데 그 교외에 자리 잡은, 폐광(廢鑛)이나 다름없는 탄광 지대 다리쯔다. 강 하나만 건너면 조선 땅. 그러나 여기는 깊은 산중이다. 13일 오후 1시 이곳에 도착한 황제 일행은 먼저 광업소 소장 사택인 일본식 가옥을 행궁(行宮)으로 정하고, 역시 사택으로 쓰던 2층 집 한 채에, 요시오카 부처와 푸제 부부가 위아래를 각각 차지

하고 자리를 잡았다.

그리고 이틀, 초조한 두 날을 지나 8월 15일은 닥쳐왔다. 중대 방송이 있다는 것은 미리부터 알았지만 설마했던 일이 이날 정오가 되자 나타났다.

일본 천황 쇼와의 무조건 항복, 이른바 옥음(玉音) 방송을 저들은 들은 것이다. 여기에 이르러서도 요시오카는 푸이 앞에서 위엄을 잃지 않으려 한다. 그는 엄숙한 음성으로 말했다.

"천황 폐하는 항복을 선언하시고, 미국 정부는 천황 폐하의 지위와 안전에 대한 보장을 했습니다."

이 말을 들으면서 푸이는 또 한번 쇼를 해야 했다. 그는 무릎을 꿇고 앉아 하늘을 향해 절하며 중얼거렸다.

"하늘이 천황 폐하의 평안을 도우심에 감사를 드립니다."

요시오카도 푸이를 본받아 절을 하고 나서 어두운 표정으로 이렇게 말한다.

"관동군은 이미 도쿄에 연락해서 폐하의 망명처를 일본으로 정했습니다. 그러나 일본의 천황 폐하도, 황제 폐하의 절대 안전을 보장할 수 있는 처지가 못 됩니다. 그 점은 연합군에게 묻지 않고는 아무도 알 수 없습니다."

푸이는 눈치를 살펴가며 뜨엄뜨엄 말했다.

"될수만 있다면 나의 일가가 있는 베이징으로 돌아가고 싶은데요."

이 말을 들은 요시오카의 얼굴에 살기가 어렸다.

"폐하, 폐하는 관동군의 호의를 무시하시는 겁니까. 당초에 폐하의 망명지를 일본으로 정하려고 군부가 본국 정부에 조회했을 때 도쿄에서 거부한 것을 재차 교섭해서 겨우 교토(京都) 미나미(南)호텔로 낙착 보았습니다. 교토는 전쟁의 피해를 면한 곳이라 조용하고 평화로운 곳입니다. 퇴위식(退位式)을 마치거든 곧 통화를 뜨는 비행기가 있으니 그 편에 일본으로 향하십시오.”

퇴위식—그렇다. 또 하나의 괴뢰극 일막이 아직 남아 있었구나. 그것만 마치면 자유의 몸이 아니냐. 그러나 퇴위식을 마치고도 푸이는 자유의 몸이 아니었다.

18일 오전 영시 30분 황제 퇴위식은 ‘퇴위 조서’를 푸이가 낭독함으로써 끝이 났다. 이로써 13년 5개월 동안에 걸친 꼭두각시 놀이는 종지부를 찍은 것이다. 동화의 나라, 신비의 왕국 만주국이 영영 지구 위에서 자취를 감추는 순간이었다.

가와시마 요시코 씨는 베이징에 있는 자택에서 제2차 세계대전의 끝을 맞이했다. 규슈(九州)에서 베이징으로 돌아갈 수 있었던 것은 도조 히데키(東條英機) 총리 부인의 주선 덕이라고 들었지만 정확치는 않다. 도조 대장이 그녀 뒤에 있다는 것을 알았다면 다다 중장도 암살 계획을 강행하지는 못했으리라. 가와시마는 베이징 자택에서 애완 원숭이를 돌보며 잠시나마 평온한 생활을 보내고 있었다.

1945년 10월 10일, 가와시마 씨는 자택에서 연행되어 베이징 제1감옥에 들어간다. 그리고 매국노라는 죄상으로 재판을 받는다. 1947년 10월 22일에 사형을 선고받고 이듬해인 1948년 3월 25일에 형장에서 총살형을 당한다.

그녀의 시신을 화장한 임제종(臨濟宗) 묘신지(妙心寺)의 후루카와 다이코(古川大航) 선사는 일주일 뒤인 3월 31일, 그녀의 유골을 베이징시 둥단(東單)의 관음사(觀音寺)에 안치하고 일본인 관계자 열 네다섯을 불러 간소하게 장례식을 치렀다. 후루카와 선사는 최대한 많은 일본인 관계자들이 참석하기를 바랐지만, 제2차 세계대전이 끝난 직후의 혼란기라 뒤탈을 두려워한 것인지 일본인 참석자는 적었다.

가끔 장례식 직후에 절을 찾아온 그녀의 여동생들은 선사에게서 장례식 절차를 자세히 들었다. '아이신헤키타이묘호다이시(愛親壁虀妙芳大姉)'라는 계명이 적힌 위패 앞에는 가와시마 씨가 옥중에서 입고 썼던 중국옷과 바지 및 보온병이 안치되어 있는데, 그중 가장 눈에 띈 것은 손때가 타지 않은 나들이용 하얀 비단옷이었다.

"마지막 소원이 있나?" 처형 직전에 받은 질문이었다.

"죄수복보다는 외출복 차림으로 죽고 싶습니다. 이 비단옷을 입게 해주세요." 하지만 그 바람은 이루어지지 않았다.

그녀의 시신은 총탄을 맞아 알아볼 수 없을 만큼 심하게 뭉개졌기 때문에 이런 전설이 생겨났다.

"가와시마의 시신은 소매치기 여자 죄수 시신과 바꿔치기 한 것이고, 그녀는 형무소장을 매수해 몰래 탈출한 다음 지금도 살아 있다." 베이징 자택 부근에 밤마다 하얀 비단옷을 입은 일본 여성이 출몰한다는 괴담 같은 소문도 떠돌았다.

1906년 5월 24일생 가와시마는 사형을 당하던 무렵 마흔한 살이었다. 일부 외신에서 그녀 나이를 서른 또는 서른하나로 보도한 것은 그녀가 열 살이나 어리게 나이를 속였기 때문이다.

사사카와 요이치에게도 열 살 어리게 소개한 듯싶지만 그 경우는 여심에서 우러나온 거짓말이었으리라. 그러나 재판소에서 나이를 어리게 속인 것은 무죄 또는 감형을 받기 위한 궁여지책이었다. 만주사변(1931년)이 일어났을 때 나이가 아래이면 미성년 취급을 받을 것이라 판단하여 1916년생이 되려고 한 것이었다.

"미성년일 때 저지른 죄라면 정상참작 여지가 있을 거야."

호적상 가와시마 나니와(川島難波)의 양녀로서 그녀가 일본인이라는 것이 입증되면 매국노라는 죄를 피할 수도 있었다. 조국반역죄, 즉 중국인이 조국인 중국을 배신하는 범죄이므로 일본인에게는 적용되지 않았다.

그녀는 자신이 일본인임을 증명하는 호적등본을 양부 가와시마 나니와 본적지인 나가노 현(長野県) 마쓰모토(松本) 근교 면사무소에서 받아내려고 했다. 게다가 호적등본에 기재된 나이를 10살 어리게 수정해서 보내달라고, 가와시마 씨는 재판이 진행 중일 때 옥중에서 양부에게 여러 번 부탁을 했다.

그러나 일본에서 보내준 것은 가와시마 나니와가 쓴 진술서 한 장뿐이었다. 호적등본은 간토 대지진 때 소실되어 버렸다.

'가와시마 요시코는 청조 숙친왕(肅親王)의 열넷째 황녀로 태어났지만, 우리 집에 아이가 없어 1913년 10월 일곱 살이었던 아이를 데려와 양녀로 삼았으므로 따라서 일본인이다.' 이러한 취지의 진술서 뒤에는 앞에 기술한 내용은 명실상부한 사실임을 증명한다는 면장의 서명날인이 찍혀 있었다.

그러나 가와시마 나니와의 양녀이며 일본인으로 알고 있던 '가와시마 요시코'는 사실 가와시마가 호적에 입적되어 있지 않았다. 그녀는 태어났을 때부터 계속 중국인이었으며 그녀의 조국 또한 중국이었다. 본인은 그 사실을 죽을 때까지 몰랐다. 외국인으로 인정해 석방될 것을 기대했지만 '중국인이면서 조국 중국을 배신한 자'라는 매국노 조건에 충족했던 것이다.

그야말로 호적등본이라는 종이 한 장이 한 사람 생사여부를 쥐고 있었음이라.

야마가의 생가는 시즈오카시(静岡市)에 있다. 현재 시즈오카 시 교육위원회에 근무하는 조카딸 야마가 지카(山家智嘉)에 따르면, '야마가' 가문은 도쿠가와(德川) 막부 직할인 고후성(甲府城)을 관리하다가 슨푸(駿府, 지금 시즈오카)로 이주해 온 하타모토(旗本, 도쿠가와

쇼군 직속 상급 무사) 가문이었다.

아버지 겐지로(謙二郎)는 시즈오카의 향토산업인 차(茶)를 생산하고 수출하는 일을 하고 있는데, 미국에서 살았던 경험이 있어서 시대를 앞서 나간 '외국물 좀 먹은 사람'이었다. 귀국 뒤에는 구제(舊制) 시즈오카 중학교에서 영어를 가르치면서 교회 목사도 맡고 있었다. 야마가를 외교관 아버지와 미국인 어머니 사이에서 태어난 혼혈아로 부르는 것은 잘못이다.

장남 야마가 그 밑으로 남동생 한 명과 여동생 두 명이 있다. 구제 시즈오카 중학교를 졸업한 뒤 육군사관학교에 입학했다. 육사(33기)를 나와 몇 년 뒤에 도쿄외국어학교에 장학생으로 입학, 중국어와 몽골어를 배웠다. 그는 군인으로서 활약할 장소를 애초에 중국 대륙으로 정해 놓았다. 마쓰모토(松本) 제50연대 기관총대 중위 시절, 가와시마와 알게 된 계기도 가와시마 나니와가 속한 만몽(滿蒙) 독립운동 단체에 접근했기 때문이었다.

야마가는 마쓰모토 연대에 있을 때 명예로운 연대 기수(旗手)를 맡았고, 근무를 마친 1927년에는 베이징으로 어학연수를 간다. 약 2년 동안 베이징 표준말을 완벽하게 마스터한 뒤 '왕자형(王嘉亭)'이라는 중국 이름을 대며 보도부원으로서 정보 및 선무(宣撫)공작에서 활약한다.

그 사이 1930년, 베이징에서 알게 된 일본인 신문기자인 기요코(清子)와 열렬한 열애 끝에 결혼한다. 1933년에는 딸 히로코(博子)가 태어나지만 부인과 딸을 시즈오카 집에 남겨두고 펑톈(奉天)으로 단신부임을 떠난다. 야마가가 펑톈의 이향란 집을 드나든 것은 그 무렵이었다.

야마가의 결혼생활은 불과 5년 만에 끝났다. 부부로 함께 산 것은 길어봤자 몇 달이었다. 1938년, 병약한 부인이 먼저 세상을 떠난 것이다. 야마가의 홀아비 생활은 이향란을 만영(滿映, 만주영화협회) 배우로 데려간 그해부터 시작되었다. 그 뒤 그의 인생이 난잡한 여자관계, 술과 아편에 찌든 삶으로 전락한 것은 부인 기요코가 죽은 직후에 재회한 가와시마와 무관하지 않다.

평톈의 만주국 보도부에서 베이징의 북지군(北支軍) 보도부로 전근한 야마가는 난츠쯔(南池子)의 '야마가 공관'을 거점으로 화베이(華北) 지방의 문화공작활동에 종사했다. 중국신문 '우더바오(武德報)' 발행, 연극 극단 조직, 영화 제작과 배급 및 상영을 통괄하고 감독하는 일이 주요 임무였다. 그는 곧 소령에서 중령으로 진급했다.

중국인 저널리스트, 문화인, 연극영화인들과 교류할 기회가 많았기에 생활에도 활력이 넘쳤다. 주변에는 언제나 미녀와 술, 마약이 있었다. 야마가의 여자관계가 화려했던 것은 그가 정보활동에 여배우들을 이용, 또는 여배우들이 명성과 부를 노리고 문화공작 최고책임자였던 그에게 교태를 부린 까닭이리라. 권력자에게 붙으려 하면 추한 다툼이 벌어지고 중상자가 나온다. 당연히 스캔들이 난무한다.

—야마가 토오루가 배후에 서서 설립한 중국인 극단 신민회(新民會)의 여배우들 가운데 그가 손을 대지 않은 여배우는 없을 정도였다. 한 중국 신문은 인쇄용지 특별할당을 받기 위해 첸먼다졔 [前門大街, 왕푸징(王府井) 거리에 버금가는 베이징 번화가]에서 미녀 콘테스트를 주최하여 미스 첸먼다졔로 선발된 아가씨를 야마가에게 선물로 바치기도 했다. '항복하면 이렇게 즐거운 생활이 기다리고 있다.'

적군 진지에 뿌려지는 이 전단지에는 방탕한 연회 장면이 그려져 있는데, '야마가 공관'의 밤 정경을 그대로 스케치한 것이다.

그는 베이징 출신 여배우 리밍을 은밀히 첩으로 삼고 그녀가 주연인 영화를 만들도록 프로듀서에게 압력을 넣었으며, 리밍의 라이벌인 바이광과도 관계를 맺어 애인들의 경쟁을 부추겼다.

1942년, 야마가는 난징(南京) 군정보부로 전근을 갔다. 리밍이 그 뒤를 쫓아 난징에 갔고, 야마가의 후원으로 상하이 영화계에 진출하려 한다는 소문이 들려왔다.

〈만세유방(萬世流芳)〉을 촬영하기 위해 베이징에서 상하이로 가는 길에 이향란은 난징에 들러 야마가를 방문했다. 오랜만에 만난 야마가는 조금 핼쑥해 보였다.

난징 교외의 중산링(中山陵)을 드라이브 하는 길에 야마가는 말을 꺼냈다.

"바이광이라는 여배우를 아나?"속된 연애상담의 속편일 것 같아서 이향란은 속으로 한숨을 쉬었다.

"바이광이 급보를 주더군. 리밍에게 젊은 중국인 애인이 있어. 보도부의 위광을 등에 업고 상하이 영화계 명감독을 소개받으려는 목적으로 내 정부(情婦)가 되어 나를 이용했다는 거야. 리밍은 내가 달마다 주는 수당을 전부 그 젊은 놈한테 갖다 바치고 있다는군. 요시코는 이 문제를 어떻게 생각해?"

순간, 이향란은 곤란해졌다. 그녀는 바이광을 잘 알고 있었다. 관능적인 매력을 가진 여배우였다. 소문대로 바이광은 리밍을 제치고 야마가의 마음을 사로잡으려 하는 것이겠지만, 리밍에게 젊은 애인이 있다는 것도 사실이리라.

"아저씨는 바이광을 어떻게 생각하세요?"

"리밍보다는 성실해 보인다고 할까. 바이광은 리밍의 행동을 보고 있자면 내가 가여워진다고 했어. 몹시 분개하면서 말야. 바이광과 리밍은 같은 시기에 데뷔한 친구였지만 지금은 말도 섞지 않아. 여자들이란 참 알다가도 모르겠어."

몇 달간만 난징에서 근무하다가 야마가는 상하이로 전근을 왔다. 상하이에서도 이향란은 변함없이 야마가의 정사 이야기를 들어주었다. 퇴근하고 곧바로 브로드웨이 맨션에 있는 이향란네 집을 찾아왔을 때는 샤크스킨 양복을 잘 갖춰 입은 말쑥한 차림새였다.

"리밍하고는 이제 헤어졌어. 얼마나 소란을 피우던지. 울부짖고 소리치고 애원하고, 마지막에는 바이광을 죽여버리겠다면서 으르렁거렸지."

야마가는 남 얘기 하듯 이별의 전말을 이향란에게 보고하고는 조용히 덧붙였다.

"지금은 바이광과 함께 살고 있어."

그날 밤, 이향란은 케세이 호텔 야마가의 방에서 열린 파티에 초대를 받았다. 중국 신극 관계자를 초대한 파티이다. 영화계 관계자들도 다수 찾아오니까 만나두는 게 좋다면서 초청한 것이지만, 이향란에게 바이광이 어떤 사람인지 보여주려는 목적이었다.

바이광은 변함없이 요염했다. 야마가를 흠모하고 사랑한다는 것은 그 태도에서 드러났다. 리밍과는 대조적으로 순박할 만큼 사람이 좋고 솔직하고 발랄했다.

파티는 성대했다. 항일, 반일 테러가 끊임없이 일어나고 있는데도 중국인만 초대하여 파티를 연 것은 야마가라서 할 수 있는 일이었다. 사람들은 감탄했다. 그런데 신극인 가운데에는 급진적 사상을 가진 사람들이 많은 만큼 이야기 흐름도 항일, 반일 주제로 흘러갔다. 아무도 일본경찰을 경계하지 않고 당당하게 일본을 비판하는 것이었다. 파티 주최자가 일본군 보도부 책임자인데도 중국 복장을 하고 지팡이를 짚고 미소를 지으며 사람들 속을 지나다니는데, 이따금씩 걸음을 멈추고 담소를 주고받는다.

"일본인이 상하이를 점령해서 딱 하나 좋은 점은 강력한 군사경찰을 둔 것입니다. 치안이 굉장히 좋아졌어요."

젊은 연출가 차오(曹)가 야마가에게 이렇게 말했다. 상하이의 주인들은 절반 정도 실감했겠지만 일본인에게는 통렬한 쓴소리였다. 야마가는 가볍게 답했다.

"칭찬해주셔서 황송합니다."

파티가 끝난 뒤 야마가는 이향란을 프랑스 조계지 외곽에 있는 유명한 도박장으로 데려갔다. 총집 없는 총을 든 경호원들이 왔다갔다 하는 현관에 한걸음을 내딛자 달콤한 향기가 희미하게 감돌았다. 판(潘) 집에서 아편중독자를 보살핀 적이 있는 이향란은 도박장 안쪽에 아편굴이 있다는 것을 금방 눈치 챘다.

야마가도 아편중독에 걸려 있었다. 야마가네 집에서도 이와 비슷한 냄새가 풍겨왔으니 말이다.

샹들리에가 반짝이는 천장 높은 거실에서 사람들의 번쩍이는 눈빛이 룰렛판 회전을 따라 주사위가 가는 곳을 뚫어지게 바라본다. 백인, 흑인, 황인 모든 인종들의 견본을 모아 놓은 시장 같았다. 마법의 도시라고 불린 국제도시 상하이 밤과 딱 어울리는 분위기였다.

놀랍게도 야마가는 이 도박장에서 대단한 '인사'였다. 만나는 사람, 스치는 사람마다 그에게 인사를 건넸다. 보드카 베이스 칵테일 잔을 손에 든 야마가는 창밖 해안에 안개가 자욱한 배의 밤풍경을 내려다보며 혼잣말을 하듯 중얼거렸다.

"우쭐대면서 군기를 잡고 소리치는 일본이 얼마나 미움을 받고 있는지 일본인들은 모를 거야. 나라를 빼앗긴 중국인들은 일단 시키는 대로 하고 있지만, 아무도 일본군부가 말하는 중일친선 따윈 믿지도 않아. 나는 갈수록 일본인들이 싫어지고 있어."

그 야마가는 1943년 어느 날 갑자기 본국으로 소환되었다. 그는 곧 도쿄(東京)로 떠났지만, 그것은 단순한 소환이나 일시귀국이 아니었다. 이치가야(市谷)의 사령부에 출두하자 그는 체포되어 신변을 구속당한 채 조사를 받았다. 국가반역죄, 기밀누설죄, 군기위반, 마약흡입 등 10개 항목이 넘는 죄상으로 기소당해 군법회의로 넘어갔다.

야마가가 소환된 것은 가와시마 요시코가 도조 히데키 부인에게 밀고했기 때문이다.

야마가의 조카딸 지카 씨는 이렇게 말했다.

"삼촌은 한사코 입을 굳게 다물고 계셨지만 할머니는 가와시마 요시코가 밀고한 거라고 하셨어요."

야마가의 나쁜 품행은 이미 상하이 보도부 내에서 문제가 되어, 지난 번 가와시마가 '내통자'로 밀고한 뒤로 사복차림의 헌병들이 공적 사적인 언동을 전부 조사하고 다녔다. 더욱이 가와시마는 바이광과의 관계까지 포함해서 야마가 씨를 스파이라고 또다시 밀고했다. 현지 헌병대가 아니라 도조 총리에게 손수 신고한 것이었다. 그녀는 야마가가 다다 중장의 암살명령으로부터 자신을 지켜준 것을 알고 있었을까. 알면서도 야마가를 그렇게 증오했던 것일까.

그즈음 이향란은 촬영을 위해 도쿄에 돌아와 있었다. 어느 날 바이광이 갑자기 이향란의 노기자카(乃木坂) 제국 아파트에 찾아왔다. 그녀는 이향란 앞으로 적은 야마가의 편지를 갖고 있었다. '혹시 나한테 무슨 일이 생기면 바이광을 부탁해.'

야마가가 상하이에서 소환되었을 때, 바이광도 함께 일본에 들어와 시즈오카의 야마가 댁에서 머무르고 있다는 것이다.

"야마가 중령의 무죄를 밝힐거야. 증언대에 오르고 싶다."

이향란도 바이광과 함께 육군구치소를 몇 차례나 방문했지만 면회는 전혀 허락되지 않았다.

얼마 후 야마가에게 판결이 내려졌다. 10년 금고형이었다. 그 사실을 안 바이광은 이향란의 집에서 몸을 부르르 떨며 통곡했다.

그녀는 야마가가 도쿄에 소환되어 군법회의에 넘어간 것은 리밍이 밀고했기 때문이라고 굳게 믿고 있었다. 아무래도 야마가는 가와시마와 리밍 두 여인에게 복수를 당하는 것 같았다.

바이광은 뭐에 홀린 사람처럼 무서운 얼굴로 이를 바득바득 갈면서 리밍을 욕했다.

"리밍 년, 죽여버릴 거야. 반드시 죽이고 말 거야. 아니지, 그냥 죽여서는 분이 안 풀려. 바로 숨통을 끊는 게 아니라 조금씩 천천히 눈 뜨고 보지 못할 모습으로 만들고 괴롭히면서 죽여줄 거야. 그래, 먼저 철도 레일 위에 몸을 묶고서 두 다리를 절단하고 그 다음에는 두 팔을 절단하는 거야. 그래도 죽이지 않고 애벌레처럼 꿈틀대도록 내버려둘 거야."

그가 미친 사람처럼 퍼붓는 저주의 말을 들으니 이향란은 청나라 끝 무렵 서태후가 후궁의 라이벌이었던 귀인을 산 채로 물동이에 담가 사육했다는 일화가 떠올랐다. 그 대단한 집념에 온 몸이 전율했다.

야마가는 나고야(名古屋)의 육군형무소로 옮겨 가서 징역을 살았다. 바이광은 시즈오카 집에 머물면서 야마가의 딸이나 조카딸과 함께 나고야 형무소를 찾아갔지만 가족에게도 면회를 허락하지 않았다. 바이광은 힘없이 상하이로 돌아갔다.

이향란이 제2차 세계대전이 끝난 뒤에 처음이자 마지막으로 야마가를 만난 것은 1949년 11월이었다. 전쟁이 끝나기 전 중국에서 마지막으로 만났을 때가 1943년이었으니 6년의 세월이 흐른 셈이다.

야마가는 도쿄 아사가야(阿佐谷)에 있는 이향란의 집을 갑자기 찾아왔다. 처음에 이향란은 그 사람이 누구인지 알아보지도 못했다. 탱탱했던 뺨은 축 늘어져 얼굴 윤곽이 사라진 느낌이었다. 깔끔하게 가르마를 타서 넘겼던 장발은 짧아졌고, 볼은 쏙 들어가고 수염은 덥수룩하고 낡은 양복을 입고 있었다.

"그 뒤로 많은 일들이 있었어. 고생 좀 했지. 중국 여자의 복수심 은 무섭더군. 뭐 내 행실도 그리 좋지는 않았지만. 군인 신분으로 중 국인들과 너무 가깝게 지냈으니 중국 단체와 교류한 것에 대한 일벌 백계로 중죄를 내린 것 같아. 군법회의에 회부되어 나고야의 육군형 무소에 들어갔는데, 도쿄 공습 때 형무소도 폭격을 당했지. 나는 그 혼란 속을 빠져나와 전쟁이 끝날 때까지 숨어 지냈어."

야마가 씨가 몸을 숨긴 것은 일본 육군 때문만은 아니었다. 언젠 가 중국으로 송환되어 전범 피고인으로 재판받을 것을 두려워해 한 동안 '증발'했던 것이다.

"지금 출판 사업을 하고 있는데 사업이 실패해서 사정이 너무 어 려워. 미안하지만 2백만 엔만 빌려줄 수 없을까. 내일까지 갚지 않으 면 또 쇠고랑을 찰지도 몰라."

총리대신 월급이 5만 엔이던 시절의 2백만 엔이다. 결국 야마가는 출판 사업에 실패, 기력을 소진해 자살로 내몰린다. 그 안타까운 사 정은 '슈칸 아사히(週刊朝日)'에 실렸다.

고향 시즈오카에 몸을 숨겼던 야마가는 1946년에 상경해 옛 보도 국 부하들을 모아 마루빌딩 지하실에 문화사를 설립, '마세즈'라는 노동조합운동 잡지를 발행하고 '스크린 다이제스트'에도 손을 댔지 만, 몇 호 발행하지 못한 채 접었다. 그 뒤에는 가야바초(萱場町)에 다이호샤(大鳳社)라는 인쇄소를 차렸지만, 돌아오는 것은 부도수표 뿐이라 얼마 못 가 수백만 엔의 빚만 졌다. 그동안 가족과 동기생들

에게 돈을 빌려 써서 어디에도 얼굴을 내밀지 못했다. (중략)

야마가는 실패를 만회하기 위해 일본노수물자(日本勞需物資)라는 유령회사를 만들어 이번에는 자신이 부도를 냈다. 노가타(野方) 경찰서는 야마가를 사기 혐의로 추적했다. 무사(武士)가 장사를 하는 것처럼 모든 것이 어설펐다. 부하는 예전처럼 그를 위해 모든 것을 바치지는 않았다. 끔찍한 전쟁은 부하의 충직한 마음도 데려갔다. 사업에 손을 댈 때마다 실패해 그는 모든 희망을 잃었다.

화려한 중국옷을 당당하게 입고 어른 티를 내던 야마다. 특별히 마련한 샤크스킨 양복을 입고 고급 나이트 클럽에 출입하던 그 야마가가 초라한 행색으로 나타나 이향란에게 돈을 빌려달라고 고개를 숙인다. 그 무렵 이향란은 다시 일본영화계에 데뷔, 〈내 생애 반짝이는 날(わが生涯の輝ける日)〉, 〈열정적인 인어(情熱の人魚)〉, 〈유성(流星)〉, 〈인간무늬(人間模様)〉, 〈귀국(帰国)〉 등 작품에 잇따라 출연할 때였다.

야마가에게 꽤 신세를 졌기에 얼마라도 마련해주고 싶었지만 그 무렵 이향란은 당장 필요한 생활비도 바닥날 상황이었다. 빚을 내서 아사가야에 집을 마련하고 동생들을 학교에 보내는 것만 해도 힘에 부쳤다. 부모님을 포함해 여덟 명 식구의 생활은 전부 이향란 어깨에 달려 있었다.

이향란은 그런 사정을 솔직하게 설명했다.

"알았어. 그럼 그 대신에, 이런 말을 해서 미안하지만 내 딸 히로코를 당분간 맡아줄 수 있을까? 내가 멀리 나가봐야 할 일이 생겨서."

"맡아주고는 싶지만 지금 예민한 사춘기인 만큼 책임감도 커지고, 우리 식구들 먹고 살기에도 빠듯해서……"

"고집이 센 아이라 새엄마 말을 들으려 하질 않아. 그 애는 어릴 때부터 당신을 잘 따랐으니 꼭 좀 맡아줬으면 좋겠는데."

야마가는 전쟁이 끝난 뒤 먼 친척 여성과 재혼했지만, 히로코는 한창 민감한 열여섯 사춘기라 의붓어머니와 사이가 그다지 좋지 않았다.

야마가는 이 문제를 더 언급하지 않고 돌아갔다. 어깨가 축 처진 그의 뒷모습은 한없이 쓸쓸해 보였다.

2, 3일 뒤 이향란이 밖에 나갔다가 돌아오니 집 앞에 장롱과 짐보따리를 실은 리어카 한 대가 서 있었다. 거실에는 교복을 입은 소녀가 앉아 있었다. 얼굴은 동그랗고 귀여운데 어딘가 그늘져 보였다.

"야마가 히로코예요. 잘 부탁드려요."

티없이 맑은 순수한 인사였다.

이곳에서 지내도 된다고 믿고 있는 환한 얼굴을 보니 차마 돌려보낼 수가 없었다. 이향란은 그 나이 때 부모님 곁을 떠나 베이징 판 집에서 살았던 그 기억을 떠올렸다. 다행히 여동생 세이코(誠子)와 동갑이라 잘 맞을 것 같았다. 세이코 방에 침대를 들여 둘이 지내게 했다.

히로코는 아사가야의 그녀 집에서 롯폰기에 있는 도요에이와(東洋英和) 여학원을 다녔다.

그로부터 두 달 뒤인 1950년 1월 28일이었다. 이향란은 쇼치쿠 오후나(松竹大船) 촬영소에서 미후네 도시로(三船敏郎) 씨를 파트너로 만나 구로사와 아키라(黒澤明) 감독의 〈스캔들〉이라는 작품을 촬영하고 있었다. 밤 10시가 지나서였다. 오후나(大船)역 앞 다이부쓰(大仏) 여관에서 쉬고 있는데 마이니치(毎日)신문 사회부에서 전화가 걸려 왔다.

"야마가 토오루라는 남자를 아십니까?"

갑자기 그 이름이 튀어나왔다.

"네, 아는데요."

"야마나시 현 산속에서 자살했습니다."

"뭐라고요?"

"부부 동반자살입니다. 소나무에 몸을 묶고 수면제 알약 한 병을 가루로 낸 뒤 주스에 타 마셨다고 합니다."

"유서 여섯 통이 있는데, 다섯 통은 경찰과 채권자 앞으로 쓴 사죄문이고, 나머지 한 통은 요시코상 앞으로 '딸 히로코를 잘 부탁한다'는 내용이었습니다."

수화기 너머에서 기자는 계속 질문을 한다.

"야마가와 무슨 관계죠?"

"무슨 관계라니요. 중국에 있었을 때 신세를 진 지인입니다."

"신세를 졌다고요?"

"아버지가 아는 분이라, 저도 여러 가지로 도움을 받았어요."

"여러 가지 도움이라, 그 관계에 대해 조금 더 자세히 말씀해 주시겠습니까?"

순간, 이향란은 이 기자가 야마가의 관계를 남녀관계로 오해하고 있음을 눈치 챘다.

얼마 후에 신문기자가 그녀를 찾아왔다.

"중국에 있을 때 야마가와 관계를 맺었고, 히로코는 숨겨둔 딸이 맞지요?" 그녀는 자세하게 설명했다.

"이것 참 실례했습니다. 열세 살에 출산했다는 건 말도 안 되죠."

기자는 이렇게 말한 뒤 본사 사회부에 전화를 걸어 이렇게 꾸짖었다.

"초판 제목 '야마구치 요시코에게 딸을 맡기고 자살'은 취소해."

다음날 신문에는 '야마구치 요시코의 미담'이란 이야기가 신문 한쪽에 실렸는데, 중요한 기사 내용이 너무나 충격적이었기 때문에 며칠 간 이향란은 어떤 신문도 히로코의 눈에 띄지 않도록 조심했다. 그 충격적인 내용이란, 야마가 부부의 시신 상태가 아주 이상했다는 것이다. '슈칸 아사히'는 그 내용을 이렇게 전한다.

'큰일 났어, 개가 사람 머리를 먹고 있어'
이웃집에 사는 미사(14)가 창백해진 얼굴로 뛰어들어왔다. 숯 검사원인 온센 히데오(溫泉英男) 집을 나서려고 한 1월 25일 아침 8시 경이었다. 깜짝 놀라 미사를 따라가 보니 붉은 들개가 돼지우리 퇴비 속에서 남자의 머리통을 핥고 있었다.

그 머리는 후두부 군데군데 10센티쯤의 머리털이 보일 뿐, 얼굴이나 목 주위는 개가 다 뜯어먹어서 살점이라고 거의 남아 있지 않았다.

이 사건은 산 속 야마나시 현 미나미코마(南巨摩) 군 니시야마(西山) 마을을 뒤흔든 큰 사건이었다.

서둘러 그 머리와 이어지는 몸통을 수색하러 나섰지만 찾을 수가 없었다. 3일째 되는 날 아침, 마을용수로 이용하는 연못 입구 쪽 소나무 숲에서 나무에 노끈으로 묶인 목 없는 백골시체를 발견했다. 그곳은 하야가와(早川) 강과 맞닿은 절벽 위였으며, 아무도 찾지 않는 외진 장소였다.

시신 옆에는 검은 가죽가방과 핸드백이 있었고, 그 안에는 유서 여섯 통과 수면약, 서류 따위가 들어 있었다.

유서에 따르면 남자의 신원은 도쿄 도시부야(渋谷) 구 요요기(代々木) 혼마치(本町)에 사는 야마가 토오루(53)로 밝혀졌다. 노끈 한쪽 끝이 죽은 장소와 가까운 절벽으로 이어진 것을 보면 유서에 나온 부인 가즈에(一枝, 43)가 수면제를 먹고 괴로움에 몸부림치다가 강으로 몸을 던진 것으로 보인다. 작년 12월말, 사망 장소에서 하류 쪽으로 10리 떨어진 곳에서 가즈에로 추정되는 여자의 시신이 발견되었다.

1950년 미국으로 건너갔을 때, 이향란은 뉴욕에서 어느 조각가와 만나 다음 해 그와 결혼했다. 그때 그녀는 오후나(大船)에 있는 기타오지로 산진의 다실을 빌려 살고 있었기에 아사가야에 있는 집으로 돌아가는 일은 드물었다. 하지만 히로코가 무사히 동양영화여학원(東洋英和女学院)을 졸업해 일을 시작했기에 그녀는 무척 기뻤다.

그러나 20세기 폭스 영화사의 〈대나무집(竹の家)〉에 출연하기 위해 미국으로 갔다가 다시 돌아오자 히로코는 아사가야에 살고 있지 않았다. 히로코는 롯폰기에 있는 미국인 장교를 상대하는 만다린 클럽의 호스티스를 하고 있었다. 그 고급 클럽 경영자는 야마가(山家)의 마지막 연인 바이광(白光)이었다. 바이광은 전쟁이 끝난 뒤 홍콩으로 건너가 그곳에서 미국인 장교와 결혼하고 나이트 클럽 경영에 성공하자 도쿄에 진출해 온 것이다.

두 여인이 어디에서 어떤 계기로 만났는지는 모르지만, 공통점은 물론 야마가였다.

바이광이 육군 헌병대 본부에 소환된 야마가와 함께 1943년 도쿄에 와서 시즈오카시의 야마가네 본가에서 신세를 지고 있었을 때 그 집에는 야마가의 어머니, 남동생과 그의 미망인, 자식이 두 명, 히로코, 이렇게 다섯이 살고 있었다. 야마가 집안은 남자는 젊은 나이에 세상을 떠나고 여자가 오래 사는 모계가족이었다. 그곳에 바이광이 더해져 서툰 중국어와 일본어로 교류하면서 여섯 명이 서로 의지하며 살아갔다. 야마가 집안 사람들은 히로코를 '핫코'라 부르며 귀여워했다. 히로코와 아버지의 애인은 그때부터 아는 사이였으리라.

어찌 되었든 핫코는 만다린 클럽의 호스티스가 되었다. 핫코는 영어를 할 수 있었기에 미국인 장교들에게 인기가 많았지만, 하찮은 일 때문에 직장을 그만두고 긴자 오데트에서 일하게 된다. 1945년대 후반, 일본은 아직 가난했지만 긴자에 있는 미국인 장교나 사용족[社用族, 회사 일을 빙자해 사비(社費)로 유흥을 즐기는 자]들을 상대로 한 고급 클럽들은 시민들이 가구나 옷들을 팔아가며 겨우겨우 살아가는 생활과는 전혀 다른 세상이었다.

이윽고 핫코는 오데트에서 알게 된 재즈 밴드 드러머와 사랑에 빠져 결혼하게 된다. 결혼식은 올렸지만 그의 전처가 이혼해주지 않아 서류상으로 결혼 처리는 하지 못했다. 머지않아 두 사람은 헤어지고 그녀는 다시 다음 애인을 사귀게 된다.

한동안 야마구치 요시코는 미국에 살았지만, 히로코와 같은 나이일 때 아사가야의 한집, 한방에서 그녀와 산 적이 있는 여동생은 떠올렸다. 히로코의 들뜬 표정과 몸짓을……

"나 이번에야말로 안정된 생활, 평범한 사람의 생활을 하고 싶어. 이것 좀 봐. 약혼할 때 받은 오팔반지야 너무 예쁘지 않니?"

태양빛에 이리저리 비쳐 보이며 기뻐하던 히로코……

그러나 히로코는 그 여동생과 만나고 난 며칠 뒤, 아오야마 다카키쵸 아파트에서 자살했다. 약혼했던 방송기자에게는 어릴 때부터 집안에서 정해준 약혼녀가 있었던 것이다. 먼 친척이라 하는 사람에게 전화를 받은 그 동생이 찾아갔을 때는 긴자의 호스티스들이 시신 주변에서 큰 소리로 슬피 울며 이별주를 마시고 있었다.

오데트 클럽의 엄마라 불리는 미노베 후미코는 히로코에 대해 회상했다.

"히로코는 미인인데다 상냥해서 가장 인기가 많았지만, 무척 외로움을 잘 타는 사람이었어요. 특히 어릴 때부터 그녀를 키워준 할머니가 돌아가신 뒤로 더는 살고 싶지 않다는 말을 자주 입에 담고 남자에게 배신당할 때마다 자살 시도를 했어요. 4번째 시도 끝에 정말로 이렇게 가버렸네요……."

히로코는 수면제를 복용한 뒤 밀폐된 공간에서 가스를 마셨다. 수면제는 약병 한 병을 가루로 만든 뒤 주스에 넣어 마셨다고 한다. 아버지가 야마나시 현 산속에서 자살했을 때와 같은 방법이었다.

1974년 야마구치 요시코는 국회의원이 된다. TV캐스터 시절인 72년에 일중국교회복 뉴스를 보도했을 때, 그 주역인 다나카 가쿠에이(田中角榮) 수상과 면식을 갖게 된 일이 계기였다. 국회의원 재임 중이던 91년, 극단 사계(四季)의 《뮤지컬 이향란》 공연이 시작되었다. 이것이 쭉 이어져 이향란의 인기는 되살아났지만, 초연일 극장에 그 자리에 좀 어울리지 않는 면면들이 모여들었다. 나카소네 야스히로(中曾根康弘)와 다케시타 노보루(竹下登) 등 자민당 거물들이었다.

이듬해인 92년, 일중국교 회복 20주년 기념으로 중국에서 《뮤지컬 이향란》이 상연되었을 때는, 다케시타 노보루 전 수상이 일부러 개연식(開演式)에 참석하기 위해 다롄(大連)을 방문했다. 중국의 거물정치가들은 정중하게 극단 사계 대표인 아사리 게이타(淺利慶太)와 공식회견 자리를 마련했다. 아사리 게이타의 인맥에 의한 것일까? 아니면 원작자인 야마구치 요시코의 정치력에 의한 것일까?

뒤돌아보면 이향란이 데뷔한 뒤에는 늘 권력의 비호가 뒤에서 어른거리고 있었다. 여배우로서는 불행한 일이 아닐 수 없다. 왜냐하면 관객은 세상의 정형에 사로잡히지 않고 마음 깊은 상처를 표현하는 연기를 기대하고 있기 때문이리라.

제4장
푸이(溥儀)와 교수대

　집단의 힘, 조직 힘을 배경으로 한 관동군의 고급 장성들은 누구나가 한결같은 영웅이었다. 침략전을 설계하고 실천 지도하는 동안 정객은 호걸이었다. 집단이 깨어지고 조직이 무너져서 힘이 분산되는 날, 그들은 연약한 인간으로 돌아오는 운명을 지녀야 했다. 아직도 허장성세(虛張聲勢)를 일삼는 무리, 발악이 아니면 호곡(號哭)이라.

　보라! 잠시 후면 교수대의 밧줄과 일본도의 칼날, 혹은 탄피에 혈장(血漿)으로 말라 붙을 가혹한 순간에 서서, 무슨 당치 않은 몸부림이냐, '천황 폐하 만세'라니. 끝까지, 인간의 존엄과 자유의 값어치를 부인하려 악쓰는 군상들. 너희들 이름은 침략마(侵略魔)이다.

푸이

만주국은 두 개의 국호를 가지고 있다. 나라가 세워진 1932년 3월 1일부터 1934년 2월까지는 공화정, 같은 해 3월부터 나라가 멸망한 1945년 8월 18일까지는 군주제이다.

만주국 국가원수인 집정 자리를 거쳐 만주제국 제위에 올라 강덕제(康德帝)라고 자신을 지칭했던 아이신기오로 푸이. 그는 청나라의 마지막 황제로 널리 알려져 있다.

청나라는 280년의 긴 시간 동안 중국과 몽골을 지배해 온 통일왕조로, 본디 만주족이 17세기 초기에 랴오닝성 봉천을 수도로 하는 후금이라는 나라였다. 봉천은 청조가 멸망한 뒤 심양으로 지명을 바꾸었고, 만주사변이 일어나자 관동군의 군사정부 아래 놓였으며, 만주국이 세워진 뒤에는 그 이름을 봉천으로 다시 바꾸게 된 도시이다.

푸이는 제위에 세 번 오른 인물이다. 그가 처음 청조 황제로 즉위한 것은 1908년 12월. 서거한 선대 황제에게 아이가 없었기에 청나라 왕조를 좌지우지하던 서태후가 선대 황제의 배다른 동생의 자식이었던 푸이를 다음 황제로 선택했던 것이다. 1906년 2월 7일 태어난 푸이는 그 무렵 아직 2살 10개월밖에 안 된 어린아이였다. 그는 황제로 즉위한 지 3년 반이 지난 1912년, 중화민국이 수립되면서 퇴위했고, 청나라도 그와 함께 멸망했다. 그가 두 번째로 제위에 올랐을 때는 1917년 7월, 그가 11살 때 일이다. 푸이는 청조의 부활을 바라는 세력들에게 추대받아 제위에 올랐지만, 쿠데타가 실패해 겨우 이틀 만의 재위로 끝이 났다.

푸이가 세 번째로 제위에 올랐을 때 또한 두 번째 때와 다름없이 주변 세력에게 추대 받아 즉위한 것이었다. 만주족이 만주 땅에 세운 나라의 왕이었던 이가, 만주에 새로 수립된 나라의 제위에 다시 오른다. 이로서 만주국은 일본이 강제로 만들어낸 괴뢰국가가 아니라 만주의 정치세력이 그들의 자치를 위해 독립한 국가라는 체제를 유지할 수 있었다. 일본은 그 편이 유럽과 미국, 국제사회의 지지를 얻기에도 쉬울 것이라고 생각했다.

신해혁명(辛亥革命)으로 청왕조가 쓰러진 뒤 중국에서는 전란이 이어졌고, 뒤를 이은 장제스(蔣介石)의 국민정부도 천하를 통일하려면 험난한 과정을 거쳐야 했다. 기구한 운명을 지닌 마지막 황제 푸이는 자신의 앞날이 너무나 불안했다. 남아 있는 신하들에게 늘 힘주어 말한다.

"나라를 평화롭게 만들려면 청왕조를 부활시키는 방법밖에 없다."

그는 청왕조 부활운동(퇴위한 군주가 다시 왕위에 오르는 일)에 야심을 품었다. 베이징에서 황위를 되찾으려는 푸이의 꿈과 관동군이 만주를 건국하려는 목적이 맞물렸다.

관동군도 이시와라 간지(石原莞爾)가 주장한 만몽영유계획(만주와 몽고를 자신들의 것으로 만들자는 계획)을 중앙군이 반대하는 바람에 한발 물러나 푸이를 내세워 독립 국가를 만드는 쪽으로 방침을 바꿨다. 만주국 시절 푸이는 관동군을 마주할 때 몸을 굽히면 진리를 줍는다는 말을 좌우명으로 삼았다. 자벌레가 앞으로 나아가기 위해 몸을 굽히듯 청왕조를 다시 일으키기 위해 몸을 굽히며 참고 견뎌야만 한다고 마음속으로 굳게 다짐했다.

자존심이 세고 머리가 좋았던 푸이는 소심한 성격과는 다르게 시기와 질투심이 누구보다 강했다. 그래서 사는 동안 황후 완룽(婉容)과 사이가 안 좋았고 관동군과 의견이 맞지 않아 힘들어했다.

관동군 초청으로 1935년 4월에 일본을 방문한 무렵이 만주국 황제 푸이의 황금기였다. 정권을 잡고 그토록 바라던 황제 자리에 오른 지 얼마 안 된 푸이는, 만주와 일본이 친하다는 사실을 나라 안팎으로 알리기 위해 관동군이 최선을 다해 연출한 성대한 일본방문 행사에 참여했다. 쇼와 천황이 도쿄역까지 푸이를 마중하러 나가는 등, 온 나라가 이례적으로 환영해 주었기에 푸이는 크나큰 착각에 빠졌다. 일본 천황의 위광을 빌리면 만주국에서도 황제의 권위를 높일 수 있으리라는 환상에 젖어들었다.

귀국하자마자 푸이는 회란훈민조서(回鑾訓民詔書)를 반포 선언했다.

"만주와 일본은 하나이며 나눌 수 없다. 회란훈민조서에서 짐과 일본 천황 폐하는 일심동체나 마찬가지이다."

푸이가 국무성 원안을 바탕으로 추가한 말이었다. 일본 방문은 푸이에게 만주국 역사 전환점이 되었다.

와카야마현 고보시의 오래된 집 창고에서 만주국 최고 기밀을 기록한 극비회견록이라는 극비문서가 반세기 넘게 잠들어 있었다. 1985년 우연히 묻혀있던 이 문서를 발견했다. 주만 일본대사관의 서기관이며 푸이의 총애를 받은 통역관 하야시데 겐지로(林出賢次郎)가 1938년에 몰래 고향 와카야마로 가져온 문서였다. 만주국을 건국한 뒤로 5년 5개월에 걸친 푸이의 행적을 담은 방대한 기록이다.

만주국 역대 관동군 사령관 초대 무토 노부요시(武藤信義), 1938년 제4대 우에다 겐키치(植田謙吉)까지 푸이가 만주국의 실질적인 최고 권력자를 만나 나눈 회담 기록이다. 하야시데는 이 회담 내용을 자손들이 노출하지 못하도록 밖으로 나가면 안 되는 문서로 극비회견록이라는 이름을 붙였다. 관동군 사령관은 물론 치치부노미야(秩父宮)를 포함한 황족, 도조 히데키(東條英機), 이시와라 간지 등 군인, 이런 중요 인물 2백십여 명과 나눈 회견을 생생한 구어체로 기록했다. 푸이가 하야시데의 말이라면 뭐든 믿는 점을 이용해 만주국 대사관이 외무성의 외무대신, 차관, 동아국장 세 사람에게 계속 보내라고 하야시데에게 명령해서 푸이와 관동군 동향을 살핀 첩보문서였다.

이 기록으로 그 무렵 관동군과 국제연맹 무대에서 비난의 표적이 된 외무성과의 긴장관계, 만주국 황제 시절 진정한 푸이의 모습과 마음 깊은 곳을 훤히 들여다볼 수 있다.

1935년 5월 일본 방문을 막 마친 푸이는 아직 흥분에서 벗어나지 못했다. 이런 푸이의 들뜬 마음을 가라앉힌 첫 번째 사건은 만주국 내각개조를 둘러싼 미나미 지로(南次郞) 관동국 사령관과 나눈 회담이었다. 푸이는 국무총리대신 정샤오쉬(鄭孝胥)를 대신해 후임으로 충복 장스이(臧式毅)를 임명하는데 집착했다. 장총리를 이용해 만주국을 마음대로 다스리겠다는 달콤한 꿈을 꿨다.

'오늘 배알을 요청한 이유는 예전에 이야기한 내각개조에 대해 소신의 의견을 올리고 싶어서입니다.'(극비회견록 1935년 5월 20일)

이때 미나미 지로는 푸이의 계획을 모조리 뒤엎는 의견을 내놓았다. 게다가 일방적으로 내각개조 인사도 관동군이 원하는 대로 밀어붙였다.

'참으로 지당하신 의견으로 저도 그렇게 생각합니다.'

극비회견록에는 분한 마음을 억누른 푸이의 말을 짤막하게 기록했다. 국무총리는 관동군이 추천한 장징후이(張景惠)가 되었다. 만주사변이 일어났을 때 관동군에게 협력해 만주국을 건국하는 데 공을 세운 인물이다. 푸이는 건국 초기 내각인사에서 두 번째로 자기

의사를 반영하지 못했다. 청왕조를 다시 일으키겠다는 푸이의 꿈은 마치 유리 조각처럼 부서지고 말았다.

그러나 푸이는 만주국 황제라는 허울뿐인 자리를 깨닫지 못하고 자기 지위에 희망을 걸었다. 그런 푸이를 벌벌 떨게 만든 사건이 잇따라 일어났다.

바로 1936년 4월 만주국 건국에 가장 큰 공을 세웠으며 몽고 왕족이며 싱안성(興安省) 수석인 링성(凌陞)이 연루된 링성사건이다. 푸이가 황제로 있을 때 관동군을 상대로 일어난 사건 가운데 가장 무서웠던 사건이다.

예부터 몽고 독립을 주장하며 만주를 건국할 때 관동군에게 협력한 능승은 일본군 기밀을 누설했다는 스파이 혐의로 체포됐다. 12일만에 능승을 포함한 가족 4명을 신징(新京) 난링(南嶺) 형장에서 참수형에 처했다. 극비회담록에 이 사건을 둘러싸고 푸이와 우에다 겐키치(植田謙吉) 관동군 사령관이 나눈 회담내용이 자세히 적혀있다.

사건의 진상은 관동군이 몽고민족 독립운동을 막기 위해 계획한 일벌백계의 본보기였다. 이 사건은 만주국에 사는 몽고민족에게 큰 충격을 안겨줬다. 푸이의 4번째 여동생 운한(韞嫻)과 링성의 아들이 약혼한 지 얼마 안 됐을 때 사건이 일어났으며, 링성은 푸이 여동생의 시아버지가 될 사람이었다. 푸이는 이 약혼 때문에 자신이 사건에 말려들까봐 가장 두려워했다.

푸이는 링성의 아버지, 청나라 시대 몽고를 다스린 만주국 참의부 참의였던 귀푸(貴福)는 필사적으로 부탁하며 살려달라 애원했지만 전혀 움직이지 않았다. 푸이는 이 사건을 통해 관동군이 일본에 얼마나 충성하느냐에 따라 사람을 평가한다는 사실을 깨달았다. 그 뒤로 푸이는 무슨 일이든 세심하게 처리해야 한다고 마음에 새겼다.

만주국 황제 푸이에게 가장 굴욕적이고 관동군의 꼭두각시였다는 실태를 보여주는 역사적 증거는 극비회견록에 담긴 황위 계승을 둘러싼 밀약서이다. 1937년 2월 동생 푸제(溥傑)와 일본의 후작 사가 히로(嵯峨浩)가 결혼할 때 몰래 맺은 각서이다. 관동군은 푸이가 아이를 가질 수 없다는 사실을 알고 있었다.

밀약 제1조에는 강덕황제(康德皇帝 = 푸이)와 황후 사이에 자식이 없다는 사실이 확실해지면 황위계승 1순위는 천황이 마음대로 결정한다고 되어 있다. 푸이가 아들을 낳지 못하면 만주국 두 번째 황제는 일본 천황이 정하겠다는 각서이다. 게다가 일본 정부에게도 이 은밀한 정보가 새어나가지 않도록 조약 승인 절차를 거친 외교문서가 아닌 푸이가 관동군 사령관에게 보내는 탄원서 형식을 취했다.

이때 푸이는 우에다 겐이치 관동군 사령관과 각서에 도장을 찍는 자리에서 처음으로 황제답게 저항하려는 태도를 보였다. 허망한 꼭두각시의 실상이었다.

1940년 푸이는 제2회 일본 방문을 마치고 신징(新京)에 건국신묘(建國神廟)를 세웠다. 천황 집안의 조상인 아마테라스 오카미(天照大神)를 기리는 사당이다. 국본전정조서(國本奠定詔書)를 발표하고 스스로 일본 신도와 황실의 힘을 빌려 황도(皇道)와 함께 걸어가겠다고 선언했다. 푸이가 만주국에서 청왕조 부활을 단념하겠다는 뜻이기도 하다.

하야시데 겐지로가 극비회견록을 와카야마로 몰래 가지고 돌아온 지 7년이 지난 1945년 8월 20일, 만주국은 1대 황제 푸이의 13년 5개월간의 통치를 끝으로 사라졌다.

늘그막에 푸이가 거듭 이야기한 말이 있다.

"청왕조를 다시 세우려고 하다가 만주국 허수아비 황제로 살아온 시절이 내 인생에서 가장 괴로운 나날이었다.'

퇴위식을 마친 푸이 앞에 요시오카가 나타났다.

"비행기로 일본에 망명하시려면 탑승 인원에 한정이 있으니 모두 가기는 어렵습니다. 10명 이내로 사람을 줄여주시오."

"그럽시다. 동생 푸제와 매부 두 사람, 조카 셋, 의사 한 명, 시종 하나를 대동하겠습니다."

"좋습니다. 그럼 내일 밤에 여기를 떠나 퉁화(通化)로 가서 비행기로 멀리 펑톈으로 향하셔야 합니다. 거기에 일본으로 떠날 대형 비행기가 대기하고 있으니까요."

"알겠소. 낭패가 없도록 해 주시오."

이 소문을 들은 복귀인 리위친(李玉琴)이 푸이에게 물었다.

"그렇게만 떠나시면 뒤에 남은 우리는 어떻게 되나요?"

푸이는 천연스럽게 대답한다.

"비행기는 작아. 너희들은 기차로 가는 거다."

"기차로 일본을 가요?"

"갈 수 있구 말구, 사흘 뒤에는 너와 황후 일행이 일본에서 나를 만나게 될거야."

"기차가 안 오면 어떻게 합니까?"

"안 올 리가 있나. 꼭 온다. 내가 책임지지."

푸이 일행은 예정대로 다리쯔(大栗子)를 떠나 퉁화에서 비행기를 갈아타고 펑톈으로 향했다. 펑톈에서 조선으로 떠나는 대형 비행기로 바꾸어 타기 위해서다.

그런데 비행기가 펑톈 비행장에 착륙해 대기 중일 때 전투기 호위를 받으며 대형 수송기 몇 대가 뒤따라 착륙했다.

러시아 항공기였다. 비행기에서 내린 러시아군이 비행장의 일본 군대를 무장해제 시키고 나서 푸이 일행을 체포했다. 때는 8월 19일 오후 1시경.

이리하여 푸이 일행은 다음날 러시아로 납치되어 갔다.

그 뒤 푸이는 도쿄에서 열린 전범(戰犯)재판에 증인으로 출두하기도 했으나 결국 중국에 인계되어 온갖 고초를 다 겪은 뒤 풀려났다. 연금상태로 감시와 규제 아래 리수셴(李淑賢)이라는 중공 스파이와 허울 뿐인 결혼을 하며 계속 감시만 받아 오다가, 1961년 10월 17일 요독증(尿毒症)으로 죽으니 그때 나이 61세였다.

황후 완룽은 남편 형제가 러시아에 납치되었다는 기별을 듣고도 태연했다. 수중에 아편만 있으면 그만이었다. 신징에서 떠날 때 갖고 온 아편이 떨어질 무렵, 그녀는 푸제의 아내 히로 부인과 어린 조카 고세이(嫮生)와 함께 붙잡히는 몸이 되었다. 옌지(延吉) 형무소에 수감되었을 때는 이미 의식이 혼미해 산송장이나 다름이 없었다. 히스테리가 발작하면 발악을 했다. 증세가 가라앉을 때 쯤에는 궁전인 줄 알고 정신착란을 일으켰다.

"보이. 샌드위치를 가져 오라."

고함을 지르는가 하면 명령도 한다.

"여봐라, 무엇 하고 있느냐. 내가 곧 목간을 할 터이니 목욕물을 데워라."

이럴 때마다 간수들은 웃으면서 구경했고 희롱하는 말도 건넸다.

히로는 이것이 못마땅했으나 어쩔 도리가 없었다. 아편의 금단 증상은 사람을 미치게 만든다. 이 광란의 동서를 뒤치닥거리하는 히로 부인에게 가장 어려운 일은 대소변 시중이었다. 몸을 제대로 가누지 못하는 완룽의 1미터 60이 넘는 몸을 어린애 오줌 누일 때처럼 번쩍 처들어야 하는 고역은 영양실조로 연약해진 그녀가 도저히 할 수 있는 일이 아니었다. 그러나 그 일은 하려는 사람이 없고 또 남에게 보일 수도 없는 형편이라 히로는 하루에도 몇 차례씩 거들어 주었다.

이제는 그나마도 할 수가 없게 되었다. 완룽이 너무 시끄럽다고 독방으로 이감을 시켜 버렸기 때문이다. 그러나 히로는 특별히 청을 해서 하루에 한 번씩만 완룽의 방을 살피도록 허락받았다.

소리 지를 기력도 없어졌는지 콘크리트 바닥에서 아무렇게나 뒹굴고 있는 왕년의 황후는 빈사의 중환자나 마찬가지였다. 식사를 모두 물리치고 오물의 악취가 진동하는 방에 버려진 그녀를 돌봐주는 이가 있을 리 없었다.

또 한 번 수감자를 북만주로 옮겼다. 그러나 완룽은 따라갈 수 없는 형편이었다.

조선과 국경을 마주한 투먼(圖們)으로 이송되었다가 그곳에서 숨을 거둔 시기는 1946년 6월 중순 무렵 그때 나이가 40세, 푸이와 결혼한 지 23년 반만이었다.

히로(浩)

일본 귀족 딸로 태어나 기구한 운명에 휘말리면서 감옥을 전전하던 히로는, 황후 완롱이 죽은 지 1주일만에 쑹화강 하류 챠무스(佳木斯)에서 어린 딸과 함께 석방되어 국민당 지역으로 탈출했으나 다시 감금되었다.

히로에게 있어서 고생이란 두려운 것이 아니었다. 무수한 고생 끝에 베이징으로 시아버지 순친왕(醇親王)을 찾아가 남편 형제의 소식을 전하고 상하이로 와서 귀국선에 탈 순서를 기다리다가, 1947년 정월 드디어 일본 도쿄로 돌아와 맏딸 후이셩(慧生)과 친정 식구들을 반갑게 만났다. 그러나 후이셩은 가쿠슈인(學習院) 대학생 오쿠보 다케미치(大久保武道)라는 청년과 1957년 12월 4일, 아마기(天城) 산중에서 정사(情死)하여 히로의 상처 많은 가슴에 난도질을 했다.

도이하라 겐지

1883년 8월 8일, 도이하라는 오카야마현에서 육군 소령의 차남으로 태어났다. 푸이보다 23살 더 많았다. 1912년 11월, 육군 대학교를 졸업한 그는 다음 해 1월, 베이징 참모본부에 취임했다. 이렇게 그와 중국의 인연이 시작되었다.

도이하라는 중국 군사학교에서 교관에 해당하는 중국정부 응빙장교(応聘将校)가 되어 정보수집과 연고 만들기에 힘쓰고 육군 최고의 중국 정보통 반자이 리하치로(坂西利八郎)중령의 보좌관을 맡는 등 중국에서의 정보활동과 모략활동의 실무경험을 쌓아나갔다.

그의 가장 큰 무기는 중국어로 농담을 할 만큼 우수한 어휘력과 성실한 인품이었다. 관동군 참모부의 젊은 참모 가타쿠라 다다시(片倉衷)는 도이하라에 대해 이렇게 회상했다.

'온화하며 성실한 사람으로, 마치 마음씨 좋은 할아버지 같다. 중국 낭인 같은 호걸형은 아니지만 사람 좋고 조용한 인품이다. 군인이면서도 다른 일본 군인보다는 중국인과의 교류를 좋아했고, 중국인들의 정보는 도이하라에게 모여들었다. 담배도 피우지 않고 술도 적당히 마시는 사람으로, 나는 도이하라가 취한 모습을 본 적이 없다.'

펑톈 특무기관에서 도이하라의 부하로 일했던 이마이 다케오(今井武夫)는 도이하라의 수법을 이렇게 증언했다.

"마적과 밀정을 이용해 소동을 일으키면 그 진압을 위해 중국군이 자리를 비웠다. 그 소동이 커지면 그곳에 사는 일본인들의 위기가 염려된다는 핑계로 일본군이 출동한다는 형식이었다."

도이하라의 모략으로 전후 이토추 상사 회장 세지마 류조(瀨島龍三)는 말했다.

"도이하라에게 모략은 테크닉이 아니다. 철두철미하고 성실하게, 진심으로 그 사람을 가깝게 대하면 결국 같은 인간으로서 유대감이 생겨 내 의지가 상대의 심금을 울리고 서로 통하게 됨을 배웠다."

아마카스 마사히코

군인 출신으로 헌병 장교 시절 오스기(大杉榮) 일가를 죽인 아마카스(甘粕)는, 선통제 푸이를 텐진에서 탈출시키는 일에 밀행해 공을 세운 뒤 만주국 경찰 조직에 산파역을 하고 책임자로 앉기도 하였던 자다.

그가 해외 도피 중, 대부분을 프랑스에서 지냈고 또 독일 촬영소에 근무하며 습득한 예술의 조예는 얕은 것이 아니었다. 이타가키의 심복인 그는 전쟁 중 모든 공직에서 떠나 이번에는 만영(滿映=만주 영화 협회) 이사장(理事長) 자리에 앉아서 선전 영화 제작에 몰두했다. 그러나 그가 관동군이나 만주국 정부에 미치는 영향력은 결코 적지 않았다.

일본의 무조건 항복이 소문으로 퍼지자 신징 시내는 삽시간에 혼란에 빠져들었다. 이 사태를 걱정한 근로부 차장 한다 도시하루(半田敏晴)는 관동군 참모장 하타 중장에게 특별한 요청을 하기 위해 사령부로 찾아가는 길에 만영 이사장실로 아마카스를 방문했다. 아마카스는 비교적 냉정한 표정으로 집무 중이었다.

"여어, 한다. 웬일이야?"

오랜만에 반가운 친구를 만난 아마카스는 조용히 반색했다.

"자네 힘을 좀 빌릴 일이 있어서 찾아왔네."

"내 힘? 힘도 없을 뿐더러 다 망한 이 판국에 무슨 일을 하려구?"

"자네, 하타 중장하구 친하지?"

"그야 사관학교 동기니까 가까운 편이지만."

"됐어, 같이 좀 가 줘야겠네."

"사령부로?"

"그래. 특별 교섭이 있는데 나 혼자만으론 불안해. 자네가 좀 거들어 줘야……."

"난 그만두겠어."

"그만두다니?"

"내 일이 더 바빠."

"자네 일이 얼마나 바쁜지 몰라도 이건 매우 중대한 일이야."

"소중한 일이라면 더구나야. 관동군 병신 자식들하구 소중한 일을 의논한다는 자네부터가 틀렸어."

"그 기분 알만해. 하지만……."

"혼자서 하게. 내가 할 일이 태산 같어."

"그걸 좀 나중으로 밀면 되지 않나?"

"안 되지. 그럴 겨를이 없는 걸."

"그렇더라두 틈을 좀 내주게."

"안 된다니까. 난 며칠 안에 죽을 거야."

"뭐?"

"죽는다 죽는다 하는 놈 치고 죽는 꼴 못 봤지만 난 정말로 죽을 거야."

"싱거운 소리 마라. 죽는 거야 언제든 죽을 수 있어. 할 일을 다 하기 전에 죽는 건 무책임한 일이지."

"그러니까 며칠 안에 내가 할 일은 다 한다니까. 사람이란 죽는 때와 장소를 가릴 줄 알아야 해. 나라는 인간의 역사적 사명은 이제 끝이 났어. 이제부터 하려는 것은 잔무(殘務) 처리지."

"……."

아마카스 얼굴에 결심의 빛이 스쳐가는 것을 보자 한다는 말없이 일어났다.

8월 19일 아침, 한다는 만영으로부터 연락을 받았다. 아마카스가 자결했다는 통지였다.

아마카스는 자신이 말했듯, 며칠 전부터 잔무 처리에 바빴다. 만영 종업원에게 봉급 전액을 말끔이 지불하고 돈을 구해다가 퇴직금을 두둑히 내는 동시에 중국인 종업원에게 새 경영자가 러시아에서 오건 충칭에서 오건 곧 영화 제작이 가능하도록 스튜디오 정비에 주력하라고 간곡히 타일렀다.

그러고 나서 청산가리를 마셨다.

괴물의 최후는 그가 태어난 지 53년 만에 왔다. 속죄하는 뜻이리라. 그러나 그의 수많은 죄과가 이로써 정녕 청산이 되었을까.

그것은 매우 의문스러운 일이다.

가와시마 요시코

일본의 패색이 짙어지자 베이징에 있던 가와시마 요시코의 생활은 극도로 난잡해졌다. 동흥루(東興樓)라는 요리점을 경영하며 경극(京劇)의 배우들과 난행을 일삼는가 하면 아편 중독이면서 술도 많이 마셨다. 일본군 사령관 명의를 도용해 중국 상인에게서 거액의 금품을 사취하는 것은 봐줄만 해도, 만주국 황제를 모욕하고 왕징웨이 정권을 비난하고 다니는 것은 일본 군부의 노여움을 샀다. 특무 기관이 그녀를 암살하려고까지 하자, 하는 수 없이 다롄으로 피신을 하더니 일본이 항복한 뒤에는 텐진으로 가서 일본 피란민 틈에 숨어 지내다가 그해 끝 무렵 체포, 베이징으로 압송당했다.

그녀를 체포한 다이리(戴笠)는 옥중에 있는 요시코에게 다달이 3백원(元)씩을 주고 담배도 하루에 스무 개비씩 피우도록 주선했다. 장제스 정부는 대일 협력자 처벌을 위한 한간 징벌령(漢奸懲罰令)이라는 특별 법령을 발하고 곧이어 숙간(肅奸) 위원회를 조직했는데, 그 위원장이 바로 특무 기관의 총수(總帥)인 군사 통제국장 다이리였다. 요시코의 옥중 생활에는 큰 불편이 없었다. 쾌적한 개인 거실을 쓰면서 식사는 외부에서 넣어주는 것을 먹었다.

심문을 받던 첫날 요시코는 자신을 변명했다.

"나의 출생은 어찌 되었건 내가 일본 사람의 수양딸인 가와시마 요시코인 이상 한간의 죄목을 써야할 이유는 없습니다."

그러나 아무런 소용이 없었다. 여러 해 동안 국민정부에 끼친 손해의 증거가 너무나도 많았기 때문이다. 어차피 죽을 목숨이라 각오한 뒤부터 그 태도는 안하무인이었다. 국민정부의 고관이 시찰을 와서 방을 기웃거릴라치면 버럭 고함을 질렀다.

"뭐 두리번거리는 거야, 개새끼. 여기는 동물원이 아니다! 난 짐승이 아니라구!"

그러면서 침을 뱉기가 일쑤였다.

심문을 받을 때도, 일본어는 알아도 중국어는 모른다고 딱 잡아떼어서 할 수 없이 통역을 세우는 형편이었다. 요시코는 일본 국가인 기미가요(君ガ代)를 불렀고, 또 중국 측에게 욕설도 무수히 퍼부었다.

1년 반에 걸친 말썽스러운 공판을 거쳐 요시코에게 총살형이 확정되었다.

1948년 3월 25일, 요시코에게 중국식으로 머리 뒤통수에 총을 쏘는 사형이 집행되었다. 42세라는 아직 한참 더 살 나이로 죽은 그녀는 화장된 뒤 유골이 절에 안치되었다가 귀국하는 일본 승려 후루카와 다이코(古川大航)의 품에 안겨 옮겨졌다.

천비쥔

왕징웨이의 미망인 천비쥔(陳璧君)은 상하이에서 체포되었다. 천비쥔은 쑤저우(蘇州)에서 무기징역을 선고받았다. 그러나 그녀는 친일의 소신을 조금도 굽히지 않았다.

1946년 6월 중순경, 무기징역을 선고하던 쑤저우 법정은 방청객으로 초만원을 이루었고, 신문 통신은 법정 안에 임시 전화를 설치할 만큼 큰 관심을 모았었다.

그녀는 죽은 남편을 대신해 난징정부의 입장을 변호하고 장제스 정권에 대해 공격을 퍼부었다.

"왕징웨이 선생님의 화평 운동은 나라를 구하고 국민을 도우려는데 목적을 두고 있었습니다. 끝까지 충칭에 숨어 있던 무리야말로 국민을 버리고 달아났던 허수아비입니다. 일본군 침략이 심해지자 국민정부의 요인들은 모조리 달아나 안전만 도모할 뿐, 민중을 보호하려는 성의 없이 모두 철수했습니다. 그러나 우리는 적수 공권으로 사태 수습에 나섰습니다. 난징정부는 화평반공의 기본 방침을 세우고 중국을 일본으로부터 지켜내려는 노력을 과감히 펼쳤던 것입니다. 태평양 전쟁만 일어나지 않았으면 우리는 중국을 구해 냈을 것이 틀림없습니다. 왕 선생님이 손을 쓰지 않았다면 그나마 어떻게 됐겠습니까. 중국은 송두리채 적에게 유린당하고 말았을 겁니다. 왕 선생님의 행위는 구국 대의에 조금도 어긋남 없이 영원히 빛날 것입니다. 우리가 일본과 친해서 한간(漢奸)이라 한다면 국민당은 미국과 친하지 않았습니까. 문제는 일본이 패전했다는 점에 있을 뿐입니다. 그러나 나의 행위가 국민정부 방침에 위배됐다고 단정한다면 구태어 항변하지 않고 기꺼이 죽으렵니다. ……."

확정된 무기형을 받고 옥중에 복역하기를 15년, 천비췬은 1959년에 파란 많은 그녀의 생애를 옥중에서 닫아 버리고 말았던 것이다.

다나카 류키치

한때 중국 대륙을 주름잡으며 가와시마 요시코와의 염문도 파다하던 다나카는 도조에게 미움을 받으면서도 육군성 병무국장의 자리를 지키고 있었다. 도조의 실각으로 잠시 숨은 돌이켰으나 뒤이은 일본의 항복, 미군의 진주…… 혼란과 초조의 소용돌이 속에서 그는 태도를 바꾸어 전범(戰犯) 재판에서는 연합국 측에 가담해 일본 군부의 죄악상을 폭로하고 흑막을 파헤친다며 허둥댔다. 수 차례 자진해서 나선 증언석에서 도조는 물론, 그의 선배이자 은인인 이타가키에게까지 불리한 증언을 해 우익 과격파가 암살한다는 소문까지 퍼졌다. 그는 정신병자라는 낙인까지 찍히게 된다.

호신책으로 제 발뺌을 하자니 자연스레 남을 팔아야 했고 남을 모함하는데는 정신력의 혹사가 강요되었다.

몸무게가 백킬로 넘었으나 그는 본디 소심한 인물이었다. 신변의 위험을 무릅쓴 채 '바보 천황'을 연발하며 몸을 사렸으나, 끝내 공직에서 쫓겨나고 공민권을 박탈당하자 정신이 좀 이상해졌다.

"만주 사건은 관동군의 음모였어."

법정에서 뿐만 아니라 어디서나 누구에게나 입버릇처럼 이렇게 지껄이는 그를 가족들까지도 정신이 올바르다고는 보지 않았다.

"나는 죽어야 해, 자살해야 한다. 남의 손에 죽기보다는 차라리 내 손으로……."

이 말도 그의 입버릇이었다.

1942년 8월 18일, 첫 번째 공습을 받았을 때 심한 정신 쇼크를 받아 다나카는 기가 빠져 술로 세월을 보내게 되었다. 두 달 뒤에는 육군 병원에 입원했다가 퇴원했으나 다시 입원, 그 뒤에는 전지(轉地) 요양차 지방을 옮겨 다니며 자살 소동을 몇 번 벌이는 동안 병세는 갈수록 악화되어 갔다. 병명은 조울증(躁鬱症). 이러한 다나카를 그의 애인 가와시마 요시코는 거들떠보려고도 하지 않았다. 명색뿐인 관계마저 끊었다. 이것을 다나카는 배신으로 여겼다. 그는 요시코를 그리는 마음이 반동적으로 불타올라 성욕 항진이라는 기현상을 보게 된다.

도조가 총리대신으로 있을 때 요시코가 도쿄로 날아와 아카사카(赤坂) 산노(山王)호텔에 묵으면서 한창 세도가 푸른 도조 부인 가쓰코(勝子)를 불러냈다.

"중경과 화평 공작을 제게 맡겨 주도록 수상에 진언해 주실 수는 없을까요? 일본군 힘으로 저를 충칭까지 보내면 반드시 사명을 완수하겠습니다."

이렇게 손수 교섭할 만큼 야심만만한 요시코가 병들어 폐인이 되어 있는 다나카를 상대할 까닭이 없었다. 요시코는 가쓰코에게 거절 당하자 분풀이 삼아 다나카를 걷어차 버렸다.

이러는 동안 전쟁이 끝나고 전범 재판이 열리게 되었을 때, 맥아더 장군의 심복인 수석 검찰관 키이난은 다나카를 증언대에 불러 세우고, 종횡무진 군부 내막을 자유로이 폭로하게 만들었다. 재판이 끝나면 미국으로 데려가 준다는 약속을 하면서 비밀 심부름까지 시키는 키이난을 믿고 다나카는 안하무인이었다. 법정에서 음란한 표현까지 거침없이 하면서 호언장담, 갖은 광태를 다 연출했던 것이다.

재판이 끝났지만 키이난은 혼자 귀국했다. 이렇게 다나카의 허세와 호기는 가시고 극도의 불안은 병세를 재발케 했다. 다시 게이오(慶應) 병원에 입원했다가 퇴원, 그 뒤에는 거처와 생사를 알 수 없다.

—1948년 1월 5일자 《타임》에서는 다나카의 사진을 게재하고 몬스터(怪物)라는 설명 아래 이런 글이 실렸다.

"괴물 다나카는 동료를 배신한 탓에 침략자들로부터 암살당할 운명에 빠질 것을 각오하고 있다."

이 추측 기사가 적중했다. 그 뒤 다나카의 소식을 아는 사람은 아무도 없었다. 그때 나이가 58세였다.

도조·이타가키

일찍이 관동군 헌병대 사령관, 참모장을 지내면서 만주국에 대한 독재를 자행해 오던 도조 히데키. 그는 육군성 차관과 육군대신, 수상 겸 참모총장, 육군대신에 군수(軍需)대신까지를 한 몸에 도맡아 권력을 휘두르며 침략 전쟁에 앞장섰다. 나라의 운명을 헤어날 수 없는 수렁으로 몰아가 방해하거나 반대자는 잔인하게 제거하면서 호전마의 면목을 여실히 드러내었다. 1944년 7월에 퇴임, 예비역에 편입됐으나 역시 중신으로 육군을 대표하여 전쟁 속행을 강력히 주장해 왔다.

8월 15일, 패전의 날 낮 12시, 도조는 세다가야(世田谷)구에 있는 자택에서 가쓰코 부인 및 네 딸들과 함께 옥음 방송을 들었다.

"지금 그 방송이 반대 내용이었다면…… 전국민에게 마지막까지 항전을 명령하는 것이었다면…… 일본인은 막바지에 몰렸을 때 뜻밖에도 재기할 줄 아는 민족인데…… 참 애석한 일이야."

─9월 11일 오후, 드디어 운명의 시간은 다가왔다. 도조가 응접실에 들어앉아 독서하는 시늉으로 책을 펴들고 처신을 어떻게 하나, 고민하고 있을 때 골목 앞에 지프 몇 대가 들이닥치고 외국 신문기자들이 현관에 몰려들었다.

하녀에게 접대를 시키면 무슨 실수가 있을세라 부인이 현관으로 나갔다.

"도조 대장을 면회하러 왔습니다."

"마침 산책을 나가고 집에 안 계십니다."

"그러면 부인을 만나고 싶습니다."

"부인께서도 외출 중이십니다."

그녀는 하녀 시늉을 하며 딱 잡아떼었다.

오후 3시 무렵, 아무래도 소란스러운 주변이 심상치가 않아서 가쓰코는 응접실로 들어가 도조에게 사실을 알렸다.

"점령군 사령부에서 사람이 왔나봐요."

"그래? 허면 옷을 갈아 입어야지."

미리 준비해 두었던 군복을 가져다가 바꾸어 입으며 말했다.

"아무튼 부인은 애들과 이 집을 빠져 나가. 무슨 일이 있으면 친정에 가 있도록 하오."

"네, 그럼 떠나겠습니다."

약속해 둔대로 행동을 취할 때가 왔다고 부부는 똑같이 생각했다.

"빨리! 조심해서."

"네, 당신두 조심하세요."

가쓰코는 곧 뒷문으로 빠져 나가 딸들과 유랑의 길을 나섰다.

한편 도조의 저택에는 헌병이 몰려들었다. 집이 포위되고 곳곳마다 경비망이 퍼졌다.

"문 열어요."

잠겨진 현관문이 그대로 닫힌 채로 응접실 유리창이 열리면서 도조의 얼굴이 나타났다.

"잠깐 기다리시오."

유리창이 다시 닫힌 지 얼마 안 되어 응접실 안에서 요란한 총성이 일났다. 도조가 제 가슴에 총뿌리를 겨냥하고 방아쇠를 당긴 것이다. 반항하는 줄 알고 권총을 쏘며 응접실로 몰려왔을 때 도조는 피를 쏟으며 안락의자 위에 쓰러져 있었다. 구급차로 달려온 미군

군의관의 응급처치를 받은 뒤 요요기(代代木)에 있는 야전 병원에 옮겨진 도조는 다시 요코하마의 제98기병 사단 임시 병원으로 이송되었다. 여기서 그는 수술을 받았다.

13일부 조간 신문에 일제히 보도되었다.

"미군 당국의 노력 결과, 도조의 생명은 구할 것 같다."

이 기사를 읽는 사람은 모두 눈쌀을 찌푸리고 그를 비난했다.

"끝까지 치사한 놈, 자살 소동을 벌여서 체면을 유지해 구차하게 살아나려고 하다니……."

―요코하마의 육군 병원에서 치료를 받고 있던 도조는 10월 7일 밤 늦게 극비리에 오모리(大森) 수용소로 이감되었다. 이듬해 5월 3일에는 이치타니(市谷)의 육군성 본관에 자리 잡은 극동국제군사법정에 A급 전범 27명과 함께 끌려 나오는 신세가 되었다. 이 자리에서도 그는 비겁하고 용렬한 변명을 일삼았다.

오랜 심리 끝에 드디어 언도 공판의 날이 왔다. 1948년 11월 12일, 군사 법정에서 호주 출신의 웨프 재판장 입으로 형량이 선고된다. 그동안 세 명이 죽거나 발광해 제외되고 나머지 25명이 한 명씩 재판장 앞으로 나와 언도를 받았다. ABC순으로 하는 탓에 아라키 사다오(荒木貞夫) 대장이 처음이고 도조가 맨 나중이다.

육군대신에 문부대신을 지낸 아라키는 모닝 코트를 입고 법정을 다녀 대기실로 나왔다.

"판결은?"

묻는 말에 그는 대답했다.

"실사(糸)변이야."

교수형(絞首刑)이다. 그러나 종신형이었다. 종신의 종(終)도 실사 변이긴 하다.

관동군 고급 참모로 평톈 특무기관장으로 있던 도이하라의 차례가 되었다.

"도이하라 겐지(土肥原賢二), 피고가 유죄로 된 소인(訴因)에 의해 극동군사재판소는 피고를 교수형에 처한다."

재판장의 입에서 이 말이 떨어지자 그는 얼굴이 창백해지며 휘청했다. 기절하지 않나 싶을 정도였다. 헌병이 외투 자락을 활짝 펴서 막처럼 만들어 그의 몸을 가리우며 억지로 끌어냈다.

다음은 이타가키.

만주국을 만들어 낸 원흉인 그는 교수형 선고를 받자, 성큼성큼 한발 앞으로 나서며 귀에 끼었던 이어폰을 내려놓고 또박또박 걸어서 퇴출했다. 꼭 올 것이 왔다는 태도였다.

맨 마지막이 도조다. 대기실에서 담배만 피우고 있다가 차례가 되자 뒷짐 지고 씨익 웃음 지으면서 출정했다.

"교수형!"

그는 두어 번 고개를 끄덕거리다가 또 웃었다. 실성을 했나. 방청석이 있는 2층을 힐끗 쳐다보고는 퇴정했다.

1946년 5월 3일에서 48년 11월 12일까지 3년간, 개정 일수 423일, 1880여 시간에 걸친 재판은 이로써 막을 내린다.

교수대로 가는 길

    교수대는 일곱 개가 마련 되었다. 스가모(巢鴨) 형무소 서북쪽에 있는 여자 감방 뒤편이다. 교수대에는 각각 13개의 계단이 달려 있었다.

    판결이 있고 40일 만인 12월 22일 밤, 형무소 1층에, 처형자를 위한 조그마한 재실(齋室)이 준비된다. 교회사(教誨師) 하나야마 신쇼(花山信勝)는 몸을 추스렸다. 그는 인도 철학을 전공한 불승(佛僧)으로 동경대학 교수이기도 하다.

    자정이 가까울 무렵, 도조, 도이하라, 마쓰이 이와너(松井石根), 무토 아키라(武藤章) 4명이 손목에 저마다 수갑을 찬 채 다다미 석 장 크기의 비좁은 재실로 끌려왔다.

    재실 정면에는 불단이 있고 아마타 여래상을 모신 앞에 촛대, 향로, 과자(비스킷)를 담은 그릇 세 개가 나란히 놓여 있다. 그 오른쪽에 포도주 컵, 왼쪽에 냉수가 든 종이컵이 네 개 씩 가지런히 자리 잡았다.

    도이하라부터 차례로 분향을 한 뒤 붓을 들어 자기 이름을 쓴다. 사형수들이 포도주를 다 마실 때까지 기다려 하나야마가 물었다.

    "과자를 드시겠습니까."

    모두들 싫다고 했다. 그러나 하나야마가 한번 입을 댄 컵을 들어 갈증이 나는 듯 냉수는 모두 마셨다. 다음에 하나야마가 먼저 읽는 불경을, 입으로 받아서 따라 읽는다. 이것으로 준비 완료. 누군가가 만세를 부르자고 제안했다. 모두 찬성해 연장자인 마쓰이 대장의 선

창으로 3창했다.

"천황폐하 만세! 일본국 만세!" 무력해진 그들의 마지막 항의요 허세였다.

사형수들은 미국인 군목(軍牧) 월슈 소령과 하나야마의 선도로 엄중한 호위를 받으며 60미터쯤 떨어진 형장으로 향했다.

P자 표지가 붙은 죄수복에 편상화를 신은 4명은 틀니와 안경까지 빼앗긴 초라한 모습으로 교회사와 마지막 악수를 나누었다.

도조는 기운 없이 열세 계단을 올라갔다. 머리 위로부터 보자기를 덮어 씌운 목에 밧줄이 감긴다. 곧 마루가 꺼지면서 매어 달린다. 4~5분이 지난 뒤 도조는 시체가 되었다. 그때 나이가 65세.

두 번째로 이타가키, 히로타 고키(廣田弘毅=전 수상, 외상), 기무라 헤이타로(木村兵太郎=전 미얀마 방면군 사령관, 도조의 차관) 세 명도 같은 수속 절차를 거쳐 형장으로 향했다. 이타가키가 행군이라도 하듯 열세 계단을 절도 있게 걸어 올라갔다.

형 집행 입회인인 미국 대사 시볼트, 중국의 고진(高震)대사, 러시아의 텔레비양꼬 중장이 이 광경을 지켜보았다.

집행이 끝난 뒤 하나야마가 형장에 들어가 보았다. 벌써 입관을 마친 일곱 개의 관(棺)이 놓여 있었다.

23일 새벽 1시 30분경 지프의 선도를 받으며 고급차 3대가 스가모 형무소 정문을 빠져 나갔다. 3개국 입회인 일행이었다. 2시 5분에는 대형 트럭 2대가 지프차의 호위를 받으며 문을 나섰다.

요코하마에 있는 화장장으로 일곱 개의 시체를 나르는 트럭이다.

그리 춥지 않은 12월의 밤 하늘을 전투기 한 대가 형무소 위를 저공 비행하고 있었다.

"처형은 오전 0시 1분에 개시되어 0시34분, 종료했다."

미군사령부의 섭외국(涉外局)은 이렇게 발표했다.

아나미 고레치카·기타

무조건 항복을 결정하는 마지막 어전 회의에 참석한 육군대신 아나미(阿南)는 포츠담 선언 수락이 결정되자 천왕 쇼와 발아래 엎드렸다. 눈물을 흘리는 아나미를 굽어본 쇼와는 말했다.

"아나미, 자네 기분은 잘 알고 있어. ……아나미, 울지 말게."

이 말을 남겨 놓고 쇼와는 회의장을 나갔다.

아나미는 시종일관 최후 항전을 주장해온 군인이다. 원자폭탄과 B29의 공습 및 러시아 참전으로 항복을 서두르면 일본의 입장이 매우 불리하게 된다. 180만 정예부대를 이끌고 본토 결전을 감행, 적군에게 많은 타격을 준 뒤 끝내야 한다는 것이 그의 신념이었다. 개전이래 수많은 인명 피해로 미국은 초조해 있었다. 최후 혈전을 펼치지는 않더라도 그런 각오와 준비로 임하면 무조건 항복까지는 안 해도 된다는 게 아나미의 생각이었다.

"본토 결전으로 활로(活路)가 열릴 걸로 보는데. …… 육군은 아직 전쟁다운 전쟁을 하지 않았으니까 해 볼만한 일이야. 중신과 해군은 돼먹지가 않았어."

8월 14일, 항복 조서의 초안을 심의하는 회의장에서 이렇게 중얼거린 아나미는 슬쩍 자리를 빠져 나와 육군성으로 향했다. 등청하자 전원을 집합시킨 자리에서 성단(聖斷)이 내려진 이상 군인으로서 천황 뜻을 거슬러서는 안 된다고 훈시를 했다. 그가 가장 염려하는 것은 부하들의 반란이었다.

그날 밤 11시 조금 지나 아나미는 총리대신실로 스즈키 간타로(鈴木貫太郎＝마지막 총리대신) 수상을 방문했다.

"어전 회의에서 내가 줄곧 반대 의견을 말해 폐를 끼친 일을 사과하러 왔습니다."

그런 인사를 남겨 놓고 그가 관사로 돌아왔을 때는 자정이 가까운 시간이었다. 관사는 이미 폭격에 불타버리고 그 앞에 있는 비서관 관사인 초라한 2층 목조 건물을 임시 관사로 쓰고 있었다.

이 무렵, 아나미가 근심하던 사태가 도쿄 한복판에서 진행되고 있었다.

항복을 반대하는 청년장교들의 반발이 전염병처럼 번져만 갔다. 참모장교 하타나카(畑中), 이데(井出) 두 중령과 사사키 대위가 중심이 되어 군부 쿠데타를 획책해 궐기한 일이다. 천황 측근 간신배를 없애고 전쟁 종결을 배제하는 한편 군사 정권을 수립, 육군대신 손에 모든 정치 권력을 집중해야 한다는 생각이었다. 이 의논을 받은 아나미는 긍정도 부정도 하지 않았다. 정면으로 말리고 나서면 어떤 결과가 온다는 걸 그는 알고 있었다. 5·15 사건과 2·26사건이 잘 말해 주고 있지 않은가.

아나미의 이런 태도를 지지 찬성이라고 생각하면서도 한편으로 불안한 청년 장교들은 무엇보다도 강력한 협조자를 얻을 요량으로 고노에(近衛) 사단장 모리(森) 중장을 찾아갔다. 모리는 분명히 거부하면서도 태도는 신중했다. 장황한 막을 늘어놓아 시간을 끌 작정임을 알자 모리를 이데 중령에게 맡겨 놓고 그 방을 나온 하타나카는 아나미와 처남 남매 사이인 다케시타(竹下)중령을 만났다.

"다케시타, 협력하라. 청년 장교들은 모두 우리 편이다. 궐기 예정 시간은 새벽 두시, 이제 마지막 기회야. 육군대신 각하가 적극 출마해서 진두에 나서 주도록 설득하는 책임을 맡아라."

다케시타는 주춤했으나 순간, 위험하다는 것을 깨닫자 말했다.

"알았어. 그럼 나는 지금 곧 형님 관사로 찾아가서 설득을 펴기로 하지."

"부탁한다. 시간이 없으니까 지금 곧."

"음, 염려 말어."

이 말을 듣고 힘을 얻은 하타나카가 사단장실로 돌아왔을 때 이데 중령의 얼굴은 실망으로 창백해 있었다. 그는 귓속말로 속삭였다.

"사단장 각하가 뭐라구 해?"

"시원치가 않어. 시간을 끌어갈 작전이야."

"그래? 그렇다면, 방해자는 없애야 한다."

말을 마치기가 무섭게 그는 권총을 빼어들고 모리 중장을 저격했다. 사단장이 숨을 거둔 뒤 하타나카는 사단장 직인을 도용, 거짓 출동 명령을 발했다. 이 연락을 받은 동부군(東部軍)사령관 다나카 시르이치(田中靜臺) 대장은 곧 궁중으로 달려갔다. 벌써 무장 군인 일대가 궁중 일부를 점령하고 천황의 항복 방송 녹음판을 찾고 있는 중이었다. 다나카는 연대장을 호통치며 반란군의 체포 포박을 명령하는 한편 폭동 진압에 나섰다.

이 무렵 미야케자카(三宅坂)에 있는 육군 관사에서는 아나미의 다다미 방에 아나미와 다케시타 중령이 마주 앉아 있었다.

"……형님, 하타나카 일당에게 난동은 안 된다고 왜 분명히 말씀하지 않았습니까?"

"말린다고 될 일이 아니야. 오히려 일이 더 크게 번질 뿐, 소동이 확대될 염려가 있어서 가만 있었네."

"소동은 벌써 벌어졌습니다."

"내버려 두게. 큰집이 무너지는 판인데 어찌 그만한 소리쯤 안 나겠나. 그러나 대세를 뒤엎을 만큼 큰일은 없을 거야. 그건…… 저희들이 추대한다는 육군대신이 얼마 뒤에는 없어질 거니까 그 기별을 들으면 흥분도 저절로 가라앉겠지."

"네? 그럼 형님은……?"

"그래. 자살할 작정이야. 이걸 봐, 벌써 준비는 다 돼 있어."

"유서(遺書)로군요."

"음. 유영(遺詠)도 있지."

"형님께는 자살이 난국을 헤쳐나갈 한 방법이기도 하겠습니다마는 군이 이 소란한 밤을 택할 건 뭡니까?"

"우선, 자네가 반대하지 않는 게 고마워. 난 또 자네가 말리면 어떡하나, 걱정을 했어…… 내가 왜 오늘밤 안에 죽어야 하나…… 그건 내일, 아니 이제는 오늘이군. 정오에 있을 폐하의 방송을 차마 들을 수가 없어서야. 그리구 또 오늘이 바로 내 아버지의 제삿날이지. 어쩌면 20일에 자결할지도 몰라. 그날은 내 둘째 아들 녀석이 죽은 날이니까. 다케시타, 우리 술을 마실까?"

"네……."

두 사람은 마지막 잔을 나누며 화제를 딴 데로 돌리었다. 시계는 정각 2시를 가리킨다. 이때 갑자기 궁성이 있는 쪽에서 요란한 총성이 울려왔다.

"조용하지는 않을 모양이로군. 다나카의 동부군은 반란에 가담하지 않을 테니까 별일은 없겠지, 곧 진압이 될 거야."

다시 술잔을 든다.

다케시타는 아나미가 어지간히 취한 것을 알고 할복자살에 실패하지 않을까 염려가 되었다.

"형님, 약주가 너무 취하면 칼을 쓰는데 지장이 있지 않겠습니까?"

"아니, 검도 5단의 솜씨라 틀림은 없을 거야. 술을 먹으면 출혈이 많아져서 죽는 게 확실해져. 그러나 만일의 경우도 있는 거니까 그럴 때는 자네가 개착(介錯)을 해주게."

개착이란, 배를 가른 자살자가 숨이 끊어지지 않을 때 등 뒤에서 장검으로 목을 내려치는 것을 말한다.

"알겠습니다."

다케시타는 대답했다.

새벽 4시경, 식구들 접근을 엄금한 침실로 하녀가 달려왔다.

"뭐야?"

"저어, 오오키도(大城戶)각하께서 찾아 오셨습니다."

도쿄 헌병대 사령관인 육군 중장이다.

"그래? 다케시타. 자네가 나가서 용무가 무엇인지 물어봐 주게."

다케시타가 현관으로 내려갔다. 그가 다시 방으로 돌아왔을 때 아나미는 궁성 쪽으로 돌아앉아서 왼손으로 굵은 목덜미를 어루만지고 있었다. 오른손에는 금세 배를 가른 단도가 들려져 있다.

"형님! 개착할까요?"

아나미는 고개를 가로젓고 나서 단도로 오른목 앞쪽을 푹 찌른다. 붉은 피를 쏟으며 앞으로 꼬꾸라진다. 다케시타가 접근해 보니 동맥이 끊어지지 않았다. 의식만을 잃었을 뿐 죽지는 않은 것이다. 다케시타는 자기가 개착인으로 선정된 책임을 느껴, 칼을 쥔 아나미의 손등을 덥썩 잡아서 멱살을 깊이 찔러 주었다. 그러고는 대장의 훈장이 달린 군복 윗도리를 그 위에 덮어주고 유서 두 통을 그 옆에 내려 놓았다.

"한 번 죽음으로써 대죄의 용서를 빈다. 일본 불멸을 믿으면서. 육군대신 아나미 고레치카(阿南惟幾)."

다른 한 통은 노래 형식의 글이었다.

"천황 폐하의 깊으신 은혜로 멱감은 몸은 세상에 남겨놓을 한마디 말도 없다."

오전 8시 가까이, 아나미가 목을 찌른지 약 4시간 뒤에 그는 숨을 거두었다. 호전의 무인 하나는 이렇게 갔다. 일본이 세계 중심이고 야마토(大和) 민족이 세계에서 가장 우월하다고 믿는 광신자(狂信者) 한 명의 죽음은 그것만으로 끝난 것이 아니었다. 육군대신의 자결, 그것은 일본 군벌의 사실상 종말을 의미했다.

아나미를 이어 이날 자결한 장성은 여럿 있었다. 해군 군령부 차장 오니시 다키지로(大西瀧治郎) 중장, 헌병 본부장 시로쿠라 오시에(城倉美衛) 중장, 항공 본부장 데라모토 구마이치(寺本熊市) 중장, 전 관동군 사령관 혼조 시게루(本庄繁) 대장, 동부군 사령관 다나카 시즈이치(田中靜壹) 대장, 오사카 해군 감독부장 모리즈미 마쓰오(森住松雄) 중장, 제1총군 사령관 스기야마 겐(杉山元) 원수(元帥) 등…… 15일 아침 우가키 마토메(宇垣纏) 중장은 무조건 항복을 알면서 11대 특공 비행기를 인솔, 최후의 공격을 나섰다가 돌아오지 않았다. 단말마(斷末魔)의 마땅한 말로(末路)였다.

이날 정오 조금 지나, 도조의 둘째 딸 마키에(滿喜枝)의 남편인 고가 히데마사(古賀秀正)소령이 고노에 사단 사령부에서 권총 자살했고, 이밖에도 유명 무명의 군인들이 자결했다.

이 '버스'에도 타지 못한 무리들은 전범 재판 결과에 따라 도처에서 회한과 비탄 속에 죽어갔다.

고노에 후미마로

　말하자면 '만주사변'의 총책임자라고 할 수 있는 고노에 후미마로는 어찌되었나.

　가루이자와(輕井澤) 별장에서 휴양 겸 자숙하고 있던 고노에가 체포장이 왔다는 연락을 받기는 12월 6일이었다. 12일에 스가모 형무소로 출두하라는 내용이다. 뜻밖이었다. 그러나 이미 사흘 전 황족 원로 나시모토 노미야(梨本宮守正=方子 女史의 친정 아버지)에게 체포장이 왔다는 말을 듣고는 자기에게도 올 것은 마땅하다고 생각했다.

　나시모토는 이세(伊勢)신궁의 제주(齋主)와 검도 진흥 단체인 무덕회(武德會) 총재일 뿐인데, 이런 자까지도 전범 용의자로 지명한다면 어찌 고노에라고 면할 수 있겠는가.

　출두 기일은 16일, 앞으로 꼭 열흘 남았다. 11일에 별장을 내려온 그는 자택인 데키가이소(荻外莊)로 돌아와 대학병원 가키누마(怖沼) 박사에게 건강 진단을 받았다. 진단 결과 치질이 악화하여 옥중 생활을 감내할 수 없으니 출두 연기 신청을 내고 입원을 하라고 권고했다. 고노에는 대답하지 않았다.

　내일이면 출두해야하는 12월 15일 밤, 그는 자택에서 친구들과 작별 파티를 열었다. 파티 장소로 나가기 전, 고노에는 친구인 작가 야마모토 유조(山本有三), 2차 조각 때 내각 서기관장을 맡았던 도미타 겐지(富田健治) 등과 함께 쓸쓸히 이야기를 나누고 있었다.

"내일은 어떻게 할 거야. 출두할 거야?"

도미타가 물었다.

"……"

이번에는 야마모토가 말했다.

"출두를 안 할 작정이라면 도조 같이 꼴같잖은 짓은 말게."

"음."

야마모토는 이미 고노에의 결심을 알고 있었다. 석 달 전 하시다 구니히코(橋田邦彦)가 자살했다. 하시다는 제1고등학교 교장인 의학 박사인데 고노에 내각의 문부대신을 지낸 사람이다. 스가모 형무소에 출두하라는 명령을 받은 그를 연행하려고 형사가 찾아온 9월 14일이었다.

"잠깐 기다려 주시오."

그러고는 서재에 갔다가 나오더니 말을 마치기도 전에 현관에 넘어져 그대로 숨을 거두고 말았다.

"자, 갑시다."

고노에가 그의 빈소로 문상을 갔을 때 하시다 부인을 붙들고, 고인의 자살하기 전의 심경을 물었다.

"얼마나 상심이 크십니까." 그 현장을 목격한 야마모토는 고노에가 오늘 내일 죽으려 다짐함을 짐작할 수가 있었다.

"왜 죽어야 했는지 그 이유를 기록으로 남겨놔 주게."

"나카노 세이고(中野正剛)는 생전에 논객(論客)으로 이름을 날렸지만 마지막 순간에는 한마디도 남겨 놓은 말이 없어."

"만주사변은 실패였어. 장제스 정권을 상대하지 않았던 것도 잘못이었지. 그러나 사이토 다카오(齋藤隆夫)가 국회에서 나를 공격한 건 대세를 옳게 판단한 게 아니야. 사이토는 아무것도 모르는 늙은이야. 내가 만든 대정익찬회(大政翼贊會)는 나치가 아니라고. 익찬회를 나치와 같은 일당 독재 기관으로 만들라고 주장하던 무리가 이제 와서 '그건 파쇼였다'고 하는 건 우습기도 하고 비참하기도 해. …… 자, 우리 얘긴 이만하고 응접실로 나가세, 모두들 기다리고 있으니까."

송별 파티는 성대했다. 고노에는 위스키를 마시면서 손님들과 담소했다. 어느 날과 변함없는 평정한 태도, 어둡거나 침침한 분위기가 아니었다.

손님들이 돌아간 뒤, 고노에는 목욕을 하기 위해 욕실로 갔다. 이 사이에 작은 아들 미치타카(通隆)는 아버지가 독약이나 권총을 감추어 두지 않았나 싶어서 서재와 설합을 뒤지며 어머니 지요코(千代子)에게 말했다.

"어머니도 같이 좀 찾아 봅시다."

그러자 지요코의 대답은 이러했다.

"너희들끼리나 찾아보아라. 나는 아버지가 원하시는 길로 가게 해 드리고 싶으니까 찾지 않겠다."

늦은 밤 11시경 고노에는 침실로 돌아왔다. 그는 부인에게 당부했다.

"머리맡에 냉수 그릇을 잊지 말도록."

미치타카가 아무래도 마음이 놓이지가 않아서 물었다.

"오늘밤은 마지막이니까 제가 모시고 같이 주무실까요?"

"아니, 혼자서 자야 더 깊이 잠들 수가 있지. 다른 날과 마찬가지로 난 혼자서 잘 테다."

"내일은 출두하시는 거죠?"

"……."

"그럼 안녕히 주무십시요."

"미치타카, 나하구 잠깐 얘기하다 가지 않겠니?"

나가려던 차남이 도로 앉았다. 고노에는 아들을 데리고 앉아서,

중·일 전쟁 해결을 위해 노력한 것과 대미 교섭 경위 등을 말하고 자기 성의와 입장을 이해해 달라고 호소했다.

"아버지, 글로 써주실 수는 없겠습니까?"

"그러자. 내 심경을 문장으로 적어보자."

고노에는 벼루함 뚜껑을 받침대 삼아서 연필로 글씨를 쓰기 시작했다.

나는 만주사변 이래 정치상 많은 과오를 범했다. 여기에 대해 깊이 책임을 느끼고 있지만 소위 전쟁 범죄인으로 미국 법정에서 재판을 받는 것은 참고 견디기 어려운 일이다. 나는 만주사변의 책임을 통감하는 까닭에 이 사변 해결을 최대 사명으로 삼았다. 그 해결의 길이 미국과 양해에 있다는 결론을 얻기에 이르러 미·일 교섭에 전력을 다 기울여 왔다. 이제 미국으로부터 범죄인 지명을 받는 일은 참으로 분하고 억울하다. ……(중략)…… 전쟁에 따르는 흥분과 격정, 승자의 지나친 고자세와 패자의 과도한 비굴, 고의의 중상과 오해에 기인한 유언비어와 들끓는 여론이란 것이 언젠가는 냉정을 되찾아 정상으로 돌아올 때도 있겠지. 그때 비로소 신의 법정에서 정의의 판결이 내려지리라.

이것이 유서였다. 다음날 아침 6시경 부인 지요코가 침실로 갔을 때 고노에는 이미 싸늘한 시신이 되어 있었다. 머리맡에 갈색 빛깔을 한 낯설은 약병 하나가 놓여져 있다. 그는 청산가리가 들었던 이 병을 목욕탕 안에까지 갖고 들어갔던 것이다.

이날 아침 고노에가 자살한 책상 위에는 오스카 와일드의 옥중 생활 회상록(De profundis=옥중기) 원서가 펼쳐진 채 놓여 있었다. 여기 저기 빨간 연필로 언더 라인을 친 곳이 눈에 띈다.

우리 사회에는 나를 용납할 여지가 없다. 불러주는 곳도 없다. 그러나 정의와 부정 모두에게 자비로운 비를 내려 주는 자연이 나를 위해서 숨을 수 있는 바위 틈이나 고독에 쌓여 혼자 울 수 있는 골짜기를 제공해 주실 것이다……!

고노에는 55세를 일기로 음독 자살했다. 오스카 와일드의 불건강한 탐미(耽美)주의와 비참한 죽음하고 어딘가 공통점이 있는 것 같기는 하다.

그물을 벗어난 자들

만주 침략의 설계자 이시와라 간지(石原莞爾) 중령은 중장까지는 진급하였으나 종전을 5개월 앞두고 예비역 편입이 된 탓에 3년째 되는 해에 병석에 누워 임종했다. 늘그막에 그는 열렬한 일련종(日蓮宗) 신자로 자책과 속죄의 길을 걸었다. 지금까지도 고향인 쓰루오카(鶴岡)시에 있는 그의 무덤 앞에는 '南無妙法蓮華經'이라고 쓴 목패가 세워져 있다―.

세균 부대장으로 악명 높던 의학 박사 이시이 시로(石井四郎) 중장은 전쟁이 끝난 지 14년 만에 후두암(喉頭癌)으로 죽었다. 그의 고별식에 조문객이 천여 명이나 모였다는 건 일본이 아니고는 보기 드문 기적에 속한다.

이밖에도 살아남은 수많은 장성과 고급 장교들은 각각 서투른 직업을 찾아 흩어졌다. 승려가 된 자, 농사를 짓는 자, 또는 사기꾼이 되어 수표 위조단에 가담한 자…… 직업은 다양했다. 이 가운데에서 가장 현저한 영락의 표본을 육군 소장 고오리 가쓰시로(桑折勝四郎)에게서 찾아 볼 수 있다. 그는 군복을 벗자 길거리 구두닦이가 되었다. 세타가야(世田谷) 부근에 비좁은 가게를 열어 행인의 신발을 닦고 구두 수선을 하며 구차한 목숨을 이어갔다.

군국주의와 침략 국가의 너무나도 영절된 말로―.

이것이 호전마들의 벌거벗은 모습이었다.

제5장

최남선과 건국대학

만주 건국대학

만주건국대학은 이시와라 간지(石原莞爾)에 의해 만주국 신설 대학 설립 필요성 제안에서 출발, 이타가키 세이시로(板垣征四郎) 육군 참모가 찬동함으로써 잉태된 대학이다. 대학 창설과 대학 구상을 구체화하며 건국대학 창설에 실질적으로 움직인 것이 가다쿠라 다다시(片倉衷), 쓰지 마사노부(辻正信) 등 관동군 참모들이었다. 호시노 나오키(星野直樹), 협화회의 간기치 쇼이치(神吉正一), 도조 히데키(東条英機) 등도 참여했다.

거기에 찬동하는 청년사관들 중에는 아시아 여러 나라에서 초일류 인물들을 모으자며 초빙할 인재 후보를 고르기 시작하는 이도 있었고, 호적(胡適), 주작인(周作人, 노신의 동생), 트로츠키, 라치모어 교수 등 여러 인물들 이름도 있었다.

이시와라가 처음 '아시아대학' 창립에 관한 구상을 제안했는데 그 안은 민족 협화를 기본 이념으로 이상 국가 만주국을 만들기 위해 '지도 원리'를 확고히 하려는 것이었다. 지도자 양성을 만주국에서 실천하고, 만주국 건국 이념을 완성하기 위해 아시아 대학이 필요하다는 것을 강조한 것이었다. 쓰지 마사노부는 1936년 말부터 이 안을 실질적으로 작성하고 동경대 교수 히라이즈미 노보루(平泉澄)에게 대학 창설을 의뢰했다. 히라이즈미는 내지(內地) 설립 위원으로 가케이 가쓰히코(筧克彦), 사쿠다 소이치(作田莊一), 니시 신이치로(西晉一郎) 등 세 박사를 추천했다. 그 네 명이 설립 위원으로 위촉

받아 창설 활동의 중심이 되어 구상을 짜냈다.

1937년 5월 2일, 대학 부지는 창춘 교외의 환희령(歡喜嶺)이다.

'창춘 지도 위에 되는 대로 손을 올렸다. 그곳을 건국대학 부지로 정했다.'

그 지도 위에 츠지 마사노부는 손을 올렸다. 그의 손 면적으로 재면 약 65만 평이었다. '이곳에 교사와 도서관, 기숙사(학원이라 불렸다), 광대한 농지를 조성할 수 있으리라!'

그러나 제국대학과 같은 교육방법이 아닌 민족협화를 위한 '공학공숙(共學共塾)', 즉 아시아 여러 민족 학생들이 기숙사 생활을 하고 식사도 공부도 함께하며 싸움도 서로 민족어로 하는 대학. 그런 대학 설립을 목표로 한 이시와라의 안건은 히라이즈미 키요시, 가게이 카즈히코 등 창립위원이나 참모장 도조 히데키에게 반대를 받아 대학명도 '아시아 대학'에서 건국대학으로 바뀌게 된다.

1937년 7월 15일부터 3일 간 신징에서 국무총리 장징후이(張景惠)를 비롯해 동경설립위원과 현지 위원들이 모여 최종 설립 회의를 가졌고, 건국대학 설립요강(建國大學設立要綱)과 건국대학령안(建國大學令案)을 심의하였다. 아시아대학에서 건국대학으로 변경, 1937년 8월 5일, 칙령 제234호인 건국대학령(建國大學令)이 공포되어 1938년 5월 2일, 만주국 황제가 임석(臨席)하고, 부총장 사쿠다 소이치(作田莊一), 건국대학을 낳은 관동군 장성들이 참석한 가운데 푸이(溥儀) 황제의 칙서 반포를 시작으로 만주건국대학 입학식이 거행되었다.

건국대학은 민정부(民政部) 소속이 아니라 국무총리 직속 문화 대학으로 이례적인 것이었다. 건국대학이 가진 목적은 기존 대학과는 다른 독자적 측면으로써, 만주국 '건국 정신을 체현'하고 신국가 건설에 이바지할 인재를 양성하는 것이었다. 만주건국대학은 건국 이념을 실천하는 장(場)의 하나로써 '오족협화'를 실현하기 위한 인재

양성 목적 이데올로기를 가진 대학이었다. 건국대학 창설 무렵에 발표한 건국대학령을 보면 구체적으로 이런 슬로건을 내걸어 그 의도를 뚜렷하게 제시하고 있었다.

"건국정신의 정수를 체득하여 학문을 연마하고 몸으로 그것을 실천하고 도의세계건설의 선각적 지도자인 인재를 양성한다"

건국대학 입학생의 대우는 좋았다. 창춘까지 여비, 침구와 신발 등이 지급되었고, 학용품이나 교과서는 무료, 식비에 의료비까지 대학 측에서 부담했고, 다달이 용돈도 나왔다.

그때부터 관동군 의도가 진하게 반영되어 있던 대학이 꽃을 피우는 것은 빨랐다.

그 계기가 된 것은 기숙사에서 야간 자습시간을 이용해 일주일에 한 번쯤 이루어지던 좌담회였다. 처음에는 마을에서 지나가다 보이는 일본인의 오만한 태도가 화제가 되었다. 하지만 그 뒤에는 일본의 만주 개척이 토지를 빼앗고 현지인을 비참한 생활로 내몰고 있는 상황을 중국인이나 조선인 학생들이 호소하는 등 좌담회는 차례로 정치토론의 장이 되어 갔다.

1938년에는 견학여행에서 관동군이 매수라는 명목으로 강제 농지 수탈 현장을 보고 학생들은 오족협화, 왕도낙토가 이름뿐이었다는 사실을 깨닫게 된다. '이상과 현실 사이에 너무나 심한 차이를 보이는 이 상황을 어떻게 해결할 수 있을까……' 걱정하고 진지하게 고민하던 일본인 학생 7명이 기숙사에서 빠져나가 수업에도 나오지 않고 마구간에 틀어박히는 사건이 일어나게 된다.

최남선은 1939년 5월 건국대학의 교수로 취임했으며, 건국대학 연구원으로서 민족연구반과 역사연구반에 소속되었다.

4년이 지난 1942년, 관동군 헌병이 반만항일(反滿抗日)운동 용의로 건국대학에 다니던 많은 학생들을 붙잡아 갔다. 그 3년 뒤에는 러시아군의 만주침공으로 건국대학도 문을 닫게 된다.

마구간 농성을 벌였던 학생들 가운데 한 명인 이와부치 카츠오는 넓고 아득한 65만 평의 교내 조원 계획했다. 말을 몰고 다니며 술집에서 술을 마시던 것이 발견되어 입학한 지 반 년 만에 퇴학 당한 우다 히로시가, 그 뒤 뤼순(旅順)고등학교에서도 반 년 만에 퇴학당하게 되면서 친구에게 건넨 이별 노래가 뒷날 히트곡 '북귀행(北帰行)'이 되었다는 등 건국대학을 둘러싼 화제는 수없이 많다.

만주국을 설계한 책략가 기시 노부스케

기시 노부스케. 그는 쇼와(昭和)의 요괴라고 불린다. 전쟁범죄 혐의로 스가모(巣鴨) 교도소에 들어가 있던 3년 동안 공백이 있었지만, 전쟁이 끝난 뒤 경제부흥의 초석을 만든 것은 관계(官界), 경제계 인맥이 힘이 되어주었기 때문이다.

만주국정부 국무원(國務院)에서 상사였던 호시노 나오키(星野直樹)는 비꼼을 담아 말했다.

"기시가 만주에 왔을 때에는 일개 관리에 지나지 않았지만, 돌아갈 때는 터무니없는 정치가가 되어 있었다."

무엇이든 활개를 치고 마성(魔性)이 깃들었다는 말이 나돌던 만주야말로 기시를 요괴로 만든 신천지(新天地)였다.

학생 시절 그는 친구에게 진지한 얼굴로 물었다.

"나는 조슈(長州) 출신 중에서 몇 명째로 총리가 될까?"

실제 재상에 오른 기시에게 인기가 없었던 이유는 지나치게 똑똑해서 국민들과 거리감을 미처 메우지 못한 점도 있지만, 환상으로 끝난 만주를 향한 회의적 감정이 그를 따라다녔기 때문이리라.

일본이 나라의 운명을 걸고 세운 만주는 '일본에서는 이룰 수 없었던 일대국가(一大國家) 프로젝트'의 본보기 사례이다. 신징(新京, 오늘날 창춘(長春))역 앞 야마토 호텔을 시작으로, 자금성(紫禁城) 지붕과 도쿄 국회의사당을 본떠 만들어진 국무원, 위용을 자랑하는 경제부, 만주중공업 본사빌딩, 만주철도지사, 만주중앙은행, 붉은 벽돌로 지은 관동군사령부, 만주영화협회 등등. 게다가 다롄(大連), 펑텐(奉天, 오늘날 선양(瀋陽)), 하얼빈을 세계에서 가장 빠른 만주철도 아시아호가 그 뒤를 잇고 있었다.

오랜 시간이 흐른 지금에 이르러 만주는 달콤한 향수(鄕愁)와 함께 전쟁이 일어나기 전 만주를 아는 사람들에게는 대도시(大都市)를 세웠다는 성취감을 느끼지 않을 수 없다.

하지만 전쟁이 끝난 뒤 만주는 중국대륙 침략이라는 부정적 시선으로만 비치게 된다. 만주국정부를 세우고 아편을 취급하던 사실을 들키면서 만주경제를 조종하는 역할을 맡던 재상 기시 노부스케의 인기는 바닥으로 치닫게 된다.

기시의 머릿속 구조는 몇 층으로 나뉘어 있었다. 복잡하게 뒤엉켜 있기에 이해하기 어려운 인물이다. 대체 기시와 만주를 이은 사상적 핵심의 출발점인 대아시아주의란 무엇이었는가.

기시가 야마구치현(山口県)에서 태어난 1896년은 청일전쟁이 끝난 이듬해이고, 러일전쟁이 끝난 것은 그가 10세 때였다.

그때부터 대아시아주의가 일어났다. 숱한 서양 나라에 의한 지배에서 해방과 아시아 자립을 목표로 한 주장이지만 일본과 중국, 조선 관계에서부터 시작되었다. 러일전쟁이 끝나자 아시아 혁명세력을 지지하는 사상이 되어 일본을 동맹 우두머리로 내세운 아시아 신질서 구축으로 발전, 최종적으로 대동아공영권(大東亞共榮圈) 계획으로 이어졌다.

그러나 1950년 일본의 패전으로 근대 아시아주의가 끝나고 자연히 서양의 식민지 지배를 받고 있었던 나라들은 독립을 맞이했다.

더욱이 이 흐름과 인도 독립운동을 지원하며 나타난 오카와 슈메이(大川周明)에게 젊은 기시 노부스케는 마음을 빼앗기게 된다.

대학생 시절 기시가, 국가개조론에서 몇몇 육군 청년장교들의 사상적 지주가 되는 기타 잇키(北一輝)보다도 사상적 영향을 받은 것은 실제로 오카와 슈메이이다. 기시가 관심을 가진 것은 영국에게 지배당하는 인도의 참상에 충격을 받았던 오카와에 의한 일본을 동맹의 우두머리로 세운 아시아 민족 연대 사상이었다.

  그런 기시의 눈을 만주로 향하게 한 계기가 있었다. 식민지 인도에 대한 오카와의 연구논문이, 만주철도주식회사 총재(總裁) 고토 신페이(後藤新平) 눈에 띄면서, 1918년 고토의 권유로 오카와가 만철 동아경제조사국 편집과장이 된 것이었다. 그때 기시는 아직 대학생이었는데, 오카와와 꽤 자주 만난 것은 바로 이러한 때였다.

  실제로 기시는 1920년 농상무성(農商務省)에 들어간 지 얼마 되지 않아 만주를 손아귀에 넣기는 했지만 그는 줄곧 말했다.

  "그때는 아직 대동아공영권이라는 사상은 없었으나, 내가 만주로 가기로 마음먹은 그 밑바탕에 오카와의 사고방식이 있었다는 사실을 부정할 수는 없다."

  젊은 기시가 가진 국가주의 사상은 동경대 법학부에서 지도교수였던 우에스기 신키치(上杉慎吉)의 국수주의, 기타 잇키의 국가사회주의, 거기에서 파생한 오카와 슈메이의 대아시아주의에서 여러 요소를 흡수한 것이다. 그러나 거기에 그치지 않고 마르크스와 엥겔스가 쓴 책에도 몰두했다는 사실을 스스로도 인정하고 있지만, 현실감을 동반하지 않는 허황된 이론이라는 생각에, 그는 곧 덮어 버렸다.

  "끌리지 않는군."

  뒷날 그가 주장한 국가이론, 통제경제이론은 오카와의 대아시아주의를 시야에 넣음과 동시에 기타 잇키의 국가개조론과 한계에 이른 국내 산업에서 벗어나 대외팽창론(對外膨脹論)을 하나로 만든 국가사회주의에 살을 붙이면서 구축해 사상을 체계화한 것이리라.

더구나 기시는 한낱 이론가가 아닌 뛰어난 행정능력을 가진 인물이었다. 1927년 무렵 금융 불황이 한창일 때, 기시는 외쳤다.

"생산기술, 판매조직, 경영관리를 질서 바르게 정리, 통제해 강력한 국가체제 아래 산업합리화를 진행한다. 막다른 벽에 부딪친 산업구조를 뿌리부터 바꾸겠다는 계획을 세운다.

그 커다란 전환기는 상공성(商工省, 이제까지 일하던 농상무성(農商務省)에서 분리했다) 공무국장일 때 찾아왔다. 관동군 참모들을 시작으로, 도쿄 육군성(陸軍省)과 참모본부 중견장교들에게서 여러 번 권유를 받았던 것이다. '부디 만주로 와 주게. 부탁이네.'

하지만 기시에게 열렬한 시선을 보내던 자들 가운데에는 그가 만주로 건너가기 반 년 전에 2·26 사건을 일으킨 청년 장교들도 있었다. 모두 기시의 국가이론과 상업합리화를 바탕으로 한 통제경제이론의 신봉자들이었는데, 그의 이론으로 불경기를 해결할 대책으로 믿었다.

만일 그 청년 장교들이 일으킨 쿠데타가 성공해 새로운 정권이 세워졌다면, 기시는 틀림없이 삼고초려(三顧草廬)하여 각료(閣僚)로 모셔졌을 것이 분명하다. 기시 노부스케는 그 무렵 일본이 원하던 '시대의 총아(寵兒)'였다.

나라를 세운 지 아직 얼마 되지 않은 수도 신징(新京)의 만주국 실업부(實業部) 총무사장(總務司長)에 39세 기시가 취임한 것은 1936년 가을이었다. 이듬해에는 산업부 차장 자리에 오르고 동시에 총무청 차장으로 올라갔지만, 산업부장은 명색뿐인 만주인이었으므로, 실제로는 그가 만주 산업의 우두머리로서 실력을 발휘했다.

그때 총무장관은 대장성(大蔵省)에서 온 호시노 나오키(星野直樹), 기시는 그의 보좌역이었지만, 호시노는 산업에 어두웠기 때문에 사실상 만주 경영은 기시의 손에 달려 있었다. 그는 만주국정부 관료들과 관동군 인맥뿐 아니라 산업과 깊은 관계를 가지면서 재계인들 중에서도 인맥을 만들어 나아갔다.

자주 듣는 말로 '2키 3스케(ニキ三スケ)'가 있다. 그중 한 사람인 아유카와 요시스케(鮎川義介)는 '전원 기숙사 체제인 스가모(巢鴨) 대학교에서 공동생활을 함께 즐긴 사이다. 2키는 호시노 나오키와 도조 히데키(東條英機)이다. 신징에 본부를 두는 관동헌병대사령관인 도조 히데키는 기시와 매우 친밀한 사이였는데, 훗날 기시와 호시노 둘 다 도조내각을 떠받치는 각료가 되었고, 기시 상공상(商工相) 차관에는 직계 부하 시이나도 있었다. 기시와 도조 관계는 중일전쟁, 태평양전쟁을 향해 차츰 깊어져 간다.

기시를 관료, 정치가로서 성장하게 한 또 하나의 요인은 관동군 내부 인맥이었다. 도조, 이타가키 세이시로(板垣征四郎), 이시와라 간지(石原莞爾)를 시작으로 역대 관동군 참모장, 참모들과 친분이 있었기에 두려울 게 없었다.

그때까지 만주국정부는 인사부터 행정까지 참견을 하는 나쁜 버릇이 있어서 관리들을 모두 울게 만들었다.

"관동군이 피를 흘리며 세운 것은 우리들이다."

그러나 기시는 참모장 이타가키 세이시로에게 하고 싶은 대로 해라 보증을 받았기에 떠들어 대는 참모는 안중에도 없었다. 리턴 보고서로 알려진 리턴 경(卿)이 몇 년 뒤 이렇게 회상했다. '만주의 진정한 지배자는 관료이다'

3스케는 기시 말고도 마쓰오카 요스케(松岡洋右, 만철 총재, 외상 (外相))와 아유카와 요시스케(만주중공업 총재)로, 모두 조슈 출신으로 혼척(婚戚) 관계라는 인연으로 이어져 있었다.

마쓰오카와 만철로 이어지는 이토 타케오(伊藤武雄)는 기시와 제일고등학교, 동경대 법학부에서 동급생이었다. 닛산(日産) 총재 아유카와를 만주로 잡아끈 것은 기시였지만, 만주 산업발전에서 하나의 중요한 역할을 맡은 닛산 산하기업 경영자들과도 이어진다. 다카사키 다쓰노스케(高崎達之助, 전쟁 뒤 통산상)는 아유카와를 이은 만주중공업 총재로 물론 기시의 만주 인맥 가운데 한 사람이다.

동경대 법학부 출신이라는 학벌은 기시가 일본 중앙관청과 재계에 넓은 인맥을 만드는 데 큰 도움이 되었다. 그는 만주 밤의 제왕이라 불린 아마카스 마사히코(甘粕正彦)와 서로를 위해 자기 목을 내놓아도 아깝지 않을 우정을 나누었다. 또 기시는 만주영화협회의 인기인 리향란(李香蘭, 야마구치 요시코(山口淑子)) 응원단장이기도 했다.

사람을 잘 사귀는 성격은 인맥을 넓히는 데 없어서는 안 될 요인이다. 동경대 법학부 후배 후루미 다다유키와 교류하는 방식에 뚜렷이 드러나는 것처럼, 기시는 주변 사람들을 정성껏 돌보았다.

뒷날 후루미는 기시 뒤를 이은 총무청(總務廳) 차장, 더욱이 장관을 맡았고 아마카스 마사히코와 협력하여 만주국정부의 어두운 부분인 아편 취급 총괄자임을 스스로 인정했다. 아마카스와 함께 만주가 쇠퇴하는 것을 바라보았고, 종전 뒤에는 전쟁범으로 러시아, 중국에 18년 동안 억류된다. 귀국한 뒤에는 기시를 감싸 안았다.

"아편은 아마카스와 선배 기시와는 아무런 관계가 없습니다. 전부 제가 혼자서 저지른 일입니다."

전쟁이 일어나기 전에도 기시의 보살핌을 받았고, 일본에 돌아온 뒤에는 도쿄 도매센터 사장 등을 맡아하며 경제계에서 활약했지만, 기시의 존재가 없이는 불가능한 일이었다. 전쟁이 일어나기 전 천왕 쇼와(昭和) 역사의 주된 주제는 만주였는데, 기시 노부스케는 거기서 키운 인맥과 정치력을 이용하여 전쟁이 끝난 뒤 정치계에 커다란 발자취를 남겼다. 결국 그가 가진 따스한 사람의 힘이었다고 말해야 할 것이다.

만주땅에 우뚝 선 사나이 이시와라 간지

1889년 1월 이시와라 간지(石原莞爾)는 야마가타현 니시타가와군 쓰루오카 순사, 이시와라 게이스케의 셋째 아들로 태어났다. 보면 기분이 좋아지는 아이라는 뜻으로, '간지(완이 미소를 띠우는 모양)'라 이름 붙여졌다. 이시와라 집안은 쇼나이 사카이 집안의 가신(家臣)으로, 신슈 마쓰시로 번(다이묘) 시대에 이백석(二百石 무가시대의 봉록 단위)으로 불러들여졌다. 미카와 이래의 중신인 이시와라 집안과는 다른 계통이었다.

그는 아츠미, 카리카와, 후지시마, 쓰루오카의 초등학교를 다녔다. 누나 두 사람이 아이를 보살펴줄 겸 함께 아츠미 초등학교 데리고 다녔다. 교장이 이시와라에게도 함께 시험을 볼 수 있도록 해주자, 1학년들 중 1등으로 시험을 잘 봤다. 1년 동안 자택에서 준비교육을 받았다는 명목을 만들어 다음 해, 여섯 살에 2학년으로 편입했다.

성적은 우수했지만 몸가짐 점수가 낮아 손쓸 수 없을 만큼 장난꾸러기였던 반면, 병약했다. 1901년 초등학교를 졸업하고 야마가타 현립 쇼나이 중학교(현재 야마가타 현립 쓰루오카 남고등학교)에 입학한다. 1학년 때는 1년 5개월 재학기간 동안 결석을 한 번도 하지 않아 표장을 받았다. 게이스케는 1903년 한노 분서장을 퇴직, 이후 4년 동안 쓰루오카의 서쪽에 자리한 가모시의 시장을 지냈다.

1907년 12월 이시와라 간지는 육군사관학교에 입학한다. 제21기생이었다. 2년제로, 상급생이 군기를 너무 심하게 잡아 하급생을 자주 때리곤 했다. 유년학교와 중학교 출신자는 들고일어났다. 이시와라는 여전히 열심히 도서관을 다니며 전쟁 역사, 사회과학, 철학을 배우고 유명한 업적을 세운 군인들을 방문했다. 과학성적은 보병 250명 가운데 3등이었다. 그러나 태도나 복장에 문제가 있고 상관에게 모욕을 주는 언동을 했기에 졸업성적은 6등이었다. 5등까지는 천황이 하사하는 은시계가 수여되었다고 한다.

1909년 5월, 메이지천황이 참석한 가운데 사관학교를 졸업한다. 보병 제32연대로 복귀해 견습사관으로서 반년 동안, 병사들과 함께 기거했다. 12월 소령이 되어 새로 지은 와카마쓰 보병 제65연대로 들어간다. 뒷날 이시와라는 이 연대를 일본 육군 가운데 가장 긴장감 넘치는 연대로 만든다. 동북 각 연대들이 모두 기피하는 인물들을 모은 그는 이렇게 회상했다. '가장 유쾌한 시간을 보낸 가장 행복한 시절이었다.'

이시와라의 유일한 취미는 사진이었다. 그는 첫 월급으로 카메라를 산다. 연대가 속한 제2사단에 한국 주차(조선 시대에 일정 격식을 갖추지 않고 사실만 간략히 적어 올리던 상소문) 명령이 내려졌기에 1910년 4월 부대는 연대본부가 있는 용산 북동, 교통의 요충 춘천에 주둔한다. 7월에는 한국병합을 앞에 두고 수도 한성(서울) 치안유지를 위해 이동한다. 1911년 제3대 연대 기수가 되었다. 비교적 한가한 직위라서 독서와 연구 시간을 보낼 수가 있었다. 10월 신해혁명이 일어나자 부하를 데리고 가까운 산으로 올라가 서쪽을 바라보게 하고는 중국혁명 만세라 외치도록 했다.

1912년 5월에는 아이즈와카마쓰로 귀환, 중대부로서 교육훈련을 맡았다. 이시와라는 신병에게 가장 엄격한 훈련을 시키는 장교였다. 그러나 병사는 신에 가까운 존재로서 경의를 표했다.

1913년 2월 중령으로 진급을 한다. 근무성적이 좋고 품행이 바르며 신체 건강, 두뇌가 명석하다고 소속장이 인정한 소, 중령이 육군대학교 시험을 쳤다. 이시와라는 썩 내키지 않았지만 연대에서 육대 입학자가 나오지 않으면 체면이 서지 않는다는 연대장 명령으로 시험을 칠 수밖에 없었다. 약 8백 명이 시험, 합격하는 사람은 60명밖에 안 되는 어려운 시험이었다. 동기가 된 아나미 코레치카는 4번째 시험을 쳐서 합격한다. 이시와라의 육군대학 입학은 1915년 12월로 제3기생이 되었다.

재학 중 가장 깊이 고민한 문제는 러일전쟁에 대한 의문이었다. 러시아가 항전한다면 일본의 승리는 위험해진다고 분석한 것이다. 다이쇼 초기, 말에서 내릴 때 칼자루로 요도 아래쪽을 쳐서 피오줌이 나왔다. 이것이 평생 이시와라를 고생케한 오래된 병의 원인이 되었다. 1933년 보병 제4연대장으로 지낼 때 혈뇨가 자주 나와서 도호쿠 제대(東北帝大) 의학부 부속병원 외과에 입원했다.

2학년 여름 다카다 포병연대에서 근무하고 카와이 츠쿠노스케를 조사했다. 이것이 졸업논문으로 결실을 맺는다. 3학년 봄방학에는 만주, 조선의 전쟁 흔적을 찾아보는 연수 여행이 있었다. '소견 없음.' 이시와라는 이렇게 보고했다. 부모님의 권유로 결혼을 하지만 도쿄에 동반하지 않고 2개월 뒤 이혼을 한다.

1918년 11월 천황이 내린 군도를 수여받지만 2등으로 졸업한다.

육군학교를 졸업한 이시와라는 부대로 돌아가 대령으로 진급을 하고 반년 뒤 1919년 7월, 교육총독부에 소속된다. 업무는 개정된 모든 전범령 원본과 인쇄된 것을 조합, 오자와 탈자를 찾아내고, 서류 정리, 각 사단장의 훈시를 읽는 것으로, 이시와라에게는 만족스럽지 못한 일들이었다. 8월 군인의 딸 육군대학 교관의 처제와 결혼을 한다.

재직 중 니치렌(가마쿠라 시대의 승려이자, 일련종의 시조가 된 인물) 연구와 중국 연구에 몰두하던 1920년 4월, 다나카 치가쿠의 강연을 들으며 국주회(國柱會)에 입회했다. 5월에는 중국 가운데 땅 한커우 파견군 사령관부로 출전한다. 거류민 보호와 교역을 돕겠다는 명목으로 설치된 기관이었다. 그곳에는 이타가키 세이시로 소령이 있었다. 이시와라의 임무는 중국 군사정보를 수집하고 군사 중요 지역 조사였다. 군무를 함과 동시에 니치렌의 유문을 읽고 그 불교 사상을 연구했다. 심심찮게 사진도 찍고 몇 번 현지답사 여행을 가고, 2개월 동안 긴 여행을 즐기기도 했다.

이시와라는 직무에 취임한 이래 아내에게 222통의 편지를 보냈다. '제(銻)야', '간지님' 부부는 살갑게 서로를 불렀다. 이시와라의 편지는 그가 세상을 떠난 뒤, 불상 안에서 발견되었다. 1921년 1월에는 아내가 한커우로 들어와 함께 살았다. 7월에 육군대학 교관으로 전출, 귀국한다. 교관일 무렵 독일에 머무르기 전 준비기간이었다. 1923년 1월 독일로 가기 위해 고베에서 출항한다. 3월에 마르세이유에 상륙, 파리에 이르렀다. 4일 동안 제1차 세계대전 전쟁의 흔적을 견학하고 베를린으로 간다. 독일에 머무르는 2년 동안 행동은 꽤 자유로웠으며 가끔 대사관에 얼굴을 내밀 정도였다.

프랑스군에 의해 루르지방을 점령하고 독일은 크게 화폐가치가 떨어져 마르크(독일 화폐 단위)가 폭락한다. 물가가 너무 올라서 전등을 보기도 힘들었으며 사람들 옷도 무척 허름해보였다. 인심은 날마다 안 좋아지고 생활하기는 더욱더 힘들어져 갔다.

한편, 일본 화폐가 더 가치 있어 유학하는 일본인들이 많았다. 2개월 반의 휴식기간 중 이시와라는 서적, 나폴레옹의 동판화와 석판화, 유럽의 세밀한 지도 등을 열심히 사들였다. 뒷날 귀국할 때 포장하느라 애를 먹었다. 9월 관동대지진 소식을 접하고 국가의 미래를 걱정해 몇 날 며칠 밤을 울며 지새웠다. 10월 독일 참모본부 전쟁 역사과에 근무하는 중령을 고용해 강의를 들었다. 유럽 대전에 참전한 장교들로부터 이야기를 듣고 대전에 대해 연구할 수가 있었다. 1924년 소령으로 승진한다.

그는 산책할 때 뿐만 아니라 파리, 런던 거리에서도 일본식 남성 하의와 하카마(위에 입는 짧은 겉옷)에 짚신을 신고 다녔다. 카메라를 몇 개씩이나 사고 식물원, 공원 등에서 사진을 찍었다. 호수 옆으로 지나가는 독일 두 여성을 찍은 작품은 베를린 번화가의 사진관 쇼윈도에 꽤 오랫동안 걸려 있었다. 1925년 4월 귀국한 뒤 니치렌의 옛 흔적들을 사진으로 찍기 위해 라이츠사 소형 카메라 라이카를 구입했다. 라이카를 손에 쥔 최초의 일본인이라 할 수 있다.

러시아와의 국교가 수립된 9월, 시베리아 철도 경유로 귀국을 했다. 하얼빈에서 열린 국주회 집회에서는 독일에 머무를 동안 세계 최종 전쟁관을 이야기했다.

사토 테츠다로. 중앙유년학교 시절 이시와라가 자주 찾아뵙던 열렬한 니치렌 신자였다. 국방학과 함께 니치렌에 대한 이야기도 많이 들었다. 다나카 치가쿠의 법화경에 대한 서물을 읽고 동기 친구에게도 권해 주었다. 그러나 이시와라가 니치렌을 연구하자 다짐했던 때는 와카마쓰 연대에 있던 시절이었다.

'병사들에게 어떻게 국체의 신념을 주입할 것인가.' 고민하던 이시와라는 주요한 종교뿐 아니라 마르크스의 책도 함께 읽었다. 그즈음 신관 출신 동료가 이시와라에게 고신도의 이야기를 하면서 니치렌을 안 좋게 말한다. 니치렌에 대한 책을 구해 읽고 난 그는 동료의 생각이 틀렸음을 알고 더욱 깊이 연구했다. 교육총독부에서 근무하던 1919년 끝 무렵부터 니치렌 연구에 몰두한다. 전쟁역사 대관의 서론에서는 이시와라를 이렇게 평가한다. '다이쇼 8년 이래 니치렌 현인의 신자가 되다.' 그는 다나카의 저작을 읽고 국주회관에도 다녔다. 늦가을에는 친구와 아와에 있는 니치렌의 유적을 찾아가고 설날에는 아침해가 뜨는 숲에서 첫해를 맞았다.

1920년이 되어 묘법연화경 정서(淨書)를 시작으로 고향사람 타카야마 초규가 쓴 니치렌 관련 문장을 읽었다. 4월에는 국주회관 강습회에 참가, 다나카의 강연을 듣고 감격, 입회해 승려가 된다. 그해 미야자와 켄지 또한 입회한다. 켄지는 유언을 남겼다. '교역묘법연화경' 1천 부의 배포 목록에 이시와라의 이름이 있으며 제59호를 선물로 받았다.

5월 한커우에 부임한다. 숙소 벽장에 있던 경전 1부를 천으로 싸서 본존불상과 니치렌의 초상을 안치하고 불공을 드렸다. 아내에게 보냈던 편지 대부분이 법화경 귀의(歸依)의 고백이었으니 신앙으로 뿌리내렸으리라.

아내의 국주회 입회 의지를 알고 장교 앞에서 눈물을 멈출 수가 없었다. 이시와라는 군무와 함께 정법으로 끌어들이기 위해 포교활동을 이어갔다.

귀국 뒤 신앙생활은 아침에 예배, 저녁에는 근행, 밤에는 아내의 만돌린 반주로 종교 노래를 부르고는 잠에 들었다. 베를린에서도 일본인을 만나면 헤어질 때까지 법화를 전했다. 다나카의 셋째 아들 사토미 키시오가 니치렌주의를 독일에 널리 퍼뜨리기 위해 쓴 저작을 출판할 때도 물심양면으로 협력했다. 마이즈루 주요 기지 사령관을 지낼 때(1938년 12월~1939년 8월)는 한가로운 현역으로서 독서와 사색을 즐겼다. 동양사 책을 읽었을 때 북방 불교와 남방 불교에서는 불멸의 시대가 다르고 남방 불교가 좀 더 정확하다는 것을 알게 된다. 니치렌이 태어난 때는 말법(부처가 열반한 뒤 정법, 상법 시대 다음에 오는 시기) 초기가 아니라 상법임을 알게 되고 자신은 그다지 겪어 보지 못했던 커다란 충격을 받는다. 일기에는 이런 글이 남겨져 있다. '불멸시대에 대한 커다란 의문! 인류의 대사!' 니치렌의 저작을 읽고 그 해명에 몰두한다.

패전 뒤에는 야마가타 현 아쿠미군 니시야마 농장으로 들어가고 니치렌 신앙으로 이상적 농촌을 만들고자 했다. 니치렌의 훌륭한 전기를 얻고 싶어 세심한 메모 형식으로 '니치렌 현인 메모'를 썼다. 세상을 떠나기 1개월 전, 그의 동지가 집필을 했다. '니치렌교 입문' 초고를 병상에서 읽게 하고 조언을 받는다. 그렇게 죽기 이틀 전에 완성되었다. 이시와라는 투병 중에도 마지막 순간까지 니치렌 신앙의 집대성에 쏟아 부었다.

성공을 거둔 모략과 이시와라의 활약을 살펴보자.

1931년 9월 18일 관동군은 펑톈(奉天) 교외에 있는 류타오후(柳条湖)에서 만주철도를 폭파하고, 신속하게 장쉐량(張學良) 군대 주둔지인 베이다잉(北大營)을 공격했다. 류타오후 사건이었다. 그때 42세 이시와라는 뤼순(旅順)에 있었는데, 혼조 시게루(本庄繁) 군 사령관을 설득하여 장쉐량 군과 전투를 벌일 것을 재촉한다. 이날 이시와라는 일기에 이렇게 적었다. '서전(緒戰)은 성공하지 않는 것처럼.'

혼조는 참모관을 데리고 펑톈으로 군 사령부를 옮겼다. 사령관실 벽에는 '나무묘법연화경(南無妙法蓮華經)'이란 일곱 글자가 새겨져 있었다.

조선군 사령관인 하야시 센주로(林銑十郎)는 국경을 넘어 만주로 진격한다는 결단을 내렸다. 천황의 명령이 떨어질 때까지 움직이지 말라는 육군 중앙부 지시를 받고 국경에서 대기하고 있었다.

육군 중앙부에 정식으로 연락을 한 것은 19일 오전 9시였다. 시데

하라 기주로(幣原喜重郎) 외무장관은 19일자 조간신문을 통해서 알게 된다. 일본 정부가 사건을 확대시키지 않겠다는 방침을 정하자 만주철도와 영사관, 관동청도 비협력적인 태도를 취했다. 펑톈은 무정부 상태에 빠져 거의 모든 기능이 마비되었는데, 만주청년연맹, 대웅봉회(大雄峯會) 등이 적극 지원했다.

20일 이시와라와 동료들은 육군 중앙부에서 파견한 다테카와 요시쓰구(建川美次)와 이야기한 끝에 만주 영유권을 단념, 청나라 마지막 황제 푸이를 내세운 친일정권을 세우는 데 힘썼다. 북만주에 출병하면 러시아와 충돌할 것을 우려하여 다테카와는 무력 침략에 반대했다.

같은 날 밤, 모든 참모가 거류민(임시로 거주하는 외국인)을 보호한다는 이유로 관동군 관할구역이 아닌 지린(吉林)에 출병하도록 혼조를 설득, 그는 받아들였다. 21일 지린에 출병하면서 펑톈의 병력이 부족하다는 구실로 조선군이 국경을 넘었다. 다음날 일본 정부는 경비를 지출하기로 결정했음을 천황에게 알리고 출병하라는 칙명을 받았다. 기정사실로 강행된 것이다.

이시와라는 그 뒤 군 사령부에 머무르는 일이 많아졌다. 뤼순에 있는 부인에게 편지를 보내 지시한다.

"시국이 이러하니 방한복 등 옷가지와 서적 등을 부쳐 주시오."

육군 중앙부에서는 관동군을 통제하기 위해 하시모토 도라노스케(橋本虎之助) 참모본부 제2부장과 시라카와 요시노리(白川義則) 군사참의관 등을 파견했다. 하시모토를 수행한 이마이 다케오(今井武夫) 대위는 선명히 떠올렸다. 부내에서 가장 활동적이었고 중추를 장악하던 이시와라 간지를……

10월 8일 우치다 고사이(內田康哉) 만주철도 총재가 초기 방침을 바꿔 관동군에게 협력했다. 한 날, 관동군은 진저우(錦州)의 장쉐량

임시 정부가 신정권에 방해가 된다고 판단, 공습을 했다. 이시와라는 선두의 사령기에 탑승했다.

11월 초 북만주 철교가 마잔산(馬占山)군에게 폭파당해 관동군이 만주철도의 수리 작업을 호위했다. 전선은 북만주로 확대되었고 이시와라는 전선에 나가 군대를 감독했다. 만주사변을 일으킨 뒤로 격무에 시달린 탓에 병환을 얻고야 만다. 군복을 입은 채 침대에 누워 잠들고 침상에서 서류를 읽었다. 11월 하순에는 요양을 하기 위해 3주간 휴가를 얻는다.

12월 와카쓰키 레이지로(若槻礼次郎) 내각이 총사직하고 이누카이 쓰요시(犬養毅) 내각이 들어서면서 적극적인 외교로 전환했다. 1932년 1월 3일 비적을 토벌한다는 명목으로 진저우를 점령한다. 5일 이시와라는 진저우에 들어갔다. 8일에는 관동군의 전공을 치하하고 충성스러운 열사를 칭찬하는 칙어가 내려진다. 2월 5일에는 하얼빈을 점령, 류타오후 사건이 일어난 지 4개월 반만에 주요 도시를 모조리 제압했다.

그렇다면 만주를 움직인 수수께끼의 기관, 조직은?

일본이 만주로 진출한다는 사실이 뚜렷히 드러나게 되자 대륙에서 권익을 지키고 만주를 일본 영토로서 정착시키기 위해 온갖 기관과 조직들이 탄생해 활동을 시작했다. 그러나 차례로 국익에 사적 이익이 섞이게 되고, 심각한 전쟁 상황과 저항운동 속에서 음모에 가득 찬 불투명한 집단들로 그 모습을 바꿔 갔다.

그 가운데 대(対)중국 특무기관의 기원은 메이지시대부터 이어진 각지의 주재 무관이나 군사고문의 여러 활동들이다. 특무기관은 이러한 활동들을 정리해 간 것이며, '펑톈특무기관'은 이런 종류의 활동들 속에서 발전해 갔다.

청일전쟁으로 일본은 조선의 독립을 청나라에 승인시켰고, 청일통상항해조약을 체결함으로써 유럽과 미국 열강과 청나라 위에 서게 되었다. 일본은 배상금을 얻어 산업 기반을 급속도로 발전시킬 수 있었지만, 한편으로는 삼국교섭에 의해 국제정치의 냉엄함도 경험했다.

1896년 6월 3일 러시아는 일본에 대비한 공동방위와 관련된 밀약을 청나라와 체결한다. 다음해인 1897년 12월에는 뤼순과 다이렌만을 독점하고, 1900년 북청사변 때는 만주를 독점했다. 러시아에 의한 이 일련의 활동들에 대해 일본은 1902년 1월 30일 영일동맹조약을 체결하여 대항했다. 같은 해 4월 8일 러시아와 청나라는 만주 징병에 대한 협정에 도장을 찍었고, 18개월 이내 러시아 징병이 약속되었다. 이 문제를 둘러싸고 주일러시아 공사 로만. R. 로젠과 고무라 주타로 외무장관은 몇 번이나 협의했지만, 합의점을 찾지 못하고 결국 1904년 2월 6일 국교를 단절, 10일에 선전포고를 하여 러일전쟁이 일어나게 된다. 뤼순 공위전이나 동해해전을 거쳐 1905년 9월 5일에 러일강화조약과 추가약관에 조인한다. 일본은 12월 22일에 청나라와 러시아의 이권계승에 관한 조약 및 부속협정을 체결했다.

러일전쟁 뒤인 1906년 11월 26일 만주에는 '남만주철도주식회사(만철)'가 설립되었다. 일본과 만주의 관계는 이즈음부터 더욱 밀접해져 간다. '만철조사부'가 설립된 것은 다음 해인 1907년 3월이다. 1931년 9월 18일 류타오후(柳条湖)사건이 발단이 되어 만주사변이 발발했다. 같은 해 9월 28일에는 북방계(전 청조)군벌이 국민정부로부터의 이탈을 선언했다. 이즈음 상하이에서는 중화민국 사람들 십수만 명이 모여 항일 대집회가 개최되었다. 일본에서는 전국노농대중당이 대중국 출병반대 투쟁위원회를 결성하는 한편, 일본 상공회

의소는 재중국 권익옹호 및 배일운동절멸을 성명했다. 진저우 폭격이 일어난 10월쯤 '만주청년연맹'은 관동군과 접촉해 '만몽자유국건설안'을, '대웅봉회(大雄峯会)'도 '지방자치제도사안'을 각각 입안했다. 이 두 개의 조직들은 관동군에 함께 협력했다.

그 다음 해인 1932년 3월 1일에 만주에서 신국가 건국선언서가 발표된다. 같은 달 9일에는 푸이가 집정에 취임, 정샤오슈를 국무총리로 하는 '만주국'이 탄생했다. 1934년 3월 1일에는 만주국이 제정을 실시했고 푸이가 황제가 되었다. 그 무렵 이미 대규모 만주이민계획도 개시되어 있었는데, 그 계획 일부인 청소년무장이민, 바로 '만몽개척 청소년 의용군'이었다.

특무기관은 정보기관 또는 첩보기관이라 바꾸어 말해도 좋으리라. 수행 임무는 정보수집, 적의 첩보활동 및 파괴공작에 대한 방어, 대(對)첩보활동, 비밀활동, 크게 4가지로 나눌 수 있다. 대(對)첩보활동이란 적이 펼치는 정보활동에 대한 적극적인 해명을 뜻한다. 비밀활동이란 파괴공작, 정보조작공작, 전복(顚覆)공작, 이데올로기 전(戰) 지원 등을 들 수 있다.

한편 일본에 있는 '특무기관'이란 어떠한 곳이었는가. 시베리아로 병사들을 보낼 때, 그 지역에 대한 정보수집, 모략공작을 맡은 기관이다. 시베리아 파견군 사령부 타카야나기 야스타로(高柳保太郎) 소장이 세웠다. 그 임무는 '통수(統帥) 범위 밖 군사외교와 정보수집'이었다. 특무기관원들의 신분은 시베리아 파견군 군사령부 소속으로, 군 참모장이 업무를 통괄하고 있었다.

대(對)중국기관의 기원은 이보다 앞선 메이지(明治) 시대부터 여러 지방에 머무는 무관(武官)들이나 중국 중앙정부 및 지방 군벌(軍閥)이 초빙했던 군사 고문(顧問)이다. 이들 중에는 반자이 리하치로(坂西利八郎) 중장이나 마치노 타케마(町野武馬) 대령, 또는 베이징 육군대학 교관으로 초빙된 타다 하야오(多田駿) 대장, 야나가와 헤이스케(柳川平助) 중장, 사쿠라이 토쿠타로(桜井德太郎) 소장 등이 있었다.

만주에서 하얼빈이 대(對)러시아 정보기관의 중심이었다면, 펑톈은 대(對)중국 정보·첩보활동 중심 기관이었고, 지린(吉林)·치치하얼·산하이관(山海關) 등은 그 하부조직이었다. 만주사변(滿洲事變)이 일어난 뒤에는 몽골 공작이 촉진되었기에 장자커우(張家口)나 쑤이위안(綏遠) 등에도 특무기관이 설치되었다. 한편 중국 본토에서는 참모본부소속으로 머무는 무관들이 여러 지방에 배치되어, 정보수집이나 지방 군벌들과 연락하는 일을 맡고 있었다. 중일전쟁 뒤에는 점령지마다 군사령부 소속으로 특무기관장이나 특무부장이 배치되어, 군사정치나 현지정권을 내부에서 이끌어가는 일을 맡았다.

펑톈특무기관 활동은 1912년 1월 11일에 기관장으로 타카야마 키미미치(高山公通) 대령을 임명하고부터 시작한다. 타카야마 대령은 펑톈에 근무하였고 신분은 참모본부소속이었다. 이어서 모리타 토시토오(守田利遠) 대령이 임명되었지만 한동안 활동이 없었다.

펑톈특무기관은 1920년 5월 12일, 키시야 하치로(貴志弥八郎) 소장을 기관장으로 새로이 설치되었다. 기관장의 신분은 관동군사령부 소속이었고, 그 임무는 본디 장쭤린(張作霖)과의 연락, 대(對)중국정보를 수집하는 일이었다. 만주사변 뒤에는 관동군들에 의한 화베이(華北) 공작이 진전했기 때문에 펑톈은 그 후방 기지가 되었다. 하타 신지(秦真次) 중장이나 도이하라 켄지(土肥原賢二) 대장도 소장일 때 이 펑톈특무기관장으로 근무했다. 1937년 2월 2일에 잠시 폐지되었으나 1940년 8월 관동군정보부가 편성되자 그 지부로서 부활해 전쟁이 끝날 때까지 존재했다.

지금 열람할 수 있는 펑톈특무기관에 대한 역사자료에서 그 활동을 엿볼 수 있다. 예를 들어 1932년 10월 25일 관동군참모장 코이소 쿠니아키(小磯國昭)가 육군차관 야나가와 헤이스케 앞으로, 관동군 참모장이 보내는 제 269호 '펑톈 특무기관 설치 건 통첩'에서는 관동 군사령부를 창춘(長春)으로 옮김에 따라 펑톈에 특무기관을 다시 설 치해 업무를 시작하라는 내용이 적혀 있었고 주소는 펑톈 부속지 에시마읍(江島町) 19번지였다.

또한 동북광업공사 등 만주기업들 정보를 육군성에 전하거나 육 군성 장관이 북청(北清)·만선(滿鮮) 시찰여행을 하기 위해 편의를 봐 주길 바란다며 육군성 부관에게서 전보가 오기도 했다. 신문기자나 파견원으로 활약하고 일본 역사 및 종교연구가였던 친일미국인 조 세프 워렌 메이슨 박사 부부가 조선·만주·중국을 여행하기 위해서 편의를 봐주도록 육군성에서 의뢰받아, 그 날짜까지 통보받았다. 그 밖에 거류민(居留民) 보호에 대한 역사자료도 남아있고 외국인기자 단이 펑톈특무기관을 방문해 이야기를 나누었을 때 던진 질문과 그 답변 내용도 있다.

이렇듯 특무기관에는 거창한 비밀활동이나 기발한 모략 공작들이 펼쳐졌지만, 착실한 활동도 있었다는 사실을 기억해 두어야 하지 않 을까.

1932년 1월 신문사의 좌담회에 출석한 이시와라는 현지 중국인의 정치능력을 평가하며, 만몽(만주와 몽고) 영유론에서 독립건국론으 로 전향할 것을 표명했다.

"관동주를 반납하고 일본 기관을 최소한으로 축소, 일본인 중국 인 구별 없이 새로운 국가를 만들어갈 생각입니다. 만주에 사는 이 방인들 가운데 새로운 국가에서 활동하고 싶은 사람은 기꺼이 국적 을 옮겨줄 것입니다."

관동군 내에서 국가 골격에 대해 토의를 거듭, 장징후이(張景惠)

를 위원장으로 삼은 행정위원회를 설치하고 국체와 국호 등을 결정했다. 이시와라는 이 안을 들고 상경해 요직에 있는 인물들을 차례로 방문했다. 강대한 권한을 가진 만주국 총무장관의 인사는 난항을 겪었지만, 이시와라가 추천한 고마이 도쿠조(駒井德三)가 취임하게 된다.

만주국이 건국될 때까지 이시와라가 행한 역할은 크다.

3월 1일에 만주국이 건국되고 청의 마지막 황제 푸이가 국가원수로 취임했다. 3월 말에는 민족협화를 이념으로 삼은 만주국의 완전한 독립을 목표로 삼은 만주협화당이 결성되었다. 그러나 당이라는 명칭을 싫어해 수정하자는 움직임이 나왔다. 이시와라는 반대했다.

"제 의견은 다릅니다. '당'은 동지들의 결합이며, '회'는 사교단체 같은 느낌만 줍니다."

결국 승인하고 7월에는 푸이를 명예총재로 하는 만주협화회(滿洲協和會)가 설립되었다.

이시와라는 협화회가 건국 이상을 수호하는 단체이며, 정부의 움직임을 감시하는 일이 중요한 역할이라고 보았다. 한편 관동군은 가까운 미래에 협화회에 주권을 양보하고 만주와 몽골의 치안 유지에만 전념해야 한다는 생각을 갖고 있었다.

8월에 관동군의 인사이동이 있었다. 전부 바뀌었고 새로 생긴 참모부장은 어느 쪽으로든 선임자보다 계급이 높았다. 무토 노부요시(武藤信義) 관동군 사령관이 만주국 전권대사와 관동 장관을 겸임하게 된 것이다.

만주국을 내면지도하는 기관으로서 관동군 사령부에 제3과(후에 제4과)가 설치되어 국무원회의에 관련된 사안은 군 사령관의 승인 없이는 실시할 수 없었다.

고이소 구니아키(小磯国昭) 참모장은 협화회의 해산을 주장했다.

그 결과 협화회를 총무청 지도감찰 아래 두고 교화기관으로만 존속할 수 있다는 승인을 내렸다.

협화회는 그 뒤에도 수 차례 바뀌면서 만주국 고관이 위원을 맡아 통제가 강화되기도 하고, 고이소의 노선을 수정, 건국 끝 무렵의 이념을 답습하기도 했다. 이시와라는 전근을 간 뒤에도 협화회 도쿄 사무소에서 열린 회합에 참석해 방침이나 인사 문제에 조언을 했다.

그는 만주와 몽골을 개척하고 이주하는 데 온 힘을 쏟았다. 어느 날 이시와라는 좌담회에서 이민을 권한 가토 간지(加藤完治)의 의견에 대해 반론을 폈다.

"농민이 무장하여 들어와 사는 것이 가장 좋지 않습니다. 만주인에게서 토지를 빼앗는 것은 약탈입니다. 민족협화는 현지 주민들과 융화한다는 뜻이니 기간지에 이주하기만을 바란다면 이민은 생각하지 말아야 합니다."항일 게릴라들 대부분은 부당하게 싼 가격에 토지를 잃은 현지 농민들이었기 때문이다.

1937년 도조 히데키(東條英機)가 관동군 참모장에 취임했다. 협화회가 개조되고 아마카스 마사히코(甘粕正彦) 등의 발언권이 강해졌다. 10월에는 이시와라가 참모부장에 취임하였다. 만주는 5년 만에 오족협화(五族協和), 왕도낙토(王道樂土)와는 거리가 멀어지며 관동군의 내면지도와 일본계 관료들이 판을 치는 곳으로 변했다. 이시와라에게는 많은 손님들이 찾아와서 현 정세에 대한 불만을 터트렸다.

1932년 10월 이시와라는 국제연맹 대표 수행원으로 도쿄를 떠나 시베리아 철도를 이용해 유럽으로 향했다. 모스크바에서는 국방장관과의 만남을 거절하고 참모총장과 회담을 했다.

바르샤바, 런던, 제네바에서 주재 외국 무관, 재류 외국인들에게 만주사변에 대해 강연했다. 한순간, 이시와라의 이름은 세계적으로 유명해졌다.

12월 하순, 마쓰오카 요스케(松岡洋右)가 국제연맹 총회 본회의에서 '십자가 위의 일본'이라는 연설을 했지만 1933년 2월 하순 총회 본회의에서 보고서안이 가결되자 그는 국제연맹에 탈퇴를 통보했다.

귀국 후 이시와라는 연대장에 임명되었지만 그를 받아들이는 사단장이 없었다. 결국 히가시쿠니노미야(東久邇宮) 제2사단장이 센다이 보병 제4연대장으로 그를 데려갔다. 히가시쿠니노미야는 중앙 유년학교에서 이시와라와 같은 중대에 있었던 한 기수 위 선배였다.

이시와라가 부임하면서 연대는 훈련제일주의를 표방했고 연습도 실전제일주의로 바뀌었다. 병영 안은 총검술과 돌격훈련을 하는 소리로 가득 찼다. 또한 병사들에 대한 체벌은 엄격했으며, 하사관 교육을 중시했고, 병사를 장악해 지도할 수 있는 인재를 양성했다. 그는 다음과 같은 여러 가지 일들을 실천했다.

초년병이 맨 마지막으로 목욕탕에 들어갈 때마다 바닥이 진흙투성이가 되어 모터로 돌리는 정화장치를 설치했다. 반찬이 맛없어 병사들이 많이 남기자 실력이 좋은 요리사를 고용했다. 옷 도난을 막기 위해 빨래를 너는 곳에 당번을 두었는데 이를 폐지했다. 물건을 잃어버린 경우에는 대용품을 지급하고 훈련에 몰두할 수 있게 했다. 군종별로 중대를 편제하는 것이 옳은지 그른지 연구하게 했고, 이시와라가 전출된 뒤에 실시되었다.

병사들 중 농민 출신이 많았다. 농업 강습을 실시하고 병영 정원에 채소를 심었다. 매실 장아찌를 담기 위해 옛 번주 가문인 다테(伊達) 가에서 매실을 받아와 200그루의 매실나무를 심었다. 병영 내에서 '연대 신문'을 발행, 장교에 대해 비판할 수 있도록 허가했다. 앙골라 토끼 사육을 장려해 제대할 때 지급했다.

1934년 5월 아라키 사다오(荒木貞夫) 대장의 특명으로 검열을 실시했을 때 장교들 사상 동향을 조사해 백지로 제출했다. 같은 해 특별대연습을 할 때는 벼를 짓밟지 않도록 이시와라를 선두로 종대로 돌격했다.

1935년 4월 강연을 위해 10년 만에 고향에 돌아갔을 때는 명사가 귀향할 때 관례였던 사카이 다다즈미(酒井忠篤) 백작가에 방문을 하지 않았다. 영혼이 없는 무덤에 참배하지 않겠다며 위패를 모신 절에도 가지 않았다.

자신감 있는 부대장이자 진정한 무인으로서 전쟁터에 나가면 죽을 각오로 임할 것을 소망했던 이시와라에게 군대와 접하는 연대장으로 있을 때가 군 생활을 하면서 가장 즐겁고 보람을 느꼈던 나날이었다.

만주국 건국은 중국의 저항과 반대, 국제 사회의 반발과 교섭을 무시하고 억지로 꺾어 누르는 형태로 강행되었다. 일치되고 통일된 일본 국내 정치세력 의견에 의한 것이 아니었다. 1931년 류타오후(柳條湖, 랴오닝성 선양 북쪽 지역) 부근에 있던 무력충돌을 방아쇠로 한 만주사변을 일으키고, 만주에서 일본군(관동군)의 군정지배(軍政支配)를 계획한 이시와라 간지(石原莞爾)와 이타가키 세이시로(坂垣征四郎)가 강경파라고 해도 만주국이라는 독립국 건국 문제까지 단숨에 덮치기에는 망설임이 있었다.

그런 여러 생각과 욕망, 희망과 음모, 계략으로 가득한 새로운 국가의 건설. 그것은 일본의 군국주의와 제국주의 확대노선에 의한 위험한 내기이며, 대아시아주의자나 근대적인 관료주의적 통제국가제도의 실험 장소였다.

만몽이 일본의 생명선이라 불린 것은 식민지 조선과 국경을 접하고 있고 러시아와 중국에 대한 국방상 최전선으로 여겨진 것이 주된 이유였다. 그러니까 만약 러시아 내지 중국이 만몽에서 압도적인 세력으로 일본을 구축(驅逐)하게 되면 일본의 조선통치 자체가 위태로워진다는 것이었다. 이러한 염려가 만몽에서 일본이 세력을 가지지 않으면 안 된다는 강박관념으로 굳어져 갔다.

1924년 5월 외무성·대장성·육군성·해군성의 협정으로 작성된 '대지 정책 강령'이 규정했던 것도 이 때문이었다.

"만몽 질서 유지는 해당 지역에 대한 중대한 이해관계, 특히 조선 통치상 제국에게 아주 중요하고 이를 위해 늘 최선의 주의를 기울인다."

이타가키도 또한 러시아의 위협을 강조하면서 조선 방위를 위해서라도 만몽 영유가 불가결함을 역설했다.

"만약 러시아가 국경을 넘는다면 조선 영유는 시간 문제입니다."

이시와라 등 관동군 참모들은 입을 모았다.

"조선의 통치는 만몽을 우리 세력 하에 둠으로써 비로소 안정됩니다."

그러나 만몽 영유와 조선 통치의 긴밀한 관련성을 강조했던 것은 결코 군사적 관점에서만은 아니었다. 군사적 관점뿐 아니라 재만 조선인 문제와 그에 따라서 발생하고 있던 이데올로기 문제가 더욱 절실한 과제로 파악되었다. 일본과 조선, 조선과 중국, 중국과 일본 사이의 이해 대립, 정치적 경합, 이데올로기 항쟁, 민족간의 반목이라는 다양한 요인이 복잡하게 얽혀 생겨난 것으로 만몽 문제의 중심적 국면을 이루고 있었다.

조선인의 만주 유입·이동이 본격화된 것은 조선병합 이후이고 젠다오(間島) 및 둥벤다오(東邊道) 지방을 중심으로 1930년에는 그 수가 80만이나 되었다. 그 대부분이 식민지 통치에서 벌어진 토지조사사업과 산미증식계획 때문에 토지를 잃고 식량을 수탈당해 유랑·이주한 사람들이었지만, 일본 지배에 반대하여 독립을 위해 싸우는 항일운동가도 적지 않았다.

이처럼 만주는 '항일운동의 책원지'이자 조선 통치에 대한 위협으로 여겨졌다. 그러나 조선 총독부는 과잉인구의 압력이 일본으로 향함에 대해서는 엄중한 통제를 했지만, 만주 이주는 자연스레 방치해 두고 있었다. 재만 조선인의 존재는 '선량한 일본신민'인 조선인 농민을 보호하고 '불령선인'인 항일운동가를 단속한다는 명목하에 일본 경찰권을 조차지(租借地) 바깥으로 확대할 계기가 될 수 있었기 때문이다.

이에 대해 중국 측은 경계심을 강하게 표출했다.

"선인(鮮人)의 배후에 일본인이 있고 일본인은 선인 보호를 구실로 경찰관을 만주 내지로 침입시킨다."

재만 조선인을 일본 만주 침략의 첨병으로 여겨 재만 조선인에 대한 소작계약 및 주거 제한을 강화하는 한편, 1931년 2월 국민당회의에서는 조선인의 만몽이주 엄금을 결의했다. 또한 '선인 구축령(驅逐令)' 등을 발포하여 조선인을 만주에서 추방할 방책을 추진한다. 별도로 중국 측은 조선인에게 중국 국적으로 귀화할 것을 권장하면서 사태 해결을 도모했지만 귀화권 용인조항을 포함한 일본 국적법이 조선에서는 시행되지 않았기에 중국이 정식으로 귀화를 인정한 조선인에 대해서도 이중국적자로서 일본의 경찰권이 미치게 되었다. 그 결과 오히려 일·중 양국의 경찰권 행사를 둘러싼 분쟁을 격화시키게 되었다.

이러한 중국의 민족운동 배일운동 일환인 재만 조선인 배척운동은 일·조·중 세 민족간 대립과 원한의 연쇄를 낳았다. 일본이 중국에 가한 정치적 타격은 선한 중국인에게 압박으로 나타나고 그 결과 배일·원일(怨日) 사상증대 또는 운동조장이 되어 이를 단속하라고 중국 측에 요청하면 다시 역이용되어 선인압박의 불길이 일어났다.

　이런 대립연쇄를 일으키는 중추가 되는 것은 마땅히 일본이었지만, 대개 농업에 종사하는 재만 조선인과 중국인 사이 대립·분쟁으로 나타나 1928년부터 1930년에 걸친 각종 압박 사건은 드러난 것만 해도 백여 건이며 그 정점에서 완바오산(万寶山) 사건(1931년 5월~7월)이 발생했다. 창춘 근교 완바오산 지역에서 일어난 중국인 농민과 재만 조선인의 충돌은 사건 자체보다도 그 뒤 허위보도에 의해 일어난 조선 각지의 중국인 보복 습격으로 참극을 낳았다. 중국 측 발표를 토대로 한 리턴 보고서에 따르면 사망 127명, 부상 393명에 이르렀다.

　이 사건은 나카무라 신타로(中村震太郎) 대위 살해사건과 더불어 만몽문제 강경해결을 요구하는 여론을 부채질하며 만주사변을 일으키는 절호의 구실로 이용되었다.

　그런데 재만 조선인을 둘러싼 문제가 민족 문제에만 그치지 않고 일본에 대한 저항운동으로, 조선인과 중국인이 힘을 합친 공산주의운동으로서 사상 문제, 치안 문제라는 성격을 띠고 있었다.

　1919년 3·1운동 이후 젠다오 지방에서는 홍범도(洪範圖) 등 민족주의자들이 독립군을 조직, 항일투쟁을 펼치고 있었다. 1920년 10월 훈춘(琿春)의 일본 영사관이 습격당한 것을 계기로 젠다오 출병이 이루어진다.

　"불령선인 및 비도 습격의 화근을 일소하고 그를 통해 접양지대에 대한 위협을 삼제(芟除)한다."

　많은 조선인 주민이 학살되는 등 1920년대를 통해 항일 투쟁과 그에 대한 탄압은 급속하게 치열해져 갔다.

　한편으로 이와 병행해 조선 및 만몽에 공산주의운동이 퍼져 나아간다. 1925년에 조직된 조선공산당은 만주망명 활동가를 중추로 다음 해 젠다오에 만주총국을 설치하여 재만 조선인 사이에서 영향력을 넓혀가고 있었다. 1928년 조선공산당 해산 이후에도 만주총국은 독자적인 활동을 이어가다 1930년 무렵 코민테른의 지시에 따라 만주총국을 해소하고 중국 공산당 만주성 집행위원회의 지도하에 들어갔다. 이처럼 만주를 무대로 한 중·조 공산주의자 공동 투쟁이 성립되어 중국 공산당의 리리싼(李立三) 노선에 따라 활동하게 되었다.

1930년 5월 30일 조선인 공산주의자들이 조선인 농민들을 조직해 '타도 일체 지주, 타도 일본 제국주의(打倒一切地主, 打倒日本帝國主義)'라는 슬로건을 내걸고 대규모의 무장 봉기를 일으켰다. 바로 5·30 젠다오 봉기이다. 이 봉기는 진압되었지만 그 뒤에도 각지에서 봉기가 계속되어 만주뿐 아니라 조선의 치안 유지에도 중대한 문제가 되었다. 만주사변 때 조선군이 봉칙(奉勅) 명령을 기다리지 않고 독단 월경해 만주로 출병한 것도 만주 항일공산주의운동이 조선 통치의 기둥을 흔들 위험이 있다고 여겼기 때문이다. 조선군 참모였던 도요시마 후사타로(豊嶋房太郎)는 만주사변 직전의 만주에 대해 말했다.

"일본의 경찰력이 미치지 못하는 국경선 너머에서 조선의 치안을 착란하려는 자도 적지 않았다. 만주에서의 배일사상이 강해짐에 따라 조선 내에서도 이에 부화뇌동하는 언동이 날이 갈수록 격심해지는 상황이었다."

그는 만주로 월경 출병할 필요성을 이렇게 인식했다.

"만주 문제를 빨리 해결하는 것은 일본의 위신을 높이고 조선민중의 신뢰감을 확보해 조선 통치에도 도움이 될 것으로 기대된다. 조선군은 남의 일이 아니라 자기 머리 위에 떨어진 불을 끄는 셈이 되리라."

도요시마는 조선 통치의 안정화를 위해서도 만몽 영유를 단행되지 않을 수 없다고 생각했다. 이 만몽 영유에 의한 조선 통치 안정화에는 일본의 위신 회복과 '적화 방지'라는 두 가지 측면이 포함되어 있었다.

이타가키가 말한 것은 위신 회복 쪽에 무게가 실려 있다.

"만몽 문제를 방치함으로써 조선인의 민족심리도 자연히 악화되고 일본은 의지할 곳이 못 된다는 결론에 이르렀다. 따라서 조선 통치에도 중대한 영향을 줄 우려할 만한 형세여서 결국 만몽 문제를 해결하지 않으면 진정한 조선 통치는 기대하기 어렵다. 만몽의 적화는 바로 조선의 치안을 혼란시키고 일본 내지의 치안에도 커다란 영향을 끼치지 않을 수 없다."

그의 주장은 만몽 영유에 의해 조선, 나아가 일본에 대한 공산주의 파급·침투를 막고자 하는 의도에서 나온 것이었다. 만몽 치안 유지를 맡고 있는 관동군도 '만몽 적화'는 항일운동을 양성하는 온상이 되는, 바람직하지 않은 사태로 인식하였다. '만몽의 정화'에 의해 조선 및 일본으로 '불량 외래사상이 침윤' 방지를 만몽 영유 목적 가운데 하나로 꼽았다. 관동군에게 만동은 중국 공산당, 혁명의 총본산인 러시아와 대치하는 최전선이었다. 특히 러시아야말로 일본 국액(國厄)에 편승해 단지 만몽 적화뿐만 아니라 제국 내부의 파괴를 기도하는 재액의 원흉으로 인식되었다. 러시아에 대한 사상적 방파제로 적화차단 지구로 삼는 것, 이 목적을 위해서라도 만몽 영유는 필수적이었다. 만주국이 건국이념 하나로 반공을 내건 것도 당연했다.

그러나 재만 군사기관인 관동군에게 공산주의사상 이상으로 위협적이었던 건 그 군사력이었다. 북을 겨냥한 군대라 일컬어졌던 관동군에게, 만몽은 무엇보다도 대소 전략의 거점이었고 만몽 영유도 그 점에서 큰 의의를 가지고 있었다.

1917년 러시아혁명과 그 뒤 간섭전쟁으로 극동군이 붕괴했다고는 하지만 러시아는 동청(東淸)철도를 거점으로 북만주에서 은밀히 세력을 키우고 있었고 1929년에 신설된 특별 극동군은, 같은 해 일어난, 동청철도를 둘러싼 중·소분쟁에서 장비의 근대화를 추진하고 있던 장쉐량군을 압도하는 군사력을 보였다.

만약 일본이 만몽에서 일정한 세력을 가지고 있지 않았다면 러시아군은 아마 조금도 망설이지 않고 북만 일대는 물론 남만주의 무력 점령도 서슴지 않았을 것이라는 이런 관찰도 한갓 기우라 할 순 없었다.

러시아는 1928년부터 시작된 제1차 5개년 계획에 의해 종래 아킬레스건이었던 서부 시베리아 개발에도 힘을 쏟고 극동 시베리아를 방위 범위로 하는 특별 극동군도 차츰 정비되고 있었다. 세계 공황에 휩쓸려 불황에 허덕이고 있는 일본과 제1차 5개년 계획이 착실하게 진척되고 있는 러시아의 군사력 격차가 확대될 것은 불보듯 뻔한 일이었다.

1931년 4월 사단장 회동석상에서 행한 참모본부 제2부장 다테카와 요시쓰구(建川美次)는 이렇게 국제정세를 내다보았다.

"러시아는 아직 일본의 국책 수행에 장애가 되지는 않지만 "5개년 계획이 완성될 때에는 국력의 증대와 독재정치에 의한 자유로운 정책 수행 때문에 시일이 지남에 따라 제국의 일대 위협이 될 것이다. 국제정세를 종합적으로 관찰한 결과, 만몽에 대한 제국의 적극적 진출은 속히 결행하는 것이 우리에게 유리하고 시일이 지남에 따라 점점 불리하게 될 것이다."

만몽에 대한 적극적 진출이라는 말의 진의는 해외에 영토를 획득한다는 영유론이었고 그 범위는 만주 및 동부 내몽고, 나가가 극동의 러시아 영토라고 하여 러시아 영토의 영유도 상정하고 있었다.

이처럼 러시아군을 두려워해야 한다는 경계감은 당연히 관동군에게는 더욱 긴박한 문제였다. 러시아의 국력이 충실해짐에 따라 극동 방면으로의 진출을 적극적으로 기도할 가능성, 즉 만몽 탈환 작전에 나설 가능성이 있다고 예측했으며, 만몽 문제의 해결은 될 수 있는 한 빨리 하는 편이 좋다고 단언했다.

둥산성을 보더라도 1929년 장쉐량군이 중·소분쟁에서 받은 타격에서 회복·증강되기 전에 만몽 영유라는 거사에 나서는 것이 유리하다는 판단도 당연히 작동했다. 대소전의 관점에서 보면 만몽 영유의 목적은 단지 일본이 특수권익을 가지는 남만주, 동부 내몽고뿐 아니라 북만주에서 러시아를 내쫓아 일본의 국방선을 헤이룽장(黑龍江)에서 다싱안링(大興安嶺)에 두고, 후룬베이얼(呼倫貝爾)을 최전선으로 설정, 다음 단계에서는 연해주까지 세력을 미치는 것이었다. 이것으로 러시아의 동진(東進)을 제압하고 대소 작전을 쉽게 할 뿐 아니라 군비가 불완전한 중국의 생명줄을 쥐는 것도 가능하리라 생각했다.

이시와라도 또한 러시아의 부흥이 달성되지 않은 사이에 북만을 포함한 만몽 영유를 단행할 것을 역설했다.

"러시아에 대립하는 동양 보호자로서 국방을 안정시키기 위해 만몽 문제 해결책은 만몽을 우리 영토로 삼는 이외에 다른 길은 없다는 것을 명심할 필요가 있다."

그는 싱안링, 후룬베이얼 지대를 지목하며 강조한다.

"전략상 특히 중요한 가치를 가지고 있는데, 일본이 완전히 북만 지방을 거머쥐는 데 러시아의 동진이 아주 곤란한 일이나, 만몽의 힘만으로 이를 막는 것은 힘들지 않다."

그러나 이시와라는 다테카와나 이타가키처럼 만몽의 통치 안정을 위해, 만몽뿐 아니라 러시아 영토까지 영유한다는 북진론 입장은 취하지 않았다. 오히려 만몽 영유가 달성됨으로써 일본은 북방에 대한 부담으로부터 해방되어 그 국책이 명하는 바에 따라 때로는 중국 본토로 때로는 남양으로 용감하게 그 발전을 꾀할 수 있게 된다는 의미에서 만몽은 바로 일본의 국운 발전을 위해 가장 중요한 전략 거점이라고 생각했다. 될 수 있으면 러시아와 친선 관계를 계속 유지하도록 노력하는 것이 이시와라의 대소 전략 기본자세였고 개전할 수밖에 없는 경우에도 만몽의 권역 바깥으로는 군대를 내보내지 말고 러시아의 영토 내에서 반소비에트 선전을 통해 내부붕괴를 촉발하는 데에 머물러 있었다. 다만 1924년에 몽고 인민공화국이 성립되기도 했기 때문에 외몽고에 대한 공작의 필요성에 대해서는 만몽 영유 뒤에는 적당한 시기에 외몽고인의 회유, 산업의 부흥, 무력 단대(團隊)의 편성에 힘을 써서 대러시아전쟁에서 충분히 그 위력을 발휘할 수 있게 해야 한다고 강조했다.

이시와라가 이러한 대소 전략을 취한 배경에는 1923년 2월에 개정된 '제국국방 방침'이 있었다. 이 개정에서는 그 전까지 쓰였던 '가상 적국', '상정적국'이라는 용어를 대신해 '목표'라는 말이 쓰였는데, 그에 따라 러시아가 그전까지 '상정 적국' 제1번에서 물러나 친선을 지향하며 그를 이용함과 함께 언제나 위압할 실력을 갖추도록 하는 방침으로 전환되었던 것이다. 이러한 방침 전환은 1925년 1월에 체결된 일소기본조약에서 상호 평화 및 우호 관계를 유지할 것을 규정했고 군사적으로도 러시아에 대해서는 대외 군사행동을 취할 여유가 당분간은 없다는 판단에 따라 이루어진 것이었다.

만주사변이 일어났을 때 관동군이 북만 진출을 기도했음에 대해, 육군 중앙부는 러시아의 무력개입, 나아가서는 중·소 연합 작전을 유발할 위험성이 있다고 반대했는데, 결국 치치하얼(齊齊哈爾), 하얼빈(哈爾濱)을 강제 점령하기에 이르렀지만 러시아의 간섭 없이 끝날 수 있었다. 대소위협론은 기우로 끝났다. 그리고 이것이 북만주로의 독단 파병에도 불구하고 관동군의 발언력을 높여주어 현지해결 방식을 차츰 승인하게 되는 원인이 되었던 것이다.

그러나 러시아는 만주사변에 대해 무력개입은 하지 않았지만 1931년 11월 무렵부터 특별 극동군의 증강에 돌입했다. 만주국 건국 후인 1932년 4월에는 극동해군의 편성(35년에 태평양 함대로 개편), 같은 해 12월의 중·소 국교 회복(37년 중·소불가침조약 조인) 등에 의해 만주국에 대한 러시아의 전비체제는 착실하게 강화되어 갔다. 큰 군사적 충돌도 없이 만주국이 건국된 것은 러시아가 경제부흥에 전념하지 않을 수 없었던 한정된 시기였기에 가능했던 것이었다. 이시히라 등은 이러한 상황을 잘 알고 있었다.

"러시아의 현 상황은 우리들에게 절호의 기회를 주고 있다."

1931년 9월 일본은 만몽 영유를 위한 군사행동에 돌입한다. 그러나 러시아의 무력개입 없이 민주국 건국에 성공했던 건 거꾸로 러시아군의 군사력과 전투 의지에 대한 관동군의 판단을 그르치는 원인이 되기도 했다. 이런 판단착오 때문에 장구평(張鼓峰) 사건(1938)과 노몬한·할하강 사건(1939) 등 전투에서 참패하고 다수의 사상자를 낳게 되었던 것이다.

어쨌든 대소 전략거점으로서 만몽 확보라는 목적은 만주국 건국 뒤, '일만 공동방위'라는 명목으로 관동군이 만주국 국토 국방을 담당함으로써 달성되었다. 그러나 그것은 북방에 대한 부담으로부터 해방된다는 이시와라의 생각과는 정반대로 장대한 국경선을 끼고 러시아와 대치하게 됨으로써 러시아 및 몽골 인민공화국과 국경분쟁에 휘말려 들어 군비 강화를 도모하지 않을 수 없는 상황으로 내몰리게 된다.

조금만 생각해 보면 알 수 있었던 러시아의 군사력 증강과 그에 따른 소·일 긴장감 고조를 이시와라는 왜 낙관했을까, 중국 본토와 남방으로 진출하기 위한 전략적 거점으로서 만몽을 중시했던 것일까. 이시와라는 러시아보다도 가상적국으로서 더욱 중요하고 하루빨리 개전 준비를 진행해야 할 '목표'가 존재했다. 만몽 영유도 바로 그 상대와의 대전을 염두에 두고 기도된 것이었다. 이시와라에 있어 그 '목표'란 미국이었다.

이시와라가 미일전쟁의 필연성을 확신했던 것은 1927년이었다. 진주만 공격에 의해 일본과 미국이 교전 상태에 돌입한 것은 1941년 12월 8일이다. 14년이나 앞서 미일전쟁을 필연으로 생각하고, 그것을 만몽 영유의 목적과 긴밀히 결부시키고 있었다니, 이상하게 여길지도 모르겠다. 그러나 그때는 반드시 기이한 일만은 아니었다.

1923년 '제국국방 방침' 개정에 따라 러시아가 '상정적국'의 제1번에서 탈락했다. 그것은 러일전쟁 뒤 줄곧 일본의 국방상 위협으로 간주되어 왔던 러시아보다 더 큰 위협을 일본에게 주는, 교전 가능성이 있는 국가가 출현했음을 보여주었다. 이때 러시아를 대신해 일본 육·해군의 첫 번째 '목표'가 된 것이 미국이었다. 더욱이 미국에 대해서는 1907년 4월 천황에 의해 재기된 '일본 제국의 국방 방침'에서 우방으로서 이를 유지해야 하나 훗날 극심한 충돌을 야기할 가능성이 없다고 장담할 수 없었다. 러시아에 이은 가상적국으로 미국을 상정했고 일본은 미국 해군에 대적해 동양에서 공세를 취할 수 있을 정도로 대미전을 대비토록 했다. 이미 1919년 이후 일본 해군은 대미전을 상정한 잠수함 작전 준비에 착수하고 있었다.

미국도 러일전쟁 뒤에는 일본을 가상적국으로 한 '오렌지작전계획

(Orange Plans)'을 준비해 두었다. 태평양을 사이에 두고 일본과 미국은 서로 다가올 충돌을 예측, 대비하고 있었던 것이다. 또한 1890년대부터 고조되던 미국의 배일이민운동은 1920년 캘리포니아주에서 제2차 배일 토지법이 성립되어 미국 각 주로 파급되어 갔다. 1924년에는 배일 조항을 포함한 이민법이 미국 의회에서 가결되는 등 일본인 배척이 진행됨에 따라 일본 국내에서도 반미항의집회가 각지에서 벌어져 대미 개전이 주장되었으며, 반미 감정이 무르익어 갔다.

이처럼 대립이 심화되어 가던 1920년대 미·일 양국에게 문제의 초점이 된 것이 중국 문제, 특히 만몽 문제였다.

1905년 철도왕 해리먼(William Averell Harriman)에 의한 철도매수계획 이래 1909년 국무장관 녹스(Phulander Chase Knox)에 의한 만주철도 중립화안 제기, 1910년, 1920년 대중국 국제차관단 결성 주도 등 미국은 만몽을 포함한 중국 시장 진출에 깊은 관심을 기울이고 있었다. 특히 제1차 대전 후 워싱턴 체제로 중국에게 영토 보전, 문호 개방을 승인시켜 일본의 팽창정책을 규제하는 등 국민정부에 의한 국가통일을 지지하고 만철 병행선 건설에 투자하는 등 미국은 일본의 중국·만몽정책에 큰 걸림돌이었다.

찰스 비어드(Charles Austin Beard)는 20년대 미·일 사이의 실질적 쟁점은 중국 문제에 있다고 지적했는데, 이타가키도 이런 견해를 표명했다.

"최근 태평양 문제는 세계의 눈과 귀를 모으고 있는데, 그 가운데에서도 만몽 문제는 초점이 되고 있다. 지금 미국은 거대한 경제력을 바탕으로 지나 본토는 물론 만몽 방면에 대해서도 호시탐탐 상권의 확장을 노리고 있는데, 만약 태평양의 파도가 소용돌이 칠 때가 있다고 한다면 반드시 그 시발은 중국 문제에서 비롯될 것이고 또한 만약 제국의 만몽 문제에 간섭하는 자가 있다고 한다면 그것은 미국에 다름 아니리라고 생각한다."

이처럼 미·일 쌍방에게 양국 대립의 초점은 중국 문제, 특히 만몽 문제에 있었고 그 분쟁 정도에 따라서는 미일전쟁도 일어날 수 있다는 관측이 나타나기 시작했던 것이다. 이시와라에게 만몽 문제는 곧 대미 문제였다. 적을 격파할 각오가 없이 문제를 해결하려는 것은 나무에 올라가 물고기를 구하는 격이라는 인식이 아주 강해서 흔들림 없는 확신이기도 했다. 만몽 문제의 해결은 군사점령 밖에 없고 필연적으로 미일전쟁이 일어난다고 본 이시하라는 만몽 문제 해결을 위해 반드시 대미전쟁을 각오해야 하며 진정으로 미국에 맞설 능력이 없다면 하루빨리 모든 무장을 해제하는 게 유리하다라고까지 극언했다.

과연 만몽 영유가 미일전쟁의 직접적 계기가 된 것일까. 잇세키카이 등에 모인 장교들 사이에서는 똑같이 만몽 영유를 주장하면서도 미국에게 만몽이 생존불가결한 땅이 아닌 이상 개전으로까지 돌입하지는 않을 것이며 되도록 미국과 전쟁은 피해야 한다는 견해가 다수를 점하고 있어 이시와라의 주장과는 꽤 먼 거리가 있었다.

그러나 이시와라에게 미일 개전은 피할 수 없는 세계사의 필연이고 만몽 문제를 포함한 일본의 모든 정책은 미일전쟁에 대비해 수립되어야 한다는 것은 추호도 의심의 여지가 없는 철칙이었다. 결국 만몽 문제 해결도 미일전쟁이라는 지상과제를 위해 이루어져야 하고 미일전쟁을 할 생각이 없다면 만몽도 필요 없고 군비도 방기해버리는 편이 훨씬 더 일본을 위한 길이라 여겼다. 그러나 이시와라도 알고 있었다. 일본은 미일전쟁을 해야 할 숙명에서 벗어날 수도 없었다. 왜냐하면 미일전쟁은·단순히 태평양의 정치적 패권을 둘러싼 항쟁이 아니라 인류사상 수천 년에 걸쳐 진보해 온 동서 양문명이 일본과 미국을 각각 으뜸 선수로 내세워 최후의 자웅을 겨루는 싸움이며 동서 문명 종합을 위한 최후의 투쟁이 시시각각 다가오고 있었으니까. 동서대항 사관, 동서문명 대결론으로서 오카쿠라 덴신(岡倉天心), 나이토 고난(內藤湖南), 미쓰카와 가메타로(滿川龜太郞), 나가노 아키리(長野朗) 등도 주장했는데, 특히 일본이 앵글로 색슨의 세계제패에 대항하여 세계 신질서 건설을 지향하고 있는 만큼, 미·일 양국의 충돌은 불가피한 운명이라고 오카와 슈메이(大川周明)가, 역설함과 같은 궤도위에 놓인 것으로도 볼 수 있다.

다만 이시하라에게는 전쟁사 연구와 니치렌종 신앙이 합쳐져 만몽 문제의 해결책과도 연결되었다는 특징이 있다. 이시하라는 세계 전쟁사를 정리해 지구(持久)적 전쟁(소모전)과 결전전쟁(섬멸전)이 상호 반복되어 왔다고 하면서, 지구전이었던 제1차 대전 이후 전쟁은 결전전쟁이 될 것이라 보았다. 나아가 그는 한 도시를 일거에 파괴하는 대량 살상무기와 그것을 운반하는 항공기가 출현했다는 점으로 보아 다음에 올 결전전쟁이야말로 세계 최종전이 될 것이라 생각했다. 이 최종전이야말로 니치렌(日蓮)이 세계 통일이 실현되기 위해서는 먼저 전대미문의 대투쟁(大鬪爭)이 일렴부제(一閻浮堤, 인간계)에 일어나리라 갈파한 그 미증유 대전쟁을 가리키는 것이며, 미일 결전 또한 다르지 않다고 보았다. 이것이 이시와라의 세계 최종전론이었다. 그리하여 이 세계 최종전을 거쳐 세계 문명은 통일되고 '일천사해개귀묘법(一天四海皆歸妙法)'의 경지에 도달할 터였다.

이시와라는 이 세계 최종전으로서 미일전쟁이라는 착상을 신앙상의 스승인 고쿠츄카이(國柱會)의 다나카 지가쿠(田中智學)에게서 얻었다. 그러나 일본은 아직 세계 최종전을 수행할 수 있는 정황이 아니며 우선 동양의 선수권을 획득하기 위해 중국, 나아가 동아시아를 병참 기지화 하는 것이 불가결하고 무엇보다 만몽 영유부터 착수하지 않으면 안 된다고 주장했다. 만몽 영유는 미일전쟁을 초래하지만 그 전쟁 자체는 결전전이 아니라 지구전에 불과하다. 이리하여 일본은 곧 있을 미일지구전에 의해 국내를 통일하고 국운 기초를 다지며, 잇따라 치를 결전에 의해 세계통일 대업을 완성한다는 구상이었다.

이 지구전의 일환으로서 먼저 실행되어야 할 과제로 만몽영유 계획이 있다. 이처럼 긴 시간의 폭을 가진, 세 단계에 걸친 과제의 연쇄로서 이시와라는 만몽 영유를 그렇게 생각했다.

그러나 이러한 연쇄가 아주 긴밀한 것이어서 하나라도 빠뜨릴 수 없는 성질의 것이라면 일본이 만몽에서 무력행사를 단념하거나, 미국이 일본 만몽 영유시 바로 개전하지 않는다면 미일결전전쟁은 발생하지 않게 된다. 이런 점에서 이시와라의 논리는 명확히 파탄을 보이고 있다. 세계 최종전이라는 명제가 먼저 있고 거기에 만몽영유론을 끼워 넣은 인과관계의 도착에서 발생한 딜레마이다. 그렇다 해도 만주사변 이후 중국에 대한 일본의 군사행동이 미일전쟁 개전이라는 대하로 흘러들어 가는 복류수였다고 한다면 14년이라는 시간이 지난 제2차 대전에서 이시와라의 구상이 실현되었다고 하지 않을 수도 없다. 그러나 이시와라는 미일결전전쟁 발발을 1930년 시점에서 수십 년 뒤로 보았고, 패전 후인 1945년 12월에도 원자폭탄의 출현을 계기로 인류는 우리들이 창도해온 최종전시대에 돌입하려 하고 있다고 발언, 세계 최종전의 발발시점을 확정한 것은 아니었다. 이시와라는 태평양 전쟁도 세계 최종전으로 여기지는 않았던 것이다.

이처럼 이시와라의 만몽영유 계획은 반드시 세계 최종전과 직결되지는 않았다. 그러나 미일전쟁을 고려한 이시와라의 만몽영유론은 그때까지 국지적으로 고립된 안건으로 파악되어 왔던 만몽 문제에 큰 전환을 가져왔다. 미국을 가상적국으로 하는 국방 방침과 연결시키고 만몽 영유를 일본이 취해야 할 진로의 일환에 포함시켜, 장기적 전망과 세계사적 의의를 부여한 것이다. 그것이 기득권익의 옹호라는 방어적 입장에서 만몽 문제 무력 해결을 꾀하고 있던 관동군에게 처음으로 적극적이고 공수(攻守)를 뒤집은 명확한 지침을 주어 만몽 영유에 큰 탄성을 부여했다는 것은 부정할 수 없는 사실이다.

그러나 일정한 목적과 전망을 부여함으로써 내부를 정리하는 것만으로는 무력점령이라는 노골적 폭력 행사에 수반되는 떳떳치 못함과 배덕감마저 불식시킬 수는 없었다. 그래서 만몽 영유를 정당한 힘의 행사로 납득시키고 집단 내부 힘의 결집과 효율화를 도모하기 위한 논리가 필요하게 되었다. 비록 타자가 그 논리를 납득하지 않았다고는 해도 말이다.

이시와라의 만몽영유론이 내포한 일종의 독특함은 국내외의 상식을 뒤집어서 타국의 주권하에 있는 지역의 무력점령을 정면으로 맞부딪쳐 정의(正義)라고 재정의한 점에 있다.

이시와라에게 만몽 영유는 일본을 위해서 필요할 뿐만 아니라 다수의 중국 민중을 위해서도 가장 기뻐할 일이다. 정의를 위해 일본이 자진해서 단행해야 할 것으로 정당화되었다. 중국의 주권을 인정한 가운데 둥산성(東三省)인의 자치라는 형태를 통해 일본에 의한 실질적 만몽 지배를 은폐하려 했다는 점은 확실히 정의가 아니라고 할 수 있을 것이다. 그렇다면 일본이 군사력으로 지배하면 정의가 되는가 이런 문제는 저절로 다른 차원으로 옮아간다.

국제협조를 슬로건으로 내세운 외교관 시데하라 기주로(幣原喜重郎)는 정의가 지배하는 곳에서 무기는 무용이다 라는 격언을 외교 궁극 목표로 삼고 있었다. 군인이며 전쟁사 연구가이기도 한 이시와라에게는 무기가 지배하는 곳에서 정의는 생겨난다는 것이 그의 군사적 리얼리즘이 가르치는 바였을지도 모른다. 아니면 로마의 역사가 리비우스(Livius)가 말했던 것처럼 전쟁은 그것을 필요로 하는 자에게는 정의라는 것이었을까.

어쨌든 이시와라와 이타가키 등 관동군 참모들이 만몽 영유를 정의라고 주장했던 건 힘이야말로 정의다 라는 허무주의적 인식에서가 아니라 오히려 그들 나름의 중국 인식에서 나온 것으로 생각된다. 즉 이시와라에게는 이런 신념이 만몽 영유를 정의라고 하는 근거가 되었던 것이다.

"중국인이 과연 근대국가를 만들 수 있을지 의문이며 오히려 일본 치안 유지하에서 한(漢)민족의 자연적 발전을 꾀하는 것이 그들에게는 행복이라고 확신한다."

육군유년학교 시절부터 중국의 신생과 일·중의 제휴협력을 염원하고 있던 이시와라는 오로지 중국혁명에 희망을 품었는데, 1911년 신해혁명이 성공했다는 소식을 접하고는 이렇게 말했다.

"예전부터 품어왔던 중국의 신생에 대한 염원과 혁명 후 중국의 전도에 대한 희망에 부푼 나머지, 그때 내가 가르치고 있던(조선수비대) 병사와 함께 부근에 있는 산 위로 올라가 만세를 부르며 새로운 중국의 전도를 진정으로 경축했다."

그러나 기쁨은 잠시, 쑨원(孫文)과 위안스카이의 타협, 위안스카이에 의한 혁명 이상(理想)의 유린, 그 뒤 군벌의 할거와 항쟁. 그는 말했다.

"이러한 상태를 보고 우리들은 중국인의 정치적 능력에 회의를 품지 않을 수 없게 되었다. 한(漢)민족은 높은 문화를 가지고 있지만 근대적 국가를 건설하는 것은 불가능한 게 아닐까. 만주사변 전까지 이러한 회의는 계속되었고 그런 생각에서 우리들은 당시 만몽문제

해결의 유일한 방책으로서 만몽점령론을 주장했다. 한(漢)민족은 스스로 정치 능력을 가지지 못했기 때문에 일본의 만몽 영유는 일본의 존립상 필요할 뿐 아니라 중국인 자신의 행복을 위해서라도 필요하다고 강경하게 주장했다."

한편 이타가키도 1917년 8월 윈난(雲南)성 쿤밍(昆明)에 주재했던 것을 시작으로 한커우, 베이징, 펑톈 등에 근무했던 이른바 '지나통 군인'이었는데, 그 또한 중국 정세에 대해 이런 판단을 가지고 있었다.

"신해혁명 이래 20여 년간 내란이 거듭되어 국내통일 문제 따위는 전도요원하고 여전히 군벌의 권력쟁탈시대로서 민주적 혁명의 열매, 그러니까 인민의 행복을 감지할 수 없었습니다."

따라서 이타가키는 진정 중국 민중의 행복을 도모하기 위해서는 영웅이 나타나 철저하게 무력으로 직업군 권자, 직업정치가를 일소하지 않는 한 치안 유지를 적당한 외국에 맡길 뿐, 민중의 행복을 구할 길이 없다는 결론에 도달하였다. 일본군에 의한 만몽 영유야말로 만몽문제 해결과 현주(現住) 제민족의 행복을 보증한다고 역설해 마지 않았다. 게다가 중국인에게는 안거낙업(安居樂業)이 이상이고 국가의식은 전무하다고 해도 좋을 만큼 결여되어 있으며 누가 정권을 잡고 군권을 집아 치안 유지를 맡는다고 하더라도 조금도 차이가 없다는 중국 민중관이 있었다. 군사행동만 성공하면 만몽영유 자체에 대한 반항과 혼란은 생기지 않는다는 것이 이타가키가 오랫동안 중국 관찰에서 얻은 확신이었다.

이처럼 재만 3천만 민중의 공동 적인 군벌 관료를 타도하는 것이 우리 일본 국민에게 주어진 사명라는 군은 단정이 도출되었고 일본의 만몽영유하에서 일·조·중·만·몽 각 민족의 공존공영이 약속되었다. 이러한 일본군에 의한 봉건군벌 타도와 제민족의 낙토건설이라는 정당화 논리는 이시와라 말고도 많은 재만 일본인들이 이구동성으로 주장했는데, 사쿠마 료조의 〈만몽에서의 점령지 통치에 관한 연구〉에서도 같은 통치 방침으로 내세우고 있다.

"점령지에서 선정을 베풀고 치안을 확보하며 또한 산업·교통의 개척을 도모하고, 그럼으로써 지·선·몽 그 외 만주 재주 각 민족의 복지를 증진해 진정한 안락경으로 공존공영을 꾀한다."

게다가 일본에 의한 이러한 만몽 영유의 성과는 단지 만몽 지역에 국한되는 것이 아니다. 왜냐하면 일본군에 의해 만몽 통치의 모범이 출현함으로써 중국 본토도 또한 그 병근(病根)과 나아가야 할 방향을 인식하지 않을 수 없게 되어 주장한다. 이리하여 우리 일본의 중국 본토 통치는 중국인으로부터 충심으로 환영받아 우리들 무력의 진가를 영원히 역사에 남길 수 있을 것이다. 이렇듯 일본에 의한 중국본토 통치 정당화에까지 그 논리가 이어졌다. 이에 머물지 않고 일본군에 의한 만몽 영유는 만몽 문제를 해결하고 중국 전체의 통일과 안정을 촉진하고 동양의 평화를 확보한다는 '동양의 평화'의 기초가 관동군에 의한 만몽 군사영유에 있다고까지 외쳤던 것이다.

그러나 왜 만몽이라는 중국 대륙의 일부를, 다른 나라도 아닌 일본이 영유하는 것이 정당화될 수 있을까. 이러한 정당화의 논거로서 거론된 것이 만몽은 중국 고유의 영토가 아니며 인종설이었다.

"만몽은 한(漢)민족의 영토가 아니라 오히려 일본과 관계가 밀접하다. 민족 자결을 주장하는 자는 만몽이 만주 및 몽고인의 것이고 만주몽고인은 한(漢)민족보다도 오히려 야마토(大和) 민족에 가까운 것을 인정하지 않을 수 없다. 현재 주민은 한인종이 가장 많지만, 그 경제적 관계 또한 중국 본토에 비해 우리나라에 훨씬 밀접하다."

만몽이 비록 한(漢)민족 고유 영토는 아니라고 해도 그것을 일본 영유와 바로 연결짓는 것은 비약이고 이 논법으로 하자면 거꾸로 만주·몽고인이 일본을 점령해도 항변할 수 없을 터이다. 그러나 물론 이시와라가 상정한 바로는 경제개발과 치안 유지의 능력으로 보아 당연히 일본이 점령해야 하고 일본의 노력이 감퇴하면 만몽도 중국 본토와 똑같은 혼돈 상태에 빠지게 되리라 생각되었던 것이다.

이러한 주장은 이미 이시와라가 육군대학에 있을 때 교관이었던 이나바 이와키치(稻葉岩吉), 야노 진이치(矢野仁一)와 와다 세이(和田淸) 등 동양 사학자를 비롯한 많은 일본인이 강조하고 있었다. 게다가 만주사변 뒤에도 여러 번 되풀이되었기에 중국 측에서는 푸쓰녠(傅斯年) 등이 〈동북사강(東北史綱)〉(1932)에서 중국과 동북이 '동체불리(同體不離)'임을 논해 이에 반박하고 또한 국제연맹이사회에서도 옌후이칭(顔惠慶) 중국 대표가 반론을 펼치고 있다.

"만주를 만주인의 땅이라고 하는 것은 아주 잘못된 것이다. 중국은 오늘날 다섯 종족으로 구성되어 있는데, 만주인은 그 가운데 하나이다. 오늘날 만주인 대부분은 이미 만주에 있지 않다. 따라서 만주는 순연한 중국이다."

이시와라도 이 사실을 알고 있기라도 한 것인지, 세계 최종전론을 펼치는 문맥 가운데 일본 국체로써 세계의 모든 문명을 종합하고 그들이 동경하는 절대평화를 주는 것은 우리들 대일본의 천업이다 강변하며 세계 인류를 구제해야 할 위대한 천직을 위한 것이라면 일본의 천직이라는 관념으로 정당화의 근거를 삼았다.

이처럼 정당화의 근거가 다방면으로 제기되었음에도 불구하고 만몽 영유 계획은 만주사변 발발 뒤 겨우 나흘 만에 독립국가안으로 후퇴하지 않을 수 없었다. 그것은 결국 이시와라 등 관동군 참모들이 마련했던 정당화 논리만으로는 외국은 물론, 만몽 문제의 무력

해결이라는 노선을 채택하고 있어 입장이 가장 가까운 육군 중앙조차 설득할 수 없었다는 것을 의미한다. 하물며 배일·반일운동으로 불타오르는 중국과 워싱턴 체제를 주도하던 미국에 대해서는 완전히 무력한 논리였던 것이다. 아무리 논리를 가지고 정당성을 치밀하게 만들어 보아도 더는 군사점령이 국제적으로 받아들여지는 정세가 아니었던 것이다.

그러나 여기서 제시한 몇 가지 논점은 영유와 독립국가라는 형태 차이에도 불구하고 만주국에 도입됨으로써 다양한 기능을 행사하게 되었다. 예를 들면 중국인에게 국가의식과 정치의식이 결여되어 있다는 논점을 부정함으로써 둥산성인에게는 국가 형성 능력이 있고 중국 본토로부터 분리·독립한 만주국은 둥산성인의 자발적 의사 발현이라는 논리가 되어 만주국 독립의 정당화 근거가 되었다. 그러나 만주국 건국 뒤에는 일변하여 둥산성인에게는 국가 의식이 없고 이들에게 참정권을 주는 것은 타당하지 않다고 하여 의회개설을 부정하는 논리로도 시작된다. 또한 장 군벌을 타도해 만몽의 치안 유지를 도모하는 것은 일본군의 사명이며 비로소 재만몽 3천만 민중은 진정한 공존공영의 이상경을 실현할 수 있다는 주장은 만주국에서 일본군이 국방을 맡는 것으로 전화되고 선정(善政)주의, 오족협화의 낙토 만주국으로 선전하는 것에 이어지고 있다.

그러니까 이시와라 등이 주장한 만몽영유 정당화론의 근간이 되었던 것은 일본인의 지도에 의해서만 재만몽 각 민족의 행복이 보호되고 증진된다는 생각이었으며, 이러한 행복 후견주의(Eudämonismus)는 만주국의 이상이라고 일본이 상정한 것(즉 일본 민족을 지도민족으로 한 '민족협화'와 그에 의해 이룩되는 '왕도낙토')과 가장 긴밀하게 결부되었던 것이었다. 다만 둥산성인의 자발적 의사에 기초한 독립을 전면에 내세운 만주국에서는 만몽영유론이 뚜렷하게 드러내지 않으면 안 되었던 목적론을 정면 주장하는 것은 금기시되었으며 정당화론은 건국이념이라는 형태로 전환되어 분출되었던 것이다.

그것은 관동군의 만몽지배 목적이 바뀌었음을 의미하는 것은 결코 아니었다. 만몽영유론에서 거론된 목적과 그것이 지향하는 범위는 만주국이 관동군의 지도 아래 있는 한 불식되는 일 없이 만주국 경영의 기축이 되고 지침이 되었던 것이다.

1935년 8월, 이시와라는 참모본부 작전과장으로 전출되었다. 첫 출근날, 육군성(陸軍省)에서 나가타 데쓰잔(永田鉄山) 군무국장이 아이자와 사부로(相沢三郎) 중령에게 참살당하는 사건이 일어났다.

아이자와는 같은 센다이 유년학교를 다닌 한 기수 후배였으며, 이시와라를 숭배해 1년에 한두 번은 그를 만나러 센다이로 찾아갔었다. 아이자와는 수감된 뒤 이시와라에게 특별 변호인을 의뢰했지만 실현되지 않았다. 이시와라는 형무소에 있는 아이자와와 편지를 주고받고 면회를 했다. 처형 전날에도 면회를 가서 아이자와가 쓴 한시를 받았다.

그 무렵에는 이시와라의 신변을 경호한다는 명목으로 헌병이 배치되었다. 그러나 진짜 목적은 노동운동, 사회운동을 하는 요주의 인물들이 자주 방문하는 이시와라를 감시하는 것이었다. 그는 우익에게 습격당할 것을 두려워해 출퇴근 때 자동차를 이용했는데, 대령이 차를 이용하는 일은 드문 일이었다.

취임 뒤에는 해군 측과 협의해 '제국 국방 방침'을 개정하는 일에 착수했다.

1936년 2월 26일 황도파(皇道派, 천황의 통치를 주장한 군국주의자들) 청년 장교가 지휘하는 약 1500명 부대가 원로 중신들을 살해하

고, 나가타초(永田町) 일대를 점거한 사건이 일어났다. 이것이 2·26사
건이다. 이시와라는 오전 7시경에 연락을 받았다.

리더인 이소베 아사이치(磯部浅一)가 작성한 명부에는 눈에 띄는
대로 참살해야 할 6명의 이름이 있었는데, 거기에 이시와라도 포함
되어 있었다. 궐기부대는 참모본부, 육군 대신 관저의 경계선을 뚫고
들어갔다. 오전 8시 전에 열린 참모본부 부과장 회의에서 그는 단호
하게 진압할 것을 주장했다. 후쿠도메 시게루福留繁 해군 대령은 이
시와라가 시종일관 토벌할 것을 주장하며 동요하는 기색은 없었다
고 했지만, 처음부터 강경론을 일관한 건 아니라는 말도 있다.

27일 계엄령이 공포되자 이시와라는 계엄사령부 참모를 겸임했다.
궐기부대가 공포 후에 계엄부대에 편입되어 귀순하는 것은 29일 아
침이다.

28일 천황의 명령이 내려졌다. 이 명령에 불복할 시에는 정오쯤 공
격이 떨어지게 되었다. 토벌을 회피하는 쪽으로 움직였던 황도파 아
라키 사다오 대장은 이시와라와 격한 논쟁을 벌였다. 29일 라디오
방송이 나왔다.

"병사들에게 알린다."

'천황의 칙명을 받은 군기에 대항하지 마라'는 글이 적힌 애드벌룬
이 공중에 떠올랐다. 반란부대가 귀순하면서 사건은 진정되었다.

이시와라는 사건 수습에 바빴던 27일과 28일에는 일기를 쓰지 않
았다. 29일에는 '일은 저녁에 거의 정리함, 뒤처리는 당국에는 가망
없음', 3월 1일에는 '마무리를 짓고 앞으로의 거취에 대해 문의함. 오
후에 귀가함' 이렇게 적었다. 그 뒤로는 자택에서 지냈지만 무토 아
키라 등 동료 및 후배들이 설득을 해 일주일 만에 출근을 했다.

천황은 훗날 이렇게 회상하였다.

'참모본부의 이시와라 간지도 마치지리(町尻) 무관을 통해 토벌 명

령을 내려달라는 청을 했다. 이시와라라는 인간은 대체 어떤 인간일까. 도무지 모르겠다. 만주사건을 일으킨 장본인이면서 이때 태도는 정당했다.'

3월 14일 이시와라는 계엄사령부가 축소되어 참모부장으로 승진할 때까지 사실상 자신이 이끌었다.

작전만을 생각하는 참모본부 종래의 사고방식을 바꿔 이시와라는 작전을 지속할 수 있도록 국력을 키워야 할 필요를 통감하고, 국가 통제경제를 확립하는 것을 목표로 삼았다. 참모본부의 기구가 개혁되어 제2과가 전쟁지도와 정세 판단을 주요 업무로 하는 전쟁지도과로 바뀌었고, 이시와라가 초대 과장으로 취임했다. 1937년도 군사예산은 30억 4천만 엔으로 전 예산의 43%를 넘었다.

산업개발 5년 계획을 일본에서 실행하기가 어려웠으므로 먼저 만주에서 실시하려고 했고, 아유카와 요시스케(鮎川義介)가 창시한 그룹 닛산(日産)이 만주 진출을 꾀했다.

2·26사건 뒤에 조직된 히로타 고키(広田弘毅) 내각은 1937년 1월 의회에서 데라우치 히사이치(寺内寿一) 육군 대신과 하마다 구니마쓰(浜田国松) 중의원 의원이 벌인 이른바 '할복문답'을 계기로 총사퇴했다.

후임으로 우가키 가즈시게(宇垣一成)가 천황의 칙명을 받았는데, 이에 대해 이시와라는 참모본부의 반장급인 중령, 소령들을 모아 우가키를 수반으로 세우는 군사정권에 반대해야 한다고 호소했다. 우가키는 꼭두각시처럼 마음대로 조종할 수 없는 데다 자신들의 정책 요구가 묵살될 것이라고 예상했기 때문이다.

결국 우가키는 육군대신에 오르지 못하고 칙명을 사양했다. 머지 않아 이시와라 일파가 자유자재로 다룰 수 있다고 생각한 하야시

센주로가 칙명을 받았다. 이타가키 세이시로(板垣征四郎)를 육군대신에 추대하려 했지만 불발로 끝났다.

3월 이시와라는 소장으로 진급, 작전부장으로 취임했다. 하야시 내각은 5월 말에 총사직하고, 고노에 후미마로(近衛文麿) 내각이 들어섰다. 그때 참모총장은 황족인 간인노미야 고토히토(閑院宮載仁)였고, 그의 실무를 대행했던 참모차장이 병으로 쉬고 있었기 때문에 이시와라가 사실상 통할 책임자였다.

7월 7일 베이징 교외의 루거우차오(盧溝橋)에서 중국과 일본 군대가 충돌했다. 보고를 받은 이시와라는 대원들에게 머무르면서 해결할 것을 명하고 부장실로 침대를 옮겼다.

이시와라는 중국의 항일의식이 높아져 있어서 장기전의 늪에 빠질 것을 예측했다. 이 전쟁이 만주국 산업개발 5년 계획을 파탄낼 것이라 생각하여 전쟁이 확대되는 것을 반대했다.

그러나 육군성, 참모본부, 관동군 등에서는 확대파가 우세해 이시와라는 확대파의 선봉에 선 부하 무토 아키라(武藤章) 작전과장과 격한 논쟁을 벌였다.

참모본부는 불확대 방침을 결정하지만 통제는 할 수 없었다. 방침과 반대로 3개 사단을 파병할 것을 결정, 내각회의에서 승인을 받았다. 이시와라가 불확대 방침을 취하면서도 파병을 결심한 것은 현지에서 전투가 시작되더라도 파병에는 몇 주가 걸리기 때문에 만일의 준비를 하기 위해서였다. 이것이 중국을 결속하게 만들어 현지에서 해결하려고 한 노력을 수포로 만들었다.

같은 달 하순, 이시와라는 중국군과 전면전을 피하기 위해 화베이(華北)정권 수립을 단념하고, 그 대신 만주국을 국민정부로써 승인받기 위해 고노에 후미마로 수상과 장제스(蔣介石)의 회담을 성사시키려 했지만 실현되지 않았다. 중국군과 무력충돌이 일어나면 이시와라는 대기시켜 둔 3개 사단을 파병하겠다고 결의했다.

8월 상하이에서 해군 육전대와 중국군이 교전에 들어가 이시와라는 2개 사단을 파병하기로 했다. 그러나 전면전을 주저하던 이시와라는 9월 관동군 참모부장으로 전임되었다. 확대파와의 항쟁에서 패한 것이다.

일본 정부는 이 사건을 중국침략 기회로 삼아 군대를 증파해 7월 28일 베이징·톈진에 총공격을 퍼부었고, 12월 13일에는 난징 대학살을 자행했다. 루거우차오 사건은 전면전쟁으로 확대되어 중일전쟁으로 돌입했다. 중국 측에서는 이 사건을 계기로 제2차 국민당과 공산당의 국공합작이 이루어졌으며, 중국 내 항일 투쟁의식이 높아졌다.

이시와라는 러일전쟁에서 일본이 승리한 것은 천운이라고 생각했다. 한커우(漢口)에서 지낸 2년 동안 이 의문에 대한 연구를 하며 보냈다. 전쟁을 단기적인 것과 지속적인 것, 두 가지로 분류해 최종전쟁관의 싹을 띄웠다. 중국 문제는 곧 미국 문제이므로, 미국과 대결할 결의와 준비가 없으면 중국 문제를 영원히 해결하지 못한다는 결론에 이른 것이다.

그는 니치렌(日蓮) 사상에 열렬히 빠져 불멸(佛滅) 후 2500년 전후로 통일 세계가 실현되고, 그 과정에서 전대미문의 전쟁이 일어난다고 한 니치렌의 예언이야말로 군사 연구를 하는 부동의 목표라고 밝혔다.

독일에 주재했을 때, 한스 델브뤽의 '전멸전략'과 '소모전략' 이론을 배웠고, 프리드리히 대왕(소모전략)과 나폴레옹(전멸전략)을 연구하기 위해 문헌을 수집했다.

귀국 뒤에는 육군대학에서 강의를 하며 전쟁의 2대 성질로서 이 이야기를 예로 들었다. 관동군에 전임한 뒤, 전쟁과 전략을 구별하기 위해 '결전전쟁' '소모전쟁'이라는 말을 썼다. 만주사변 뒤에는 전쟁 수단인 무력 가치 크기에 따라서 상대를 무력으로 철저하게 압도하는 남성적, 양성, 단기전인 '결전전쟁'과, 절대적 무력이 아닌 정치수단을 중시하는 여성적, 음성, 장기전인 '지구전쟁'으로 고쳤다. 세계사를 보면 이 두 가지 경향이 번갈아 출현해 왔다고 여긴 것이다.

1929년 인류 3000년의 역사 속 시대 전쟁, 정치사의 많은 부분을 정리한 '전쟁진화표'를 작성했다. 그 뒤 강연에 이것을 썼다.

이시와라는 최종전쟁론을 빌어 다음 전쟁은 결전전쟁이므로 남녀노소를 불문한 모든 국민이 참가함으로써 적의 공군이 철저한 섬멸전을 펴쳐도 견뎌낼 의지를 단련시켜야 한다고 말한다. 비행기가 착륙하지 않고 세계를 빙글빙글 돌며 중요도시를 철저하게 파괴할 수 있는 병기가 개발될 것이며, 전쟁이 극한까지 발전했을 때 일어나는 무렵 인류는 전쟁을 할 수 없게 되고 온 인류가 동경하는 영원한 평화가 찾아올 것이라는 전쟁관을 이야기한다.

또한 세계는 연합국 시대로 접어들어 러시아, 미주, 유럽, 동아시아 네 나라의 정치적 단위로 나뉘며, 결승전에서는 미주와 동아시아가 붙은 결과 세계가 통일될 것이고, 동아시아의 맹주인 천황이 세계 천황으로 추앙받을 것이라고 했다.

이시와라는 최종전쟁 시기가 제1차 세계대전에서 50년 내외가 될 것이라고 추측했고, 최종전쟁의 여진이 가라앉아 전쟁이 사라져 인류의 전쟁 역사가 끝나기까지는 20년이 걸릴 것으로 예상했다.

1941년 12월 태평양 전쟁이 발발했다. 이시와라는 이 전쟁의 본질은 영국의 세계 제패에 제동을 걸고, 동아시아를 대동단결하는 동아시아 연맹을 결성해 최종전쟁을 준비해야 한다고 말한다.

일본이 전쟁에서 패하자, 이시와라는 최종전쟁에 대한 필승태세를 정비하는 것은 무력에 의해서가 아니라 최고 문화를 건설하는 것으로 무장을 포기한다는 생각을 발전시켰다.

죽음 직전에 맥아더 앞으로 보낸 건백서(建白書)에 최종전쟁이 동아시아와 유럽 및 미국의 양자구도로 진행될 것이라 예상했던 건 확실히 자만이었고, 명백한 오류였음을 인정한다고 쓰여 있다.

세계최종전쟁 준비를 위해 이시와라 간지는 동아연맹을 만들어 미국에 필적하는 생산력을 키워내야 한다고 생각했다.

동아연맹은 '국방 공동·경제 일체화·정치 독립'을 조건으로 일본, 중국, 만주국이 손을 잡자는 취지의 이론이었고, 중일전쟁의 조기 종결이 그 목표였다.

1939년 10월 이시와라의 친구인 기무라 타케오가 '동아연맹협회'를 결성했다. 이것은 고노에 후미마로 수상의 동아신질서 성명에 따른 국론 통일이 목적이었다. 오코치 카즈오, 나카야마 이치로 등 학자들도 동아운동을 지지했고, 찬동하는 이들 가운데에는 여성 운동가 이치카와 후사에도 있었다.

조선인들 가운데에서도 '정치 독립'을 조선민족해방의 기반이 되리라 여기며, 자치권을 주는 것과 독립은 종이 한 장 차이라는 생각으로 이 운동에 공명하는 사람들이 차츰 퍼져 나갔다. 조선 총독부는 단속을 강화해야 했다.

1940년 전국적으로 이러한 운동들이 조직화되어 연말에는 21개의 부(府)와 현(県)에 걸쳐 현(県)지부가 조직되었다. 이시와라도 쿄토에서 몇 번 동아연맹에 대한 강연을 했다. 이 조직 설립에 중심이 된 것은 중의원 의원과 지방의원들이었다.

1941년 1월 이러한 움직임들에 대해 내각 회의에서 동아연맹협회에 억압방침이 내려졌고, 기관신문 〈동아연맹〉에 연재하던 글도 삭제되었다.

4월 이시와라는 입명관(立命館) 대학에 봉직하자 전국으로 강연여행을 떠나 협회고문에 취임했고, 사카타, 야마가타, 쓰루오카에 분회가 결성되었다. 쓰루오카 분회는 85명 정도의 회원으로 이루어져 있었는데, 8월 쇼나이 지부로 바뀌었을 때쯤에는 그 회원 수가 약 200명으로 늘어나 있었다. 귀향 뒤에는 전국으로 강연 여행을 가는 일이 차츰 많아졌다.

일본에서는 동아연맹운동이 억압받았지만, 중국에서는 활발해져 난징정부의 왕징웨이를 회장으로 하는 '동아연맹중국총회'로 발전했다.

1942년 2월 '동아연맹협회'는 '동아연맹동지회'로 이름을 바꾸고, 정치적 문화단체에서 사상단체가 되어갔다.

그 운동의 일환으로서 이시와라는 농업지도에 공을 들였고, 식량 생산을 늘리기 위해 효소비료 등 물건들을 도입했다. 스스로 약 200평 공터에서 밭일을 했지만, 대부분 농가는 증가 생산이 목적으로 이시와라의 사상 및 이념에 공명했다고 결론짓기에는 무리가 있었다. 1943년 12월에 쇼나이 지부 회원은 약 3,500명에 이르렀다.

패전 직후, 동아연맹 동지회에 입회하는 사람들이 갑자기 늘어났다. 그 이유는 이시와라가 패전에 대한 책임을 추궁받은 것에 대해 가장 먼저 언급하고, GHQ의 점령정책이 나오기 전 전후 일본의 이상적 자세에 대해 지적한 점과, 식량 생산 증가에는 효소농법밖에 없다는 주장을 농민이 압도적으로 지지한 점 때문이었다.

9월 이시와라는 고리야마, 신조, 모리오카를 비롯한 지방에서 열린 동아연맹대회에서 연설을 했다. 연설 주제는 '패전은 신의 뜻이다'였다. 도시해체·국민개농(国民皆農)·농공일체·간소생활 등을 제창했다. 그 연설 때문에 임시열차가 세워질 만큼 대성황이었다고 한다. 이 시기 쓰루오카 분회원이 6천 명을 넘어섰다.

11월 이시와라는 보름에 걸쳐 큐슈지방에서 강연을 했지만 이것이 마지막 강연여행이 되었다. 12월에 들어서 동아연맹의 회원은 동북지방을 중심으로 4, 5만 명으로 확대되어 있었다.

1946년 1월 GHQ가 동아연맹 동지회 등 해산과 공무 추방을 지령했고, 이로써 동아연맹운동은 좌절하게 되었다.

1945년 8월 15일 이시와라는 강연하던 곳에서 천황의 방송을 들었다. 패전으로 자결한 아나미 고레치카 육군 장관의 죽음을 애도하는 조기를 3일 동안 세웠다. 17일 히가시쿠 니노미야 내각이 성립되자 그 요청을 받아들여 상경한 이시와라는 내각 고문에 취임할 것을 요청받는다. 그러나 그는 동아연맹운동에 전념하고 싶다는 이유로 그 요청을 거절했다.

이 시기에 이시와라는 신문을 비롯한 매체들에서 많은 인터뷰를 받았다. 그는 인터뷰 중에 이런 점들을 분명하게 밝혀 말했다.

"일본의 패배 원인은 국민도의의 놀랄만한 저하이다. 온 국민이 분개해 군비를 철폐하고 평화국가가 될 것, 철저한 언론결사 자유를 인정하고 특별 고등 경찰 및 헌병을 폐지할 것, 동아 국가에게 진심으로 깊이 사과할 것."

9월 이후 이시와라는 전국 강연 여행을 계속 다녔다. 이런 정력적인 활동 결과, 그의 건강은 갈수록 나빠지게 되었다.

뒷날 1946년 1월 이후 동아제대병원 도쿄 테이신 병원에 입원한 이시와라는 소변을 제어하지 못해 죽을 때까지 요강을 사용해야 했다.

한편 연말에 사카타 경찰서 서장을 방문한 미국인 기자 마크 게인은 관계자를 취재해 일본은 새로운 구세주 그 이상의 존재를 얻어가고 있다고 그때 상황을 평가했다.

또한 미국, 영국, 러시아의 검사들이 임상 심문을 했을 때 이시와라는 이렇게 대답했다.

"전범 중에서 1급은 공습과 원폭 투하로 비전투원을 살해하고 국제법을 유린한 트루먼이며, 그 참된 원흉은 쇄국정책을 펼치던 일본을 협박해 개국하게 만든 뒤, 일본을 태국, 조선, 만주로 향하게끔 한 페리이다."

"도조 히데키와 의견 대립이 있지 않았었느냐."

검사들의 질문에 이시와라는 큰소리로 꾸짖었다.

"도조에게는 사상도 의견도 없으며 의견이 없는 자와는 의견이 대립될 수 없다!"

전범을 선정하는 작업은 1945년 12월부터 그 다음 해인 1946년 4월까지 계속되었다. 3월 하순에는 이시와라가 전범 리스트에서 제외되었다. 임상 심문에서 피고로 선정할 결정적 증언이 나오지 않았기 때문이다.

8월에 퇴원해 이시와라는 쓰루오카 교외에서 조용히 요양을 한 뒤 10월에 아쿠미군 유자마을 서산에 들어가 살게 되었다. 이시와라가 살던 곳은 다다미 8장 크기의 다다미방과 다다미 6장 크기의 마루방으로 검소한 생활이었다. 그는 그 뒤에 쓰루오카시 쇼나이 병원에서 두 번의 수술을 했다.

11월 일본 국헌법이 공포되자 이시와라는 전쟁 포기의 진의를 깨닫고 몸에 무기를 두르지 않고 정의에 기반을 두어 나라를 세울 것을 강조했다.

1947년 5월 극동국제군사재판(도쿄재판) 사카타 출장법정이 열렸다. 이시와라는 이타가키 세이시로의 변호인 측 증인으로서 출정했다. 이시와라의 주치의가 지금은 장기 여행이 불가능하다고 진단서를 냈기 때문에 도쿄 재판이 시작된 이래 처음으로 출장 심리가 되었던 것이다. 이때 내외신 기자들도 취재에 동행했다.

이시와라는 검은 외투에 전투모를 쓰고 리어카로 자택에서부터 후쿠라역까지 이동했다. 그에게는 전통의상을 입고 법정에 들어서 화로 사용과 간호사 수행이 허가되었다.

이시와라는 법정에서 만주사변은 중국군 공격에 기인한 일이며 혼죠 시게루 관동군사령관의 결단에 의한 자위권 발동이었다고 강조했고, 새로운 사실은 밝히지 않았다. 특별 방청 허가를 받은 사카타 경찰서 경장의 눈에 그는 더듬더듬 신념을 진술하는 것처럼 보였다. 하지만, 자신의 증언에 의해 다른 사람에게 피해가 가지 않도록 신중하게 발언하고 있는 것 같았다.

이치가야 법정에서 나온 피고들 발언에 실망하던 기자들은 이시와라의 발언과 태도에 가슴속이 후련해지는 기분이었다.

지병 악화로 여행을 못하게 된 이시와라는 서산 농장에 마을을 만드는 일에 전념했다.

1947년 9월 니치렌 신앙에 의해 이상적 농촌을 건설하려는 이시와라의 생각을 문장화한 '서산촌 만들기 헌법'을 제정했다. 중요사항은 고노헤에서 구성된 도나리구미(隣組)로 이루어진 마을회의에서 결의하고 경작지는 면 소유, 도나리구미 단위로 식량을 자급하고 현금 수입은 공업에 기대기로 했다. 소금을 만드는 것이 생각처럼 되지 않아 이시와라는 다달이 자금을 원조했다.

매달 밤 이시와라를 달래려고 많은 사람들이 악기 연주나 춤을 추는 '달구경 모임'을 열었다. 또한 성사극(聖史劇) 「사도(佐渡)」의 상연회를 열기도 했다.

연말에는 이시와라 부부를 비롯하여 그곳에 사는 사람들 수가 모두 28명이 되었다. 그 사람들은 쇼나이와 다른 지방에서 온 사람들이 절반이었고, 대부분 폭격을 피해 이사를 온 사람들과 귀국자들이었다. 마을 만들기 핵심은 공동생활이며 공동취사가 목표였지만, 식량 확보가 어려워 불만이 많이 나왔다. 도나리구미에 정을 못 붙이는 경우도 있었다.

1948년 1월 군국주의자로서 동아연맹관계에서는 고문인 이시와라를 비롯한 16명의 공직 추방이 결정되었다. 여성은 2명이었는데, 그 중 한 명이 이치카와 후사에였다.

11월 이시와라는 아나미 코레치카의 아내로부터 병문안 편지를 받았다. 그 편지에는 안타까움이 묻어나 있었다.

"생전 마지막까지 당신을 믿고 있었어요. 패전 직전에는 당신을 꼭 만나고 싶었죠."

극동 국제 군사 재판에서는 A급 전범 25명에게 유죄판결 내려졌고, 도조와 이타가키를 비롯한 7명에게 사형이 선고되었다. 이시와라는 이타가키에게 전언을 보냈다.

'저도 그리 멀지 않게 따라갈 거라 생각하니, 만약 가시는 길에 이상한 점이 있다면 잠시 기다려 주시지요. 길 안내는 자신 있습니다.' 이시와라는 죽은 이타가키의 머리카락을 국주회(国柱会)의 영묘에 두고 법화경을 읊고 간소한 장례식을 알아보아 주었다.

11월 하순 16mm 영화 『입정안국(立正安国)』을 촬영했다. 늦가을 맑게 갠 날 가장자리에서 인터뷰를 하는 형식이었다. 음성을 제대로 듣기 힘들지만, 무거운 병인데도 불구하고 목소리는 야무지고 힘찼다. 촬영 시간은 2시간이었지만, 상영시간은 5분 정도였다.

이 영화에서 이시와라는 이런 이야기를 하였다.

"전쟁 없이 세상을 하나로 뭉치기 위해서 일본 사람들은 비굴해지는 것이 아니라 최대한의 공적을 올려야 합니다. 니치렌이 룽커우로 갈 때의 태도처럼 예수가 십자가를 등에 짊어지고 처형장에 간 태도처럼, 이해(利害)를 생각하지 않고 국책으로서 전쟁 포기의 자세를 고수해야 합니다."

1949년 1월 이후 병의 증세가 악화되고 불면증이 계속되었다. 7월 맥아더 장군에게 건백서 '새로운 일본의 진로'를 보냈지만, 8월이 되자 혈압이 저하하여 요폐(오줌이 잘 나오지 않는 병)에 걸렸다.

8월 13일 집으로 돌아가던 중, 오카와 슈메이가 방문하여 전 세계와 일본의 장래, 니치렌 신앙에 대해서 한동안 이야기했다. 향년 60살 때 일이었다.

이시와라의 시신은 유언대로 대륙을 향해 수평으로 놓고 화장했다. 서산 묘지 중앙에 이시와라가 쓴 '나무묘법연화경(南無妙法蓮華経)'이 적힌 나무기둥이 세워졌다. 12월 그의 유골 일부는 국주회의 묘법 대영묘에 들어가게 되었다.

만주의 공룡 나타나다

'만철왕국'은 중국 동북부에서 절대적 영향력을 행사했지만, 일본 국내에도 큰 영향을 끼쳤다.

그 가운데서도 가장 큰 것은 오늘날 일본 경제 시스템의 원형 '만주국' 설계도를 만철 조사부의 사람들이 완성시킨 일이다.

그들이 만들어낸 통제경제는 국가통제와 관료통제를 섞어서 짜낸 '만주'만의 독특한 것으로서, 러시아나 구미(歐美)의 경험을 교묘하게 받아들인 것이 특징이었다.

잠시 전 만철회 전무이사 아사노 히로유키(天野博之)의 수기를 살펴보자.

나는 1935년 다롄의 일본적십자 병원에서 태어났다. 도쿄에서 자란 어머니는 동양 최고의 규모와 시설을 자랑했던 만철병원보다, 어릴 때부터 익숙한 일본적십자 병원을 신뢰했던 것 같다. 아버지는 그때 나이 26세, 만철 본사 총재실에서 근무하고 있었다.

나는 세 살까지 다롄에서 살다가, 그 뒤 아버지의 전근에 따라 봉천, 신경, 푸순 등지로 옮겨다녔고, 마지막으로 길림에서 쇼와 천황의 옥음방송을 들었다. 처음부터 끝까지 만철의 사택에서 살았다.

기억이 확실히 나는 것은 석탄의 노천굴로 유명한 푸순에 이주한 유치원 시절부터이다. 푸순의 사택거리는 중앙광장에서 방사상으로 널찍하게 뻗어 있었다. 나무도 많았다. 광장 주변은 탄광장(炭鑛長)

과 간부사원의 사택, 그 바깥쪽에 두 세대, 네 세대의 연립사택들이 늘어서 있었다.

푸순 시는 시 동쪽 반을 만철사택거리가 차지하고, 푸순역에 가까운 서쪽은 시청과 경찰서, 탄광사무소, 만철병원이 모여 있었고, 푸순중학교, 푸순고등여학교, 현지인을 위한 공학당 외에 일본인의 상점거리와 주택이 늘어서 있었다.

푸순의 사택은 유럽풍의 세련된 벽돌조 건물이었다. 그러나 이 사택은 1909년에 푸순을 방문한 나쓰메 소세키가 감탄했던 사택과는 다르다. 소세키가 본 천금채(千金寨)의 사택거리 지하에 거대한 탄층이 발견되었기 때문에 사택거리는 동쪽의 구릉지로 이전하고 영안대(永安台)라고 명명되었다. 공원용지가 2할을 차지했고, 도로폭도 가장 넓은 곳이 36m, 그보다 좁은 곳은 27m, 22m이고 가장 좁은 곳도 7미터였다.

푸순역에서는 2량 편성의 전차가 달려 동향갱(東鄕坑)과 대산갱(大山坑) 등의 각 탄갱을 이으면서 사택거리를 일주하고 있었다. 나중에 사택거리는 환상선(環狀線) 밖으로 뻗어나가 중학교도 이전한다.

우리 가족은 처음에는 남대(南台) 마을의 4세대 연립사택에서 살았으나, 아버지가 과장급으로 승진한 뒤에는 북대(北台) 마을의 2세대 주택으로 이사했다. 1층은 방 셋에 부엌과 화장실 겸 욕실, 2층은 방 둘에 넓은 발코니가 딸려 있었다. 뒤편에는 넓은 마당이 있어서 어머니가 토마토와 오이, 딸기 등을 길렀다.

푸순의 사택은 스팀 난방이었다. 두 군데의 보일러실에서 각호로 증기가 보내진다. 10월 중순, 이튿날 아침부터 스팀이 들어간다고 통지되면 흥분해서 기다리곤 했다. "땅, 땅…" 하는 소리와 함께 난방기구가 점차 따뜻해진다. 이 증기는 욕실에도 보내져서 1년 내내 더운

물이 나왔다.

놀란 것은 1946년 3월, 혹독하게 추운 길림의 겨울을 살아남아 목숨만 건져 푸순으로 돌아갔을 때, 스팀난방과 수도, 가스, 수세식 화장실까지 이전과 똑같이 이용할 수 있었던 일이다.

주위에 살구나무가 자라고 있던 중앙광장은 여름에는 윤무를 출 수 있는 무도장, 겨울에는 스케이트장이 되었다. 전쟁이 끝난 뒤인 1946년 겨울에는 여가 시간 대부분을 이 스케이트장에서 놀거나 그 한쪽에 있었던 도서실에서 《미야모토 무사시》《삼국지》 등을 읽으며 보냈다.

북대 마을로 옮기자 만철소비조합이 가까워졌다. 100m 정도였을까. 어머니가 심부름을 보내면 검은 외상장부를 들고 달려갔다. 1층은 식료품, 2층은 의류와 잡화, 3층에는 이발소와 식당이 있었는데 이용한 기억은 없다. 그 무렵 사내아이들은 머리를 바짝 짧게 깎았고, 밖에서 식사를 할 때는 탄광클럽에 가는 경우가 많았다.

어머니가 결벽증이 있었던 데다 당시 만주는 위생상태가 나빠서 외식은 언제나 야마토 호텔이나 일본인이 경영하는 요리점으로 한정되어 있었다.

그래서 '만인'이 거리에서 팔고 있는, 속에 아무것도 들지 않은 만두나 파오스(고기만두), 밀가루와 옥수수가루를 커다란 철판 위에 구운 전병(파나 된장을 싸서 만든다), 교자 등을 먹은 적은 없다. 매력적이었던 것은 탕푸르(과일사탕꼬지) 장수였는데, 빨간 산사나무 열매를 엿에 졸여서 꼬치에 꿴 것을 볏짚더미에 꽂아서 팔러 온다. 늦가을부터 겨울의 풍물시였다.

만철 사원은 대개 만철소비조합에서 물건을 샀다. 대금은 급료에서 나갔고 상품이 풍부하고 가격도 쌌다.

다롄항은 러시아 시대 이후 자유항이었기 때문에 구미에서 수입한 싼 물건들이 많았다. 아버지는 다롄에 출장 갈 때마다 물 건너온 스카치위스키를 사거나, 어머니가 좋아하는 영국 털실을 사 오시곤 했다. 한 번은 큰맘 먹고 라이카 카메라를 사온 적도 있었다. 만철총재 가운데에는 다롄에서 영국의 고급양복감을 구입하여 긴자(銀座)의 양복점에서 맞추는 사람도 있었다고 한다.

소비조합은 1907년 만철 창업 때 시작되었다.

일본인은 역시 쌀밥에 된장국, 절임류가 없으면 힘이 나지 않는다. 그런데 당시의 만주에서는 벼농사를 짓지 않았고, 중국의 된장과 장유는 일본인의 입에 맞지 않았다. 펑톈을 제외하고 일본인이라고는 만철역무원밖에 없는 지구가 많아서 일본 식품을 손에 넣기가 쉽지 않았다. 그래서 만철에서는 식료품과 일용잡화, 의류 등을 열차에 실어 배달했다.

그 배달제도가 발전하여 만철소비조합이 된 것이다. 조합원이 되기 위해서는 최초 1엔(나중에는 5엔) 이상의 출자금이 필요했고, '만인' 사원이라도 출자금을 내면 조합원이 될 수 있었다.

'만주국'에서의 이 실험과 경험은 그 후 국내로 이식되어 일본의 전시체제(戰時體制)라고도 할 수 있는 '1940년 체제'를 만들 때 그 모델이 되었다. '1940년 체제'를 견인했던 관료 주도의 금융통제, 노무(勞務)통제와 식량통제 또한 그 근원을 찾는다면, '만주국'에 기원이 있다. 그것을 고안해낸 제작진 역시 만철 조사부라는 '두뇌집단'이었다.

'1940년 체제' 골격은 그 당시 그대로는 아니지만, '일본 주식회사'의 원형으로서 고도경제성장을 추진한 일본의 독자적 시스템으로 이어졌다.

이 '두뇌집단'은 그저 국가정책을 입안하는 데 그치지 않았다. 그들은 이 지역에 독특한 문화나 스포츠도 이식했다. 야구, 럭비, 아이스하키, 피겨, 스케이트, 영화나 음악이 다롄(大連)이나 신징(新京. 지금의 창춘(長春)), 하얼빈(哈爾濱)을 중심으로 하나의 서클을 형성한 것이다. 당시 유럽으로 가는 가장 빠른 코스는 만철에서 시베리아 철도를 이용하여 모스크바, 베를린으로 가는 것이었다. 즉 '만주'는 유럽으로 열린 창이었고, 만철은 그 입구였던 셈이다.

만철의 기점인 다롄은 러시아가 만들어 도시 전체가 러시아 느낌이 물씬 났다. 이 땅을 밟아본 일본인은 하나같이 러시아를 통해 유럽의 향기를 만끽했다. 서구의 공기를 가슴 깊이 들이마신 지식인은 이 지역에 일본 국내와 비슷한, 또 다른 특이한 문화를 조성해낸 것이다. 그것을 지탱했던 것이 바로 만철이었다.

물론 이러한 고급스럽고 우아한 문화가 일본인의 점유물이었고 도리에 어긋난 만철의 돈벌이에 입각한 점을 잊어서는 안 된다. 중국인 연구자인 쑤충민(蘇崇民) 등은 저서 《노동자의 피와 눈물》(1995)에서 말한다.

"철도·도로·발전소·댐 건설은 물론 광산 개발, 공장 건설 및 각지에 전개된 군사시설의 공사도 모두 1백만 명이 넘는 중국인 노동자, 쿨리(하층노동자)들이 흘린 한 방울 한 방울의 땀과 피로 건설되었던 것이다."

이 '두뇌집단'을 뒷받침했던 것은 바로 중국인 노동자였다. 또한 '두뇌집단'을 형성한 사람들 다수는 중국인이 아니라 만주로 건너간 일본인이었다. 그들 모두가 우아한 문화를 점유했을 리는 없다고 해도, 숫자로 본다면 일본인이 압도적 다수를 차지하고 있었던 것은 부정할 수 없다.

1906년 11월 만철이 탄생했다. 전 해인 1905년 9월에 체결된 러일전쟁 강화조약 즉 포츠머스 조약 결과, 러시아로부터 양도받은 동청철도(東淸鐵道)의 남쪽 반, 즉 쿠안청쯔(寬城子. 창춘 교외) 이남의 철도와 거기에 부속된 이권을 기초로 만철은 탄생되었다. 만철이 다롄에서부터 창춘 남부에 위치한 쿠안청쯔까지를 러시아로부터 양도받은 것은 러일전쟁에서 일본군이 점령했던 최북단이 쿠안청쯔였지만, 포츠머스 조약에서 교섭을 맡았던 일본 대표가 쿠안청쯔를 창춘의 다른 이름으로 착각했기 때문이다.

일본 정부는 뒤에 언급하는 해리먼의 매수공작에 대항하여 러시아로부터 받은 이권을 청국(淸國)에게 승인시키기 위해 1905년 끝무렵 일청만주선후조약(日淸滿洲善後條約)을 강제로 체결했다. 1906년 1월에는 육군 참모총장인 고다마 겐타로(兒玉源太郎)를 위원장으로 한 만주경영위원회가 조직되는 가운데, 만철은 군사적 색채가 농후한 국가기관 성격의 주식회사로서 그 지위를 부여받았다. 고다마와 고토 신페이(後藤新平)가 작성했다고 하는 '만주 경영책 경개(滿洲經營策梗概)'에 의하면 이렇게 진술하고 있다.

"전후 만주 경영의 유일한 비결은 겉으로 철도 경영의 가면을 쓰고, 속으로는 각종 시책을 단행함에 있다."

이렇듯 만철에는 철도회사의 영역을 넘어선 역할이 기대되고 있었다.

회사 설립을 위한 1906년 9월 제1회 주식 모집날, 호경기인 데다 러일전쟁 이후 애국심이 더해져서 만철 주식은 배율 1,077배라는 공전의 붐을 맞았다. 그러나 모집된 자금은 약 2백만 엔(주식 액면가는 2천만 엔)에 지나지 않았다. 만철의 자본금은 2억 엔이었다. 그 무렵 일본 최대의 회사로서 엄청나게 많은 액수였다.

이 자본금 2억 엔 가운데 1억 엔은 일본 정부의 현물 출자였고, 나머지 1억 엔은 청·일 양국인이 출자한 것이었지만, 청국인을 배제하고 단행된 주식 모집으로 앞서 언급한 상황이 일어났기에 자금조달 여부가 불투명했다. 결국 기댄 것은 외채(外債)로서, 런던에서 모집된 만철 사채(社債)에 의해 간신히 숨을 돌리는 실정이었다. 영·일동맹이 인연이 되어 영국의 도움으로 만철 탄생이 가능해졌던 것이다. 1906년 11월 고토신페이가 초대 총재로 임명되어 창립총회를 열고, 12월에 설립 등기를 완료, 만철은 1907년 4월에 드디어 영업을 시작했다.

표면적으로는 영·일동맹으로 만철이 순조롭게 탄생한 것처럼 보이지만, 사실은 그렇지 않았다. 오히려 안팎의 간섭 속에서 난산(難産) 끝에 탄생한다. 최초의 간섭은 미국에서 시작되었다. 미국의 철도왕 해리먼(E.H. Harriman)의 일본 방문과 만철 매수공작이 바로 그것이다.

1905년 8월 미국의 철도왕 해리먼이 요코하마에 도착했다. 포츠머스 조약에서 일본 대표인 고무라 주타로(小村壽太郎)와 러시아 대표 비테(Sergei Vitte)가 강화를 둘러싸고 한창 외교교섭을 벌이고 있을 무렵이었다. 해리먼은 딸을 데리고 요코하마에 내려서 그랜드 호텔에 진을 치고 메이지 정부의 요인들을 환대하며 접촉하기 위해 노력했다. 한편 자기를 일본에 초대한 주일 미국공사 그리스컴(Griscum)과 일본 정부 촉탁인 미국인 스티븐스(Stevens)를 이용, 정부 중추까지 파고들어 만철 공동경영안을 내놓았다. 때마침 만철 운영에 대해서 온갖 문제를 떠안고 있던 일본 정부는 해리먼의 제안에 관심을 표했다.

해리먼의 속셈은 만철을 매수하여 세계일주 철도를 실현하는 데 있었다. 미국대륙을 자기 회사의 그레이트 노던 철도로 횡단하고,

태평양 역시 계열회사인 퍼시픽 메일 기선(汽船)으로 건너서 일본에 도착한다. 그러고는 일본을 거쳐 만철을 경유해서 만주를 종단하고 시베리아에 도달한 뒤에, 시베리아 철도를 유럽 연결 철로로 매수, 이것을 이용해서 유럽까지 간 뒤 유럽에서 자기 회사의 기선을 타고 다시 대서양을 횡단하여 미국으로 되돌아오는 것은 얼마나 가슴 벅찬 일인가! 그는 이런 구상을 나름대로 하고 있었다.

이 꿈을 실현하기 위해 우선 만철의 매수가 첫 번째 과제였다. 시베리아 철도까지 매수할 수 있다면 해리먼의 세계일주 꿈은 현실이 되리라.

이런 꿈을 품고 해리먼은 일본 정부 수뇌와 끈질긴 교섭을 전개했다. 마침내 1905년 12월 일본 흥업은행(興業銀行) 총재인 소에다 주이치(添田壽一)를 중개자로 해서 해리먼은 일본 정부 대표인 가쓰라 다로(桂太郎)와 만철 극동 경영을 위한 예비 각서를 교환했다. 해리먼의 희망대로 만철을 공동으로 경영하자는 것이었다. 공동 경영이라고는 해도 실제 단계가 되면 막대한 자금력을 가진 해리먼이 만철을 좌지우지하게 될 것은 명백했다. 해리먼은 흡족한 마음으로 메이지 정부와 각서를 교환하고 귀국했다.

해리먼이 사이베리아호로 귀국길에 오른 지 3일 뒤, 포츠머스 조약을 체결한 고무라 주타로가 교섭으로 피곤해진 몸을 간신히 이끌고 귀국했다. 고무라는 귀국 직후 해리먼과 일본 정부의 예비각서를 보고 경악했다. 그는 즉석에서 임시회의를 개최하자고 요청했다. 회의 석상에서 고무라는 이렇게 역설했다.

"만철이 제3자에게 양도되는 데에는 청국 정부의 승낙이 필요한데, 그 점에 대해서는 어떻게 생각하고 있는가? 10만 일본인의 피와 20억 엔 전쟁비용 대가로 얻어낸 만철을 왜 그렇게 손쉽게 넘겨주려

하는가?"

고무라의 강경한 주장은 정부를 움직였다. 일본 정부는 곧 해리
먼과의 각서를 파기하는 방향으로 선회하면서 방침을 굳히기 시작
했다.

샌프란시스코에 도착한 해리먼을 기다리고 있었던 것은 일본 정부
가 보내온 한 통의 전보였다. "각서를 무효로 하고 싶습니다."

결국 만철은 미국과 공동 경영하는 형태를 취하지 않고, 일본의
독자적 철도로서 탄생하여 성장해 나가게 되었다.

물론 해리먼이 만철의 공동 경영을 포기한 것은 아니었다. 그는
1906년과 1908년 두 차례에 걸쳐 일본 정부와 다시 접촉을 시도했
다. 결국 성공하지 못하자 해리먼은 눈물을 머금고 물러났다. 그러나
만주로 눈길을 돌린 것은 해리먼만이 아니었다. 미국 정부도 수차례
중국 동북부로 진출할 발판을 확보하려 했다. 1909년 미국 국무장관
녹스(Knox)는 만철 중립화를 제안하며 진출의 기회를 엿보았다.

이러한 미국 움직임에 대해 일본은 도리어 적국(敵國) 러시아와
손을 잡고 대항하려 했다. 1907년 7월에 제1차 러·일 비밀조약을 체
결하여 만주의 세력 분할을 밀약했고, 1909년 미국이 만철 중립화
제안을 했을 때는 새로이 제2차 러·일 비밀조약(1910년 7월)을 체결
하여 만주에서 러·일 쌍방 기득권 옹호를 확인했다. 그즈음 미국은
하와이를 병합, 필리핀을 식민지화하면서 중국대륙 진출을 꾀하고
있었다. 유럽 제국과 비교할 때 미국의 아시아 진출은 뒤처져 있었
다. 이후 중국에 대해 미국은 영토적 진출보다 금융·문화적 진출에
무게를 두고 움직이게 된다.

일본 정부가 해리먼의 유혹에 편승할 정도로 당시 만철의 상황은

최악이었다. 건설 자금 목표는 세웠지만 현지 질서는 어지럽고 경영 전망도 불투명했기 때문이다. 해리먼의 제안에 메이지 정부 수뇌가 편승하려 했던 이유 가운데 하나는 러일전쟁에서 일본의 목적이 조선 확보에 있었고 만주는 국제 관리로 할 방침이었기 때문이다. 미국을 끌어들이면 러시아에 대한 방위에 도움이 되리라 여겼던 것이다.

만철 창립에 놀라운 수완을 발휘한 인물은 육군의 거물 고다마 겐타로(兒玉源太郎)였다. 육군 참모총장으로서 러일전쟁을 승리로 이끄는 데 결정적 역할을 했을 뿐 아니라, 만주 경영위원회의 위원장으로서 고토 신페이와 함께 만철을 탄생시키는 데 활약했다. 일본인들 사이에 그의 공적은 높이 평가되어 전쟁이 일어나기 전 만주 각지에 그의 동상이 세워졌다. 만주국 시대의 수도 신징(新京)이라 불린 현재 창춘(長春)에도 고다마 공원이 만들어졌다. 마오쩌둥 동상이 자리한 공원 앞에는 말에 올라탄 고다마 겐타로 동상이 서 있다.

고다마 겐타로는 1852년 야마구치(山口)현에서 태어났다. 막말(幕末)의 유신 전쟁에 참가한 뒤에는 육군의 요직을 역임하고, 청일전쟁 때 육군 차관 겸 군수국장(軍需局長)으로 활약했다. 1898년 노기 마레스케(乃木希典)를 이어 제3대 대만 총독에 취임했다. 전임 총독 노기는 취임한 뒤 전력을 다해 독재 지배를 추진하자 도민(島民)의 격렬한 저항운동에 직면하고, 생각처럼 통치가 잘 되지 않자 사실상 아무것도 남기지 않은 채 대만을 떠났다.

그 뒤를 이은 사람이 고다마였다. 고다마와 노기는 모두 야마구치 출신으로 '조슈벌(長州閥)'에 속한다. 러일전쟁에서도 뤼순(旅順) 공략을 힘으로 밀어붙이다가 희생만 잔뜩 당했던 노기에 비해, 고다마는 민주군 총참모장으로서 작전을 지도하여 승리로 이끌었다. 대만 총독 시절 고다마는 5세 어린 내무성 위생국장이었던 고토 신페이를 대만총독부 민정국장으로 발탁했는데, 그를 잘 활용하여 대만 치안을 평정하고, 도시계획이나 토지조사사업을 추진하여 대만통치의 기반을 완성시켰다. 고토는 엄청난 스케일의 계획을 내세우기로 유명하여 허풍쟁이라는 별명이 붙었지만, 좀처럼 보기 힘든 능력 있는 정치가였다. 그는 1857년 6월, 막부 말기에 조정의 적이 되는 센다이 번(藩, 에도 시대에 장군으로부터 1만 석 이상의 토지를 공인받은 다이묘)의 지번(支藩, 일종의 분가) 무사 미즈사와(水沢)의 장남이었다. 만주국을 승인하여 국제연합을 탈퇴했을 무렵의 일본 총리대신 사이토 마코토(斎藤実)는 그와 같은 고향 출신의 한 살 어린 친구였다.

또래 친구들이 다니는 학교와 의과학교를 거쳐 의사가 된 고토는, 1883년 내무성 위생국에서 근무하게 된다. 1895년, 러일전쟁 귀환병들의 검역업무를 통해 육군 소령이었던 고다마 겐타로(兒玉源太郎)의 눈에 들었다.

1900년에서 1903년까지 고다마는 육군대신, 내무대신, 문부대신을 겸임하고 있었기에 대만 일은 고토에게 맡겼다. 1904년 2월 러일전쟁이 발발하여 6월에 만주군 총사령부가 설치되자 고다마는 만주군 총참모장에 취임하여 러일전쟁을 승리로 이끌었다. 전후에는 만주 경영과 만철 설립에 깊이 관여하고, 고토와 함께 만주 경영안을 작성한다.

만철의 식민지 지배 대행이라는 발상은 고토의 의견이었다고 해도 좋을 것이다. 러일전쟁이 시작된 지 얼마 지나지 않은 1904년 5월, 고다마는 고토의 제안을 받아 부하에게 영국 동인도회사를 조사하도록 지시했다. 그는 비정부기관인 동인도회사가 무역사업을 통해 식민지를 통치한 점에 주목한 것이다. 고토와 고다마, 두 사람은 만주에서는 무역보다 철도사업을 중심으로 정책을 펼쳐 나가야 한다고 생각했다.

고토는 1905년 9월 초, 《만주경영계획 개요》라는 의견서를 고다마에게 제출했다. 포츠머스 조약이 맺어지기 직전의 일이었다. 그 의견서 머리글에는 이렇게 쓰여 있었다.

"전쟁 이후 만주 경영에서의 중요한 비결은, 앞에서는 철도경영의 가면을 쓰고 뒤에서는 여러 시설들을 경영하는 일이다."

이 시점에서 이미 철도회사라는 가면을 쓴 식민지 경영기관 만철의 뼈대를 고토가 제시했던 것이다.

고다마는 다시 고토를 만주 경영의 수뇌로 활용하려고 했다. 그러나 고토는 처음부터 대만에 미련이 있었다. 만주로 오라는 고다마의 권유에는 소극적이었다. 그런데 1906년 7월 고다마로부터 만철 총재 취임자로 추천을 받은 고토가 사양하고 헤어진 다음날 고다마가 급사(急死)한다. 고다마의 죽음을 천명(天命)이라 여기고 고토는 만철 총재 취임을 수락했다.

1906년 11월 만철이 설립되고, 그 다음 해인 1907년 4월부터 경영이 시작됐다. 만철 총재로 취임한 고토는 일본은행과 미쓰이 물산에서 30대 중반 젊은이들을 골라 이사로 임명했다. '만주는 젊은 피로 경영한다'는 고토의 강한 의지가 반영된 것이다. 현지사(縣知事), 철도기술자, 일본은행, 민간인 미쓰이 물산에서 두 사람 등 이 여섯 명을 통솔한 것은 대만 시절부터의 심복으로 나중에 2대 총재가 되는 나카무라 요시코토(中村是公)였다. 그밖에도 미쓰비시 탄광에서 일본 최고의 탄광기술자로 일컬어진 마쓰다 다케이치로(松田武一郎)를 양도받아 이사대우로 푸순탄갱장(撫順炭坑長) 자리에 앉혔다.

고토 신페이는 만철을 초창기부터 지도하여 '만철왕국'으로 만들어낸다. 그의 수하에서 부총재로 일했던 사람이 나카무라 고레키미(中村是公)였다. 나카무라는 고토에 이어 제2대 만철 총재로 취임한다.

고토는 1857년 이와테(岩手)현 미즈사와(水澤)에서 태어났다. 의사가 되어 아이치(愛知) 병원장을 거쳐 독일에 유학하고 귀국한 뒤에는 내무성 위생국장에 취임했지만, 1893년 끝무렵 화족(華族 : 메이지유신 이후 새롭게 편성된 귀족계층)인 소마가(相馬家)의 집안 분쟁에 말려들어 실직했다. 재판에서 무죄 선고를 받은 뒤, 1898년 대만총독에 취임한 육군 중진 고다마 겐타로의 부름을 받고 영유(領有) 직후의 대만총독부에 민정국장(民政局長, 나중에 민정장관)으로 취임한다. 민정장관으로 일한 지 8년째인 1906년 11월에 만철 총재로 취임하였다.

고토는 가바야마 스케노리(樺山資紀), 가쓰라 다로, 노기 마레스케까지 3대째 이어지면서 총독들이 애를 먹던 대만 주민 항일운동의 근원을 잘라내기 위해 저항운동의 담당자였던 촌락 유력들을 포섭, 회유할 목적으로 토지조사사업을 실시했다. 친일파인 촌락 유력자들 토지 소유를 승인하면서, 반일파의 경제적 기반을 무너뜨리려 했던 것이다. 고토는 민정국장 때 이런 어려운 일을 완성시켜 치안을 안정시킴으로써 대만을 일본에게 '벌이가 되는 섬'으로 바꿔놓았다. 이밖에 타이페이(臺北) 도시건설, 화폐정리 사업, 대만 종관철도(縱貫鐵道) 건설, 항만 건설, 제당업(製糖業) 정책 확립 등, 이후 대만 통치 기초는 대략 고토 시대에 확립되었다.

이러한 고토의 사업을 곁에서 도왔던 인물이 바로 나카무라 고레키미다. 나카무라는 1867년 야마구치현 구기군(玖珂郡)에서 태어났다. 고토보다 10살 아래다. 나카무라는 1896년 대만총독부 민정국 사무관이 되고, 그 후에는 토지조사사업의 실질적인 지휘를 맡아, 고토와 콤비가 되어 대만통치 기반을 다지는 데 매진했다. 1906년 고토가 만철 총재에 취임하면서 나카무라도 부총재가 되고, 1908년 고토가 7월 총재를 사임하고 가쓰라 내각 하에서 체신대신(遞信大臣)에 취임하자 그 뒤를 이어 나카무라가 제2대 총재에 취임한다.

문장적 무비(文裝的武備). 고토가 만주를 경영할 때 자기 견해를 표명한 말이다. 그는 이런 표현을 사용했다.

"문사(文事 : 학문·예술) 시설로 장래 침략에 대비하되, 위급한 일에 대비하여 무단(武斷) 정책을 아울러 강구해야 한다."

요컨대 식민지 지배는 단순히 무력에 의존할 것이 아니라 교육, 위생, 학술이라는 넓은 의미의 '문사적 시설'을 구사할 필요가 있으며, 식민지 사람들 사이에 일본에 대한 경외심이 생겨나면, 무슨 일이 있더라도 다른 나라의 침략을 막을 수 있다는 것이다. 이 '문사적 시설'의 핵심이 바로 과학적 조사활동이었다.

이러한 생각은 그가 독일에 유학할 때 의학적 지식과 대만 통치 경험을 결합하여 만들어졌다. 고토는 대만총독부 민정장관 시절 '문'과 '무'를 결합시킨 통치정책으로 항일운동을 누르고 대만 통치 기초를 확립한 경험이 있었다.

만주에서도 그 경험을 살려서, 자기 이상을 실현하려는 다양한 대책을 강구했다. 경영의 주요 기둥은 철도사업과 탄광사업이었다. 철도 경영에서는 철도노선 양쪽 토지를 점유할 수 있었다. 중국 식민지 철도에서는 일반적인 일이었지만, 만철은 철도역 일대의 토지 경영권까지 러시아로부터 양도받았다. 노선 양쪽과 역 일대의 토지는 '만철 부속지'라고 불렸다. 경찰권은 관동 도독부(그 토지를 통치하던 일본 해외 출장기관으로, 지금의 관동청)가, 사법권은 재일영사관이, 그 외 일반 행정권은 만철이 차지했다. 그는 만철의 궤도를 광궤(廣軌)로 바꾸고 다롄항을 건설하고 푸순(撫順)탄광을 부활시켰다. 다각적 경영으로 만철 기반을 충실화하는 한편, 다롄을 비롯하여 만철 인접 도시 정비 및 근대화에 착수했다. 만철은 부속지에서 병원이나 학교, 도서관 등을 경영했고, 도로와 하수도, 소방과 화장터 등의 인프라를 정비했다. 그들은 경우에 따라서는 '공적인 비용'이라는 명목으로 조세를 징수하기도 했다.

또한 만철은 〈만주일일신문〉을 창간하면서 야마토호텔 경영에 들어갔다. 일반경영조사와 만주구관조사(만주의 옛 관습 조사)를 실행하는 조사부, 아시아 지역에 대해 조사하는 동아시아 경영조사국도 생겨났다. 그야말로 '앞에서는 철도경영의 가면을 쓰고, 뒤에서는 여러 시설들을 경영'한다는 말을 그대로 실현해낸 것이다. 그의 구상에는 뤼순공과학당(뒷날 뤼순공과대학), 남만(南滿)의학당(뒷날 만주의과대학), 다롄병원도 포함되었다. 또 만철 내에 만철 조사부의 전신(前身)인 동아경계조사국을 개설하여 조사활동을 떨쳤다. 결국 고토는 민주에서 '문장적 무비'를 시행할 시책들을 전개했던 셈이다.

그런데 앞서 소개한 마쓰사카 요시히사의 '일본제국주의와 만철'을 보면 '고토 신페이와 만철 창립 신화' 가운데 이 문제를 다루면서 〈남만주 철도 주식회사 10년사〉 등 그러한 신화를 형성시킨 책임이 크다고 말한다. 이 시기 어려운 상황에 직면했던 만철은 고토를 창립기의 '영웅'으로 만들어낼 필요가 있었다는 것이다.

1907년 3월 29일부터 발행된 〈남만주 철도 주식회사 사보〉를 보면 곳곳에 고토의 그림자가 느껴진다. 사보는 거의 날마다 발행되었는데, 고토는 제1호부터 거의 매호에 집필을 하고 있다. 글 주제는 직원 직무에 관한 것, 출장에 관한 것에서부터 본사 분과 규정, 푸순 탄광 분과 규정, 문서 취급에 대한 마음가짐에 이르기까지 상세하여 경의를 표할 만하다.

만철은 출발 시기부터 보기 드문 강력한 조사기관을 가지고 있었다.

본사에 조사부가 만들어진 것이 1907년 4월. 이와는 별도로 1908년 11월 도쿄에 동아경제조사국이 설치되어 조사활동을 전개하고 있었다. 본사에 만들어진 조사부는 1908년 12월에 조사과로 명칭을 바꾼다. 고토가 만철을 떠난 것이 1908년 6월이니 그가 만철을 떠나면서 조사부도 축소되는 방향으로 나아갔던 셈이다.

고토는 교토(京都)대학에서 오카마쓰 산타로(岡松參太郎) 교수를 직위 그대로 발탁하여 조사부 책임자에 앉히고, 독일 단치히 고등공업학교의 치이스(K. Thies) 박사를 초빙하여 조사활동 기반을 완비했다. 그러나 고토가 떠난 뒤 만철 조사과는 어떤 때는 총무부에, 또 어떤 때는 사장실에 소속된 한 과(課)로서 활동했다. 따라서 1908년부터 1917년까지 인원은 용원(傭員, 임시직)을 포함하여 30명에서 40명 선에 불과했다.

그런데 제1차 세계대전 이후 러시아 혁명을 거쳐 소비에트 정권이 탄생하면서 만철 조사부는 확충되고, 방대한 예산을 사용하여 사료를 수집, 정리해서 다양한 간행물을 출판하기 시작했다. 오늘날에도 중국 동북지방은 물론이고 중국 본토나 극동 시베리아를 연구할 때 필독서가 되는 경우가 적지 않다.

만철의 조사부가 유명하고 수많은 연구성과가 있지만, 중앙시험소와 지질조사소가 있었음을 잊어서는 안 된다. 이 기관의 활동은 평범해서 보통 사람 눈에 띄지 않지만 만철이 남긴 유산의 하나를 이루고 있다.

중앙시험소가 설립된 것은 1907년 10월이며, 업무를 시작한 것은 이듬해인 1908년 7월이었는데, 그즈음 관동도독부(關東都督府)에 소속되어 있었다. 과학적 조사를 중시한 초대 만철 총재 고토 신페이의 제창에 의해 설립되었고, 초대 소장으로는 약학 전문인 게이마쓰 가쓰자에몬(慶松勝左衛門)이 취임했다. 1910년 만철로 이관되어 총재 직속기관이 되고, 2대째 소장에는 다카야마 진타로(高山甚太郎)가 취임했다. 그는 1911년에 도쿄 공업시험소의 소장을 겸임하면서 이 직위에 취임했다. 관동도독부 시절 중앙시험소는 뚜렷한 활동을 보이지 않아 다카야마를 초대 소장으로 불렀다.

만철 산하에 들어가면서 중앙시험소는 다카야마의 지도로 기구를 정비한다. 1912년에 제1부부터 제7부까지 진용을 갖추고 거기에 서무부를 더하여 체제를 정비했다. 연구소 발족 당초에는 만주의 자원에 관한 조사·시험이 업무 중심이 되었고, 푸순의 석탄 및 유모혈암(油母頁岩), 몽골의 천연 소다, 대두유(大豆油) 연구, 다스차오(大石橋)에서 발견된 마그네사이트 연구 등이 중심이 되었다.

마침내 중앙시험소는 첫 활동을 시작했다. 해를 거듭할수록 기구가 확대되어 만주국 기술개발의 센터로서 기능하였고, 전후에는 소수이기는 했지만 중국에 머무르던 일본인 기술자가 혁명 이후 중국 기술개발에 자주적으로 협력하게 된다.

한편 지질조사소의 출발은 1907년의 만철 광업부 지질과에서 시작했다. 지질과는 1908년에 광업과가 되고, 1910년 본사 직속 지질연구소로 개조되었다가 1919년에 지질조사소로 거듭났다. 초대 소장은 기도 주타로(木戶忠太郎), 그는 메이지유신의 주역인 기도 다카요시(木戶孝允)의 양자다. 기도는 도쿄제국대학 이과대학 출신으로 1923년까지 소장으로 근무했다. 재임 중에 푸순탄광 조사, 둥벤다오(東邊道) 조사, 안산(鞍山) 철광산 조사, 마그네사이트 광산 조사 등을 관장했다. 둥벤다오 조사를 실시한 것은 1908년인데 이때 다리쯔거우(大栗子溝) 철광, 치도거우(七道溝)철광이라는 광산을 탐사했다. 중일전쟁기에 이 둥벤다오는 '동양의 자아르(Saar. 프랑스 유수의 탄광지대)'라고 불리며 주목을 받았다. 같은 방법으로 기도는 안산 철광상(鐵鑛床)도 발견한다. 1909년 안산 근교에서 휴양지로 이름 높은 탕강쯔(湯崗子) 온천을 찾아가 수원(水源) 조사를 실시했는데, 우연히 안산 철광상을 발견했다. 이를 전후한 시기에 그는 다스차오 부근에 매장되어 있던 마그네사이트 광산도 시굴(試掘)하고 있었다. 이처럼 창립 초기부터 정력적으로 만주 각지를 답사하여 자원 조사를 진행하였다.

총재 자리 양보, 1년 8개월 만에 고토는 사임한다.

고토가 만철 총재 자리에 취임했던 기간은 1년 8개월, 즉 1908년 7월까지였다. 그는 사업의 청사진을 그리며 초기 사업에 속도를 붙여 놓고, 그 뒷일은 젊은이들에게 맡긴 것이다. 총재 자리를 사임한 고토 신페이는 곧바로 가쓰라 다로 내각의 체신대신으로 취임했고, 그 뒤로도 철도원 총재, 내무대신, 외무대신, 도쿄시장을 역임했다. 1923년 일어난 관동대지진 이후에는 세계최대규모의 도시부흥계획을 세우고, 그 계획의 총재를 맡기도 했다. 그리고 그는 1929년 4월, 만주사변이 일어나기 2년 전, 71살의 나이로 사망한다. 1945년 3월, 2차대전에서 일본이 패배하면서 만철이 해체되기까지 5개월이 남은 시점에서 만철에는 34만 1836명의 직원들이 남아 있었다. 만철 관련 회사는 71개, 그 해 8월의 자본금은 14억 엔이었다.

1908년에 고토가 만철을 떠나자 나카무라 고레키미가 그 뒤를 이었다. 나카무라의 지휘 아래 만철은 사업을 확대해 나간다. 만철의 철도망은 바로 이 시기에 정비되었다. 본디 동청철도는 러시아의 게이지(레일폭 규격)를 채용하고 있었기에 그 폭이 5피트(1,524밀리미터)였다. 그런데 러일전쟁에서 일본군이 이 철도를 점령하면서 당시 일본 게이지에 맞추어 3피트 6인치(1,067밀리미터)로 수정했다. 그런데 만철이 인수하여 본격적 경영에 착수하면서 조선 철도에 접속하려면 또다시 국제표준궤도인 4피트 8인치 반(1,435밀리미터)으로 바꿔야 했다. 덧붙여서 말하자면 3피트 6인치라는 것은 현재 일본 철도 게이지이고, 4피트 8인치 반이라는 것은 신칸센(新幹線)의 게이지다.

나카무라가 총재로 있던 시기에 이 전환 작업이 시행되었다. 1907년 5월에 착수하여 1년 뒤 1908년 5월에 전 노선 국제표준궤도화가 완성된다. 작업을 서둘렀기에 이전 선로 바깥쪽에 또 다른 레일을 더하는 돌관작업(突貫作業)에서 다롄과 뤼순을 시작으로, 전 노선으로 그 작업을 확대하여 추진했다. 이와 맞물려 1907년 5월부터 1909년 10월까지 다롄·쑤자툰 간 복선(複線) 공사가 시행되었다. 1907년부터 1908년에 걸쳐 푸순선(撫順線) 개축공사도 시행되고, 1909년부터 1911년에 걸쳐 안펑선(安奉線) 표준궤화도 완성되었다. 당시 쑤자툰은 창춘이나 펑톈에서 오는 대두(大豆) 수송과 푸순에서 오는 석탄 수송이 합류하는 교통 요충지였기 때문에 이곳을 기점으로 다롄까지 복선화 공사가 우선 시행되었다.

배양선(培養線) 건설도 시작되었다. 중심은 지창(吉長)철도와 쓰타오(四洮)철도였다. 지린(吉林)과 창춘을 연결하는 지창선(吉長線) 건설은 1910년에 착공하여 1912년에 완성된다. 처음에는 중국 교통부 직할 철도였지만, 1917년 만철이 위탁을 받는 형태로 배양선이 되었다. 쓰펑가(四平街)와 타오난(洮南)을 연결하는 쓰타오(四洮)철도도 이 시기에 부설된다. 1915년부터 1924년에 걸쳐 개통되는데, 이 철도는 일본 측 자금으로 건설되고, 완성 후에는 만철의 배양선이 된다.

철도망 정비와 동시에 광궤에 맞추어진 기관차나 객차가 수입되었다. 당시 일본은 이런 광궤에 맞추어진 대형차량을 공급할 능력을 갖지 못했다. 미쓰이(三井)물산을 통해 미국제 차량이 다수 수입된다. 만주와 미국 게이지 그 자체는 물론 기후나 풍토가 유사했겠지만, 초기 단계에서 미국에 발주된 기관차는 205량, 객차는 95량, 화차(貨車)는 980량에 달했다.

영국 정부가 항의를 할 정도로 차량 주문은 미국에 집중되어 있었다.

"차량의 재료를 미국에서만 구입하는 건 그밖의 나라들 제품을 사용하지 않겠다는 의미인가."

대금견적서에 따라 가격이나 품질이 적당하다고 생각되는 회사에 발주하고 있을 뿐, 미국 제품 말고는 사용하지 않겠다는 의미는 아니라고 영국 정부에게 해명, 양해를 얻었으나, 대륙횡단이 가능한 튼튼한 대형 기관차가 만주에서도 요구되었을 것이다. 만철이 차량공장을 사허커우(沙河口)에 건설한 것이 1911년. 여기에서 처음으로 기관차를 생산한 것이 1914년의 일이었다. 이후 제1차 세계대전 붐을 타고 그 생산을 늘려가게 된다.

만주 지역에 커다란 변화가 일어난 것은 제1차 세계대전 이후 일이었다. 제1차 세계대전은 일본에 뜻밖의 호경기를 가져왔고, 그 영향은 만주에도 나타나 경제는 힘차게 약동한다. 이 전쟁 경기가 만주에서 부풀어오른 것은 1917년이 되어서부터였다.

제1차 세계대전을 계기로 일본 기업은 민주로 쇄도했다. 거의 중소기업이었지만, 일확천금을 꿈꾸며 처음 만주로 건너온 사람들도 많았다. 기업이 신규 사업을 시작하면 저절로 토목·건설 사업도 왕성해진다. 위로는 재벌기업부터 아래로는 일개 토목회사에 이르기까지 모두가 호경기에 춤을 추었다. 장기판에서 졸(卒)이 적진에 들어가면 차(車)가 되듯이, 벼락부자가 되자 흥청망청하는 졸부들이 만주에도 많아졌다.

"손님과 술을 마시고 있으면 저절로 장사가 되지요."

만주 각 도시에서 돈을 물 쓰듯 하며 헤프게 노는 일본인들을 볼 수 있었다. 한때 일본의 거품 경기와 유사한 현상이 일본뿐 아니라 만주에서도 나타났던 것이다.

만철도 예외는 아니었다. 호경기로 물자 흐름이 증가하면서 철도 수송을 주된 수입원으로 했던 만철 수지가 흑자가 되는 것은 당연했다. 석탄 수요도 급증한다. 만철을 지탱하던 또 하나의 수입원인 푸순의 석탄도 비싼 가격으로 팔려나갔다. 만철은 이 시기에 제철 부문에도 진출하였다. 철강에 대한 수요가 높아져 철강 가격이 오르는 가운데 만철은 1916년 안산 제철소를 건설해 수요에 부응했다. 이 사업도 안산 거리에 활기를 불러일으키며 인구 집중을 가속화시켰다. 호경기가 호경기를 부르는 식으로, 모두가 경기 상승을 부추기는 움직임을 보였다.

수출도 증가했다. 유럽이나 일본 시장으로 향하는 대두(大豆) 수출이 증가해서, 적출항(積出港)인 다롄항은 온종일 거대한 화물선이 정박했고, 중국 하층 노동자들이 일렬로 발판을 밟고 대두 자루를 배에 옮겨 실었다. 그 모습은 마치 개미떼가 먹을 것을 개미집으로 운반하는 모습과 흡사했다. 다롄은 만주의 물자가 집산(集散)하는 중심이 되었던 것이다.

철강왕국이라 불린 만주국을 짊어진 것은 쇼와(昭和)제강소였다. 이것이 만철 제철업의 중심이었지만, 그 출발점이 된 안산(鞍山)제철소가 탄생한 건 제1차 세계대전 중인 1916년이었다. 안산의 철광석과 푸순·번시후(本溪湖)의 석탄을 연결해 제철소를 만들려는 계획은 이미 러일전쟁 이후부터 나타났지만, 현실화된 것은 1915년 '대중국 21개조 요구'에 의해 안산 일대 광구의 채굴권이 승인된 뒤 일이다. 만철은 1916년에 중·일 합동으로 진흥철광무한공사(振興鐵鑛

無限公司)를 설립하고, 이 공사 명의로 안산 주변 11개 광구의 조광권(租鑛權)을 획득, 제철사업에 착수했다. 제1차 세계대전(1914~1918년)의 중간기여서 철강 수요가 높아져 철강의 가격이 오르고 있었기 때문에 당초 고로(高爐) 2기를 건설하기로 한 계획을 바꾸어 추가로 제3, 제4고로 및 부대설비 확장을 꾀했고, 1919년에는 제1고로의 조업을 시작했다.

그러나 조업이 개시되기 1년 전 1918년에 제1차 세계대전이 끝나 철강 수요가 급격히 감소하자 만철은 고로 1기를 남기고 다른 증산계획은 모두 파기한 채 생산체제를 유지하는 데에만 전력을 기울였다. 이때 만철이 1921년에 독자적으로 개발한 환원매소법(還元煤燒法)을 응용한 빈광처리법(貧鑛處理法)은 그 후 안산의 생산체제를 유지하는 데 중요한 역할을 담당했다. 안산의 철광상은 적(赤)철광을 중심으로 한 빈광(貧鑛)이었지만, 이 적광산에 일산화탄소 가스를 내뿜은 뒤 가열해서 자(磁)광산으로 바꾸고, 이를 자력선광(磁力選鑛)해서 품위(品位 : 광물에 포함된 금속의 비율)를 높이는 데 성공했다. 이 안산제철소가 명칭을 쇼와제강소로 변경하고 만철에서 분리·독립한 것은 야마모토 조타로(山本條太郎)가 사장으로 있던 1929년 7월이었고, 다시 만주를 대표하는 제철소가 된 것은 1933년의 일이다.

그러나 동시에 1917년 11월에 일어난 러시아 혁명과 1918년 시베리아 출병(出兵)이라는 움직임은 북부 만주를 전쟁터로 바꾸어놓았고 전란으로 휩쓸었다.

러시아 혁명으로 정치적 혼란이 발생한 결과, 시베리아에 인접한 북부 만주의 경제적 거점인 하얼빈이 힘을 상실하자 동지철도를 이용하여 블라디보스토크나 육로(陸路)를 통해 유럽으로 물품을 운반하던 통로는 혼란에 빠졌고, 그 대신 만주를 남하하여 랴오둥(遼東) 반도 끝에 위치한 다롄이 경제 중심이 되었다.

더욱이 제1차 세계대전이 끝나면서 불경기의 여파가 만주를 엄습하기 시작했다. 그 영향은 먼저 철강업에서 나타났다. 군수물자로서 철강에 대한 수요는 전쟁이 끝나면 갑자기 감소하고 가격도 폭락한다. 1톤 당 540엔까지도 나가던 철강 가격은 전후의 불황기가 되자 180엔이 되었다가 단숨에 30엔대까지 떨어졌다. 게다가 인도에서 값싼 선철(銑鐵)이 수입되자 가격 하락은 가속화되어 한때 1톤 당 18엔까지 가격이 폭락했다. 경기가 심상치 않으면 물자 수송도 정체된다. 따라서 만철의 수지는 크게 변하여 흑자폭이 급격히 감소했다. 그때까지 마치 거짓말 같은 호경기가 있었던 것처럼 만철과 연결된 각 지역은 불경기 속에서 몸을 움츠리게 되었다.

그래도 대기업인 만철은 아직 나은 편이었다. 만철에 의존하여 살아가던 영세한 중소기업들이 가장 희생이 컸다. 그들은 만철로부터 일감을 받아 연명해왔다. 만철에서 더는 주문이 오지 않게 되자 자연히 사업을 축소하지 않을 수 없게 된다. 결국 일정 한도를 넘어서면서 영세 기업들은 문을 닫고 야반도주하듯 전직(轉職)해야만 했다. 그런 사람들이 만철 연선 지역에서 많이 생겨났다.

만주의 경기가 어느 정도나마 회복된 것은 1920년대 후반이 되어서부터였다.

"차량 하나라도 가동률을 높이고, 열차 사고 하나라도 줄일 필요가 있다. 탄광에서는 1톤의 석탄, 1톤의 기름이라도 더 생산하는 것이 중요하다. 이것은 이론이 아니다. 무엇보다도 격렬한 대동아전쟁에 승리하기 위해 하늘로부터 부여받은 지상명령이며, 하늘의 소리가 곧 사람의 말인 천성인어(天聲人語)이리라."

1945년 5월 5일에 만철 총재로 임명된 야마자키 모토키(山崎元幹)가 신징 서부 광장에 자리 잡은 사원회관에서 8일에 한 취임 인사의 한 구절이다. 취임 인사는 원고도 없이 25분이나 걸렸다고 하는데, 형식적으로 끝내기 일쑤인 취임사에서 이때만큼 열심히 반복해서 생산 증강과 가동률 상승을 언급한 경우는 역대 총재 가운데 일찍이 없었다.

그만큼 상황이 절박했다. 태평양전쟁이 발발한 지 4년이 지난 이 시점에서 전쟁 초기의 위세는 이미 꼬리를 감추고 있었다. 태평양전쟁 발발 당시 1941년 12월 9일자 〈사보〉 제10334호는 이렇게 알리고 있다.

오늘 영국과 미국에 대한 천황폐하의 선전(宣戰) 조서(詔書)를 받들어 한마디 훈시를 한다. 만주(支那)사변이 발발한 이후, 영·미 양국은 이번 성전(聖戰) 목적 완수를 방해하고, 제국의 은인자중(隱忍自重)을 빌미로 급기야 황국(皇國) 존립을 위협하기에 이르렀다. 이에 제국은 자존·자위(自存自衛)와 동아(東亞)의 영원한 평화를 확보하기 위해 국운(國運)을 걸고 영·미를 응징할 중대 결단을 내리기에 이르렀다. 건국 이래 2,600년 동안 일찍이 없었던 난국이라 하겠다. 생각건대 제국의 선구(先驅)로서 국책에 목숨을 바치는 것은 우리 회사의 빛나는 전통이다. 사원 각자는 마땅히 시국의 중대성을 감안하여 나라에 목숨을 바칠 각오를 새로이 하고 합심 협동하고 침착하게 업무를 수행하여 회사의 영광된 역사를 굳게 지킬 수 있도록 해주기 바란다.

1941년 12월 8일 총재

계획했던 대로 승리의 단맛에 취할 수 있었던 것은 전쟁을 시작한 반 년 동안 극히 짧은 기간이었을 뿐, 그 뒤로는 연합군의 반격 앞에 패배가 시작되었다. 일본과 동남아시아 점령지를 연결하는 수송로가 끊기자 물자 부족은 나날이 심해져 갔다. 단절된 해상 수송을 대신해서 중요해진 건 동남아시아에서 중국대륙 점령지를 통과하여 만주에서 한반도를 경유해 남방이나 대륙 물자를 일본으로 운반하는 육상 수송이었다. 만주는 그 요충지의 위치를 차지했다. 만철은 이제 곧 '대동아공영권' 내에서 가장 큰 수송의 대동맥이 될 것으로 기대되었다. 야마자키 모토키 총재가 수송의 중요성을 부르짖은 까닭도 여기에 있었다. 야마자키는 1945년 7월 21일 철도국장·탄광장 회의에서 취임 후 처음이자 마지막 훈시를 하는데, 거기서도 수송력의 증강, 대륙철도에 대한 협력, 석유 제조와 석탄 채굴 부문 목표 달성, 방공(防空) 체제 확립, 일본과 연대·제휴 강화 등을 호소했다. 그는 거듭해서 '필승 수송'이라는 단어를 쓰며 만철의 모든 능력을 수송에 집중시키자고 울부짖었다.

야마자키가 그 위기감을 간부 사원들에게 호소했듯이, 태평양전쟁 끝무렵 만철의 수송 상황은 극단적으로 악화되었다. 중요성은 더 증가하고 있었음에도 불구하고 거기에 부응할 수 없었던 것이다.

당시 만주 수송 통로의 중요성에 변화가 찾아왔다. 이때까지 다롄을 중심으로 해오던 수송체계에 변화가 생겨 중국대륙에서 만철을 경유해서 조선철도로 수송하는 통로, 북부 만주 물자를 조선 북부 항구로 수송, 동해를 거쳐 일본으로 보내는 통로가 중시되어 이를 위한 수송 통로 강화와 보강이 시행되었던 것이다. 뒷날 통로는 오늘날 제창되고 있는 두만강 지구 개발로 상징되는 '환동해경제권(環日本海經濟圈)' 구상에서 원형을 찾아볼 수 있다. 필요에 따라 오래된 철로를 철거하고 새로운 중요 노선을 보충하게 되었다. 그러나 그리 간단히 할 수 있는 일은 아니었고, 결국 수송체계의 혼란만 일으키게 된다.

게다가 충칭(重慶)을 비롯한 국민당 지역에 날아오는 미군 비행기의 철도·도시 공습이 만철 수송 효율을 현저하게 떨어뜨렸다. 1944년 여름에는 쇼와제강소가, 연말에는 펑톈(선양)의 톄시(鐵西)공업지대가 미군의 폭격을 받았다. 게다가 부품 공급의 부족이나 보수(補修) 미비, 숙련공 부족 등이 잦은 사고를 유발하여, 수송 능률은 급속하게 떨어졌다. 만철은 최악의 상태를 맞이하고 만다.

1945년 8월 9일 오전 0시, 러시아는 일본에 선전포고를 하자마자 만주국 국경선을 뚫고 만주로 밀려들어왔다. 러시아군은 동·북·서쪽 세 방향에서 만주국 수도 신징(지금의 창춘)을 노리고 침공을 시작한다. 맞서 반격하는 관동군에게서는 예전의 강력한 모습은 찾아볼 수 없었다.

'무적 관동군'이라 불리던 육군 정예도 태평양전쟁 중에 주력부대를 남방 전선으로 차출당해 이빨 빠진 호랑이처럼 노쇠해져 있었던 것이다. 관동군은 1945년 7월에 24개 사단, 75만 명을 거느렸지만, 모조리 동원으로 모아놓은 오합지졸 사단이었다. 가장 오래된 제107사단도 1944년 5월에 갓 편성된 신참 사단이다. 각 사단의 편성, 장비, 소질, 훈련 등 그 어떤 것을 보더라도 허술해서 과거의 상설 사단으로 환산할 경우 8개 사단 정도에 불과했다.

관동군은 도처에서 러시아군에게 전선을 돌파당해 쫓겨 달아났다. 8월 18일 만주국 황제 퇴위가 결정됨으로써 민주국은 소멸했다. 푸이에게는 두 번째 퇴위였다. 그는 일본으로 망명하던 도중 펑톈(지금의 선양)에서 러시아군에게 체포되어 그대로 시베리아로 송환된다.

만주 각지에서 일본군의 패주가 시작되었다. 가장 비참했던 것은 소만(蘇滿) 국경에 배치되어 있던 개척단이었다. 군의 고관과 그 가족이 가장 먼저 후퇴를 시작하고, 일반 시민이나 개척단은 최후까지 남겨졌다. 그들은 후방에 버려졌기에 달랑 옷만 걸친 채 적진을 돌파하지 않으면 안되었다. 러시아군의 공격 가운데 수많은 개척단원이 육친과 동료를 잃고 큰 피해를 입었다. 군고관의 가족부터 후퇴를 시작한 것을 수습하기 쉬웠기 때문이라고 관동군은 해명했지만, 당시 행정기구의 집중도나 일본인이 처했던 상황을 놓고 판단한다면, 군이나 민간인이나 별 차이는 없었다. 요컨대 관동군과 그 가족이 가장 먼저 꽁무니가 빠지게 달아났다. 타민족뿐 아니라 자국 민간인에 대해서도 줄곧 오만한 태도를 취했던 일본군의 부끄러워해야 마땅할 마지막 행동을 장식한, 역사에 영원히 새겨 두어야 할 순간이다.

8월 20일 러시아군은 창춘으로 진주하여 관동군 사령부를 접수한 뒤, 만주 각지에 있는 만철이나 만업의 광공업 시설을 접수, 철거하여 러시아로 반출해가기 시작했다. 지금도 만주의 주요 도시들에는 러시아군 전승 기념비가 세워져 있다. 창춘의 인민광장에는 독일전투에서 맹활약한 페트리야코프(Petriyakov) PE2 폭격기를 꼭대기에 설치한 전승 타워가 우뚝 서 있고, 신징에는 남부역 광장에 대독일전투의 구세주였던 T34 전차 모형을 첨탑에 설치한 전승 타워가 우뚝 솟아 있다.

러시아군의 침공과 혼란 속에서 만철은 최후의 시간을 맞이했다. 8월 13일 다롄으로 향하는 마지막 열차가 신징(창춘) 역을 출발했다. 8월 20일 러시아군이 창춘에 진주하자 만철의 야마자키 모토키 총재는 러시아군 사령관 코발료프(Kovalev) 대장과 회견하여 만철의 기구를 남겨서 러시아군의 군정에 협력할 것을 약속하고 이를 '총재 포고(布告)'로서 전했다.

만철은 중국과 러시아가 공동으로 경영하기로 약속되어 있었다. 9

월 12일에 러시아 교통인민위원부의 주라비요프(Zhuraviev) 소장은 빈저우(浜州), 빈수이(浜綏) 두 노선을 제외한 만철 선로는 모두 만철 직원이 관리하도록 했다. 9월 22일에는 중국창춘철도(中長鐵道)의 러시아 대표인 카르긴(Kalgin) 중장이 창춘에 부임함으로써 만철의 법인 자격과 관리권이 최종 소멸되고 중역들은 모두 해임되었다.

1909년 9월 나츠메 소세키는 학창시절 친구였던 나카무라 고레키미에게 초청받아 만주와 조선으로 여행을 떠났다. 나카무라 고레키미는 남만주철도주식회사(약칭 : 만철)의 제2대째 총재였다. 만철(滿鉄)은 반관반민(半官半民)의, 그 무렵 일본에 있어 가장 큰 주식회사였다. 나카무라 고레키미 총재는 오랜 친구이자 세상을 설레게 하는 소설가인 나츠메 소세키가 만철을 선전해 주길 바라는 마음이 있었다. 그는 소세키를 만주와 한국(당시 대한제국) 여행에 초대한 것이다. 소세키는 이때의 기행문을 '만한 여기저기(滿韓ところどころ)'라는 책으로 아사히신문 지면에 1909년 10월 22일부터 12월 30일에 걸쳐 연재했다.

"헤에, 이런 묘한 곳이 있다니."

나츠메 소세키가 만주(정확하게는 다롄항(大連港)이니 관동주이지만)를 본 첫인상이었다.

"갑판 위에서 항구를 내려다보면 해안 위에는 사람들이 북적이고 있다. 그러나 대부분 중국 하층 노동자 쿨리들이고, 그 중 한 명만 보아도 더러워 보이지만, 두 명이 모이면 더욱 보기가 흉하다."

나츠메 소세키는 기행문에 차별의식을 숨김없이 그대로 드러냈다. 소세키뿐만 아니라 그 무렵 일본 지식계급에게 자유·평등·박애·인권 의식을 바라는 것은 숲에서 물고기를 찾는 것과 같았다. 보기 흉한 쿨리 집단이 북적거리는 것에 놀란 소세키는 이미 실질적으로 일본 식민지가 되어 있는 만주를 정당하고 자연스러운 시선으로 보는 듯했다. 더러운 쿨리 무리를 바라보며 시작된 소세키의 만주 기행은 건설 중인 식민지를 보는 것과 무엇이 다르랴.

소세키가 자동차를 타고 가며 물었다.

"저건 뭐지?"

전기공원(電氣公園)이라는 대답이 돌아왔다. 그 무렵에는 일본 본국에도 없는 것이었다.

"전기 장치로 여러 오락을 즐기게 하고, 그곳 사람들을 먹여 살리기 위해 회사에서 만든 거야."

전기 공원은 솔직히 대단하다고 생각했는데, 본국에도 없는 것이라면 매우 희귀함에 틀림없었다.

이윽고 마차가 전차(電車)의 레일이 깔린 곳으로 나왔다. 요시코토는 전차도 전기 공원과 같이 이번 달 끝무렵에 개업한다며, 회사에서는 중국인 차량운전수를 고용하여 훈련을 위해 어느 국부까지 시험운전을 시키고 있다고 말했다.

마차가 언덕 위로 올라갔다. 아직 도로가 완성되어 있지 않았다. 만주 특유의 황토가 순식간에 발끝에서부터 무릎 위까지 잘게 쌓였다.

그야말로 공사 때문에 망치 소리 높은 식민지인 만주였지만, 1932년 3월 만주국 건국 선언에 이르기까지를 생각하면 만주국 선사는 매우 긴 경간을 가졌다. 그 선사는 1894년 8월에 일어난 청일전쟁까지 거슬러 올라갈 수 있다. 한반도에서의 패권을 둘러싼 일본과 청나라 양국의 싸움은 일본 승리로 끝났고, 일본은 청나라로부터 랴오둥 반도와 대만 일부를 양도받아 아시아에서는 유일한 식민지 제국 일본이 탄생하게 된 것이다.

야마구치현 아카마(현재의 시모노세키)시의 춘범루(春帆楼)에서 전권특사 이토 히로부미(伊藤博文)와 이홍장(李鴻章) 사이에서 체결된 시모노세키조약(마관조약)에 의해 대만과 랴오둥반도 일부를 양도받았다. 그때 받은 랴오둥반도는 러시아, 독일, 프랑스의 삼국교섭에 등 떠밀리듯 청나라에 반환되게 되고, 그 뒤에는 러시아가 조차지로써 청나라로부터 그 시정권(施政権)을 위양 받게 된다. 러시아는 동청철도 권리를 위양 받아 러시아의 시베리아철도부터 만주까지 남하하는 철도 건설을 실행하여 랴오둥 반도의 최첨단 역인 다롄(大連)에 러시아풍 새로운 도시를 건설한다. 원형 광장을 중심으로 방사선 모양으로 도로가 펼쳐진 서구식 마을 풍경이 중국 땅에 출현한 것이다. 나쓰메 소세키가 본 것은 그런 러시아가 건설한 도시를 이어받아 더욱 서구적이고 근대적 도시로서 건설 중이던 다롄의 마을이었던 것이다.

이 만철식민지를 지키고 있었던 것이 철도수비대였다. 포츠머스조약 추가 약관에 의해 일본은 만철 연선에 1킬로미터 당 15명(총계 14,419명)의 수비병을 둘 수 있었다. 1907년 3월 만철은 궤도를 국제표준궤도로 개정하고 본격적으로 영업을 시작하면서 철도를 지키기 위한 독립 수비대 6개 대대를 조직, 철도와 부속지 경비를 담당하게 하고, 그 사령부는 궁주링에 두었다. 이 수비대는 1919년 4월에 관동군 사령부가 창설되면서 자연히 흡수된다.

관동군은 일본육군 최강 군단으로서 '울던 아이도 울음을 뚝 그치는 관동군'으로 그 위세를 떨치지만, 출발 시기에는 어디까지나 철도수비대의 성격이 강했다. 나중에 만주사변을 주도하는 이시와라 간지(石原莞爾) 등도 부임 직후에는 일본에서 온 관동청(關東廳)의 젊은 과장 일행에게 머리를 들지 못했을 정도이다. 이렇듯 얌전하던 관동군이 '고양이'에서 '호랑이'로 변신하는 것은 만주사변 전후 일이었다.

일본이 포츠머스 조약에서 러시아로부터 인수한 것 가운데 또 하나가 푸순탄광이다. 러일전쟁 때 푸순을 점령하고 있던 러시아군은 군대를 동원하여 석탄을 채굴해서 동청철도에 공급했다. 펑톈 전투 이후 일본이 이곳을 점령하면서 일본 관할로 들어가 야전철도 제리부의 관리하에 1907년 3월까지 23만 톤 정도를 캐냈다. 만철은 창립과 동시에 푸순탄광을 야전철도 제리부로부터 인수했지만 규모가 너무 커서 어디서부터 손을 대야 할지 모를 정도였다.

1909년 가을 푸순을 방문한 나쓰메 소세키는 조야(粗野)하지만 엄청나게 큰 이 탄광에 대해서 이런 인상을 남기고 있다.

'푸순은 석탄이 나는 곳이다. 그곳 갱장(坑長)은 마쓰다(松田) 상이다. 하시모토(橋本)는 만주에 올 때 배 안에서 친구가 되었던 사람인데 그때 권유대로 다음날에 간다는 전보를 쳤다.

이윽고 마쓰다 씨가 안내하여 밖으로 나갔다. 저수지의 제방에 올라가니 시가지가 한눈에 보인다. 아직 다 완성되지는 않았지만, 모두 벽돌로 만들어진 데다 스튜디오에라도 놓인 듯 멋진 건축물뿐이라서 모두 일본인이 지은 것이라고는 여겨지지 않았다. 게다가 그 멋부린 집들이 거의 집집마다 느낌을 달리하여 열 집이면 열 집이 모두 다르다고 해도 좋을 모습을 하고 있는데 놀랐다. 그 중 교회와 극장, 병원, 학교가 있고, 물론 갱원들 집도 있는데, 모두 도쿄 번화가에 갖다 놓고 감상이라도 하고 싶은 것들뿐이었다. 마쓰다 씨에게 들으니 모두 일본인 기사가 만든 건물이라고 했다.

시가지에서 눈을 돌려 반대 방향을 바라보면, 기복이 있는 낮은 언덕 저편에 굴뚝 머리가 두 곳 정도 살짝 보인다. 쌍방 거리가 분명

1리 이상 되니 넓은 탄갱(炭坑)임에 틀림없다. 어디를 어떻게 파도 한 쪽 면이 석탄이기 때문에 그걸 모두 캐내는 데는 100년에서 200년이 걸릴 거란다. 우리가 서 있는 쪽에서도 800척(尺)과 900척의 샤프트를 뽑고 있었다.'

나쓰메 소세키가 방문한 1909년경에는 종갱(縱坑)을 파서 한창 조사가 진행되고 있을 때였다. 추정 매장량은 10억 톤. 하루에 1만 톤씩 캐내 1년에 3백만 톤을 캐낸다고 가정해도 300년간 경영할 수 있다는 이 거대한 탄광을 어떻게 채굴할지 만철은 경험이 없었다. 처음에는 양질의 탄층 부분을 네 층 내지 다섯 층 골라서 탄주(炭柱)를 만들면서 파들어가는 방법을 택했다.

그러나 이것도 마침내 단층을 만나면서 채굴이 곤란해졌고, 낙반(落盤) 등 사고가 발생하자 1910년대 다이쇼(大正)가 되면서 전사채굴법(塡砂採掘法)이라는 채굴 방식이 채용된다. 말 그대로 석탄을 캐낸 흔적을 모래로 메워 보강해 나가는 방법이다. 거의 동시에 실시된 노천 채굴과 함께 푸순을 대표하는 채굴법으로 굳어졌다. 1914년 7월 푸순탄광 갱장(坑長)인 요네쿠라 기요쓰구(米倉淸族)가 당시 만철 총재 노무라 류타로(野村龍太郎)에게 보낸 보고서에 따르면, 노천 채굴에서 나온 잔토(殘土)를 채워넣을 모래로 사용하자고 제안하고 있다. 그러나 나중 일이다. 일본군이 푸순을 인수한 직후에는 그런 채굴법에 대해서 시행착오를 반복하고 있을 때였다.

나츠메 소세키가 다롄에서 묵은 곳은 '야마토 호텔'이었다. 만철이 경영하던 호텔로, 펑톈이나 신징, 하얼빈 등 15곳에 지점이 더 있었다. 한 도시 안에서 가장 좋은 땅에 서양식 고급호텔을 지어 철도와 묶고, 물류와 함께 인류부흥을 만철 주요업무로 삼고자 했던 생각은 그 당시에는 매우 참신한 것이었다.

일본에서 가장 처음 세워진 여행사 재팬 투어리스트 뷰러(JTB) 사무소가 시작된 곳은 다롄이었다. 만철이 자랑하는 '아시아호'는 최고시속 130km인 파나형 기관차에 이끌린 유선형 최신식 특급열차였다. 아시아호의 각 차량에는 냉난방이 설치되어 있었으며 파노라마 전망차나 호화로운 식당차가 설비된, 그야말로 본국에도 없는 현대적인 열차였다. 그 만철 선로를 특급열차인 '노조미'나 '히카리'가 달렸던 것은 머나먼 전후(戰後) 일본 신칸센의 전례를 이루고 있었음이라.

만철은 자사에서 운영하는 철도선 외에 유선으로 만주국 내에 펼쳐진 다른 철도선들의 운영권까지 위탁받아 경영하고 있었다. 철도선으로 보면, 다롄—신징 사이에 연경선, 쑤자툰—안동의 안봉선, 저우수이쯔—뤼순의 뤼순선, 다스차오—잉커우의 잉커우선 등이 그랬다. 다롄시 외의 사허커우(沙河口)에 있던 기차공장은 공장면적 60만평, 종업원 수 4,700명 규모였고, 전용 수도와 발전소를 갖추고 기차제조부터 수리까지를 맡고 있었다. 만철 본사는 1937년 당시 자본금 80억 원, 만주 전역에 있는 사원은 11만 3,00명이라는 대조직이었다.

푸순이나 본계호의 탄광과 광공업, 안산 제철업, 항만의 부두 및 창고 경영, 농업과 목축, 공업과 농업 시험장, 병원, 보양소, 웅악성과 양강자의 온천요양소, 오룡배 온천 호텔이나 일본식 여관 개발도 하고 있었다. 뤼순 공과대학이나 만주 의과대학 등 교육기관, 다롄이나 하얼빈의 만철부근 도서관과 자원관(資源館) 등 문화시설 경영 및 운영까지, 만철 사업은 다각적, 복합적, 총합적이었다. 그것은 기업이 주식회사가 국가 대신 인간사회의 전반을 통괄하여 경영하고 운영해 간다는 '기업국가', '자본주의국가'의 궁극적 형태를 목표로 한 것이리라.

그러나 만철 초대총재인 고토 신페이가 국가를 대신할 수 있는 것으로 만철을 만들어가려고 했던 구상은 성취되지 못했다. 일본군이 많은 희생을 통해 얻은 랴오둥반도(관동주, 쿠보키 마레스케가 지휘한 여순 203고지의 공방이 유명하다)와 남만주의 철도망을 그렇게 간단히 정치가나 관료나 민간인에게 맡길 정도로 군인들은 어수룩하지 않았고, 세상 물정을 모르지도 않았으며 무지하지도 않았다. 군인들은 만철과 그 사업에 개입하고 때로는 권익과 실권을 자신들의 것으로 하려고 했다.

당시 만주에는 크게 나누어 일본 정치세력이 3파로 정립되어 있었다. 주식회사인 만철, 본디 만철 부속지 수비대가 발전한 관동군, 일본정부의 지시를 받아 관동주 조차지(식민지)를 통치하고 있던 일본 영사관(관동부 정부)이었다.

이러한 3파 정립 구조는 만주국 성립 이후에도 기본적으로 바뀌지 않았다. 만주국 건국 이후에는 수도가 된 신징에 세워진 만주국 정부, 관동군 본부, 만철 본사 '삼두정치(三頭政治)'가 될 수밖에 없었던 것이다. 게다가 만주국협화회 등 민간인들과 이어진 조직, 일본인 농업이민을 담당한 척무성(拓務省, 나중에 대동아성이 됨)과 같은 '본토' 조직들이 만주에서 서로 패를 나눠 경쟁하고 있었다.

만주국 건국 이후에는 만주국 정부, 관동군, 만철, 일본정부 등 야마무로 신이치(山室信一, 교토대학 교수)가 말하는 이른바 '키메라'적 다두정치(多頭政治)로 이루어진 통치가 실시되었다. 이들 세력은 오월동주이면서 동시에 동상이몽 관계였다. 일본에게 있어 만주란 무엇인가. 만주를 어떻게 간주하는가. 장기적 비전의 유무나 역사적 사명에 대한 생각 차이였다. 말하자면 '서로 다른 사상으로 바라보는 만주'의 차이이며, 견해 차이라고 할 수 있다.

만주를 둘러싸고 일본에는 온갖 사고방식과 사상적 각축이 있었다. 만주뿐 아니라 근대 일본 그 자체를 어떻게 보고 어떤 식으로 그 미래를 구성해 나갈 것인가, 또 국가를 다스릴 방책과 관련되어 있었다. 만주란 일본에게 있어 그런 사상적 실험 장소를 뜻했다. 그렇기에 그 시절 일본의 정치 관료, 군인, 민간지도자, 교육자, 학자, 사상가, 문학자, 예술가, 종교가들은 만주관(滿州觀) 표명과 '만주문제' 해결 방책을 내놓을 것을 강요받지 않을 수 없었으리라.

대륙을 보아라! 조선과 만주를 보아라! 대륙에 감격하지 않으면 얻을 수 없다! 만주만큼 강하게 여행자를 끌어당기는 토지는 없을지니. 이것은 일본의 진로에 위대한 해답을 주는 토지였다. 풍요로운 광야, 평온한 민심, 불타는 오족협화의 정신, 모두 보아야 하고 알아야만 하는 것뿐이다.
'먼저 만주를 알아라.'

만주는 제국 본토에서 시행하지 못한 도시 계획이나 근대개발의 '실험장'으로 도움이 되었듯, 일본에서는 갖기 힘든 관광객의 열정을 불러일으켜 '대감격'을 주는 기골 장대한 '야외극장'으로 여겨졌다. 이 극장은 식민지 정부나 괴뢰정권을 총지배인으로 제국의 출장기관인 철도나 여행 알선기관이 연출을 담당하였다. 제국 중심인 '제도(帝都)'에서 진행된 천황의 가장행렬(pageant)처럼 국가가 연출한 공식 제전과는 분위기가 다른데, 만주 관광은 제국의 원격지(遠隔地)에서 펼쳐지는 재만 일본인을 연기자로, 일본관광객을 관중으로 한 세속적 제국의 구경거리이다. 바꾸어 말하면 만주 관광은 관광과 식민이라는 제국의 2대 실천 해후 장으로 만주 경영이라는 제국의 기장 '자극적인' 사업을 '연극화'한 것이다.

1905년 러일전쟁 전승에 따라 일본은 중국 랴오둥 반도 남단 '관동주' 조치권과 동청(東淸)철도 내 창춘―뤼순 간의 권익을 러시아한테 물려받아 주요 역 주위 시가지 및 철도 선로 양쪽 폭 62미터인 띠 형태(帶狀)의 '부속지' 행정권과 경호권을 획득하여 실질적 식민지 경영에 착수하였다. 이를 계기로, 일본인 자유도항이 시작되었다.

전쟁에서 이긴 다음 해 여름, 국책회사인 남만주철도주식회사(만철) 성립에 앞서 도쿄와 오사카의 아사히 신문이 주최한 '로제타호 만한순유선(滿韓巡游船)'(379명)이나 문부성과 육군성의 장려로 전국 중등학교 합동 만주여행(3,694명)이 실시되었다. 만주지역 단체여행의 선구라고 할 수 있는 이 여행은 관광을 할 수 있는 어떠한 환경도 정리되지 않은 생생한 전적지(戰跡地)에서 실행된 것이다. 일본인 열정으로 얻어낸 '영지(靈地)'로의 순례와, 전승 과실을 맛보기 위한 '부원시찰(富源視察)'에 대해 관심이 넘친 것은 관광과 식민지 유착이라는 만주여행의 특이한 태생을 여실히 말해준다.

관동대지진 이후 흥성한 국내 여행과 궤를 같이 하여 만주여행에도 본격적인 붐이 일어났다. 1924년 일본여행 문화협회의 기관지 〈여행〉은 제9호(동년 12월)에 일찍이 '만선호(滿鮮號)' 특집을 편성하며, 같은 해 만주를 방문한 시찰단이 1만 명을 넘었다고 보도했다. 만철(1906)과 만철 후원인 일본여행국 따리엔 지부는 일찍부터 나쓰메 소세키[夏目漱右], 요사노 이키코[與謝野晶子], 고스기 미세이[小杉未醒]를 필두로 많은 일본 문화인들을 적극적으로 만주여행에 초대하였다. 여행에서 수확된 문장이나 스케치는 나중에 만철이 발행한 여행팸플릿이나 가이드북, 사진집 나아가서는 그림엽서 등 여러 가지 여행 미디어에 활용되었고, 또 일본관광객 여행기에도 반복 인용되었다. 어느 의미에서 일본문화인은 만주를 관상하는 눈빛을 심어주는 극평론가적인 역할을 다하였고 일종의 권위 있는 '만주상'을 만들어 만주로 여행하는 붐을 형성하며 만주라는 '야외극장'의 꿈을 한층 더 부풀렸던 것이다.

만주사변 다음 해(1932) '왕도낙원', '오족협화'를 내세운 괴뢰국가 만주국이 생기자 만주여행을 둘러싼 환경이 크게 변화하며 만주여행에 한층 더 박차가 가해졌다. 만철의 선만(鮮滿)안내소나 '뷰로(bureau)' 따리엔 지부의 주최와 알선으로 1933년부터 40년에 걸쳐서 연간 약 1만 5천 명에서 2만 명을 웃도는 일본인 단체관광객이 만주로 몰려갔다. 만주국 건국 후 종래보다도 늘어난 수학여행단에 더해 신문사나 철도성 각 지방도시 운수사무실, 뷰로, 일본여행회 등 여러 단체도 모두 '신 만주국 시찰단' 일반모집에 나섰다. 이 여행은 반세기 전 러일전쟁 직후 실행된 여행과 비슷한 시선으로 '황군이 분전하는(皇軍奮戰) 새로운 전쟁터의 유적'을 그리워하는, 재만 동포 만주개발 '활약상'을 주제로 하는 코스가 기획되었다.

만주사변 전까지 일본인이 여권을 사용하지 않는 여행 범위는 제국 세력 범위 내 관동주와 만주 철도선을 중심으로 한 남만주에 집중되었고 동청(중동)철도를 따라 하얼빈이 가장 멀었지만, 만주국시대에 들어가면서 군사력을 배경으로 한 일본세력의 침투로 만주치안이 보장되어 관광 통로 반경도 서서히 광대한 민주 전역으로 확대되었다. 1932년부터 시험적 이민이 이어졌고, 1936년에는 20년 동안 백만, 오백만 명 개척이민계획이 준비되면서 만주 북부와 러시아 국경을 중심으로 많은 개척민과 청소년 용군이 이민하였다. 거기에서 본디 기본형 코스인 도시 관광에 더해 '개척지'도 만주의 독특한 관광자원으로서 등장하여 용무없는 사람까지 단순히 만주 여행담 때문에 시찰하는 자도 있었고, 현지에서는 이러한 접대 때문에 일에 지장을 초래하는 것이 많아서 오히려 시찰이 좋지 않는 경향으로 간주될 정도라고 할 만큼 '개척지 관광'이 유행했다.

한편 중첩되는 관광권과 세력권은 단순히 동시적으로 팽창하기만 하지는 않았다. '만주여행은 국민에게 부과된 필수 의무과목'으로 간주되어 일본 관광객과 재만 일본인 시선의 상호작용 속에서 관광권과 세력권의 상호 촉진과 상승효과에 강한 기대를 걸고 있었다. 만철여객 과장인 우사미 다카야(宇佐美喬爾)가 '관광만주'라는 제목의 문장에서 일본 관광객에게 이렇게 호소하였다.

"의미 깊은 만주 땅에 족적을 새긴 것은 우리 일본 국민에게 부과된 책임이자 의무이고 권리이다. 풍요로운 북만주 땅에는 이미 국책이민의 괭이가 내리쳐졌다. 새로운 땅에 와서 즐겁게 일하는 씩씩한 사람들 모습을 보라. 산업·문화·정치에서 발하는 찬란한 태양은 조국 관광객의 열성있는 이해와 지원 속에서 생겨나기를 기대한다."

재만 일본인은 관광을 통해 건설성과를 보여주고, 일본관광객에게 이해와 지원을 구함과 더불어 일본 관광객의 상찬하는 눈빛으로 자기 과시욕이 충만하게 되는 것을 원했으리라.

만주 관광코스 중 많은 비중을 차지한 러일전쟁 및 만주사변과 관련된 '전적(戰跡)'이나 충령탑과, 만철을 비롯한 재만 일본인의 건설성과는 재만 일본인의 역사와 현재를 말하는 '의미 있는 장소'이다. 한편 '일본색의 범람'을 좋아하지 않고 '비일상적인 체험'을 원하는 일본관광객 눈빛에 부응하여 재만 일본인 연기자들은 단순히 '자신보여주기'에만 머무르지 않았다. '만주 정서'나 '러시아 정서'라고 일컬어지는 다채로운 '민족자원'을 섞어 적극적으로 원주민의 '대타'로 자처하였다.

종래의 관광 연구에서는 '호스트'(관광객을 받아들이는 사회)와 '게스트'(관광객)가 기본 요소가 되었다. 그러나 이 2항(項)의 구도에서는 제국과 그 지배지 사이 불균형적 권력 관계를 배경으로 한 관광의 복잡한 위상을 규명하는 관점을 보여주지 않았다. 여기서는 제국의 권력공간과 식민지적인 역사 배경 하에서 '호스트 부재'에 가까운 비대칭적 권력 구도 하에 본디 '호스트'에 군림하면서 그들을 표상(대표)하는 '대리 호스트'라는 개념을 제시하고 싶다. '대리 호스트'는 본디 '호스트'에 대신하여 일본에서 온 관광객을 독차지하고 호스트 사회의 '관광자원'을 제국적 눈빛으로 발견하여, 해석하고 가치를 매기는 '권위의 잠재적 대행자'를 의미한다. 한편 '대리 호스트'(재외 일본인)와 '게스트'(일본관광객)의 관계도 결코 대칭적인 것은 아니다. 재외 일본인은 식민지에서 제국적 눈빛의 직접적 체현자이면서, 일본인에게는 가끔씩 제국의 주연자, 더 나아가 식민지 원주민과 일체화된 것으로 보이는 양면적 존재이다.

일본에서 온 관광객 요청으로, 재만 일본인은 일부러 평소 잘 가지도 않는 '만인가(滿人街)'나 백인계 러시아 아가씨가 춤추는 카바레 같은 '이국정서 가득한' 장소로 그들을 안내하여 '우리'와 다른 '생활정도의 낮음'이나, '나라를 잃은 여인의 비애' 등 그 '광경'을 게스트에게 보여주는 '대리 호스트'로서 연기하는 행동을 해버린다.

'관광낙원'로서 만주는 일본관광객이 관객이고, 재만 일본인이 배우이며, 태생이 무대 도구인 거대한 '야외극장'이다. 이 '극장'에서 상영되는 것은 단순히 '왕도낙원'의 선전이 아니고, 제국 대 만주라는 단순한 권력 도식의 반영도 아니다. 게스트, 대리 호스트, 출신이라는 복잡하게 얽힌 시나리오 속에서 '보다, 보여 주다, 보여지다'라는 중층적인 정치적·사회적 관계를 연출하고, 관광하는 자신이 자발적으로 움직이는 '극장적 권력' 바로 그 자체이다.

만주국 정치의 주요 개념과 경제

만주국이 '대외통고'를 널리 알린 3월 12일, 일본 정부는 '만몽문제 처리방침 요강'을 결정하고 일본에게 만주국이 가진 존재의의를 확인했다.

제국의 지원 하에 만주로 하여금 정치·경제·국방·교통·통신 등 제반 관계에서 제국 존립의 주요 요소로서 성능을 발휘하게 한다. 특히 군사적 관점에서 "만몽으로써 제국의 대러·대지나 국방의 제일선으로 삼으리라. 9개국 조약 등 관계상, 신국가 측 자주적 발의에 기초하는 형태를 취한다." 국가로서의 실질을 갖추도록 유도해 가기 위해 일본인을 지도적 골간이 되게 하는 것을 강하게 요청했다.

이처럼 관동군이 설정한 건국 목적이 일본의 국가 의사로 승화, 만주국 경영이 관동군뿐 아니라 일본 정부가 총체적으로 관련된 과제로 인식되었다.

국가로서 실질을 갖추도록 유도해 가기 위해 일본인을 지도적 골간이 되도록 요청한 셈이다. 중국인의 자주적 발의에 기초하여 정치적 결정이 이루어지고 있는 듯한 형식을 채택하면서도 관동군의 통제 아래 일본인 통치 실천을 장악한다는 요청에 부응할 수 있도록 생각해 낸 만주국의 특이한 통치 형태는 일만정위(定位), 일만비율, 총무청 중심주의, 내면지도이다.

이 가운데 일만정위와 일만비율은 만주국 정치조직 내의 인사배치 규율로 설정된 것인데 그 결정은 관동군의 전관 사항이었다. 일만정위란 만주국 중앙·지방 기관 관청의 과장 이상 일계와 만계의 지위 규정을 말한다. 일계란 일본인을 가리키고 법적으로는 조선족도 포함되었지만, 실제로 그들이 일계에 포함되는 일은 극히 드물었다. 만계란 만주국에 거주하는 한족, 민주족, 몽고족을 일괄적으로 가리키는데 경우에 따라서는 일계 이외의 모든 민족을 총칭하는 것으로도 사용되었다.

만계 정위로는 중앙 국무총리 대신, 각 부 총장(대신), 그밖에 입법원장, 감찰원장, 최고법원장, 최고검찰청장, 참의부 의장, 궁내부 대신, 상서부 대신, 민정부·군정부·재정부 등의 차장, 지방에서는 성장·현장이 해당되었다. 일계 정위로는 당초 총무장관(청장), 총무청 차장, 만계 정위 이외의 각 부 차장과 총무 사장(司長)·과장, 지방에서는 성 차장, 부현장 및 총무청장, 경무청장 등이 정해져 있었다. 그러나 수차례에 걸친 기구 개혁 때마다 적재적소를 명목으로 만계 정위였던 차장이 일계 정위로 바뀌고 지방에서도 성제 개혁에 따라 성장이 일계정위로 변경되어 갔다.

이 일만정위는 기본적으로 각 기관의 우두머리에 중국인을, 다음 지위에 일본인을 충당하여 중국인의 자주적 발의에 기초해 조직이 운영되는 형식을 취하며 괴뢰국가라는 국제적 비난을 피하는데 있었는데, 만주국 내의 특수회사와 공사에서도 똑같은 방식이 채택되었다. 그러나 그 실태는 이미 리턴 보고서가 지적했듯이 정부 및 공공사무에서는 비록 각 부국의 명목상 장관이 만주 거주 중국인이라 해도 주된 정치적 및 행정적 권력은 일본인 관리 및 고문의 수중에 있었다. 이러한 일만정위 기준에 대해 이시와라 간지는 철폐를 주장했다.

"만주국 정부 내에서 일본인이 점해야 할 위치를 정하는 것은 적당하지 않다. 일만인 사이에 어떤 차별도 없이 공정한 적재적소주의를 취해야 한다.”

이시와라의 목적은 일만평등 실현을 꾀하고 그에 따라 만주국 경영에 대한 중국인의 적극적 참가를 촉진하려는 것이었다. 과연 일만 정위를 차지했을 때 차별없는 공정한 인사 배치가 실현되었을까. 아마 이시와라의 생각과는 반대 사태가 진행되었다. 즉 만계 정위의 성장에 일계를 충당함에 대해 정당화를 펼쳤으리라.

“더욱 중요한 자리에 일본인을 앉히면 그만이고 나아가 혼연융합한 오족협화의 진정한 정수를 보여주리라!”

또한 차례차례 만계 정위를 일계 정위로 전환하는 것에 대한 우려에는 이렇게 떠들어댔다.

“일계 관리가 어떻다 배부른 소리를 할 계제가 아니다. 만계든 일계든 유능한 인간에게는 중요한 지위를 더 많이 주어야 한다.”

일본어의 사용과 일본형 행정 처리를 전제로 소위 능력주의, 실력주의를 채용하면 일본인이 우위에 설 것은 사실이었다. 다만 유일한 예외로서 일계독점이 너무 진행되는 것에 대한 만계의 불만을 완화하기 위해 1937년 7월 이후 총무청 차장 가운데 한 명을 만계 정위로 하는 조치가 채택되었다. 그러나 거기에 등용된 만계는 모두 일본유학 경험자였고 그들에게 실권은 주어지지 않아 ‘페이다(配搭, 장식물)’라 불리는 존재에 불과했다.

한편 일만비율이란 만주국 각 기관 관청을 통해 일계관리와 만계관리 정원 비율을 설정한 것이다. 이 비율 기준이 된 직위가 명확하지 않기 때문에 정확한 수치는 산출될 수 없지만 총무청 차장이었던 후루미 다다유키에 의하면 이러했다.

“일계 대 만계 비율은 재정부, 실업부는 5 : 5, 사법부 4 : 6, 이상 각 부는 나중에 6 : 4로 변경되었다. 민정부, 문교부, 외교부, 군정부 3 : 7, 지방관청, 성공서, 세무감독서 등은 2 : 8이었다.” 1935년 중국에서 간행된 자료에 기초해 산정된 비율을 보면 일계 비율이 전반적으로 수치가 높다. 다만 일계 관리 총수에 대해서는 건국 당초 소수로써 요소를 장악함에 주된 의미를 둔다며 중앙정부 600명 가운데 일계 120명, 20%를 한도로 하고 있었지만, 1933년 5월에는 일계 관리 총수는 1,233명에 달했고, 거의 3년 만에 2,386명, 48%로 총수·비율 모두 현저히 비대화되었다. 일만 비율 또한 일본인에 의한 만주국 통치를 표면화시키지 않기 위한 규율로 설정된 것이었는데, 관동군의 우려에도 불구하고 일계비율 상승이라는 추세는 막을 수 없었다. 1935년 5월에는 일만인 비율은 중앙관청에서 이미 1 : 1을 초과했고 국도국(國道局)에서 일본인 수는 총원의 90%를 차지했다. 또한 각 부서에서도 모두 비율의 배가 되는 일본인을 채용하는 실정이었다.

그런데 국무원 총무청만은 별도로 취급하여 우두머리인 총무장관 이하 차장·처장·과장 등은 모두 일계 정위이고 일만비율도 7 : 3이 기준이 되긴 했으나, 늘 일계가 80% 이상 점유율을 차지했다. 특히 주계(主計)처, 인사처, 기획처 등 주요한 사무를 관장하는 처에서는 일계가 독점하는 것이 보통이었다. 이처럼 국무원 총무청은 다른 기관 관청과 달리 일계 관리에 의한 독점을 전제로 하는 구성을 취해 일본 제국의 정치적 위력을 감입시키는 중앙독재주의를 구현하기 위한 기관에 지나지 않음을 여실히 드러내었다.

관동군이 신국가 건설구상으로 전환한 이래 가장 관심을 기울이고 주의를 쏟은 것은 어떻게 하면 관동군 내지 일본 정부의 품은 뜻을 확실하게 만주국 통치에 반영시켜서 뜻대로 움직이는가였다. 그래서 우선 고안된 것이 군사, 외교 고문을 비롯한 각종 정치기관에도 제국의 고문을 파견하고 실권을 지도·감독한다는 마쓰키 다모쓰의 의견이었다. 마쓰키는 정치 지도기관으로서 일본인으로 구성되는 고문부를 설치하는 구상도 내비쳤다.

그러나 고문이나 고문부를 두는 것에 대해서는 독립국가 체재를 손상할 뿐 아니라 중국 측 참가자의 자존심에 상처를 입힐 우려가 있다는 반대도 강했다. 또한 재만 일본인, 특히 만주청년연맹 등으로 부터는 민족협화 이념에 비추어 봤을 때 이런 의견이 제출되었다.

"일본인이 고문 또는 자문으로 정치에 관여하는 것은 좋지 않고 국가의 구성분자로 참여하는 게 득책이다."

이시와라 간지도 일본인이 중국인과 평등한 입장에서 관리로 정 치에 참가할 필요성을 주장했다. "중국 관리를 감독하는 의미를 가 지는 고문 등을 두지 않아야 한다."

이러한 분위기를 타고 떠오른 것이 참의부를 설치하는 의견이었 다. 1932년 1월 4일 관동군이 중앙정부와 절충을 위해 상경하는 이 타가키에게 내린 지시는 이러했다.

"만주인·몽고인 각각 한 명, 한인(漢人)·일본인 각각 세 명으로 참 의부를 구성하고, 우리 제국의 의지, 희망 등은 당해(當該) 일본인 참의를 거쳐 만몽 중앙정부에 전달하는 것으로 한다."

그러나 원수의 자문기관인 참의부에 3명을 두는 것으로 일본의 통치 의사를 중앙정부에 전달, 관철시키는 건 쉽지 않다는 우려도 강했다. 1월 22일 참의부 권한에 의해 국가 최고의지를 억제"함과 동 시에 일본인도 내부에 들어가 일을 한다는 방침이 제기, 더 나아가 국무원의 권한을 확대, 비서청에서 인사예산(주계국)을 장악하고 비 서청과 실업청에 일본인을 앉히도록 결정했다. 이처럼 최종적으로는 일본인 참의와 국무원의 일본인 관리 두 개의 기둥으로 일본의 만 주국 통치가 이루어졌다. 이것이 푸이 서한에서 관동군 사령관이 일 본인 참의와 일본인 관리 임명·해직 권한을 가지는 것을 약속하도 록 한 이유였다. 관동군은 이 인사권을 이용하여 자기 의사를 만주 국 통치에 반영시킬 방도를 얻었다.

1월 22일에는 그와 더불어 이런 사실도 확인된다. "입법원은 형식적으로 하고 실제로는 독재중앙집권제로 한다." 국무원에 권한을 집중, 일본인 관리가 장악하는 것이 바로 독재중앙집권제라고 인식하고 있었다. 또한 국무원 내의 비서청으로 상정되었던 부서가 실제로는 총무청으로 발족되었다. 그리고 인사(사람)·재원(돈)·자원(물건)의 행정 삼요소를 통해 제반 행정을 통제할 방법이 채택되었다. 이것이 총무청 중심주의 내지 국무원 중심주의라 불린 통치 방식이었고 그 획기성에 대해서는 다음과 같이 주장했다.

"이제 막 건국한 국가로서 더욱 나은 행정적 효과를 거두기 위해서는 분산주의보다 집중주의가 좋다. 일단 각 부에서 총무청으로 제시된 행정 사항이 동청 각 기관에 의해 재검토되고 국무원 회의를 거쳐 다시 각 부에 방사되어 실행에 옮기는 것! 이른바 총무청 중심주의의 행정 조직은 과도기에 가장 이상적 방법이고 여기에 신국가의 특색이 있다!"

그러나 총무청 중심주의는 결코 과도기의 편의적 방책에 그치는 것은 아니었다. 오히려 만주국 통치기구 개변(改變)의 주안은 일관되게 총무청 중심주의를 한층 철저·강화하는 데 놓여졌다. 총무청 중심주의 강화가 주목적이었다는 것은 총무청의 권한이 확대일로에 있었음을 의미한다. 총무청 중심주의의 획기성을 주장했던 것과 마찬가지로 총무청도 또한 만주국의 정치 조직 가운데 가장 특이한 존재라고 선전했다. 총무청의 기능에 대해서는 이렇게 설명했다.

"굳이 일본에서 그 예를 든다면 기획원과 법제국, 내각정보부를 합친 것이다. 그러나 그 권한도 일의 내용도 그 셋을 합병한 것보다 훨씬 크다. 말하자면 만주국의 중추신경 같은 역할을 담당하고 있다. 다만 일본과 비교한 것 가운데에는 내각서기국에 해당한다. 어쨌든 총무청의 존재는 일본 기존 관청에 없는 신기축을 내세우는 것으로 그 정신에 있어서 기존 국가의 행정상 폐해를 감안하여 최신 제도를 적용한 혁신적 기운의 발현이리라!"

그러나 총무청은 관제상으로 말하면 어디까지나 국무총리대신이 직재하는 부내의 기밀·인사·주계(세입·세출의 예산) 및 수요에 관한 사항을 처리하기 위해 만들어진 보좌기관, 막료 조직에 지나지 않았다. 총무장관이 국무총리대신의 명을 받아 총무청 사무를 처리했고, 비서처·인사처·주계처·수용처 등 분과규정도 총무장관의 손에 맡겨져 있었기에 실질적으로 총무장관이 국정상의 기밀과 인사, 재정을 장악, 각처에 배치된 일계 관리의 손에 의해 주요 정무가 결정·수행되었던 것이다. 예산 편성을 예로 들면 입법원이 개설되지 않아 주계처의 일계 관리가 정한 예산이 결정예산이 되고 국무원 회의 결과 참의부의 자문은 완전히 형식적인 수속에 불과했는데, 이 점은 만주국 전 기간을 통해 변한 적이 없었다. 확실한 독재적 중앙집권제라 부르기에 알맞았는데, 주민의 의사와는 관계없이 일본의 만주국 경영목적에 따른 예산의 중점배분이 가능하게 되었다.

만주국 통치에서 총무청을 중심으로 한 독재 중앙집권제 채택 안은 어디서 나타났던 걸까. 아마도 이 안은 1932년 1월 15일부터 관동군 통치부 주최로 열린 신국가의 법제에 관한 자문회의에서 로야마 마사미치(蠟山政道) 도쿄제대 교수에게 시사받은 것을 마쓰키 다모쓰가 구체적으로 입안한 것이다. 회의가 끝난 23일 로야마는 만철사원클럽 강연에서 중국 동북지방은 식민적 성격을 완전히 벗어나지 못했고 민중 정치의식도 낮으므로 그에 적당한 정치 조직이 안출되어야 함을 강조했다. 그는 말했다.

"이곳에 세워져야 할 정치 조직은 아무래도 어떤 형태로든 과두적·독재적이며 어떤 민족이 다른 민족을 지도하는 그런 정치 조직이어야 한다. 일본 민족의 주도에 의한 과두적·독재적 통치형태를 취해야 함을 외친다!"

과두적·독재적이라는 입장에서는 민족 평등 공민권에 기초한 입헌정체는 마땅히 부정되고 능률적이고 공정한 정부, 부패 없는 정부를 만드는 일은 공민권보다도 중대하다고 판단했다. 각 민족의 평등한 공민권을 전제로 국·성·현·정촌의 각 단위에서 공민의회를 개설해 분권적 자치국가를 건설하자고 주장하던 다치바나 시라키는 로야마의 이러한 논의에 대해 재빨리 비판의 붓을 잡았다.

"독재제는 민주제와 같지 않고, 민주제에는 능률이 낮고 효과가 늦다는 결점이 불가피하게 따르겠지만, 그러나 독재제에 반드시 수반되는 무시무시한 파괴작용을 민주제는 피할 수 있습니다."

그는 일본 민족의 주도성을 부정하고 민주적 정치형태 채용을 다시 호소했다. 다치바나는 능률이 낮아도 안전성이 높은 민주주의인가, 능률이 높지만 위험성도 높은 독재주의인가 선택을 요구했으나, 최소 통치 비용으로 최대 성과를 만주국으로부터 얻는 것을 지상과제로 삼고 있던 관동군에게 다소의 위험성보다 높은 능률 쪽이 중요했음은 당연할 터이다. 또한 R. 미헬스(Michels)의 '과두제의 철칙(Iron Law of Oligarchy ; 어떠한 집단이라도 지배집단은 극히 소수이고, 나머지 압도적 다수가 피지배자 집단이라는 사회법칙)'을 인용할 필요도 없이 조직으로서 기능적 합리화가 추구되는 만큼 그 정점에 있는 기획입안과 중앙집행의 지위가 강화되고 소수자의 손에 실권이 집중되어 가는 경향이 있음은 부정할 수 없다. 소수로써 요소를 장악하는 주의를 채택한 관동군에게는 매우 유리한 것이었다.

그러니까 총무청 중심주의 채용은 한편으로 행정효율의 추구에 적합하면서 다른 한편으로 그 실권을 가진 소수자를 통제하기만 하면 만주국 전체의 통치를 유도할 수 있다는 점에서도 관동군에게 가장 좋은 방책으로 보였다. 구체적으로는 총무장관 주재 하에 총무청 차장, 일계의 각 부 총무사장 내지 차장, 처장 등이 참가하여 열린 정례사무 연락회의에서 국무원 회의에 상정할 의안이 심의·결정되었다. 그러니까 관제상 아무런 근거도 없는 이 회의에서 만주국의 정책이 실질적으로 결정되었고 총무청 중심주의란 결국 일계 관리가 정책결정 권한을 장악하는 시스템에 불과했던 것이다. 총무청 주계처장 및 총무청 차장 등을 역임했던 후루미 다다유키(古海忠之)는 만주국의 본질, 특히 일본과의 관계를 생각한다면 총무청 중심주의는 잘 만들어진 제도라고 평가하면서 이렇게 말했다.

"일계 관리로 똘똘 뭉친 총무청을 활용한다면 관동군이 만주국에 압박하지 않으면서도 반일 정책이나 이와 유사한 행동을 막을 수 있다. 왜냐하면 만주국의 중요 정책, 법안은 모두 국무원 회의 심의 결정에 의해 나아가 참의부의 심의·의견 답신을 거쳐 집정의 재가에 의해 결정되는데, 총무청은 국법상 국책결정에 대해 아무런 권한을 가지지 않지만 사전 확인이 가능하기 때문이다."

국법상 아무런 권한을 가지지 않은 기관이 국책을 실질적으로 결정하는 데 대해서 어떤 의문도 품고 있지 않을 뿐 아니라 자찬하기까지 하고 있는데, 그들이 중국인에게 자랑했을 일본의 근대적 법치주의가 어떠한 성질을 가지고 있었는지 무의식적으로 발설한 셈이다. 법적으로 권한이 없음을 알면서도 총무청 중심주의는 칭송되었고 그에 따라 만주국 통치가 능률적으로 수행되어 갔다. 이리하여 총무청은 만주국의 권력핵이 되었던 것이다. 그 권력핵을 다시 관동군이 통제하고 제어하는 방법이 내면 지도로 불리었다.

내면 지도는 내면 지도권이라고도 하는데, 권리라고는 하지만, 만주국 국법에 근거를 둔 것은 아니었다. 외국 군대인 관동군이 만주국 통치를 지도하는 것은 내정간섭 이외에 아무것도 아니었다. 관동군은 혼조·푸이협정에서 결정된 관동군 사령관의 일본인 관리 임면권을 통해 재직시 업무 수행에 대해서도 지도권이 부수된다고 해석하고 있었다. 그러나 적법성을 문제시하지 않았기 때문에 '내면' 지도라고 부를 뿐, 인사권을 배경으로 한 강제력이 그 본질이었다고 보아야 하리라. 다만 일본 정부는 관동군이 내면 지도를 통해 일본의 통치 의사를 실현하려는 것을 용인하고 있었는데, 1933년 8월 8일의 각의 결정 〈만주국 지도 방침 요강〉에서는 이렇게 정했다.

"만주국에 대한 지도는 현 제도의 관동군 사령관 겸 재만(일본)제국 대사의 내면적 통할 하에서 주로 일계 관리를 통해 실질적으로 행사케 한다. 일계 관리는 만주국 운영의 중핵이어야 한다. 그 통제에 편리하도록 하기 위해 총무청 중심의 현 제도를 유지한다."

관동군에 의한 내면 지도와 총무청 중심주의를 표리일체로 중시하고 있었다.

정략·정무를 담당하는 관동군 참모부 제3과(나중에 제4과)가 내면 지도기관으로 만주국 통치업무를 담당하게 되었다. 정치·행정상의 중요 사항 및 일계 관리 채용 등 결정에 관해서는 총무청에서 제3과에 연락하고 그 심사를 거쳐 관동군 참모장 명의로 총무장관에게 승낙장 내지 내락을 얻도록 요구하였다.

"무슨무슨 건 승인함을 명(命)에 의해 통지한다." 그밖에 제3과는 관동군 헌병사령부, 군정부·고문부를 비롯한 재만 일본 군인의 인사권도 쥐고 있어서 치안숙정공작과 군사정책에 대한 지도도 행하고 있었다. 그야말로 일본의 만주국 경영 전반에 걸친 사령탑으로 기능했던 것이다. 이리하여 민주국에 대한 일본의 국책 수행에 대해서는 오로지 관동군으로 하여금 임하게 하고, 그 실행은 신국가가 독립국이라는 체면을 유지, 될 수 있으면 만주국 명의로 하지만 일계 관리, 특히 총무장관을 통해 실현을 도모했다.

이처럼 만주국 정치를 결정했던 것은, 괴뢰국가·보호국화라는 국제 여론의 비난을 피하기 위해 현지 중국인의 자주적 발의에 의해 정치적 결정이 이루어지고 있는 형식을 취하면서도 관동군의 지도 하에 일계 관리에 의한 일본의 통치 의사를 어떻게 효율적으로 실현하는가 하는 요청이었다. 일만정위든, 일만비율이든, 총무청 중심주의든, 내면 지도건 모두 국법상 권한과 사실상 권한이라는 양면성을 표상하면서도 그 어긋남을 호도하기 위한 미봉책이며 권모술수에 지나지 않았다.

그리하여 이러한 표면과 내면의 괴리라는 모순을 가지고 있으면서 만주국으로 하여금 영원히 우리 국책에 순응하게 하는 것. 그것이 일만 관계의 기조가 되었으리라.

관동군도 그렇지만, 군인들은 대부분이 가난한 집에서 자라났다. 자연스레 누구나 평등한 사회주의 국가를 꿈꾸었다. 만주국의 모델이 된 러시아에는 금융위기도 경제 공황도 없었으며 모두가 하나가 되어 나라를 꾸려가는 것처럼 보였기에, 그 무렵에는 모두 그곳을 이상적인 나라로 생각했다. 뒷날 러시아 안에서 얼마나 참혹한 일들이 있었는지 세상에 알려지지만, 당시 나라 밖에서는 이상적으로만 비추어졌다.

그러나 러시아 같은 사회주의 국가를 만들려고 해도 만주국에는 만철 외에는 아무것도 없었다. 교육기관도 없었기에 현지 사람들에게 일을 맡길 수도 없어서 일본 관사(최고 국가기관의 사자)가 만주국 관청에 들어가 정치를 했다.

러시아에 지지 않도록 국가 경영면에서 산업을 부흥시키려고 해도 그럴 만한 자본이 없었다. 곤란해진 관동군에 비해 일본 상공성(내각 관청 중 하나) 농업과장이었던 기시 노부스케(岸信介)가 재벌과 자본가가 아니면 초기에 나라 만들기가 어렵다고 설득하여 일본 재벌들을 불러들였다. 그것이 아유카와 요시스케(鮎川 義介), 닛산의 창립자이자 재벌이었다. 닛산 산하에는 히타치제작소, 닛산 자동차, 일본 광업, 일본 화학공업 등 130개 회사와 15만 명의 사람들을 끌어안고 있는 일대 콘체른이다.

만주 진출에 있어서 닛산은 회사 이름을 만주중공업 개발주식회사(만업)로 바꾸고 자본금 2억 2,500만 엔을 부동산이나 채권 따위에 투자했다. 만주국과 절반씩 나누어 투자한 것으로 정부와 민간이 공동으로 자본을 대어 경영하는 형식은 만철과 같았다. 만주국이 투자한 것은 만철에게서 받은 공장과 광산이었다. 만철은 철도부문과 푸순의 탄광 조사부문만으로 축소되었다.

국책회사로서 시작한 만철은 창업할 때는 총재 이하로 기세가 올라 있었지만, 회사는 점차 관료 조직화되어 갔다. 만주국이 세워진 뒤 학교와 병원, 대학 등을 나라가 경영하게 되면서 만주국 정부 중추에 일본 공무원들이 들어가게 되었다.

큰 재벌들은 본디 만철에 투자하고 있었다. 만철은 재벌들의 투자 덕분에 점점 그 규모를 키워 큰 콘체른이 되었다. 그때 만철 총재는 마츠오카 요스케였으며, 그는 기시 노부스케와 인맥이 있었다는 소문이 떠돌았다. 만철이 경영하던 중공업을 손 안에 넣은 만업은 정부에 의해 연간 6할의 이자를 보장 받았고, 크게 약진하여 만주 산업계의 중심이 된다.

1937년 25억 엔이나 일본 세금을 투입하여 만주국 중공업을 중점적으로 육성하는 산업개발 5개년 계획이 시작되었다. 이것은 막대한 규모의 투자였다. 만주에 돈이 없기 때문에 일본이 산업개발계획으로서 투자를 한 것이다. 중요산업 통제법을 교부하여 사회주의적 계획을 시작해 38개 특수회사, 21개의 준특수회사와 자유기업으로 크게 나누어 중요산업의 일업일사(一業一社)제도, 즉 1개 사업에 1개 회사를 두는 경제 통제를 실시했다.

만주국이 건국된 초기 관동군은 재벌을 싫어하고 자신들끼리 일을 처리하려 했지만, 기시 노부스케가 그들을 설득, 일본에서 만주로 닛산 콘체른을 데려갔다. 만주국은 사회주의적 통제 경제 아래 산업을 발전해 나갔다. 만주국 정부는 겉치레라는 말을 들으면서도 수상과 대신, 만주계 공무원들도 있어 그들과 절충해 나아갔다. 그러나 정부의 차관급은 모두 일본인이었고, 회의를 총괄하는 것은 차관이었으니, 중공업도 경공업도 합작 상대가 만주 정부라면 쉬운 일이었다. 이렇게 일본 기업으로부터 충분한 투자를 받아 정부 땅에 공장을 세워 철도를 경영하여, 전기도 댐도 모두 근대화를 해나갔다.

만주국의 발전은 3기로 나눌 수 있는데, 1933년~1936년이 1기이다. 이때는 아직 만주국이 갓 건국되었을 때여서 제대로 통치가 되지 않았다. 그렇기에 치안유지와 국가기구 정비를 병행하며 기초산업 및 유송통신 수단 정비 등을 현지에 대해 잘 아는 만철 사원들이 실시했다. 이 기간 일본 자본은 만철을 통해 들어갔기에 만철은 만주국 경제건설의 주역이 되었다. 만철은 북만주에 전략상 중요한 철도를 건설했을 뿐 아니라 철도망, 탄광, 액체연료, 경금속, 화학공업, 전기 등을 다루는 기업들도 경영했다. 이 5년 동안 만주에 투자한 돈은 11억 6,500만 엔에 이르는데, 그중 80%는 만철에 투자한 돈이었다.

1937년에는 만주사변이 일어난 해 닛산 재벌이 만주에 진출하며 만업으로 이름을 바꿔 중공업을 육성했다. 일본이 부족한 군수원료를 만주에게 요구했기에 5개년 계획은 일본의 필요에 응해 계획을 수정, 확대를 반복했다. 수정의 중점은 철, 석탄, 액체연료, 전력 부문의 확대였고, 자금 계획 또한 처음의 2배 이상 늘어났다. 일본의 만주 투자 금액은 40억 엔에 이르렀고, 철공업 부문에서는 강재 264%, 석탄 178%, 전력 241% 등 대단한 성적을 기록했다. 그러나 농업부문은 콩 생산량 85%으로 본 목표를 달성하지 못했다.

1942년 12월, 태평양 전쟁이 시작된 뒤 제2차 산업개발 5개년 계획이 강행된다. 만주사변 덕분에 이미 화베이도 실질적으로 일본이 되어 일본, 만주, 화베이가 하나가 되고 철강, 석탄, 농산물이 계획의 중점이 되었다. 1943년에는 일본으로 보내는 공급이 어려워졌다. 일본이 만주국에게 요구하는 농산물과 석탄의 양이 많아졌고, 그만큼 만주 생활은 어려워진 것이다. 일본 본토의 총동원 체제와 같았다. 그럼에도 불구하고 1943년의 농공업 총생산량이 만주국으로서는 이전과 비교할 수 없는 수준에 이르러 거의 예상했던 공급량을 수행해낸 것은 만주국의 행정이 나라 구석구석까지 영향을 끼친 결과라고 할 수 있다.

맨 처음 일본은 만주국과 대등하게 일해 나가자는 입장을 취했다.

만주는 자원이 풍부했기에 1937년 만주사변이 일어난 뒤에는 일본이 치르는 전쟁을 식량과 철강 분야로 지원해 주었다. 제2차 세계대전에서는 미국과 유럽이 블록경제(몇 개의 국민경제를 하나의 지역·블록으로 통합해 다른 지역에 봉쇄적인 무역정책을 취하는 경제권)가 되어 일본도 자신의 권익이 있는 곳에서 블록을 형성할 수밖에 없었기 때문이다.

만주의 문학

하세가와 시로(長谷川四郞)(1909~1987)는 1937년, 남만주철도주식
회사에 입사하여 다롄 도서관에 근무하다가, 같은 해 봄에 만주국
으로 건너갔다. 직무는 유럽도서 담당이었다.

구 만주국 수도 신징(현 창춘)에는 시로의 큰형 슌(濬)(1906~1973)
이 있었다. 오사카 외국어학교(현 大阪外大學)에서 러시아어를 배운
하세가와 슌은 1932년 5·15사건 당일 문사(門司)를 떠나 만주로 건
너갔다.

그들의 아버지 하세가와 도시오(長谷川淑夫)의 친구인 오카와 슈
메이(大川周明)가 하세가와 슌과 시로 형제의 도만(渡滿)을 도와주
었다.

만주국 관료양성기관인 자정국(資政局) 자치지도부 훈련소 1기생
으로 만주국 외교부에 취직한 하세가와 슌은 만주국 내 홍보선전활
동을 하는 국무원 총무청 홍보처 근무를 거쳐 1937년 창립된 만주
영화협회로 전근하였다. 슌은 신징에서 〈만주낭만(滿洲浪漫)〉지 창간
멤버로 활동하였으며, 〈만주행정〉, 〈만주신문〉, 〈만주영화〉, 〈모던 만
주〉와 같은 현지 신문잡지를 열심히 집필하였다.

하세가와 시로는 학생시절부터 〈흑조(黑潮)〉(安藤鶴夫, 齋藤磯雄,
蛯原德夫 등 동인), 〈화분(花粉)〉(佐佐木斐夫 등 동인), 〈세대(世代)〉(片
山敏彦, 大野正夫, 原田勇 등 동인) 동인지에 참가하였으며, 〈문예범론
(文藝汎論)〉, 〈법정문학(法政文學)〉, 〈성찬(聖餐)〉지에 기고한 문학청년

이었다. 도만 후에는 〈신천지〉, 〈서향(書香)〉, 〈만주일일신문〉, 〈만주낭만〉 등에 원고를 투고하였다. 다롄 도서관에서 베이징의 만철북지경제조사소(滿鐵北支經濟調査所)로 옮긴 시로가 신징의 문예 미디어와 접점을 갖게 된 것은 슌의 도움이 있었기 때문인 것 같다.

하세가와 슌은 만주건국에 바친 생애를 그리거나 웅대한 자연, 코자크의 살림을 취재한 소설과 망명 러시아인 바이코프의 동물소설 《위대한 왕》의 번역으로 만주문학계에서 위상을 차지하였다. 그러나 귀환 후 슌은 만주에서 병이 걸려 지병이 된 결핵으로 고생했으며, 전후 문학 속에서 자신의 위치를 발견하지 못하고 만주시절 문예활동에 대해서도 쓰라린 반성의 말을 토로할 수밖에 없었다. '일본인끼리만 일본문학의 에피고넨(Epigonen, 모방자)이 되지는 않았던 것일까?' 〈작문〉은 1932년, 만주국이 건국된 해 다롄에서 창간되어 만주국 일본어 문학의 한 거점이 되었던 잡지로, 전후 1965년에 복간되었다. 하세가와 슌은 복간시에 동인이 되었으나, 생활에 쪼들려 동인비를 밀리면서도 무엇인가에 떠밀려 움직이게 되는 것처럼 집필활동을 멈추지 않고 사망하기 전까지 투고하였다.

한편 동생 시로는 긴 억류 생활 끝에 귀환하여 연작 《시베리아 이야기》(근대문학, 1951~1952)로 인정받게 되고, 나카노 시게지(中野重治)의 추천으로 참가한 〈신일본문학〉을 중심으로 활동을 넓혀갔다.

시로는 1909년 하세가와 도시오(長谷川淑夫)와 유키(由起) 부부의 넷째 아들로 태어났다.

아버지인 도시오는 당시 하코다테(函館) 구회의원(區會議員)을 맡은 언론인이었는데 시로가 탄생한 다음 해, 대역사건 후 반동 기운 속에서 내무청에 의해 '황실 존엄 모독'으로 고발되는 필화사건이 일어나 의원직에서 해직되고 수감되었다. 출옥 후, 도시오는 〈하코다테신문〉 주필을 맡았지만, 수차례 신문지조례(新聞紙條例)로 문초를 당했다.

하세가와 도시오는 '사회주의자'나 '반천황제주의자'라기보다 오히려 메이지(明治)시대의 '민족주의자'로, 자본주의를 비판하면서 경제통제를 지지하는 것이 그 논리의 귀결이었다. 만주국 건국에 즈음하여 그는 이런 소감을 발표하였다.

"천하를 공(公)으로 하는 독점 자본주의 착취 경제를 배척하지 않으면 사화주의를 채택할 수밖에 없는데, '왕도사회주의'가 바로 이러한 것으로 '만주(滿洲)사회주의'라고도 칭하였다."

도시오의 사상은 국제사회에서 지위 향상을 원한다는 의미에서 민족주의와 국제주의가 공존하였다. 장남을 미국에, 차남을 유럽에, 삼남과 사남을 만주에 보낸 하세가와 도시오에게는 국민국가라는 틀이 가치가 있기에 월경하는 것도 또한 의미가 있었으리라.

하지만 자녀들에게는 또 다른 논리가 있었다. 하세가와 시로는 고향의 규세이(舊制)중학을 졸업, 진학을 위해 상경하여 괴테, 릴케, 헤세, 카로사(Carossa) 등 외국문학을 탐독하는 한편, 친구와 토론하거나 야나기타 구니오(柳田國男)를 방문하기도 하였다.

학생시절에 시로(史郎)라는 필명으로 아버지가 경영하는 〈하코다테신문〉 일요판에 기고한 그의 초기 글 《회향우서(回鄕偶書)》를 보면, 쓰가루(津輕) 해협을 경계로 동식물의 분포 차이를 연구한 영국 조류연구가 블라키스턴을 언급하고 '에조(蝦夷)' 문화 보존을 시사하는 글들이 있는데, 당시 그의 관심 영역이 박물학으로부터 문화인류학에 이르기까지 확대되었음을 보여주었다.

1936년에는 괴테의 《서동시편(西東詩篇)》(1819)으로 졸업논문을 써서 법정대학 문학부 독문과를 졸업하였다. 《서동시편》은 괴테의 19세기 유럽 오리엔탈리즘의 한 전형이라고 평가되는 시집이다. 졸업후 유학을 희망하였지만 유럽의 전선 확대를 보고 만철에 취직할 것을 결심한다. 중국대륙의 다양한 문화를 주시한 하세가와 시로 안에는 괴테가 서쪽에서 동쪽으로 보내는 눈빛이 20세기적인 형태로 성장을 이루었을까? 1년의 다롄 생활 후 베이징으로 이동한 시로는 〈만주낭만〉 창간호(1938. 10)에 《장성론(長城論)—단편(斷片)》을 발표하였다.

나는 북쪽 바다를 가졌다.
외로운 섬 기슭을 씻는 거센 파도,
상쾌한 이 심음(心音)을 들어보자.
거기서 나는 먼 옛날 왕자였다.
장성(長城)은 왕인 아버지가 언젠가 쌓은 것,
거의 다 자연물이다.
그리고 지금 나는 탕아,
돌아가지 않을 방탕한 자식이다.

그는 장성 밖 사막에 살고
혼자, 새로운 국토의 선조가 된다.

그 사상은 과실을 닮았고
여러 가지 수액의 쓸쓸한 용출로 충만하고
묵직하고 설익었지만,
머지않아 풍성하고 무겁게
스스로 땅에 떨어질 것이다.

사막이 녹음으로 뒤덮이면

나는 스스로의 노래를 듣지 않는 우울한 종달새.
미증유의 부드러운 비가 내리면
나는 새벽, 구름 위로 가득한 불빛.

　가족의 신화적 이미지는 지금까지 왕과 왕자라는 단계에서 왕족의 신체가 '국토의 선조'로 모방되었기에 제국주의적 단계의 환상이라고 불러도 될 것이다. '아버지인 왕'은 전에 왕국을 방위하기 위해 '장성'을 구축하였고, 그 자식인 '그'는 '장성 밖'에서 '새로운 국토의 선조'로서 반복을 시작하려고 한다. '장성' 안의 왕국과 '장성 밖', '새로운 국토'와의 관계는 전자가 후자를 지배하는 게 아닌 한계가 있어 식민지라고 말하기 힘들지만, 자식의 왕국과 아버지의 왕국과의 정체(政體) 차이는 분명하지 않다.

　'왕자'이고 '탕아'이고 '나'이고 '그'인 자의 육체와 사상은 원초적, 관능적인 자연 이미지로 표상(表象)되었고, 중국문명의 건조물(建造物)인 '장성'은 '자연물'로 환원되었다.

　대부분 이 시에는 탈역사적인 '고대'의 흔적과 '미래'의 맹아만 있고, 역사에도 현재에도 관심을 기울이지 않았다. 오리엔탈리즘이라고 불린 조건과 대비되어 있는 것이다.

　여기서는 괴테를 거친 오리엔탈리즘이 보다 독일 낭만파적 환상의 인용이라는 형태로 하세가와 시로의 시작(詩作)에 정착하였다. 게다가 거기에 있는 지향(志向)은 회귀적인 게 아니라 당시 개념으로 말하면 근대 초극(超克) 계기로 '왕국', '고대'의 재발견이라고 할 수 있으리라.

겨울이여, 내 안의
그곳에 나는 틀어박힌다.

깊은 골짜기의 한 집,
어떤 좁은 길도 눈에 묻히고.

아아, 북극에는 언제, 저
잠든 숲에 왕자가 왔다.
그렇게 봄은 조용히 조용히
갑자기 올 것이다!

나의 작은 방 벽에
피어 있는 야생화 몇 송이.
추억의 샘에 부어 넣어
그것은 결코 시들지 않으리.
어느 계절이 지나가도
결국 이곳으로 나는 돌아온다.
그리고 너를 지켜볼 것이다. 고대의 꽃이여!
마지막 봄의 여흥을 꿈꾸면서.

　하세가와 시로는 일종의 실향민 심정으로 만주에 갔다. 고향의 신화나 자연과 유대를 잃어버린 그는 마음의 공백을 메우기 위해 가상으로 새로운 신화, 대륙의 자연을 상상하게 된다.
　'왕자'에서 '탕아'로 변한 '그'는 '사막'으로밖에 보이지 않는 영역이 그곳에 사는 사람들에게는 다른 의미와 가치를 지니고 있다고 본다. '그'가 그곳을 '새로운 국토'라고 정하는 것, '그'가 '선조'의 자리로 차지하는 것, '그'가 '사막'을 옥토로 바꾸려고 하는 것을 사람들이 부인할 가능성은 농후했다. 그 경우 〈장성론〉의 시적 신화는 포스트콜로니얼리즘(post colonialism)의 개발주의 맹아를 안고 있다는 점에서 19세기적인 그것과 차별화를 도모하지만 광의의 식민지주의 안에 들어가게 되리라.

만주의 국토와 자기 몸(신체)을 연결시킨 비유는 그 후 여러 가지 영감(Valianr)을 창출해 내었다.

그

식탁에 남겨진 최후의 만찬.

창백한 자식에게 아버지는 말한다,
신이 포기한 땅에 가지 말라.

하지만 말석에 앉아 있는 그는 냉정한 미소를 띄운다,
너는 신을 포기한 국토이다.
떠들썩하고 소란하게 피어오른 무리에 둘러싸여,
아버지는 불안한 눈빛을 그에게 던지지만.

(그들에게는 보이지 않는다
그가 누구인지)

그 애무를 거절한 그의 안에는
오직 엄동의 삭풍이 소리 높여 웃을 뿐이다.

'아버지' 및 '신'에 대한 결별, 거절의 의지가 보인다. 그렇지만 여전히 '너는 신을 포기한 국토이다'에서 '너'='국토'라는 환상의 유대는 연결되어 있다. '신이 포기'하던 '신을 포기'하던 음화(陰畵) 형태이지만 어떤 신성(神性)의 주문을 벗어나지 않은 국토의식이 있다. 무엇보다도 그 신성의 이미지는 신은 죽었다는 니체의 신음이나 신의 황혼이라는 북방신화, '최후의 만찬'과 헷갈려서 아무래도 천황의 신성성에 관심을 가졌던 동시대의 공동환상과 어울리지 않게 표상된 것 같다.

다음 해에 이런 시를 발표하였다.

무언가(無言歌)―하세가와 슌에게 바침

우리, 이 국토에 온 것은 살기 위해서가 아니다.

태어날 때, 죽음에 바쳐져
이미 피로 기록되었다.
육체를 광야에 묻고
위대한 미래의 뿌리를 북돋우었다고.

아아, 그의 눈, 철저하게 맑고
심장은 지축(地軸)의 울림과 통하고,
꿈은 풍부하여 말없이
새로운 역사의 새벽을 지나가는 자여.

(순간의 목숨이라고 말할까)
하지만 그 숨은 맑고
제단마다 북방의 대기(大氣)에 녹아서
별이 피어오르는 무변(無邊)의 공간을 채운다.
우리, 이 국토에 온 것은 살기 위해서가 아니다.

'국토'와 연결된 '육체'는 희생의 '육체'로 구가된다. '피'에 의해 기록된 '국토'로 신에 바쳐진 것이 아니라 '죽음'에 바쳐진 '육체'이다. 신의 모습을 감추고 '새로운 역사', '별이 피어오르는 무변의 공간'이라는 역사적 시공 및 우주론적(cosmology) 이미지가 생겨났다. 근대적 단계로 걸어가는 민족주의 환상에는 '우리, 이 국토에 온 것은 살기 위해서가 아니다'라는 그림자가 따라다닌다. 살아 있는 것, 이미 있는 풍부함을 탈취하는 식민자로 온 게 아니라, 시작도 마지막도 희생과 속죄를 게재하는 시편이 되었다. 거듭 반복하지만 밖에서 온 자에게는 '사막'도 보여주고 '신이 포기한' 것과 '신을 포기한' 것을 보여준 대지가, 먼저 거주한 자에게는 어떠한 의미를 갖고 가치를 가지는지, 거기에는 그의 말이 이르지 않았다.

다만 하세가와 시로의 20세기 오리엔탈리즘이나 식민지주의는 장성 안팎으로 사색한 결과, 재편과 수정을 해주고 있다. 시집에는 넣을 수 없었지만, 중국에게 만주국의 위상이 어떠한가에 대해서는 산문(散文)에서 일찍부터 언급되었다.

《만주낭만》 제2집(1939. 3)에 게재된 〈광인(狂人)일기〉에서 '만주' 이미지를 '콩(大豆)'으로 환유(換喩)하여 묘사하였다.

"우리는 만주의 콩을 노래하자. 한 농부 손에서 전 세계로 흩어지는 콩의 노래를."

그 콩은 국경을 넘어 흩뿌려지고 흩어지고 씨 뿌려지는 것으로, 흩뿌린 콩을 받아들인 지평은 제국이나 국민국가라는 개별 단위가 아니라 '전 세계'인 것이다.

장성 안팎의 사색은 중국 대륙 역사를 장성 안에 있었던 왕조 교체로만 파악하는 게 아니라, 장성 밖에 있었던 유목민, 수렵민 또는 한족과 다른 여러 소수민족과의 교통(교역, 통혼, 전쟁을 포함)으로 보고 장성 안에도 다민족 다문화가 공존하였다고 파악하리라.

〈광인일기〉에는 상하이(上海) 도시공간의 다민족 다문화의 양상을 난센스·모더니즘 풍으로 기술한 부분도 있다.

"난징(南京)로, 군중 위를 걷고 있는 자유의 코, 어느 나라도 아닌 외국인, 광고로 생긴 이층버스, 아스프로(ASPRO), 흑인 피부(牙膚), 백인 여자 피부 등. 인도인 순사가 중국인 짐수레꾼을 곤봉으로 때려서 만든 교통정리. 훤조(喧噪), 좁은 거리에 들어가면 침침한 번화(繁華), 백화점의 지나치게 밝은 창문에 비추어진 창녀가 저녁 상점을 지키고 있다. 가련한 콘세시온. 외국인 선원이 지나가다 헬로우, 안내해 드릴까요? 배일신문의 외치는 소리, SMC라고 등에 쓴 도로 인부. 자가용 자동차를 타고 떠나는 외국 귀부인, 나중에 빈 손바닥을 내민 채로 남겨진 거지. 사고는 없었지만 전부가 사고 같다. 중국인 순사가 마리오네트처럼 걷고 있다."

또 아래 글을 살펴보면 제국 및 국민국가를 넘는 '세계'라는 공동환상에서 '피', '살(肉)', '자기', '영토', '국토'와 결부시키는 신화력(神話力)은 무효가 될 것임을 이미지로 알아차릴 수 있다.

"어느 국가인지 알지 못하는 국기(國旗)가 만국기 위에 나부끼고 있다. 하늘 드높이 여러 계절을 넘어 세계에 불고 지나가는 바람의 환상이다. 그것은 또한 알려질 것이다. 신은 태초부터 영원토록 지킨다고."

〈베이징에서―신자명이 없는 편지처럼〉(《신천지》, 1938. 8)이라는 산문의 마지막 장에서 "가는 초승달, 지구의 투영이 보인다"로 시작한 시로는 "옛날 북방 야생인이 강인한 몸으로 침략하여 어떤 불타는 눈으로 이 도시의 문화를 보았던 것일까? 장성은 그들을 막지 않고 단지 조절할 뿐이었다. 베이징은 상쾌하고 거친 바람이 몇 차례 불어 생기를 얻었다. 지금 세계사의 파도 속에 놓여 있다. 그는 노래한다. 아마 나는 그 대해(大海) 거품의 한방울일까? 하지만 웃어 보아라, 친구. 우리의 맛은 같은 땅의 소금으로 생긴 것이다!" 시로는 여기서 국민국가의 틀과는 다른 틀로 장성 안팎을 생각하였다.

다민족의 다원적 문화를 가진 장성 내 영역은 침략받음으로써 오히려 '생기'를 찾았다. 다케다 야스아쓰(武田泰淳)의 중국관보다 먼저 전후문학 인식이 발전되었는데, 예를 들면 당시 장성 밖에 있었던 만주국에 대해 중국, 러시아, 일본 등 국가들은 그 국가의 체제가 어떠한지 상관없이 자기 영역으로 고려하여 타국이 지배력을 다투는 것을 인정하지 않았다. 보더(border)는 국경이 아니라, 조절밸브로서의 장성이다. '우리'라는 것이 누구와 누구에 의한 공동성인가? 화자는 하늘에서는 '지구의 투영'을 찾고 있으며, 땅에서는 '세계사의 파도'를 상상한다. 그 이미지는 장성 밖에 만주국을 구축하고 북쪽으로 러시아를 노리면서 장성 안으로 몰려들려는 자들에 대해 국민국가를 넘어 전 지구적인 역사적 시공의 틀로 파악하였다.

아니면 장성 밖에서 장성 안을 침략하더라도 통치를 영속시킬 수 없고, 그 뜻에 반하여 장성 안을 활성화하는 역할을 맡을 뿐이었던 이방인들을 모방하여 지금 장성 밖 만주국 또 그 외부의 이방인으로, 시로는 스스로를 찾고 있었을지도 모른다.

베이징에서 3년을 지낸 시로는 1941년 다롄에 돌아와, 다음 해 만철 조사부에서 만주협화회 조사부로 전근하였다. 만철조사부에서 만주협화회로의 전근은 자유로운 직장이라기보다는 만주지배의 권력 중추에 가까운 직장으로 이동했다고 보아야 할까? 만철에서 협화회로 전근한 동기를 〈델스우·우자라—알세에니에프 씨의 우수리 기행〉에서 볼 수 있다. 시로의 관심은 장성 밖의 유목민·수렵민 등에 향해 있었다.

우데헤나 고리드 같은 남방 퉁구스의 연구는 만주사 해명에서 보조적인 역할을 하는 것이다. 본서의 주류는 원래 풍부한 자연관찰기이고 원시민족 연구서가 아니지만, 더불어 우리는 본서에서 일찍이 북동 만주의 산림이나 하안(河岸)에서 번영하였던 수렵 또는 어로민족 최후의 모습을 생생하게 볼 수 있다고 생각한다. 정복자인 러시아인이 멸망해 가는 이민족의 애가를 부르고 있다. 또 나중에 러시아인이 된 원저자의 약소민족에 대한 순진한 애정과 신뢰, 제국 러시아의 민족정책에 대해 가졌던 그 의의(疑義) 등은 만주를 국가로 삼는 우리가 타산지석으로 삼을 수 있다고 생각한다.

제국주의 민족정책을 비판한 완곡한 표현이다. 어쩌면 오히려 그것을 실태보다 미화시킬지도 모른다. 러시아형 소수민족 보호정책을 배우려는 입장이 드러나 있다. 그러한 결의를 가지고 하세가와 시로는 만주협화회 조사부에서 몽골인 지역 필드워크(field work)를 주관했고, 1944년에는 몽골인 지역인 자란툰(札蘭屯)의 협화회 푸터하(布特哈)기(旗)의 본부사무장이 되었다. 만주국의 정신적인 지도기관인 협화회 업무 취임자로 소집된 전례는 없었지만, 협화회 방침에 대해 비판적이었던 시로는 소집되어 소비에트의 국경 감시초에 배속되었다.

러시아침공, 패전 후 하세가와 시로는 시베리아 수용소 여기저기로 이송되어 극도로 추운 땅에서 강제노동에 종사하였다. 그가 귀환길에 오른 것은 1950년이었다.

연작 《시베리아 이야기》를 문학에 자리매김하는 것은 어렵다.

하세가와 시로의 문예는 대부분 전후문학에 영향을 미치는 총력전 체제하의 생활체험, 패전 후 미군점령 체험과는 거리를 두는 곳에서 형성되었다.

필리핀에서 미군에게 포로가 된 오카 쇼헤이(大岡昇平, 1909~
1988)의 《포로기(捕虜記)》(1948)는 포로의 생태(生態)를 그렸는데, 포
로수용소의 타락을 점령 이후 일본 상황과 연속적으로 파악하였다.

관동군 정보부에 있다가 시베리아 수용소로 보내진 이시하라 기
치로(石原吉郎, 1915~1977)는 하세가와 시로보다 길게, 1953년 스탈
린의 사망에 따른 특별사면이 있을 때까지 억류되었고, 침묵 후 충
격적인 시집 〈산쵸 판사의 귀향〉(1964)을 출판하였다. 이시하라의 경
우, 수용소에서도 또 전후 일본에서도 배신당하고 팔렸으며, 그가
아니면 누군가 희생양(scape goat)으로 끌어내어 배척하는 것으로 응
집력을 강하게 보인 공동체에 대한 불신과 자기소외를 지속적으로
고민하였다.

하세가와 시로와 마르크스주의의 접점, 대러시아관의 연속과 단
절, 스탈리니즘 비판을 둘러싼 발언, 사회주의 국가에서 반체제 문
학자에 관한 비평, 이시하라 기치로와 우치무라 고스케(內村剛介) 등
수용소 체험을 가진 문학자들에 대한 서평, 전쟁책임론 등 하세가와
시로의 공식적 발언들⋯⋯. 전후 고도 경제성장기의 동서 냉전 구조
하에서 국민국가 환상이 강고(强固)해져 자연스레 의식이 자리잡았
을 때, 좌익이나 우익, 러시아나 중국을 고려하기보다 아시아·아프리
카 작가회의 때문에 애써 시베리아를 다시 방문한다면, 러시아가 아
니라 야크트, 치타, 아무르, 브랴트의 시인들에 대해 이야기하여 중
국옷을 입힐 뿐 아니라 반복하여 망명자로서 브레히트를 말했던 하
세가와 시로에 대해 그 정치적 견해를 재구성해도 잘 파악하기 어
렵다.

하세가와 시로는 《시베리아 이야기》로 무엇을 끝내고 무엇을 시작
하려는 것일까?

《시베리아 이야기》는 〈근대문학〉에 연작된 〈시베리아 이야기〉를 발표순으로 편집하여 1952년에 단행본으로 출판한 것이다. 다음 해 작품집 《학(鶴)》, 1954년 단편집 《붉은 바위》를 통하여 전쟁과 시베리아 수용소 테마가 이어졌다. 그 후 1966년 《하세가와 시로 작품집》 1권 간행 시, 그는 《붉은 바위》에 수록된 단편 〈나순보〉, 〈시르카〉, 〈청소부〉를 《시베리아 이야기》에 편입시켜 작품 배열을 변경하였다.

발표 후 10여 년이 지난 《시베리아 이야기》에 시로가 넣어야 한다고 판단했던 〈나순보〉를 살펴보자.

주인공인 나순보는 몽골계 유목민으로 노몬한(Nomonhan)사건 직후, 말을 몰고 다니다 '눈에 보이지 않는 국경선이 소란스러웠으나 나순보는 그것을 몰랐다. 까마득하게 모른 채로 국경선을 넘어 갔다'는 이유로 소비에트군에게 잡혔다. 나중에 '러시아인 병사들이 만주 제국을 정벌하러 갔을 때 일본인 병사를 많이 잡아갔다. 여러 곳에 포로수용소가 건설되었다. 그러다 누군가가 나순보를 생각해 내고— "그는 몽골인 월경자로 소비에트 시민이 아니라 포로이다" 아마 이런 관료적 의견이 이겼을 것이다. 아마 잠정적으로 나순보가 일본인 군사 포로수용소에 들어가게 되었을 것이다'라는 경과를 따라가 보자.

포로의 강제노동을 포함한 소비에트 수용소 조직의 시비나 소비에트에서 승리를 거둔 '관료적 의견'의 시비는 《시베리아 이야기》의 다른 글들과 마찬가지로 거의 선악의 피안(彼岸)에 놓여 있다. 그러나 이 또한 다른 글과 마찬가지로 그다지 큰 사건이 일어난 것은 아니다. 나순보의 초라한 모습을 본 소비에트 장교는 구 일본군 회계 담당 장교에게 욕했다. "너는 소비에트까지 와서도 약소민족을 압박할 것인가?" 그 후 최고급 옷이 지급되어 몸차림이 말쑥하게 된데다 소비에트화된 나순보는 수용소의 일본인을 보고 이렇게 말하기까지 하였다. "너는 비문화적이다." 가끔씩 '이른바 야생적인 유목민의 생명까지 '문화적'인 것이 되었던가'라는 의심을 보여주는데, 그 말도 되지 않는 희미한 흔들림 덕분에 이 작품은 제법 읽을 만하다. 〈나순보〉는 그런 글이다.

〈나순보〉를 《시베리아 이야기》에 편입시킨 시로는 만주국과 수용소 체험의 연속성을 이해하였다. 만주에서 수용소로 계승되는 깊은 사색도, 수용소 체험으로 반추되어 되돌아본 만주체험의 한계도, 포함된 연속성이다.

《시베리아 이야기》의 수용소 공간은 스탈린 헌법 아래 포로들에게 가혹한 노동 및 최소한의 식량과 민주화 관념을 주려고 했던 장소만이 아니다. 포로수용소와 그 주변에는 러시아어로 대화하지 못하는 사람도 어떤 말도 읽거나 쓰지 못하는 사람들도 있다. 마르크스, 엥겔스, 레닌을 밀쳐두고 러시아정교를 신봉하는 자도 있으며, 유대계나 이슬람인도 있다. 브랴트 등 유목수렵민도, 연방 내에서 시베리아로 강제 이주된 우즈벡인, 우크라이나인, 독일군 점령지대의 사람들도 있었다. 러시아인과 결혼한 중국인, 일본인과 결혼한 러시아인, 잡종인 아이들도 있다. 하세가와 시로가 그러한 수용소 공간을 묘사한 관점을 장악할 수 있었던 것은 그가 만주시절의 사상경험을 비판적으로 계승한 성과이기도 하다.

구 만주국시대, 대륙의 비정착민, 그중에서도 몽골계 유목민 생활 조사는 하세가와 시로의 주요한 관심사였다. 만주국 국시(國是)인 오족협화 중에서 몽골족으로 분류된 사람들이다. 그즈음 '약소민족의 압박'은커녕, 의식적으로는 다문화공존을 지향한 시로지만, 그들의 '야생적인 유목민 생명'을 표상하는 말을 그는 갖지 못했다.

만주시절 시로는 '델스우·우자라' 해설에서 속내를 비쳤다. '정복자인 러시아인이 멸망해 가는 이민족의 애가를 부르고 있다', '멸망해

가는 이민족의 애가' 밖에 부를 수가 없었던 것은 그도 마찬가지다. 한편으로 제국민과 그 주변 소수민족 관계는 서로가 서로를 비추어 주는 거울 같은 것이고, '멸망해 가는 이민족의 애가'밖에 부를 수 없는 제국 시인의 멸망도 또한 그다지 먼 것이 아니었다.

죽음으로의 경사도, 희생과 속죄의 뒷받침이 되었던 만주시절 시와 비교하며 《시베리아 이야기》에서는 변경의 여러 민족도 그들을 말하는 자도 오히려 생기를 띤다. 많은 사람에게 극한적인 공포와 사망을 가져온 시베리아 수용소가 하세가와 시로에게는 짓궂게 죽음에서 재생(再生)으로 전환하는 시공이었던 것이다.

언제 돌아갈 수 있는지, 지금부터 어디로 데리고 가는지 알 수 없는 포로들은 화물차로 수용소에서 수용소로 운반되어졌다. 병사였던 대부분 포로들은 전쟁 중 이동과 비슷하게 여겼다. 후에 이동이 뭔가 비슷한 것 같다고 뼈저리게 깨닫게 된다. 《시베리아 이야기》의 마지막에 수록된 〈개죽음〉의 이동이다.

"우리는 화물차에 타고 위도(緯度)를 따라 나란히 여행하였다. 화물차에는 거의 주야 구별도 없이 어두웠다."

'위도와 나란히'라는 추상화된 것보다 다른 좌표 없는 포로들의 이동은 이제는 자국이든 타국이든 '국토'라는 수준의 공간이동이 아니고, 문자 그대로 지구적 수준의 강제적인 집단이동이었다. 포로 열차를 채우는 암흑과 중압, 고향을 그리는 마음은 유대 사람들을 수용소로 운반하는 화물차의 이동을 떠오르게 하리라. 기원전 바빌론의 포로와 20세기 세계전쟁, 포스트콜로니얼의 세계 상황에 대한 논의에서 글로벌라이제이션(globalisation, 디아스포라(diaspora)의 개념은 최근 확대되어 남용되고 있지만 '위도와 나란히' 수용소 강제노동 장소로 데리고 가 버리는 그들의 생태는 '구제국 및 국민국가의 병사' 대 '소비에트의 포로'라는 구도를 일탈, 글로벌라이제이션, 디아스포라의 문제군에 발을 들여놓은 것이라고 말할 수밖에.

이전 제국 및 국민국가의 품에서 탈출하려고 저항한 만주시절은 하세가와 시로의 시상에는 이미 정착자와 비정착자, 거기에서 태어난 자와 이방인들, 다른 복수 문화의 공존, 국경을 넘는 네트워크 만들기라는 글로벌리즘이 뿌려져 있었다. 만주국 시인 하세가와 시로가 '아버지'가 된 자, '신'이 된 자에게 저항하여 결별하려는 자신을 '최후의 만찬'을 소란케 한 배신자와 비교하는 것은 냉소적이었다.

그러나 저항적이고 부정적이라고 하더라도 민족주의의 환상에 얽매어 있었던 만주시절의 하세가와 시로에게는 디아스포라라기보다 망명(exile)이라고 하는 것이 어울리고 과잉된 비창감(悲愴感)이 있어 보인다. 그는 포로로서 시베리아 수용소를 여기저기 끌려 돌아다니기보다 디아스포라적인 경험 후에는 이민, 비정착민, 소수민족, 선주민의 애가가 아니라 그들이 가진 생명의 힘에 대해 말하기 시작하였다.

〈개죽음〉의 결말, 즉 《시베리아 이야기》 최후의 한마디는 드디어 귀환명령을 받은 포로들이 몰래 개고기를 만찬으로 하면서 누군가의 중얼거림으로 마무리되었다. '우리는 돌아가면 다리 밑이다.'

귀환은 포로로서 끌려다닌 강제수용소에서 사는 것보다 상대적으로 선택의 자유를 보장받는 표류자가 됨을 의미할지도 모른다. 그것을 오히려 적극적으로 받아들여 사상으로 연단시킨 하세가와 시로는 전후 문학에 등장할 수 있게 되었다.

장성 밖에서 침공하여 왕조를 구축한 소수파이지만 지배권을 가진 만주족 왕족이 청조 붕괴 후 '복벽' 이념으로 만주국에 참여한 것을 고려한다면, 장성 안의 청왕조 멸망과 만주족의 운명 안에서 만주국에서 소수민족으로 지배를 한 일본인의 운명을 읽어내는 것도 이상하지 않지만, 그러한 시각이 만주시절의 시로에게는 결여되어 있었다.

당시 장성 안에서는 '중국인'이라고 불리고, 만주국에서는 '만인'이라고 불린 사람들의 다원성과 역학 관계, 갈등을 분절화하는 것은 정착, 비정착 및 농경, 비농경이라는 차이에 착안한 것만으로는 부족하리라. 중국 문화대혁명과 비림비공(批林批孔)의 대합창을 시야에 넣으면서 묵자(墨子)를 통해 브레히트를 말했던 '중국 브레히트'(1973)의 시도는 어떠한 힌트를 포함하고 있을까? 하세가와 시로는 묵자를 소개하였다.

"묵자는 중국 근대에 '발견'된 것이라는 다카다 준〔高田淳〕의 소설을 인용하였다. 청대 고증학과 민국 초기 서구사상의 영향 등에서 여러 가지 이유로 화장된 묵자가 발견되었던 것이다."

브레히트도 묵자를 '발견'하고, 시로는 브레히트를 통해서 묵자를 말한다.

"양반들의 민족주의는 양반들한테 도움이 된다. 빈민들의 민족주의는 이 또한 마찬가지로 양반들한테 도움이 된다. 민족주의는 빈민들이 몸에 걸쳐서 좋아지는 것이 아니기 때문에 민족주의는 완전히 당찮은 일이 될 뿐이다."

시로의 만주국시대 문학 노정이 정치적으로 과거의 성과를 부정하여 보여준 것으로 오독된다면 아쉬우리라. 전후문학의 재검토 문제도 포함된 만큼 뒷날 세대에게 남겨진 과제이리라.

만주에 농락당한 여성들 그 빛과 그림자

만주(滿洲) 땅에는 일본인들의 피가 배어 있다. 일본의 만주진출정책을 합리화하여 촉진하는 역할을 했던 이 말은 아마 남성들의 피만을 상정하고 있었으리라. 하지만 반세기에 달하는 만주진출정책이 패전으로 인해 좌절되었을 때, 만주 땅에는 수많은 일본인 여성들 피도 배어들어 있었다. 중국 민족들이나 조선족 여성들의 피가 비교할 수 없을 만큼 아주 많이 흐르고 있었지만 말이다.

'만주'가 희망의 땅으로 그려지고, 비극적 색채를 머금고 있었음은 일본이 보는 만주의 위치를 잘 가리키고 있다. '만주'라는 희망에 매달려야만 했던, 일본 '안'에서는 살아갈 수 없는 사람들이었다. '나도 갈 테니 너도 가자/좁은 일본에서 살기 지쳤다/파도 저편에 중국이 있다/중국에 있는 4억 백성들이 기다린다'로 시작하는 유명한 곡 '마적(馬賊)의 노래'는 영웅적이며 낭만적인 가사가 지니는 표면적인 의미 뒤에 일본에서는 더는 살 수가 없는 젊은이들의 절망적이고 자포자기하는 마음을 암시했다. 이 노래가 처음 불리며 널리 퍼졌던 1920년대 첫머리에는 남성들의 마음을 대변해주었다.

'마적'의 꿈은 남성들의 점유물이었다—그 꿈이 널리 퍼져 여성들까지도 받아들여 나갈 수밖에 없었던 것이 만주를 둘러싼 일본 역사의 흐름이다.

'만주'와 일본인 여성의 관계 속에는 일본 근현대 사회구조와 권력지배 모습이 단적으로 드러난다. 일본은 하층민들을 '자발적으로 국

가에게서 버림받은 국민'이라며 나라 밖으로 내보내어 해외진출을 이루었다. 남성들을 앞세워 이 기본노선을 먼저 걸은 것이 자기 '몸' 하나를 밑천으로 인생을 헤치고 나아가야만 했던 '카라유키상(唐行きさん) 외지로 돈을 벌러 나간 일본인 여성. 대부분 매춘부들이었다.

한창 러일전쟁이 벌어질 무렵 그녀들은 만주에서 지반을 쌓고 있었다. '만주국'과 함께 시작한 '만주 농업이민' 정책은 여성을 노동력으로, 특히 출산기계로 자리하게 했다. 이민단 남성들 곁으로 가는 '대륙의 신부'들이 여성들의 '자발성'을 대대적으로 조직했다. 나라 안에서는 발휘할 수 없는 자발성을 여성들은 관제(官製) 봉사노동인 '만주 건설 근로봉사대 여자청년대' 참가에서도 찾아냈다.

그렇게 중국동북부에서 식민지 지배를 뿌리에 두고 떠받치며 일본 전쟁을 추진하는 주요 동력원이 된 그들의 뒷역사가 '잔류 고아(殘留孤兒)'와 '잔류 부인(殘留婦人)'이다. 그들은 어떠한 길을 걸었어도 어딜 가나 늘 남성들의 보완물, 남성들의 부속물로 자리매김되었다. 하지만 역사가 그들에게 원한 대가는 남성들보다 가벼웠던 것은 아니다. 그들은 단순한 '희생자'나 '피해자'가 아니었다. 나라에 의해 이용당한 침략의 선봉장이었지만, 나라가 이용한 것은 무엇보다도 '남성보다도 씩씩하고 굳건한 여자'들의 의욕적이고 적극적인 행동이었다.

1936년 8월 일본 정부는 만주 농업이민에 대해서 '20개년 1백만 집 송출 계획'을 나라 정책으로 결정했다. 한 집에 5명 가족이라 했을 때, 20년 동안 5백만 명의 '일본인'을 '만주 땅에 심어놓고', 5천만으로 추정되는 20년 뒤 만주국 총 인구 1할을 '민족 화합의 핵심'인 일본인이 차지할 터였다.

그들은 이민단들의 출산율에 주목하여, 출산에 의한 일본인 수 늘리기를 목표로 두었다. 이 변화의 중요한 동기 중 하나는 한 가족을 그대로 옮겨가는 것을 전제로 하던 이민계획에 더해 16세부터 17세 청소년들을 대상으로 하는 '만주 개척 청년 의용대'(통칭 '만주 개척 청소년 의용군')가 설치되어 1938년 4월 10일에 만주로 건너가기 시작한 일이다.

가장 처음 만주로 건너간 바로 뒤부터 청년여성단체의 전국적 통일조직인 '대일본연합 여자청년단'이 '청소년 의용군' 배우자 문제에 대해 협의를 하기 시작했다. 5월 9일 만주 이민자들을 내보내는 창구인 '만주이민협회'가 '대륙의 신부' 2,400명을 모집한다고 발표하였다.

이보다 앞선 1932년, 제1차 개척단(이야사카 마을), 1933년 제2차 개척단(치후리 마을) 중 독신자를 위한 '신부'가 각각 1934년과 1935년에 만주에 이르렀다. 또한 미야기(宮城)현은 국책에 앞장서서 1936년부터 '여자 척식(拓殖) 강습회'를 열어 만주 농업이민자들의 아내가 될 여성 육성에 힘쓰는 등 개별적인 움직임도 있었다.

그러나 '대륙의 신부' 또는 '땅의 신부'라는 삶이 일본인 여성들 장래에 개입해가는 것은 '청소년 의용군' 발족에 따른 부분이 크다. 패전에 따른 희생이 '청소년 의용군'으로 두드러졌던 것처럼 '만몽(滿蒙) 개척'이라는 국책은 대륙의 신부를 지망한 젊은 미혼 여성들에게 잔혹했다. 패전 바로 뒤 '집단 자결'이나 '잔류부인'을 강요하였고, 아이들을 '잔류 고아'로 만들었다. 그러기 전에 그들은 만주에 사는 일본인들 숫자를 늘리고, 농사 짓는 기계에 지나지 않았다.

1939년 12월 22일 일본 정부는 '만주 개척'에 대한 마지막 방침인 '만주 개척정책 기본요강'을 내각 회의에서 결정했다. 동시에 결정된 '만주 개척정책 기본요강 참고자료'는 그중 '여자 지도 훈련시설에 대한 건' 제5항에서 이렇게 쓰고 있다.

'도(道), 부(府), 현(縣)에서는 학교, 농민도장(農民道場), 절, 그밖에 적절한 시설을 이용하여 단기 강습회를 열어서 부녀자들의 개척 진출 풍조를 일으켜 스스로 나서서 개척민 배우자가 되고자 하는 분위기를 만들어야 한다'.

'대륙의 신부'는 정부와 도, 부, 현과 소속단체가 더없이 의도적으로 '만드는 분위기'에 의해 만들어졌다. 그녀들의 결단은 분위기에 이끌린 점이 컸다. 하지만 한낱 희망이나 영웅주의가 되어 그녀들을 움직이게 한 것들 중에는 일본이라는 국가사회에서 여성으로 살아간다는, 그 절망이 포함되어 있다는 사실도 의심할 여지가 없으리라.

1939년 1월 척무성(拓務省)은 '이민자'들을 '척사(拓士)'라는 명칭으로 바꾸었고, 2월에는 만주국 정부도 따랐다. 아울러 '이민단'도 '개척단'으로 이름이 통일되었다. 물론 '척사'라는 이름에는 남성이라는 전제가 포함되어 있었다.

척사들에게 '신부'를 소개하는 사업은 1937년 일본 여러 지방에 개설되기 시작한 '여자 개척 강습회'(부(府)·현(県) 주최, 나라의 도움으로 이루어짐)에 의해서 진행되었다. 이 사업에 참가한 뒤 만주로 건너간 여성들을 받아주는 시설로 개설된 것이 '개척여숙'이었다.

1939년 1월 10일 관동군과 만주국 정부가 만든 '만주개척 근본정책 기본요강안'에 첨부된 참고자료에는 여자 훈련소를 만들어 '우수한 신부를 다수 양성한다'는 계획을 분명히 기록하고 있다. '개척여숙'의 통칭으로 불리던 여자 훈련소는 그 뒤에 나온 '만주 개척 정책' 안에서 구체화된 것에 지나지 않는다.

'개척여숙'은 이듬해 1940년부터 차례대로 개설, 1941년 끝무렵에는 3군데뿐이었지만, 1945년 패전할 즈음에는 16곳이나 개설되었다. 더구나 한곳은 미완성이었다. 개설 장소는 만주개척 청년의용대 훈련소 또는 입식지(入植地)로, 한 건물마다 30명쯤 받아들이고 훈련 기간은 1년으로 정해져 있었지만, 실제로는 4개월쯤이었다. 전성기 인 1943년에는 12군데 여숙에서 450명이 훈련을 받았다. 아침 일찍 일어나 동쪽을 향해 일본 천황에게 절을 하고, 황국정신을 기르기 위해 만든 일본체조로 하루를 시작하는 규칙적인 일과 말고, 특별 훈련이나 수업이 이루어진 게 아니라 훈련소나 개척단들의 허드렛 일 또는 일을 배우는 가벼운 작업을 지시받아 하는 것에 지나지 않 았다.

그러나 '신부' 양성이라는 '개척여숙'이 처음에 가진 큰 목적은 1943년도 '개척여숙 설치요강' 및 1944년도 '개척여숙 경영방침'에서 크게 바뀌게 된다. '요강'에서는 '개척 청년척사의 배우자 및 여성 대 륙진출 추진자들을 데려와 연성(鍊成)한다. 개척지에서 중견이 될 부 인을 양성하는 훈련을 행한다'는 방침을 첫머리에 내세웠고, '경영방 침'에서도 만주국 개척 제2기 5개년 계획 실행 목표에 따라 개척지 중견 여성 연성 훈련 말고도 개척민 자녀들의 정착 및 여자 흥아운 동(興亞運動)을 일으키는 데 도움이 되는 경영을 행한다'고 밝혔다. 여숙 목적이 '신부' 양성에서 '개척지 중견 부인' 육성으로 바뀐 것 이다.

1944년판《만주개척연감》해설기사에는 간략히 설명하고 있을 뿐 이다. 개척단 자녀 연성의 핵심이 중요점이기 때문에 더욱 확충을 꾀 하고 훈련시설 정비를 꾀하기로 한다.

그러나 명백하게 '개척단'을 전시체제 속에 확실하게 집어넣으려는 의도에 기초를 둔 것이었다. '중견 부인'이 왜 필요하게 되고 중요하 게 여겨졌을까? '연성(鍊成)'이란 단어가 이를 잘 말하고 있다. '연성' 은 그대로 읽으면 '몸과 마음을 갈고 닦는다'에 지나지 않지만, 그 시 기에는 임전태세 속에서 연약하고 그릇된 정신을 바로잡고 '천황의 백성'으로서 훌륭하게 싸워 죽을 각오를 다지는 것을 뜻했다.

따라서 이 말은 특히 '복종하지 않는 백성'이 될 위험성을 가진 사람들(조선인, 전향자 등)에게 강요되었다. 그때까지는 비교적 너그러운 대우를 받아온(물론 실제로는 일본인 중에서 가장 가혹한 삶을 강요받아왔다고 해도) 만주 개척이민 여성들 또한 신부에서 개척지 중견 부인으로 바뀌면서 천황을 위한 전쟁으로 죽는다는 결말을 향해 확실한 한걸음을 내디뎠다.

식민지란 무엇인가?

　전쟁이 끝난 뒤 일본에서 간행된 책들은 조선과 대만, 또는 만주에서 펼쳐졌던 일본 정책을 '식민지 정책'이라고 한다.

　본디 식민지라는 단어는 라틴어로 '콜로니아(colonia)', 로마 사람들이 자신들이 정복한 땅에 이주하여 만든 마을을 뜻했다. 그들은 식민지에 나가 그 땅을 일구고 개척하는, 다시 말해 정착을 했다.

　그러나 16세기 이후가 되면 유럽 나라들은 유럽 말고 다른 지역을 정복하여 그곳을 콜로니아, 즉 식민지라고 불렀다. 경제적 수탈이나 정치적 지배 대상으로서 본디 산업을 파괴하여 플랜테이션(plantation), 즉 하나의 작물만을 대량으로 생산하는 노예노동을 강요했다. 수익을 얻는 그들의 식민 방법은 초기 식민지와는 완전히 의미가 바뀌어 있었다. 그중에서도 특히 마르크스주의자들이 이민족이 지배하는 지역, 종주국에 종속된 지역을 식민지라 부르며 이러한 방법을 식민지주의, 제국주의라고 부르게 된 것이다.

　사실 이 식민지주의, 제국주의는 국민국가와 하나이다. 국민국가의 근대화가 성공하기 위해서는 부유함이 필요하다. 근대화라는 것은 마르크스주의에서도 말하듯 봉건제도에서 자본주의로 바뀔 때는 자본의 축적이 필요하다. 그 자본이 없다면 자본주의로 발전할 수 없다. 유럽에는 그러한 축적된 자본이 없었기에 식민지에 사는 사람들에게 노동을 시켜 필요한 자본을 수탈해야만 했다.

　제2차 세계대전이 끝난 뒤 식민지를 잃어버린 유럽은 생활수준을 낮춰야 했다. 부유함의 원천이 없어졌으니 마땅한 일이었다. 그럼에도 불구하고 자부심 높은 유럽 사람들은 생활수준을 낮추지 않았다. 그 위기를 어떻게 넘겼을까. 그들은 금융으로 돈을 굴렸다. 밑천이 없어도 '싸게 빌린 것을 다른 사람에게 높은 가격에 빌려주는 방법'으로 자금을 만든 것이다. 그 방법이 한계에 이른 것은 EU의 상황 때문이었다.

다카야마 마사유키(高山正之)는 《미국의 악의》라는 에세이에서 그 잔혹함을 이야기한다. 미국인들은 인디안(미국 원주민)의 토지를 빼앗아 되는 대로 약탈하고 학살했다. 스페인으로부터 빼앗아 온 필리핀에서도 처음에는 선량한 척 굴었지만 이윽고 그곳 또한 수탈을 면하지 못했다.

네덜란드는 인도네시아에서 무엇을 했는가? 영국은 인도에게 무슨 짓을 했던가? 그들은 현지의 문화와 문명을 파괴하고 수탈해 갔다.

애초에 유럽 열강 식민지들은 정부의 헌법과 법령들을 원칙으로 시행하지 못하고, 종주국에 종속하는 형식으로 정치적 억압을 받고 있었다.

그에 비해 일본은 동남아시아에서도 현지의 유력자들이 독립할 수 있도록 식민지 주민들을 교육시켰다. 이것이 대동아공영권의 이상이며 신성한 목적을 위한 전쟁이었기 때문이다.

조선과 대만은 일본 식민지 영토였기에 현지인들도 일본인과 같은 취급을 받았다. 소학교와 병원을 짓고 위생상태도 좋았으며 일본과 똑같은 생활을 할 수 있도록 많은 투자를 했다. 만주국의 경우 일본이 큰 발언권을 쥐고 있었지만, 독자적인 정부와 법률을 지니고 있었다.

그 나라들을 식민지라고 할 수 있을까? 전혀 의미가 다르다. 식민지라는 단어를 사용할 때, 대부분의 경우 그것은 제국주의와 하나가 되어 나쁜 의미로 쓰인다. 그것은 좌파적 발언으로, 미국에 살던 사람들은 제국주의라는 말을 사용하지 않는다. 천황 제도라는 말 또한, 제3인터내셔널(공산당의 통일적인 국제조직)이 만든 마르크스주의 단어이다. 애초에 일본 천황은 제도가 아니다.

그들은 식민지화를 이민족 지배라고 정의할지도 모른다. 만약 그렇다면 현재 중화인민공화국에 속해 있는 티베트와 몽골, 위구르 또한 식민지 지배를 받고 있다고 해야 한다. 그러나 그들은 그런 표현을 하고 있는가?

푸이는 늘 외쳤다. '만주국 시대를 통치한 것은 관동군 사령관의 독재였다! 반자본주의, 반제국주의를 주장한 만주국 국무원, 그러나 만주국에는 제대로 된 행정조직이 있었다. 집정을 한 푸이 아래 입법(입법원), 행정(국무원), 사법(법원), 감찰(감찰원)의 4권 분립제도를 갖추고 중앙정부가 구성되어 있었는데, 입법원은 관동군이 명목적인 것으로만 남겨두고 개설하지 않는 방침을 취했다.

국무원은 현재 중국 국무원과 이름이 같지만 내용은 다른 조직이었다. 국무원이란 중화민국 때 내각에 해당하는데, 국무원 총리대신(초기 국무총리)이 유일한 국무대신으로, 초대가 정샤오쉬, 2대째가 장장징후이였다. 그 아래에 총무청이 있으며 총무장관에는 일본인이 임명되어 실질적인 행정을 담당했다.

또한 국무원이라는 정식 내각 안에 협화회(協和會)라는 단체가 생겼다. 중화민국에는 행정조직만 있을 뿐 정당이 없었기 때문에 못마땅해한 일본인이 정당을 만들고자 세운 것이다. 일본 정당처럼 자유로운 정치를 시행하기 위해 정당 내각을 만드는 것이 만주국 협화회를 만든 목적이다.

협화회는 정당이기 때문에 국가에 소속되지 않았고, 표면적으로는 자유롭게 정책을 입안할 수 있는 조직이었다. 그러나 국고보조금이 나오고 푸이가 명예총재, 관동군 사령관 혼조 시게루(本庄繁)가 고문을 맡고 국무총리가 회장이 되면서 끝내 정부의 보조기관 같은 조직이 되어 버렸다.

만주국의 내각인 국무원은 반자본주의(반중화민국), 반공산주의(반러시아), 반제국주의(반미국)이다. 자본주의가 식민지를 통해 착취하는 제국주의로 이어진다고 생각했으므로 당시 일본인들은 자본주의를 싫어했다. 만주국 건국은 그것들을 반대하는 운동이기도 했다. 이상적인 나라를 세우기 위해 일본 반자본주의자들이 모여 만주로 이동했다. 만주에는 만철 조사부처럼 그 이념을 받아들일 소지가 있었기 때문이다.

일본에서 중앙 방침에 반대한 사람들이 저마다 이상과 목표를 안고 만주로 향했다. 그것을 온 일본국가의 모략이라고 생각하면 만주 역사를 제대로 이해할 수 없다.

만주국은 이상과는 거리가 먼 나라였을지도 모른다. 실제로 만주에 간 사람들은 그들 손으로 이상적인 국가를 세우려 했지만 일본에서 일으킨 전쟁에 휘말려 실패했다는 느낌을 받았으리라. 그만큼 진심으로 만주인으로서 뼈를 묻으려 했던 사람들이 많았다.

그 후의 만주국

만주국 붕괴는 1945년 8월 9일 러시아군의 국경을 넘은 진격에 의해 시작되었다. 러일중립조약을 파기하고 러시아군의 제1극동야전군, 제2극동야전군, 자바이칼야전군은 연해주나 외몽고 국경선을 넘어 만주국에 침입해 왔다.

최대 75만 명의 병력을 보유하고 있다고 여겨지던 관동군은 그 즈음 필리핀이나 남양군도, 오키나와, 일본 본토 방위를 위해 진출하고 있어 빗살이 빠져나간 듯 병력이 확 줄어 있었다. 그 부족함을 메우기 위해 1945년 6월 말하자면, 만주 일본계 남자 25만 명을 소집하여 '남은 이들을 모두' 동원 한 사단을 편성하기까지 했다. 그러나 그들은 군대라는 이름뿐 실전에서는 전혀 도움이 되지 않았다.

국경지대에 배치되어 있던 진지나 감시망은 러시아군의 침략에 의해 한 명도 남김없이 전멸했고, 일본은 거의 저항다운 저항이나 전투도 하지 못한 채 주요 도시들까지 차례차례 함락되어 갔다. 관동군 사령관인 야마다 오토조(山田乙三)는 총사령부를 통화(通化)로 바꾸는 것과 황제 푸이(溥儀)의 피난을 요청했다. 그러나 8월 15일 일본이 연합국군에 무조건 항복하고 푸이 일행은 다이리츠시고라는 작은 마을에서 만주국 천황 자리를 스스로 퇴위했다.

관동군 간부들은 러시아 침략과 일본이 전쟁에서 졌다는 정보를 듣자 가장 먼저 가족과 재산을 정리해 군용 트럭이나 철도열차에 올라 도주했다. 그들이 떠나간 뒤 집 안에서는 다 된 밥이 먹음직스러운 수증기를 띄우고 있었다.

하얼빈 부근에 있던 일본군 731부대는 '마루타'라고 하는 중국인 포로를 사용한 인체실험으로 악명 높은 부대였다. 이들은 8월 9일 러시아 침략에 대해 알게 되자 부대 본부 안에 인입선을 비롯해 15~40차량에 가까운 긴 열차를 만들어 부대원과 가족, 식량과 물자를 가득 채워 조선 반도에서 가장 남쪽에 위치한 항구 부산을 향해 곧바로 도망쳐 갔다. 그때 인체실험에 관한 증거 인멸이 이루어졌고, '마루타'에 끌려갔던 중국인들 수백 명이 불태워져 죽었다.

관동군에게 버려진 일본인들의 운명은 비참했다. 일본의 전쟁 패배와 만주국 붕괴를 알고 피난을 위해 철도역에 몰려들었을 때는, 이미 관동군 군인과 만주국 정부에서 영향력 있던 사람들의 피난을 위해 열차가 모두 동원된 뒤였다. 그제야 일본 국민들은 자신들이 그곳에 남겨진 것을 알게 되었다.

국경이 가까웠던 개척단의 경우는 상황이 더욱 비참했다. 군대에서 '남은 이들을 모두' 동원하게 되어 장년 남자 단원들을 빼앗긴 개척단에는 노인과 부인, 아이들과 병에 걸린 피해자들만이 남은 상황이었다. 정보도 차단된 그들은 러시아군 공격에 그대로 노출되어 전멸하거나, 갑자기 습격해 온 만주인들의 파괴나 침략에 의해 전멸, 또는 집단자결을 하는 곳도 있었고, 목적지 없이 피난길에 오르는 사람들도 적지 않았다. 교통수단도 방어 수단도 없어 난민 집단은 하얼빈이나 신징과 같은 도시에 이르기 전에 목숨을 잃거나 젖먹이 아기를 버리는 등 만주 귀환을 위한 비극은 수없이 일어났다.

만주인 농민들부터 토지를 빼앗아 일본인 이주민들에게 넘겨주는 만주 이민정책의 빚이 여자와 아이들을 중심으로 이루어진 개척단 피난민들에게 돌아간 것이다. 토지나 집, 재산을 넘겨주라고 요구받는 정도라면 아직 부드러운 편이었다. 일본인 피난민들은 묻지도 따지지도 못한 채 습격당하여 현지인의 보복감정에 의해 죽거나 다치거나 강간당했고, 얼마 남지 않은 옷이나 식량, 귀중품까지 강탈당하는 일들이 빈번했다.

현재까지 계속되는 중국 잔류 고아 문제는 이런 일본인들이 피난길 도중에 버리거나 미아가 된 아이들이 대부분이다. 도시에서 먼 변두리 개척촌이나 이민촌에서 온 피난민들이 많았기 때문이다.

전쟁이 끝날 즈음 러시아군이 만주로 밀어닥쳤을 때, 현지 사람들이 함께 일본인 사냥을 했다는 이야기가 어디까지 진실인지 알 수 없다. 러시아군이 현지 중국인들과 일본인들 차이를 알 수 있었다고 생각되지 않는다.

174만 명이나 되는 극동러시아군이 한꺼번에 쳐들어왔을 때, 그들도 현지인들을 일본인들과 똑같이 학살했으리라. 필사적으로 도망치는 일본인들의 틈을 노리고 중국인들이 여자들과 아이들에게서 금품을 빼앗기도 했겠지만, 대륙에서 일어난 전란 때에는 늘 있었던 일이다. 중국인도 일본인도 모두 러시아군에게 당했다.

러시아군과 함께 몽골인민공화국에서 몽골군이 들어왔고, 내몽골 사람들은 이번에야말로 몽골을 하나로 만들 수 있으리란 생각에 몽골인민공화국 사람들과 몇 번이나 회의를 거듭했다. 그러나 몽골인민공화국 사람들이 너무나도 가난하고 교양이 낮았기 때문에 처음에는 환영했던 내몽골 사람들도 이런 사람들과는 함께 해나갈 수 없으리라 생각하기에 이르렀다.

러시아 또한 독일과 전쟁으로 2천만 명이 죽었고, 돈도 무기도 다 써버려서 남아 있는 것이 없었다. 그럼에도 일본을 경계했기 때문에 러시아 동쪽에 정예부대를 배치했고, 그 정예부대가 만주로 쳐들어왔다. 도둑질도 살인도 마음대로 저질렀으리라. 그러한 가운데 현지 중국인들이 러시아 사람들을 믿었을 리가 없다.

러시아군이 만주를 침공했을 때 가장 공격을 많이 받은 곳은 일본인 개척단 마을이었다. 국경지대에서부터 들어온 러시아군에 맞서서 국경을 지키고 있었던 일본군들은 무장해제 명령을 무시하며 죽을 각오로 싸웠다. 지뢰를 껴안고 자살 돌격을 행하여 수많은 일본군들이 목숨을 잃었다.

러시아군은 눈 깜짝할 사이에 일본군 요새를 뚫고 사람들을 학살하며 마을까지 다가왔다. 마을에 들어가서는 금품을 빼앗은 뒤, 패전국민인 일본인, 중국인 구별 없이 숨통을 끊어 놓았다.

일본은 러시아가 만주로 공격해 들어올 때까지 러시아를 상대로 화평조약을 진행시키고 있었다. 러시아와 화평조약만이 유일한 희망이었다.

1945년 4월 러시아로부터 러시아·일본 중립조약을 폐기하겠다고 통보를 받았지만, 조약이 만료되는 때는 이듬해 1946년이었으므로 일본은 중립조약이 유효하다는 입장에서 계속 화평을 교섭했다. 그 상황에서 스탈린과 교섭할 수 있으리라 생각했던 것은 외교 상식에서 보면 크게 어긋난 셈이었다.

러시아는 참전하기 전 일본이 항복하여 자국의 발언력이 낮아질 것을 우려했기 때문에 미국이 원자폭탄을 개발함을 알고 예정을 앞당겨, 8월 8일 러시아·일본 중립조약을 폐기하고 일본에 선전포고를 했다. 9일 러시아·만주 국경에 배치한 174만 극동러시아군에게 공격 명령을 내리고 남(南)사할린과 쿠릴열도에도 공격해 들어갔다.

일본이 항복한 8월 15일 뒤에도 전투는 이어졌고, 8월 19일이 되어서야 동쪽 러시아·만주 국경 항카 호(싱카이 호(興凱湖)) 가까이에서 일본과 러시아 사이에 정전(停戰) 교섭이 이루어졌다. 그러나 일본군이 무장 해제를 하자, 러시아 수상 스탈린은 일본군 포로 50만 명을 러시아로 이송하고 강제 노동에 이용하라는 명령을 내렸다.

러시아는 이미 군대를 이탈했던 남자들까지 강제로 연행했다. 일본인 포로는 먼저 만주 산업시설 공작기계를 철거하여 러시아로 옮기는 일을 해야 했고, 8월 하순부터 러시아 영토로 이송되기 시작한다. 오늘날 일본 정부가 추정하기로, 총 57만 5천 명으로 보고 있으나, 실제로는 70만 명 가까이 이송되었다.

제2차 세계대전으로 황폐해진 러시아를 부흥하기 위한 노동력으로 이용된 일본인 억류자들은 시베리아 곳곳, 중앙아시아, 캅카스 지방에까지 보내졌고, 광산, 철도, 도로건설, 공장, 석유산업, 삼림벌채 등 중노동을 강요당했다. 약 60만 명 억류자들 가운데 약 1할에 해당하는 6만 명이 극단적으로 나쁜 식량사정 속에서 중노동을 강요당한 탓에 목숨을 잃었다.

시베리아뿐 아니라 몽골인민공화국, 북한, 우즈베키스탄, 키르기스스탄, 볼가강(江), 캅카스 지방에도 끌려갔다.

북한 원수 김일성의 본 이름은 김성주(金成柱)였다. 그는 뒷날 북한 최고권력자 자리에 올라 국가주석, 조선노동당 총비서, 조선노동당 군사위원장, 국방위원장 등 막강한 독재권력을 손에 넣는다.

일제강점기 만주 대륙에 김일성이라는 조선독립운동가 이름이 떠돌았다. 사실 그 시절 독립운동가들 사이에 자주 오르내리던 이야기에 따르면 조선에는 '김일성'이라는 항일운동 지사가 여럿 있었다.

첫 번째 김일성은 1907년부터 1920년까지 활동해 이름을 알린 항일투사로, 한자로는 '金一成'이라고 쓴다. 이 인물은 1920년대 중반을 지나 전사했다고 전해진다.

두 번째 김일성은 일본육군사관학교 출신으로 조선독립운동에 몸바친 인물, 김광단이다. 첫 번째 김일성과 비슷한 시기에 항일운동을 하며 김일성이라는 같은 이름을 썼으므로 혼동되어, 사람들은 그를 조선의 영웅 김일성 장군으로 불렀다. 그러나 그 또한 1920년대 끝

무렵 전사했다.

세 번째 김일성은 1930년대 만주에서 활동한 항일연군의 사장(師長)으로, 그가 몸담은 군대는 항일을 내세웠지만 동족인 조선민중을 상대로 약탈을 서슴지 않던 마적떼나 다름없었다. 이 세 번째 김일성도 1937년에 눈을 감았다.

김성주란 이름을 항일투쟁 과정에서 김일성(金日成)으로 개명한 사람이 바로 북한의 최고권력자가 된 네 번째 김일성이다. 마지막이 김일성은 1912년 평남 대동군 고평면(지금의 평양시 만경대)에서 아버지 김형직과 어머니 강반석 사이에 맏아들로 태어났다.

일곱 살 때 한방 약재상인 아버지를 따라 만주로 옮겨간 김일성은 지린성(吉林省) 유원(毓文)중학교를 다니다 1929년 조선공산청년회에 가입, 그해 가을 반일활동 혐의로 중국 군벌에 체포되어 몇 달 동안 감옥살이를 하고 유원중학에서 퇴학당했다. 14세 때 아버지를, 스무 살 때 어머니를 잃어 그는 정상적인 가정생활을 하지 못했으며 각박한 환경 속에서 공산주의에 깊이 빠져들었다.

김일성이 일제에 무력으로 맞선 항일무장투쟁에 본격적으로 뛰어든 것은 1930년에 들어서면서부터였다. 1931년 초 김일성은 간도지방으로 옮겨 중국공산당에 입당하고 빨치산 활동에 몸담았다. 빨치산이란 적의 배후에서 교통·통신 시설을 파괴하거나 무기·물자를 빼앗고 인명을 살상하는 비정규군을 일컫는다. 정규군 교육과 훈련은 받아본 적 없으며 무기도 소형화기 중심이었다. 무기·식량 등 물자와 자금은 스스로 조달하기도 했으나 때로는 강제 조달이나 약탈도 서슴지 않았다.

김일성은 1932년 4월 안투(安圖)에서 조선인 동료들과 함께 항일인민유격대를 결성했다. 그가 속해 있던 간도지방의 항일유격대가 확대 발전하여 1934년 3월 동북인민혁명군 제2군 독립사로 개편되자 그해 가을부터 제3단 정치위원을 맡았다. 동북인민혁명군 제2군 독립사가 동북인민혁명군 제2군을 거쳐 1936년 3월 항일민족 통일전선운동의 하나로 동북항일연군 제2군으로 재편성되면서 정치위원에 뽑힌 것이다. 곧이어 그해 7월 또 한 번의 편제개편으로 동북항일연군 제1로군 6사 사장이 된다. 1936년 5월에는 항일민족 통일전선운동을 위한 조국광복회를 만드는 데도 앞장섰다.

1937년 6월에는 그가 이끄는 6사 병력 100여 명이 조국광복회 국내 지하조직과 힘을 합쳐 함경남도 갑산군 보천보읍 경찰관 주재소를 공격하기도 했다. 이듬해 12월 일제의 가혹한 토벌이 이어지는 가운데 부대편제 개편에 따라 그는 항일연군 제1로군 제2방면군 군장을 맡았다. 제2방면군장 시절인 1940년 3월에는 홍치허(紅旗河)전투 등 일본군과의 대규모 전투를 수차례 승리로 이끌었다.

김일성은 일제강점기 끝 무렵 일본군 대규모 토벌작전에 밀려 소련땅으로 피해 간 뒤 소련군에 편입되고, 장차 소련의 대일전쟁에 대비한 훈련을 받았다. 그는 해방 직전 소련의 하바롭스크 근처에 주둔한 제88여단 소속 소련군 대위로 있었는데, 이 부대는 1944년 소련 거주 조선인과 소련 소수민족 출신 군인들을 끌어들여 그 규모가 1000명쯤 되었다.

1945년 8월 소련의 선전포고에 따라 소련군이 대일전쟁에 참전하자 제88여단의 조선인 출신 병사들도 만주와 한반도로 진격해 들어왔다. 그러나 김일성은 대일전쟁에 참여하지 못하고, 9월 19일 최용건·김책 등 지도자급 동료들과 함께 소련 군함을 타고 원산항으로 돌아왔다.

소련군 당국은 북한 점령 초기에 조만식을 비롯한 북한 지역의 국내 민족주의 세력이 만만치 않다는 사실을 깨닫고 1945년 8월 끝 무렵부터 북한의 정치세력 판도를 바꾸기 위해 중앙아시아와 동아시아 지역에 거주하는 한국계 소련인을 대거 북한으로 들여보냈다. 이들 한국계 소련인은 동유럽에 파견된 소련 고문관들이 그러했듯 단순한 통역 업무에 그치지 않고 소련군을 도와 북한통치에 적극 참여했다. 김일성도 이때 들어왔지만 소련 당국은 이미 그를 미래의 친소정권을 이끌 북한 지도자 가운데 하나로 점찍어 놓았다. 귀국 바로 뒤 그의 직책은 평양 위수사령부 부책임자였으나 실제 활동은 그 이상이었다. 조선족인 그의 운명을 바꿔놓는 계기를 맞이한 것이다.

김일성은 1946년 7월 모스크바에서 스탈린으로부터 북한 지도자로 낙점받은 다음 곧 본격적인 정권수립에 착수했다. 그해 11월부터 각급 지방인민회의 대의원을 뽑는 흑백투표 방식의 선거를 실시해 1947년 2월에는 남한의 국회에 해당하는 '북조선인민회의'를 구성했다. 북조선인민회의는 2월 22일 행정부에 해당하는 북조선인민위원회를 조직하고 위원장에 김일성을 선출함으로써 사실상 정권수립을 끝마쳤다.

김일성의 권력장악은 이로써 완결된 셈이었다. 북조선인민회의 선거와 인민위원회 구성은 남한에서 1948년 5월 10일 선거를 통해 국회를 구성하고 그 국회에서 헌법을 제정하여 대통령선거를 실시한 때보다 1년 3개월이나 앞섰다.

또한 김일성은 소련군 지원 아래 군사조직도 일찌감치 구성했다. 소련군사령부는 1945년 10월 명령서를 통해 북한에서 활동하는 모든 민간인 무장단체를 해산하고 각도 인민위원회 산하에 '보안대'를 만들게 한 다음 5도행정국에 보안국을 설립해 최용건을 국장에 앉혔다.

1945부터 1946년에 걸쳐 조선인민군 수뇌들을 교육할 평양학원과 보안간부학교를 설립하고 1946년 11월에는 '경비대'라는 이름으로 위장한 정규군을 편성했다. 소련군 장교들은 이 경비대를 '김일성 군대' 또는 '조선인민위원회 군대'라고 불렀다. 이어 1947년 5월 인민군 집단군총사령부를 만든 다음 1948년 2월에는 북조선인민위원회 안에 민족보위국(지금의 인민무력부)을 설치하고 조선인민군을 정식으로 창설했다.

1945년 10월 17일 평양 소련군사령부에 하달하기 위해 작성된 모스크바의 소련정부 지령 초안은 북조선 임시인민위원회 창설과 그 아래 행정 10국 설치를 지시한 다음 이렇게 명시했다.

"행정 10국의 사업은 북한 주둔 소련군사령부의 직접적이고 상시적인 통제 아래 둔다."

소련점령군사령부는 한반도에 들어온 직후 남북한 간 교통·통신을 막아버렸다. 1945년 8월 24일과 26일 사이에 서울과 원산을 잇는 경원선, 서울과 신의주를 잇는 경의선, 경기도 개풍군 토성과 황해도 해주를 연결하는 토해선이 모두 38선에서 차단되고 9월 6일에는 남북 간 전화·통신이 끊겼다. 9월 8일에야 한반도에 들어온 미군이 항의하자 소련측은 통신만은 일시 재개통했으나 곧 끊어버리고 말았다. 이로써 처음에는 단순한 군사점령 분계선이던 38선이 사실상 정치 분단선으로 바뀌기 시작한 것이다.

그 가운데 1911년 중국에 신해혁명이 일어났다. 민국정부는 일본이 조선인들의 이중국적을 방관하는 이유를 간파했다. 중국으로 귀화하겠다는 조선인들에게 조건을 제시한다.

"조선 국적이 말소됐다는 '증명서'를 제출하면 중국 국적을 취득할 수 있다."

그러나 조선총독부가 선뜻 '증명서'를 내줄 리가 없었다. 상황을 파악한 민국정부는 조선인들이 귀화를 희망하면 무조건 받아들였다. 1915년 10월 8일, 일제는 조선총독 명의로 훈령을 발표했다.

"중국 국적을 취득한 조선 이민자는 제국 국적을 말소하지 않았다. 여전히 제국신민이다."

옌벤 지역의 조선인들은 교육열과 민족의식이 강했다. 특히 '하늘과 바람과 별'의 시인 윤동주의 외삼촌 김약연이 세운 명동(明東)학교는 모범적인 항일 계몽교육 장소였다. 김약연은 학생들에게 철두철미하게 항일교육을 했다. 날마다 학생들에게 작문 숙제를 내주고, 입학시험도 작문에 가장 많은 비중을 뒀다. 작문에 '반일(反日)' 두자가 없으면 아무리 내용이 좋아도 합격을 시키지 않았고, 두서없는 문장이라도 일본 욕만 나열하면 점수를 줬다.

1920년 가을 일본토벌대가 명동학교에 들이닥쳤다. 학생들을 운동장에 몰아놓고 학교건물에 불을 질렀다. 김약연은 굴복하지 않았다. 학생들과 함께 꼿꼿이 서서 건물이 완전히 불타 무너질 때까지 두 눈 부릅뜨고 꼼짝도 하지 않았다. 1년 뒤 다시 학교건물을 짓고 교육을 이어 나갔다.

1919년 3·1만세운동이 일어났을 때도 옌벤 지역 조선인들은 가만있지 않았다. 3월 13일, 명동학교 학생들을 선봉으로 수만 명이 룽징의 간도일본총영사관(전 간도파출소)으로 달려갔다. "조선독립만세! 조선독립만세!" 이날 항일시위는 경찰과 일본에 매수된 현지 군벌의 진압으로 19명이 목숨을 잃었다.

3월 17일 희생자들 장례식이 열렸다. 참석자들은 식칼·곡괭이·엽총·낫·몽둥이 등 닥치는 대로 들고 나와 어디 한번 덤벼보라는 듯 시신들을 둘러메고 장지까지 걸어갔다. 이런 상황에서 비폭력 시위는 독립에 별다른 효용이 없다는 생각이 퍼졌다. 조국을 떠나는 조선인들은 점점 늘어나 지리적으로 가까운 옌벤 지역에 몰려들었다. 신흥무관학교를 세우고 무장조직을 갖추기 시작했다. 총칼로 빼앗긴 나라는 총칼로 되찾는 수밖에 없었다. 돈만 생기면 총을 구입했다.

1920년 1월 4일 '철혈광복단' 소속 조선청년 6명이 룽징 인근 동량리(東亮里) 부근에 매복했다. 이들은 일본은행 차량을 습격해 운송에 동원된 일본군인들을 사살하고 철도 건설 자금 15만 원을 빼앗는 데 성공했다. 그 돈으로 무기를 구입하는 과정에서 한 명의 배신자가 나오는 바람에 막을 내렸지만, 이 사건은 옌볜 지구 항일운동이 무장투쟁으로 전환되는 이정표였다.

조선의 망국을 인정하지 않았던 애국지사들은 출혈 대가도 바라지 않았다. 그 대표 인물 중 한 명이 평생 독립을 쟁취하기 위해 비장한 역사를 몸으로 쓴, 봉오동전투와 청산리대첩의 영웅 홍범도였다. 장백산(백두산) 일대에서 활동하다 소련으로 건너간 홍범도는 1920년 초 부대원들을 이끌고 옌볜 지구로 돌아왔다. 홍범도는 조선족 사회의 지지를 한 몸에 받았다. 6월 7일, 일본군 1개 사단 병력이 홍범도의 대한독립군 근거지 봉오동을 공격했다. 봉오동은 지형이 삿갓을 뒤집어놓은 것과 비슷했다. 홍범도는 일본군을 깊숙한 골짜기로 유인해 대승을 거두었다.

어느덧 1938년 봄, 중국의 국·공합작으로 일본과 전쟁이 본격화되자 전시수도 충칭과 중국공산당의 홍색 근거지 옌안이 뉴스 초점으로 떠올랐다. 서방세계 언론들은 경쟁이라도 하듯 기자들을 중국으로 파견했다. 그 무렵 마오쩌둥과 인터뷰를 하겠다며 옌안을 방문하는 외신기자들이 줄을 이었다. 이런 기회를 마오쩌둥이 놓칠 리 없었다. 당 선전부에 합동 기자회견을 준비하라고 일렀다.

〈항일유격전쟁의 전략문제〉 집필에 들어간 마오쩌둥은 1938년 5월 말 〈해방〉 제41호에 글이 실리자 기자들을 만났다. 마오쩌둥은 거침이 없었다. 특히 미국 기자들을 능숙하게 잘 다루었다.

"산속에 근거지를 만드는 게 유리하다는 건 누구나 다 아는 사실이오. 현재 장백산과 태항산(太行山) 등에 근거지가 건립됐고 다른 지역에도 항일근거지가 건립 중이지. 이 근거지들은 장기간에 걸쳐 진행될 유격전쟁을 이끄는 항일전쟁의 보루가 될 테니 두고 보시오."

미국 기자가 물었다. "장백산을 이야기를 꺼냈으니 말입니다. 동북 3성 항일유격대가 중공의 지휘를 받습니까?" 마오쩌둥은 주저하지 않고 말했다.

"우리는 동북의 항일의용군과 긴밀한 관계를 유지해왔소. 예를 들면 의용군 영수 양징위·자오상즈(趙尙志)와 조선인 이홍광(李紅光)·황푸군관학교 교관 출신 최용건을 비롯해 열거하기 힘들 정도로 많은 지휘관들이 우리 중국공산당원이오. 그들의 결연한 항일정신과 말로 표현하기 힘든 고난을 이겨내며 이룬 전공은 누구도 부인 못하오. 모두들 그렇지만 양징위는 소련의 클리멘트 보로실로프 원수요."

이어서 조선인 혁명가들과의 연합도 슬쩍 언급했다.

"동북은 민족 간의 연합에도 성공했소. 동북은 공산당원 말고도 여러 파벌과 단체들이 섞여 있는 곳이오. 그들은 이미 항일이라는 공동 목표로 단결했소이다."

마오쩌둥은 1945년 4월에 발표한 〈논연합정부(論聯合政府)〉에서도 맹렬히 주장을 했다.

"1931년 9월 18일 선양을 차지한 일본침략자는 불과 몇 개월 만에 동북3성을 점령했다. 국민당 정부가 저항을 포기하자 3성의 인민과 애국적인 군인들이 국민당의 정책을 무시하고 중국공산당의 지도와 협조하에 항일의용군과 동북항일연군을 조직해 용감한 유격전을 펼쳤다. 유격전쟁은 날이 갈수록 규모가 커져 갔고 도중에 수많은 어려움과 좌절을 겪었지만 적에게 소멸되지는 않았다!"

그 무렵 아버지를 잃고 홀어머니 밑에서 자란 퉁창잉은 소년 때부터 선생님이 꿈이었다. 어머니는 남편의 유언을 충실히 지켰다. "밥은 굶어도 자식 교육은 시켜야 하오. 1년 열두 달 남의 집에 가서 일하며 모은 돈으로 아들을 사숙에 보냈다. 퉁창잉은 6개월 만에 사숙을 그만두고 소학교 문턱을 밟았다. 14세 때 사범학교에 들어갔지만 성의회 의원들 뇌물수수사건을 계기로 학생운동에 뛰어들었다. 체포령이 내려지자 상하이로 탈출 중국공산당에 입당했다. 중국공산당 창당 3년 뒤였다. 다시 고향에 돌아가 학생시위와 수업거부를 주도했다. 파업과 시위 선동으로 날을 지새웠지만 언제나 손에서 책을 놓지 않았다. 관비유학생에 무난히 합격해 일본유학을 떠났다. 17세 때였다. 들어가기 힘들기로 소문난 도쿄제일고등학교와 도쿄제국대학도 퉁창잉에겐 문턱이 낮았다.

1928년 가을, 학업을 그만두고 귀국한 퉁창잉은 상하이에서 반제대동맹(反帝大同盟)을 결성해 조직력을 과시한 뒤, 다롄으로 향했다. 다롄에는 일본인에게 고용된 중국인 노동자들이 많았다. 일본인 광산주의 횡포에 맞서 파업 중이던 푸순탄광 광부들을 통해 양징위라는 이름을 처음 들었다.

퉁창잉은 도시보다는 더 험난한 곳으로 가고 싶었다. 1932년 중공 동만(東滿)특위 서기 자격으로 동만주에 와서 김성주와 함께 항일무장 투쟁에 발을 담갔다. 소규모였지만 60여 차례 일본군을 습격하고 무기와 탄약을 빼앗았다. 1932년 11월 김성주가 이끌던 안투유격대는 인근 지역에서 활동하던 왕칭(汪淸) 항일유격대, 닝안(寧安) 항일유격대와 합쳐 왕칭지구 항일유격대를 확대 개편했다. 동만지구 특위 서기 퉁창잉은 김성주를 정치위원에 추대했다. 퉁창잉은 양징위와 접촉이 빈번했다. 만날 때마다 김성주 얘기로 시간 가는 줄 몰랐다.

1933년 겨울부터 시작된 일본군의 토벌은 이듬해 봄까지 계속됐다. 1934년 3월 21일, 일본군이 퉁창잉의 근거지를 포위했다. 포위망을 빠져나온 퉁창잉은 질병이 완치되지 않은 부녀회 간부이자 조선 여인 최금숙(崔今淑)이 눈에 들어왔다.

"우리가 적들과 싸우는 동안 빨리 이곳을 떠나시오."

사시나무처럼 떠는 그 여인은 기력이 다한 듯 꼼짝도 못했다. 퉁창잉은 최금숙을 등에 업었다. 보름달이 밝았지만 눈이 겹겹이 쌓인 눈보라치는 산중이라 제대로 걸을 수가 없었다. 실탄이 떨어지고 체력이 쇠진해져 그만 눈밭에 쓰러진 채 최금숙과 함께 얼어죽고 만다.

일본군들은 국경을 초월한 남녀 혁명가의 시신에 총알을 난사했다. 장시성 동남부 루이진(瑞金)에서 장제스의 토벌에 시달리던 홍군이 장정에 오르기 6개월 전 일이었다.

중공 정권 수립 뒤 헤이룽장성(黑龍江省) 부성장과 전인대 상무위원을 지낸 리옌루. 그는 명문장가였다. 82세 때 동북항일연군 시절을 회상하는 회고록 〈지나간 시절들(過去的年代)〉을 남의 손 빌리지 않고 집필할 정도였다. 조상 대대로 산둥 지방에 살았지만, 지린성 옌지에서 태어난 리옌루는 어린 시절부터 조선인 친구들이 많았다. 자신보다 13세나 어린 자오상즈를 항일연군 제3군장에 추대하고 제4군을 창설했다. 그는 동북을 떠난 뒤 모스크바·파리·베네치아를 거쳐 상하이에 '동북의용군 연락사무소'를 차리고 각계에 동북 출병과 동북 항일연군 지원, 항일지사 동북 집결을 주장해 장제스를 곤혹스럽게 한 동북의 대표 인물이다. 문인 톈한(田漢)이 오늘날 중국 국가인 〈의용군 행진곡〉 가사를 쓸 생각을 한 것도 작가 샤옌(夏衍)을 통해 리옌루를 만난 다음부터였다.

양쑹의 청탁을 받은 동북항일연군 출신 리옌루는 '조선독립군운동'이라는 글을 〈해방일보〉에 기고했다.

"무력에 의해 식민지로 전락한 민족의 투쟁은 누가 뭐래도 무장투쟁이어야 한다. 외교나 민중계몽, 이런 것은 중요하지 않다. 엄동설한에 동북의 원시림에서 일본 군국주의와 죽을 힘을 다해 싸우면서 풀뿌리와 나무껍질 맛을 아는 사람들, '설백혈홍(雪白血紅)', 눈이 얼마나 희고 피가 얼마나 붉은지 아는 조선청년들을 기억하는가. 조국과 중국의 항일투쟁을 위해 만주벌판에서 피투성이로 쓰러져간 식민지 청년들 넋은 기리기리 남으리라."

이렇듯 1930년대 말에서 1940년대 초까지 다 죽고 살아 남은 사람은 김성주가 유일했다. 리옌루는 김성주를 조선의 군사정치에서 견고하고 강력한 인물 중 한 사람으로 그려냈다. 특히 '민생단(民生團)' 사건에서 보여준 김성주의 능력을 높이 평가했다. 중공 최고 지도부에서나 알던 김성주라는 이름이 중국공산당원이면 거룩하던 〈당보〉에 처음 실리는 순간이었다.

민생단 사건과 인연이 있었던 양쑹이 김성주의 활약을 잘 아는 리옌루에게 따로 암시를 주었을까. 동북에 관한 한 리옌루의 글은 권위가 있었다. 국민당 공세에 시달리던 장시(江西) 소비에트는 1931~34년 중국 남동부 장시성에서 마오쩌둥이 주도해 세운 공화국으로 오늘날 '중화인민공화국'이다. 생각만 해도 진절머리가 나는 'AB단 사건'을 닮은 일이 1930년대 들어서며 동만주지역에서 벌어진 것을 중공 일반간부들은 리옌루의 글을 통해 알게 됐다. 그들 머릿속엔 민생단 사건을 수습한 조선족 김성주 즉 김일성의 이름이 새겨질 수밖에 없었다.

8월 19일 러시아와 일본 사이에 정전 교섭이 이루어진 뒤, 23일 스탈린이 일본인 포로를 러시아로 이송, 강제 노동에 이용하라는 명령을 내려서 억류가 시작된다. 이는 완전히 국제법 위반이다. 러시아는 일본 중립조약, 포츠담 선언, 정전협정 이 세 가지를 위반했다. 그러나 메드베데프 대통령은 9월 2일을 종전(終戰)으로 보고 억류도 북방영토 침략도 종전이 이루어지기 전에 일어난 일이라며 정당화했다.

러시아에 억류된 일본인들 중 1만 2천 명이 몽골인민공화국으로 끌려갔고 1천 6백 명이 목숨을 잃었다. 몽골은 러시아에 이어서 8월 10일 일본에 선전포고를 했기 때문에, 1936년 체결한 몽골·러시아 상호원조조약에 의거하여 포로를 나눠받을 권리를 얻었다.

전쟁이 끝났음에도 불구하고 국제법을 무시하며 포로에게 강제 노동을 시킨 이유는 몽골이 1939년 할하강 전투(노몬한 사건) 등 일본이 벌인 침략행위에 대한 배상으로 여겼기 때문이다. 처음에는 2만 명의 일본 포로들이 몽골로 갈 예정이었지만, 주거지도 의복도 식량도 부족했으므로 약 1만 2천 명이 몽골로 가게 되었다. 모든 포로들이 고국으로 돌아간 때는 1947년 10월이었다.

몽골이 강제 노동을 시킬 일본인 포로들을 필요했던 것은 국제적으로 독립을 막 인정받은 국가 수도를 정비하는 대건설 계획 때문이었다. 일본인 포로들이 건설 작업에 참여했던 울란바토르 중심부 주요 건물들은 수흐바토르 광장을 둘러싼 정부청사, 국립 오페라 극장, 중앙도서관, 외무성, 수상관저(首相官邸), 국립대학 등이 있다. 일본인들이 땅을 파고 벽돌을 구워 건물 토대를 만들었지만 2년 뒤 고국으로 돌아갔기 때문에 내부 공사는 같은 경제상호원조회의(COMECON) 회원국 동유럽인들과 중국인 노동자들이 마무리했다.

2년 동안 1할을 넘는 1천 6백만 일본인들이 목숨을 잃은 것은 주로 유목을 했던 몽골에 수많은 인원이 쓸 의류와 식량 등을 바로 준비하여 배급하는 시스템이나 경제가 없었기 때문이다. 몇 군데로 나눠진 일본인 묘지는 1972년 국교가 수립될 즈음부터 일본인 유지

(有志)들이 성묘를 하기 시작했고, 1990년 몽골이 민주화한 뒤 대대적으로 정비되었다.

그 뒤 몽골에서 가장 큰 원조국이 된 일본에게 감사의 표시로 무엇을 해주면 좋을지 몽골에서 묻자, 일본은 묘지에 묻힌 시신을 모두 자국으로 되돌려 받고 싶다고 답했다. 땅이 얼어있는 탓에 백골이 되지 않아서 현지에서 시신을 화장한 뒤 되돌려 받았다.

1945년 11월에 들어서 일본 정부는 관동군 군인들이 시베리아로 연행되어 강제 노동을 강요당하고 있다는 정보를 얻었다. 이듬해 5월이 되어서야 일본정부는 미국을 통해 러시아와 교섭을 시작했고, 그해 12월 간신히 일본인 억류자들의 귀국에 대한 미국·러시아 협정이 성립되었다.

1946년 12월 8일 나홋카 항구를 떠난 귀국선 제1진(陣), 총 5천 명이 마이즈루(舞鶴)로 들어왔고, 그 뒤로 점점 일본인 억류자들의 귀국이 이루어졌다. 수형자(受刑者)를 포함한 시베리아 억류자들을 실은 마지막 귀국선이 마이즈루에 들어온 때는 1956년 12월이었다.

억류자들이 귀환할 수 있었던 것은 하토야마 이치로(鳩山一郎)와 고노 이치로(河野一郎)가 크렘린으로 가서 교섭을 했기 때문이라는데, 그런 일은 없었다. 하토야마 이치로는 오히려 방해를 했다는 소문이 나돌았고, 실제로는 미국·러시아가 교섭을 한 결과 억류자들의 귀환이 이루어진 것이다.

일본인이 미국인을 좋아하는 이유 중 하나는 이 일본인 귀환 작업에 있다. 러시아에 끌려간 억류자들과 만주국이 멸망했을 때 미국은 만주에 남아 있던 일본인들을 철저하게 일본으로 돌려보냈다. 현지 국민당과 협력하여 일본인 명단을 모두 조사했고, 오지에 있어도 찾아내어 물자를 지원하면서 미국 배로 돌려보내주었던 것이다. 일본인 한 사람도 대륙에 남기고 싶지 않다는 생각에 한 일이었겠지만, 미국이 원자폭탄을 떨어뜨렸음에도 상관없이 많은 일본인들은 미국을 좋아하게 되었다.

만약 만주국이 그대로 계속 존재했다면 또 하나의 새로운 일본이 탄생하지 않았을까?

만주는 수많은 민족들이 드나드는 땅이었는데, 일본과 전혀 다른 풍토였기 때문에 일본인들은 크게 자극을 받았다. 아무것도 없는 곳을 개척하고 투자하여 근대화한 만주국이 없었다면 오늘날 중화인민공화국은 근대국가가 되지 못했으리라. 전쟁이 끝난 바로 뒤 중국에서 만들어진 공업제품은 9할이 만주에서 만들어졌다고 할 정도였다.

중국은 개혁 개방을 할 때까지 25년 동안 만주의 유산으로 중국은 근대화했다. 공장은 물론이고 대학과 병원, 우주개발과 영화산업 모두 만주에서 시작되었다. 그동안 남쪽에서는 군벌투쟁이 일어났고, 공산당은 농촌을 파괴하기만 했다. 마오쩌둥이 '만주를 얻는 자는 다음 천하를 얻으리라' 말한 것에는 이러한 배경이 있었다.

만주에서 살았던 수많은 일본인들은 조국으로 돌아와서 폐쇄적인 사회에 적응해야만 했다. 그래서였을까? 만주에서 어떤 생활을 했는지 이야기하는 경우는 적은 듯싶다. 시골 마을에서 만주로 건너간 사람들은 생활수준이 높았지만, 그들이 피폐해진 모습으로 배낭하나만 등에 짊어지고 돌아오자 마을 사람들은 하나같이 업신여기는 눈초리를 보냈다. 1944년 즈음 공습으로 위험해진 고향을 버리고 안전한 만주로 건너간 사람들에게 따뜻한 눈길을 보내는 사람은 거의 없었다.

러일전쟁에서 승리한 일본이 먼저 조차지로 관둥저우(關東州)를 손에 넣었을 때 가장 지위가 높은 일본인이 부임했다. 그 뒤 만주철도가 만주를 개척하고 개발해 나갔다. 만주철도는 급료도 좋았고 사택(社宅)은 모두 수세식 화장실이 딸린 서양식 집이었다. 일본 중앙관청 공무원들도 보내졌는데, 물가가 싼 외국 땅에서 일본에서보다 곱절은 되는 급료를 받을 수 있었으므로 생활수준이 높았다. 그 밖에 장사꾼과 목사, 학교 선생 등 교양 있는 사람들이 만주로 건너갔다. 그들은 풍요로운 도시 생활을 보냈고, 전쟁이 끝난 뒤 아직 철도가 지나다닐 때 고국으로 돌아올 수가있었다.

그 무렵 만주로 건너간 사람들 사이에서도 계급 차이가 있었다. 앞서 이야기한 사람들은 상류 계급이지만, 비참한 일을 당한 이들은 일본에서 살길이 막막하여 한 마을이 건너온 것이나 다름없는 개척단들이다. 북만주 만주·소련 국경 가까이에서 살고 있었던 가여운 사람들이었다. 국가정책으로 보내진 개척단은 전쟁이 끝났을 때 러시아군에게 학살당했고, 남자들은 군인이 아닌 일반인들까지 러시아에 억류되었다.

전후 일본과 만주국

전후 일본은 '돌아가는 것'에서부터 시작됐다. 극심한 숫자의 희생자들을 내면서도 일본군은 중국이나 조선, 대만, 태평양의 여러 섬들과 동남아시아로 흩어져 '생존자'로 존재했다. 일본의 식민지였던 '외지'에는 이민자들도, 거류민들도, 징용된 사람들도 다수 생존해 있었다. 병사들은 복원 군인으로서, 민간인은 전쟁 피난민으로서 일본 본토에 돌아올 수밖에 없었다.

그중에서도 특히 500만 명 이민계획이 세워졌던 만주국에는 입식지로부터 쫓겨나 난민 또는 유랑민이 된 개척 이민자들과 그 가족들, 청소년 의용대로 이루어진 귀환 대기자들이 많았다. 그곳에는 수백만 명의 이민자들이 존재했고, 일본인 잔류 부인, 잔류 고아라는 특별한 경우를 제외하고는 남김없이 모국으로 귀환했다. 세계 이민 역사상으로도 극히 드문 예로 꼽혔다.

복원 군인과 귀국자들은 대일본제국이나 일본군으로부터 보호를 받으며 조직적인 통합도 없이 중국 국민군, 공산군과 같은 전쟁 승자들에 의해 추방이나 다름없는 귀국을 강요받게 됐다. 붕괴한 만주국의 출구가 된 후루섬(현재의 후루다오) 항구까지 일본인 난민들은 제각각 도착해야만 했다.

단말마 관동군에 소속되어 있거나 징용된 병사들에게는 시베리아로 가야만 하는 가혹한 운명이 기다리고 있었다. 러일중립조약을 파기하고 만주국으로 침공해 온 러시아군은 시베리아 지역의 노동력

부족을 보충하기 위해 일본인 병사들을 노동자로서 징발했다. 러시아와 일본인 포로 노동 공여 밀약에 관계되었다고 여겨지는 관동군 참모 세지마 류조는 전후 일본의 고도 경제 성장 중심인물로 활약하게 된다. 그러나 그것은 만주국의 악영향을 남긴 유산으로써 전후 일본 사회가 이룩됨을 나타내고 있다. 만주국이 많은 비일본인들의 희생으로 성립되었던 것처럼, 전후 일본사회는 귀국자들이나 시베리아와 중국에 잔류한 사람들, 징용자들, 귀국조차 못했던 많은 사망자들의 희생 덕분에 패전한 뒤에도 눈부신 성장과 번영을 이루어낼 수 있었던 것이다.

일시적 정권 이탈도 있었지만 특히 전후 일본 사회에서 지속적으로 정권을 쥐고 있던 자유민주당과 만주 인맥(혹은 식민지 통치인맥)은 분명히 존재했다.

그 예로 만주국의 산업부 차장(이후 총무청 차장이 된다)이며 실질적인 만주국 통제경제, 산업계획의 주역이었던 기시 노부스케의 총리대신 취임이 있다.

'만주국의 산업개발은 나의 작품'이라고 큰소리를 친 기시 노부스케는 전쟁 범죄자로서 스가모 형무소에 수감되어 전범 재판, 공무추방으로 과오를 씻어낸 뒤, 자유당과 민주당의 보존합동에 의해 자유민주당의 제3대 총재가 되었다. 기시 노부스케는 만주 문제에서 양극단에 위치해 있던 이시바시 탄잔이 병에 걸려 총리대신을 퇴임하고 나서, 1957년 제56대 일본 총리대신 자리를 차지한다.

그는 만주국 시대부터 자기 밑에 두었던 시이나 에츠사부로(기시가 산업부 차장일 때 총제과장이었다)와 오히라 마사요시, 이토 마사요시 등 식민지 행정의 흥아원에 있던 관료정치가나 기시의 친동생인 사토 에이사쿠 등 인맥을 모두 활용하여 쇼와의 요괴구라고 불리는 정치적·사회적 위치를 굳혔다. 그 배경에 보일 듯 말듯 하는 것은 우익인 고다마 요시오가 깊게 관여해 온 일본군 비밀조직 고다마 기관의 자금과 한국과 국교교섭, 인도네시아를 비롯한 동남아시아의 배상금을 사이에 둔 보이지 않는 자금 흐름이었다.

만주국이 아편정책에 의해 뒷세계에서 경제 사회를 만들어냈던 것처럼, 일본의 전후 사회의 뒤에 감춰진 경제조직, 배후 사회와 유착과 밀착을 나타낼 뿐이었다.

1950년대 끝 무렵, 기시 노부스케 정권에 의한 일본 통치는 옛 보금자리였던 상공성의 뒤를 잇는 통상산업성(통산성)을 중심으로 산업 경제의 발전 및 확대를 목표로 하고 있었다. 그것은 전쟁 중일 때나 만주국 통제경제를 방불케 하는, 수출입 무역 관리와 기계공업 분야 등을 중점적으로 지원하며 통산성에 의해 철저하게 통제관리되는 관료체제였다.

그렇기 때문에 그 뒤 아시아경제연구소(JETRO에 흡수된다)로 발전하게 되는 아시아문제조사회를 원조하는 등 경제조사, 그중에서도 동남아시아 각국의 조사를 실시하여 각 나라들과 경제적 관계를 맺는 것을 중요시했다. 아시아문제조사회는 만주국의 대동학원을 나와 만주국 관사였던 도자키 노부유키와 만철 조사부 출신인 하라카쿠 텐이 설립한 조직이다.

또한 제2차 기시 내각의 통산대신에는 다카사키 다츠노스케가 취임했다. 내각 관방장관으로는 시이나 에츠사부로였다. 타카사키는 일산 콘체른의 창설자 아이카와 요시스케 뒤를 이어 만주중공업개발회사 2대째 총재로서 만주국 산업개발에 큰 업적을 남겼다. 동시에 동북 일본상인 후속 연락소 주임으로서 거류민의 귀국 활동에 공헌하기도 했다. 통산대신 등 자리를 역임한 그는 만주 시대 이후 중국과 강한 인맥적, 경제적 파이프를 통해 중국과 일본의 국교 회복 이전의 중일 무역, 이른바 LT무역(L은 랴오청즈, T는 다카사키의 앞 글자)실현을 위해 온 힘을 다했다.

조선과 만주 수력발전 개발을 해온 구보다 유타카는 기시의 만주 인맥 중 한 사람으로, 전후 동남아시아의 수력발전개발에 힘쓴 인물이다. 이 개발원조라는 일본의 전쟁 배상금이 자민당 정치, 기시 인맥 형성을 위한 뒷돈, 또는 동남아시아 반공정권 유지를 위한 비밀자금의 온상이 된 것은 단순히 '범죄 혐의가 있다는 소문'에 지나지 않았을까? 아니다. 만철의 이사장이었던 소고 신지가 전후 국철 총재가 된 것도 만주 인맥의 전후 전개 중 하나였다.

또한 북한의 풍부한 수력발전을 이용한 일본 질소 화학비료공장은 전후 미나마타로 돌아가 1965년 미나마타병을 일으켰다. 마을 앞 바다인 시라누이해에 수은을 흘려보내 미나마타병을 발생시킨 사실은 식민지 기업적 체질과도 상관이 있다는 지적을 받고 있다.

그들의 경제정책과 산업정책은 정치에 의한 통제관리경제이며, 그야말로 식산흥업의 국가사회주의적인 정책이었다. 또한 전쟁 중 대동아공영권 구상은 동남아시아에서 에너지, 원재료의 수입과 공업제품, 소비물산의 수출이라는 아시아 교역권 확충으로 전환되었다. 이데올로기적으로는 반공보존의 일본주의가 중심이 되었지만 경제적 합리성이나 실익을 위해서는 사회주의적 시책이나 적대진영 및 적대세력과 정치적 타협도 주저하지 않았다. 일본의 전후 고도경제성장은 만주국에서처럼 완벽하게 똑같지는 않지만, 만주라는 장대한 실험과정을 걸쳐 부메랑처럼 일본으로 돌아와 다시 시도하게 된 경제정책이었다고 해도 될 것이다.

물론 그것은 단순히 만주국의 재래는 아니었다. 만주국이라는 새로운 국가 건설이라는 꿈에서 실현할 수 없었던 부분, 그 실패한 부분을 음미하고, 보수자민당이 꿈꾸는 '왕도낙토'로서 전후 일본의 환영을 구축하려고 한 셈이다.

아울러 만주국은 전후 보수정권의 비장한 소원이었다. 기시 정권을 이어받은 자민당에 의한 일본국가 통치 중에서도 제67대 총리대신이 된 오히라 마사요시는 농림성으로부터 흥아원에 들어가 몽골지역에 있던 몽골정권 담당 관료로서 활동했고, 오히라의 갑작스러운 죽음으로 총리대신 임시대리가 된 이토 마사요시도 흥아원에서 식민지 행정에 관여한 적이 있었다. 기시의 친동생인 사토 에이사쿠는 제61(~63)대 총리대신이 되어 사위인 아베 신타로가 외무대신 등 중요한 직무를 역임했고, 그 아들인 아베 신조(기시 노부스케의 외손자)가 단기간에 총리대신(제90대)이 된 것도, 이러한 기시의 인맥(혈맥)이 전후 자민당 정치 속에서 계속되어 온 것을 증명한다.

그러나 단말마의 기시 정권이 국회의사당을 10중 12중으로 둘러싼 '안보 반대' 데모부대에 의해 기시 퇴진요구의 소용돌이에 의해 붕괴됨을 생각하면, '만주의 그림자'가 전면적으로 전후 일본 사회를 뒤덮는 것은 어려웠으며 주권자로서 일본 국민의 저항감이 강했다.

자민당의 보수진영과는 반대로 사회운동, 사회주의, 공산주의운동에 관여된 '만주에서 귀국한 사람들'도 있다. 만철 조사부에 있던 나카니시 타쿠미와 이시도 키요토모를 예로 들자면, 일본에 귀국한 뒤 그들은 일본공산당에 들어가 공산주의 활동을 펼쳤다. 그들은 전쟁 중에 사회주의운동을 하던 위장 전향자로, 만철 조사부에 거둬들여지거나 잠입한 사람들이었다. 그들은 일본의 제국주의, 군국주의체제가 붕괴한 뒤 공산주의 활동이 공인되자 가장 먼저 옛 장소로 돌아갔다. 이토 타케오, 오자키 쇼타로도 일본으로 돌아가고 난 뒤 중국연구소에서 일하며 중화인민공화국과 가까운 입장에서 사회운동을 했고, 중국과 일본의 우호를 위해 혁신진영에서 온 힘을 기울였다.

만철조사부 출신자들 중에는 학자, 연구자의 길을 걷는 사람들도 많았다. 구시마 카네사부로는 규슈대학에서 식민지 연구를 했고, 아마노 모토노스케는 교토대학, 오카자키 지로는 규슈대학, 법정대학에서 교편을 잡았다. 노마 세이는 아이치대학, 노무라 가즈오는 오사카시립대학, 이치하시대학에 근무했고, 하라 가쿠텐은 관동학원대학에서 개발경제학을 가리키며 각각 전문 연구를 하고 후배들을 이끌었다.

이러한 만주국 건국에 대한 반성을 전제로 세상에 나온 연구자와 학자들은 전후 민주적 사회건설에 약간의 도움을 주었다고 인정받게 된다. 그러나 그들도 결국 일본 보수파의 '만주의 그림자'를 대신하는 새로운 국가 이상은 내놓지 못한 채, 기시 노부스케가 만든 55년 체제에 말려들었을 뿐이다. 사회당과 공산당을 야당으로서 보완세력으로 두고, 냉전 때 고도경제성장에 의한 경제대국화를 목표로 하던 자민당의 전망은 반세기 이상에 걸쳐 일본 정책을 결정하는 중요한 조건이 되었다.

'만주에서 귀국한 사람들'이 전후 일본 사회의 일각을 맡고 있었다는 의미로, 만주영화협회와 관계된 사람들이 전후 영화계에 복귀하여 활약한 일을 예로 들 수 있다. 만주영화협회 본사에서 이사장을 맡았던 아마카스 마사히코가 독약을 마시고 죽을 때 그 곁을 지킨 사람들 중 한 명인 아카카와 코이치(작가 아카카와 지로의 아버지)는 다이에이, 도요코 영화를 거쳐 도에이 동화 프로듀서로서 일본 최초의 장편 컬러 애니메이션 영화 「백사전(白蛇伝)」 제작자로 이름을 알렸다. 기념할 만한 일본의 첫 장편 만화영화(총천연색)이 중국의 오래된 전설을 원작으로 둔 점이 '만주의 그림자'를 느끼게 했다. 두 번째 작품인 「소년 사루토비 사스케」의 원작은 「만주로망」의 동인작가였던 단 가즈오의 작품이었고, 세 번째 작품도 중국의 「서

유기였다.

마키노 미츠오 밑으로 만주영화협회 출신 사카우에 규지로, 쓰보이 아타에, 오카다 도시카즈, 오모리 이하치, 이시와타리 조타로 등이 간부가 되어 발족한 도요코 영화사는 1951년 도에이로 바뀌어 시대극 중심의 오락영화 제작회사로서 오늘날까지 이어지고 있다. 마키노 마사히로, 우치다 도무 등 일본영화를 대표하는 감독들도 만영(만주영화협회), 도에이로 계승되는 계보를 가지고 있었던 것이다. 이향란(야마구치 요시코)도 일본으로 귀국하여 영화배우로 활동을 계속했고, 그 기구한 반평생은 뮤지컬 〈이향란〉으로서 극단사계의 간판스타가 되었다.

이 사람들 활동이 일본 사회에 보수적인 심정을 불러일으켰다는 것은 부정할 수 없다. 야마구치 요시코(이향란)는 전후 미술가 이삼 노구치와 결혼했고, 노구치는 히로시마 원폭 위령비 설계 담당을 먼저 나서서 맡은 적이 있다. 그 사항에 대해서는 당시 히로시마 시장의 결정이 필요했지만, 원폭 투하의 주체자였던 미국의 2세 미술가에게 평화 기념비 설계를 맡기는 것에 반대 의견들이 들끓던 때였다. 그때 야마구치 요시코는 히로시마에 가서 남편이 기념비 설계담당을 맡을 수 있도록 강하게 호소했다. 물론 이 일로 야마구치 요시코는 보수적 심정에 대해 운운하지 않았다. 다만 그녀는 오랫동안 자민당 참의원 의원으로서 정치활동을 하기는 했다.

그 당시 히로시마 시장이 원폭투하 후 남은 자리에 히로시마 부흥을 그리며 평화기원공원을 기획했을 때, 그 도시계획 모델로 만주국의 수도 신징 도심건설계획이 있었음을 지적해두고 싶다. 그 무렵 히로시마 시장 하마이 신조는 전쟁 때 만주국의 하급관사(과장)였으며, 평화도시 히로시마의 부흥계획에도 '만주국의 그림자'가 드리워져 있었다.

그러나 개척 이민으로서 만주국으로 건너갔던 사람들은 그곳에 갔을 때보다 더 가난한 형태로 옹비했을 옛 일본으로 되돌아와야만 했다. 가난한 농촌 고향 마을에서 쫓겨나듯 추방되듯 만주로 건너간 사람들 중에는 이미 돌아갈 고향에 토지도 집도 없는 사람들도 있었다. 일본으로 귀환하여 다시 개척민으로서 일본 변두리의 미개척지로 이동한 사람들도 적지 않았다.

야마나시현 카미쿠 이시키촌 후지가네 개척단에 입식한 사람들도 만주에서 귀환한 이들로, 또다시 개척농민으로서 후지산 기슭으로 이동했다. 그중 다케우치 세이치는 만주개척 청소년 의용단에 지원했던 청소년 의용군이자 후지가네 개척단의 일원으로서 그 땅에 정착할 토지를 찾아간 사람이었다.

그러나 개척지에 정착한 뒤 약 50년 반세기가 지나고 난 뒤, 그는 다시 한 번 그 '만주국' 시대의 악몽과 같은 상황에 직면하게 되었다. 이상한 종교적 집단이 그 땅에 새로운 '제국'을 만들어내려고 국유지를 매수하여 기묘한 건물을 세우고 집단생활을 시작했기 때문이다.

만주국의 이념적 국가체제를 일본 전후사회에 있어서 실현하려고 한 공상적인 시도, 즉 만주국의 악영향을 남긴 유산의 계승이라고 할 만한 것이 재등장한 것이다. 그것은 1994년 마쓰모토 사린 사건과 1995년 도쿄 지하철 사린 사건을 일으키면서 '내란죄' 적용까지도 논의되었던 옴 진리교 사건이다.

기시 노부스케를 비롯하여 만주국을 모델로 한 전후 일본의 고도 경제성장이 정점에 달하고, 버블 붕괴나 냉전 종결 등 시대와 사회의 명백한 전환기에 일어난 대표적 사건이었다.

옴 진리교 교단은 아사하라 쇼코를 교조로 하는 '옴 제국' 건설을 목표로 삼았다. 그 건국 구상이 조잡하고 유치하더라도 작은 국가로서 교단조직을 가지고 있었다. 법무성이며 방위성과 같은 종적 성청 조직과 사린과 같은 생화학무기, 소총 등 무기를 제조·소지·사용이라는 군사적 폭력적 체질은 관동군의 방패막 역할이 국가체제를 유지하던 만주국과 그 괴뢰국가체제로서 큰 차이가 없으리라.

하얼빈 근교에 있던 731부대가 생화학무기의 제조실험장이며 인권을 완전히 무시한 인체실험의 장소였다는 사실과 옴 교단이 수단방법을 가리지 않는 폭력장치를 개발하려고 최소한의 인간성까지 방기했던 두 사건은 공통점을 지니고 있다.

만주국이 이시와라 간지의 일연사상과 오오미네회의 불교사상, 호시노 나오키와 무토 도미오의 기독교적 천년왕국사상 등을 배후에 가진 괴뢰종교국가였던 것도, 옴 제국과 친근감을 엿보이게 한다.

'왕도낙토'사상은 그 기단에 일본민족의 선민사상을 가지고 있었고, 옴 진리교의 '신선'을 목표로 하는 초인지향에는 명백히 종교적 광기가 꿈틀대고 있었다. 이는 대본교인 데구치 오니사부로가 중국 종교결사인 홍만교와 손을 잡고 만몽·몽골지역에 그 세력을 넓히려고 했던 것과 같음으로 여겨졌다.

또한 옴 교단이 제국건설의 근거지로 한 곳이 야마나시 현의 가미쿠이시키 촌이었으며, 만주개척이민단이 만주로부터 귀환하여 재입식한, 즉 만주개척이민자들과 깊은 인연을 가지고 있는 곳이라는 이 우연만 해도 '옴 제국'과 '만주제국'의 정신적인 공통점을 드러내고 있다.

다시 말해 근대 일본인이 새로운 국가나 사회를 구상할 때 늘 참조하는 것은 만주국이라는 괴뢰국가의 시도이며, 기타 잇키나 이시와라 간지 또는 쇼와 유신 등을 제창한 국가주의자·일본주의자들의 망상과 환상이 닿는 극점이리라.

만주개척 이민자로서 도탄의 괴로움을 맛본 다케우치 세이치를 비롯한 가미쿠이시키 촌의 후지가네 개척단 사람들. 그 사람들을 습격한 만주국의 망령이 옴 제국 건설을 꾀한 옴 진리교단이었으며, 마치 반세기 늦은 만주제국의 위험한 패러디로서 만주개척 이민단의 재입식한 땅에 재현된 것이다. 그것은 제관 양식 건축물이 아닌, 사티안이라 불리는 기분 나쁜 731부대의 공장군과 같은 건물이었다.

물론 옴 제국은 '두 번째 희극'으로서 스스로 무너져 내리는 길을 걷게 되었지만, 그 과정에서는 이미 적지 않은 희생자들이 나왔다. 전쟁 이래로 (사린이라는 가스로 된) 생화학 병기에 의해 가장 많은 사상자를 낸 것이 마쓰모토 사린과 지하철 사린 사건이었다. 그밖에도 옴 제국은 생물병기(세균병기), 화기, 전투기, 전차 등의 군비를 계획하고 있었다는 말이 전해진다.

'만주제국'의 환영은 아직 사라지지 않았다. 그것은 일본인이 새로운 국가 건설과 정치체제를 꿈꾸려 할 때 고개를 드는 키메라와 같은 괴물이다. 단순한 국가주의나 국가사회주의, 민족주의를 뛰어넘어 계획된 궁극적인 내셔널리즘이 드러난 것이리라. '만주의 그림자'에서 빠져 나오기 위해 우리들은 '국가'나 '사회'라는 체제를 다시 한번 근본적으로 생각해 볼 필요가 있지 않을까?

역사는 전설로 퇴색한다. 사실은 의심과 이론(異論)으로 구름이 낀다. 비석의 비문은 삭아 가고, 조상(照像)은 대좌(臺座)에서 굴러떨어진다. 대원주(大圓柱)이건, 아치이건, 피라미드이건 모래를 쌓아 올린 것밖에 더 되느냐. 만주제국 거기에 새겨진 묘비명도 결국은 먼지 위에 쓰여진 글에 지나지 않는단 말인가. 그러나 역사는 끊임없이 영원히 되풀이 되리라.

한국, 만주, 몽골, 중국, 일본이 꿈꾼 만주국
조흔파

한국, 만주, 몽골, 중국, 일본이 꿈꾼 만주국

"우리는 항상 아슬아슬한 고비에서 절박하게 살고 있다." 애처로운 인간, 잔혹한 인생, 그러나 절망의 허망함은 희망과 같다. 마이너스 사고라고 두려워하지 말자. 사람은 모두 바다의 물 한 방울, 다시 거기서부터 시작할 수밖에 없다! 시장원리와 자기책임이라는 아름다운 환상으로 장식된 오늘날의 세계는 인간들이 저마다 이익을 챙기려 하는 다툼의 시장이다. 우리는 최악의 시대를 맞이하고 있다. 지금 자본주의라는 거대한 공룡이 고통 속에 뒹굴며 곧 숨이 끊어질 것처럼 비명을 지르고 있다. 그 몸부림은 어쩌면 21세기 내내 이어질지도 모른다. 우리는 그런 지옥 속에서 살고 있는 것이다.

우주는 온통 한 가지 색으로 칠해져 있지 않다. 흑과 백이 있고, 빛과 어둠이 있고, 선과 악이 있고, 괴로움과 즐거움이 있고, 삶과 죽음이 있고, 건강과 병이 있고, 남과 여가 있고, 하늘과 땅이 있다. 모든 것을 상대적으로 보면 그렇게 만들어진 우주의 구조를 순순히 인정하고 싶어진다. 그렇게 할 수 있으면 편해질 뿐만 아니라 타인이 보이고, 자기 자신이 훨씬 선명하게 보이고, '우주 속 단 하나의 존재'가 한없이 존엄하게 여겨지기 시작한다. 이것과 저것도, 삶과 죽음도, 빛과 그림자도, 기쁨과 슬픔도 모두 끌어안으며 거기서 생겨나는 혼돈을 인정하고, 좀 더 적당히 풀어짐으로써 부드러운 융통무애의 경지를 만드는 것이 시들어가는 생명력을 생기 넘치게 부활시키고 불안과 무기력이 감도는 시대의 공기에 에너지를 부여하게 되

지 않을까요. 다양함을 받아들여 많은 것을 좋아하게 되면 인생이
더 즐겁지 않을까요.

만주에서 군벌이 벌인 횡포

만주는 본디 조선민족 만주민족의 땅으로 고조선·고구려·발해 시
대 이후로는 한 번도 한족이 지배한 적이 없었다. 청나라도 선조의
땅을 지키기 위해 한민족이 만주로 들어오지 못하게 했다. 청나라
끝 무렵 한민족이 만주로 들어갈 수 있게 허락하면서부터 많은 한
민족이 만주로 들어와 인구가 순식간에 늘어났고 비적과 마적이 날
뛰고 설치는 세상이 되었다. 청나라가 무너진 뒤에는 마적의 우두머
리였던 장쭤린(張作霖)이 봉톈군벌을 만들어 만주를 다스렸다. 장쭤
린은 방대한 군사비를 마련하려고 주민들에게 무거운 세금을 부과
했고 멋대로 화폐를 대량 발행하는 등 마음대로 주무르는 바람에
만주 경제는 큰 혼란에 빠졌다.

열차 폭발 사건으로 장쭤린이 세상을 떠난 뒤 그의 아들 장쉐량
(張學良)이 봉톈군벌을 이어받았지만 변함없이 악정을 펼쳤고 뿐만
아니라 장제스(蔣介石)의 남경국민 정부에 합류해 강경한 반일정책
을 펼치기 시작했다.

만주에는 한국과 맞닿은 지린성(吉林省)을 중심으로 조선시대 끝
무렵부터 이주해 온 한국인이 많이 살았으며 주로 농업에 종사했는
데 중국인이 그들을 배격하는 사건이 잇달아 일어나자 한국인을 보
호하는 일본 관헌과 장쉐량의 군대 사이에서 긴장 상태가 이어졌다.
중국인의 습격을 받은 한국인 마을에서 한복을 입은 할머니가 도
와주러 온 일본 관헌의 손을 꼭 잡으며 고마운 눈물을 흘리는 사진
이 남아 있다.

만철도 중국에 넘겨라! 국민정부의 일방적인 혁명외교

러일전쟁이 일어난 뒤 일본은 남만주철도(만철) 사업을 중심으로 조약과 국제법을 바탕 삼아 거액의 투자를 했다.

그런데 장제스가 주도한 북벌(중국 통일을 위한 북진)이 일단락된 1928년 장제스의 남경국민정부는 갑자기 혁명 외교라는 것을 주장했다. 외교 교섭으로 맺은 조약을 중국의 일방적인 선언으로 무효화한다는 아주 난폭한 정책이다. 외교에는 상대가 있다는 사실을 잊은 단순한 조약 파기이며 자기중심적인 중화사상에서 한 발짝도 벗어나지 못했다. 외국과 맺은 불평등 조약을 부국강병이라는 이름 아래 와신상담하며 40년 동안 상대국과 합의를 하면서 조약을 개정하기에 이른 일본과 큰 차이를 보인다.

이 혁명외교에서는 러일전쟁 승리로 일본이 러시아에게 받은 뤼순(旅順), 다롄(大連) 등 영토뿐만 아니라 만철 등의 권익도 중국에 반환하라고 주장했다. 러시아에서 일본으로 권익을 이전하는 일에는 러일전쟁 뒤인 1905년 12월 청나라와 일본 사이에 체결한 만주선후조약에서 청나라도 정식으로 인정했으며 대외조약인 이상 그 뒤를 이은 중국 정권도 마땅히 이를 이어받았다.

장제스 정권은 자신들의 요구를 민족자결권이라 주장했지만 조약도 국제법도 완전히 무시한 주장이며 억지에도 정도가 있다. 민족자결을 외친다면 먼저 영국에게 홍콩을 돌려줘야 한다.

이처럼 중국의 부당한 요구를 일본은 마땅히 거부했다. 그런데 중국은 자신들의 주장을 통과시키기 위해 말도 안 되는 행동을 취했다. 바로 일본 배척운동이다. 중국이나 만주의 일본기업과 일본인을 철저하게 괴롭혀 군사력을 동원하지 않고도 대륙에서 쫓아내려는 수단을 사용했다.

장제스가 이끄는 남경국민정부 조직이 정비되면서 일제 배척운동도 조직적으로 진행했으며 혁명외교와 걸음을 맞춰 국가가 일본 배척운동을 주도하게 되었다. 남경국민정부는 일본 배척을 장려하며 강요하는 법률을 만들었고 학교에서 일본을 배척해야한다고 교육하고 군대에서는 일본을 비난하는 선전을 하며 국민에게 강한 반일감정을 심어나갔다.

그리고 1929년 7월에는 장쉐량의 봉톈성 정부가 징치도매국토잠행조례(懲治盜賣國土暫行條例)를 발령해 일본인에게 토지를 빌려주거나 판매하는 사람은 최고 사형에 처하며 조례 발령 전에 일어난 일에까지 이 조례를 적용했다. 그래서 일본인은 만주에서 토지를 입수할 수 없게 되었으며 1931년 2월에는 한국인을 만주에서 추방하기위해 선인구축령(鮮人驅逐令)을 발령해 많은 한국인이 토지를 빼앗기고 박해를 당했다.

게다가 일본인 거주민을 괴롭히는 수준이 도를 넘었다. 길에서 중국인은 일본인을 만나면 침을 뱉었고 통행, 등교, 장보는 일본인이나 한국인을 협박하거나 폭행했으며 열차 운행을 방해했다. 정부의 보호를 받으며 일본인과 한국인을 모두 몰아낼 생각으로 하는 행동이기에 신랄했다. 만주에 머물던 일본인은 견디지 못하고 일본 정부에게 대응을 요청했지만 대지융화정책을 고집하는 시대라 기주로(幣原喜重郎)외상의 방침 때문에 일본 정부는 전혀 움직이지 않고 점차 악화되는 정세 속에서 거주민은 견디기 힘든 굴욕과 위험을 참아야하는 나날을 보냈다.

만주의 질서를 바로잡은 관동군

장쭤린에게 만주란, 중화패권을 거머쥐기 위한 발판에 지나지 않았으며 만주경제를 무너뜨리더라도 관내, 그러니까 만리장성 이남으로 출병하는데 집착했다. 그래서 일본 관동군 안에서는 장쭤린을 실각시키고 장쉐량을 옹립하자는 의견이 우세를 차지했다. 장쉐량이 만리장성 이남으로 출병하는 것보다 만주의 안정을 중시할 것이라고 판단했기 때문이다. 그리고 육군이나 외무성도 장제스와 군사적인 대립을 일으킬 수 있기 때문에 장쭤린을 포기했다.

1928년 5월 3일에는 산둥성 지난(濟南)에서 장제스가 이끄는 국민혁명군이 일본인 12명을 학살하는 사건(지난사건)이 일어났는데 국민혁명군의 추격을 받은 장쭤린이 만주로 철수하면 비슷한 사건이 만주에서 일어날 우려가 있었다. 그래서 관동군은 장쭤린의 군대를 관내와 만주 경계에 있는 산하이관(山海關)에서 무장해제할 계획을 세우고 정부에 허가를 요청했지만 정부 다수의 의견과는 반대로 장쭤린을 지원해야한다고 고집한 다나카 기이치(田中義一)수상은 출동명령을 내리지 않았다. 관동군은 정부 방침을 따랐지만 장쭤린이 도망쳐 돌아왔고 결국 만주에 위기가 닥쳐 관동군 고급참모였던 고모토 다이사쿠(河本大作)대령이 군직에서 물러날 각오로 부하와 함께 독단으로 같은 해 6월 4일 장쭤린을 봉톈 근교에서 열차 째로 폭파해 살해했다. 장쭤린폭살에 관동군은 조직적으로 관여하지 않았고 부대 출동명령도 내리지 않았으며 계획성도 없이 긴급조치로 시행한 일이다.

이렇게 장쭤린을 배제하면서 만주에 지난사건과 같은 참사가 벌어지는 것을 막았지만 뒤를 이은 장쉐량이 장제스에게 귀순해 반일을 주장하는 인물이 되었기 때문에 만주 정세가 더욱 악화되었다는 사실은 앞에서 이미 말했다.

일본 배척운동은 더욱 심해져 타도 일본을 외치게 되었으며 만주에 머무는 외국인(한국인도 포함)의 신변에 위험이 닥쳤다. 그런 상황에서 1931년 6월 27일 육군참모본부의 나카무라 신타로(中村震太郎) 대위를 장쉐량 휘하의 봉톈군 둔경(屯墾) 제3사단장 간곡한(関

玉衡)이 사살하는 사건이 일어난다. 증거와 증언이 모두 있는데도 중국이 '불량한 일본인들이 날조했다'고 강하게 주장한 탓에 일본 여론은 분노했다.

관동군은 봉톈군과 직접 교섭을 하려고 일본 정부에게 허가를 요청했지만 중국과의 마찰을 피하고 싶던 정부는 이를 허가하지 않고 정부 차원에서 외교 교섭을 시작했다. 그러나 중국 상대로는 전혀 결론이 나지 않았다.

만철을 지키던 관동군은 현지 정세를 정확히 파악하고 있었으며 이 이상 지체하면 '일본의 정당한 권익도 거주민의 목숨도 보장할 수 없다'고 판단해 독자적으로 행동하기로 각오를 다졌다. 그리고 1931년 9월 18일 류탸오후(柳条湖)에서 일어난 만철폭파사건(류타오후사건)을 계기로 관동군과 장쉐량군은 교전상태에 들어갔다. 바로 만주사변이 발발한 것이다.

겨우 1만 400명인 관동군은 30만이나 40만이라고도 하는 장쉐량군을 눈 깜짝할 사이에 추방했다. 관동군 장비가 훨씬 뛰어났고 사기도 많이 차이가 났으며 비적의 약탈과 장쉐량의 착취로 괴로워하던 민중이 관동군을 해방군으로 받아들이며 기꺼이 협력한 것이 가장 큰 승리의 원인이었다. 30만을 넘는 비적과 마적, 여기에 몰래 숨어든 게릴라도 소탕해서 치안이 순식간에 좋아졌다. 장쉐량이라는 족쇄에서 벗어난 주민들은 여러 지역에서 자치조직을 결성해 새로운 국가 건설운동을 만주에서 거센 파도처럼 일으켰다.

한국, 만주, 몽골, 중국, 일본, 오족협화(五族協和) 이상향
관동군은 이런 운동을 체계적으로 만들기 위해 지역 중심지도자를 설득해 새로운 정권을 발족하려고 했다. 힘으로 군사정권을 만들려는 게 아니었으며 또한 관동군 규모로는 광대한 만주평야에 군사

독재정권을 만드는 것 자체가 불가능했다.

이듬해 1932년 3월 1일에 만주국을 세웠고 일본의 지원을 받아 만주족인 청왕조의 후손 아이신기오로 푸이(愛新覺羅溥儀)가 황제(캉더디 康德帝) 자리에 올랐다. 그 뒤 일본은 한국, 일본, 만주, 몽골, 중국의 오족협화 왕도락토(王道樂土)를 건설하기 위해 막대한 자금과 기술을 만주에 쏟아 부었다. 1945년 만주가 무너질 때까지 총 100억 엔이 넘는(지금으로 보면 약 10조 원이 넘는) 금액이었다.

만주국을 일본의 괴뢰국가라고 비난하는 사람도 있지만 세운지 얼마 안 된 신생국가를 유일하게 근대국가 경험이 있는 일본이 정치, 경제면에서 지도하는 것은 마땅한 일이다. 일본인이 특권 계급 지위를 고집한 것도 아니고 민족협화를 가장 먼저 생각했으며 전혀 정책에 차별을 두지 않았다.

이렇게 만주는 빠르게 발전을 이룩했고 일본 국내에도 없는 호화로운 호텔이나 역사, 빌딩을 곳곳에 세웠다. 철도망도 확장한 덕분에 시속 120킬로미터로 달리는 특급 아시아호(전 차량 냉난방 가능)가 만주 대지를 질주했다. 그 무렵 일본 국내에서 가장 빠른 기차는 95킬로미터로 달리는 쓰바메호(燕號)였으니 그야말로 초특급 열차였다.

만주국 장관을 역임한 호시노 나오키(星野直樹)는 다음과 같이 말했다.

"막 태어난 만주를 지도자 지위에 선 일본인뿐만 아니라 널리 동아시아 여러 민족이 힘을 합쳐 개발하고 발전시켜 그 은혜로운 복을 널리 고르게 여러 민족이 나누며 여기에 새로운 낙천지(樂天地)를 세우려고 일본의 젊은이들이 나서서 만주국에 모였다. 이 사람들은 만주로 데려온 사람은 결코 사리사욕을 위해서가 아니었으며 명예 때문도 아니다. 새로운 세상을 열고 새로운 나라를 만드는데 참가하려는 순수한 마음에서 나온 행동이었다."

이렇게 이 시대 젊은 사람들은 한국인도 일본인도 만주에 꿈과 희망을 가지고 있었다. 그런 기회와 행운이 있었기에 경방(京紡)의 김계수(金季洙)도 많은 공장을 만주에 지은 것이다.

만주국 건설을 일본의 침략행위라고 장제스는 주장하지만 만리장성 이북을 화외지(化外地)로 생각한 한민족이 그런 말을 할 자격은 없다. 만주족인 청왕조의 후손이 만주에 돌아와 황제가 되는 일이 무슨 문제가 있다는 말인가?

사람들이 만주에서 이상적인 왕도락토를 만드는 꿈을 꾸며 모인 것은 사실이고 더욱이 가장 중요한 점은 그곳에 본디부터 살았던 주민도 이를 강하게 바랐다는 점이다. 그것이 어찌 침략이라는 말인가? 만주국이 10년만 더 오래 버텼다면 아마도 미국에 필적하는 아시아에서 가장 큰 근대적인 다민족 국가로 성장했을 것이 틀림없다. 한국인도 일본인도 함께 그런 꿈을 꿨던 시대가 있었다는 사실을 잊어서는 안 된다.

정명숙 노트

조흔파는 세상을 떠나기까지 대하소설《만주》1권을 발표하고 2권을 완결하려 애를 썼습니다. 그의 뜻을 따라《만주》완결노트를 이제야 정리하여 세상에 내놓습니다. 조흔파 그는 반도인으로 태어났지만 언제나 대륙인으로서 기개를 보였습니다. 그리하여《만주》를 고조선과 함께 스러져간 우리 민족 땅임을 젊은이들에게 일깨워 주고 싶다는 게 그의 소망이었습니다. 그것이 대하소설《만주》였습니다. 이제야 조흔파의 아내 정명숙으로써 책임이 이루어져 기쁩니다. 저 머나먼 곳에서 그이가 빙그레 웃고 있습니다.

9.18 역사박물관 중국 랴오닝성 선양시. 1931년 9월 18일 일본 관동군의 자작극 남만주철도 폭파사건(류타오후사건)이 일어난 현장에 세워진 역사박물관

청일전쟁(1894~95) 조선의 지배권을 둘러싸고 중국(청)과 일본 간에 벌어진 전쟁. 청일전쟁의 결과 시모노세키조약이 체결됨으로써 일본이 요동반도 영유권을 확보했다.

러일전쟁(1904~05) 1904년 2월 일본함대가 뤼순군항의 러시아함대를 기습공격함으로써 시작되어 1905년 포츠머스조약을 맺고 끝이 났다. 이 전쟁에서 승리한 일본은 한국에 대한 지배권을 확립하고 만주로 본격 진출하게 된다.

남만주철도 특급 아시아호

다롄 만철 본사　1908년 러시아가 건설하던 건물을 보수해 만철 본사로 만들었다.

▲장작림(장쭤린) 폭
살사건(1928. 6. 4)
랴오닝성 선양에서
폭파되어 불타는 만
주 군벌 장작림의
특급열차

제1차 세계대전 뒤
일본이 지원하는 장
작림이 장제스 국민
군에 밀리자 일본
본국에서 장작림에
게 퇴각을 권고했고
만주에서는 그를 보
호하려 했다 이에
반발한 일본 관동군
은 장작림을 암살하
는 데 성공했다. 그
리 되자 그의 아들
장학량(장쉐량)은
국민군에 합류한다.

◀장작림(1875~1928)

830

▲만보산 사건이
일어난 수로(1931.
7. 2)
지린성 창춘현
만보산 지역에
서 일제의 술책
으로 조선인 농
민과 중국인 농
민이 벌인 유혈
사태

▶만보산 사건
풍자화

남만주철도 폭파사건(류타오후사건)의 현장(1931. 9. 18) 관동군은 자신들이 철로를 끊어놓고 장쉐 량군 소행이라 주장하면서 만주를 침략했다.

일본군이 꾸민 류타오후사건 증거물 제시(1931)

▶관동군의
선양(봉천,
펑톈) 침략
(1931)

▼관동군의
선양 입성
(1931)

1932년 10월 만주국에 도착한 리튼조사단　국제연맹 조사단은 만주사변이 일본의 조작이며, 만주국을 중국에 환원해야 한다고 결론 내렸다. 일본은 1933년 3월 국제연맹을 탈퇴했다.

폭파사건 현장을 조사하고 있는 국제연맹 리튼조사단

산하이관을 점령한 관동군　산하이관은 만리장성의 기점. 중국 본토를 들어가는 관문이자 만주 서쪽 현관이다(1932년 1월).

하얼빈에 입성하는 관동군

◀상하이사변(1932년 1월 28일~5월 5일)
관동군이 남만주철도 폭파사건(류타오후사건)으로 국제연합이 조사단을 파견하는 등 국제적 관심이 집중되자 이에 일본은 국제사회의 이목을 돌리기 위해 유럽 열강의 이권이 직접적으로 연결된 상하이에서 사고를 일으킨다.

▼일본군의 기습공격에 대항하는 상하이 국민당 헌병대

상하이사변　교전 중인 국민당 19로군

상하이사변　일본해군 육전대

노몬한(할하강) 전투에 투입되는 관동군 기마대(1939)

보병과 함께 공격하는 소련군 BT-7 고속전차

▶관동군 작전회
의

소련군과 관동
군이 벌인 노몬
한(할하강) 전
투는 소련군의
승리로 끝났다.
1941년 4월 13일
양국은 중립조
약에 서명하고
일본은 남방으
로 병력을 돌리
고 소련은 극동
군 70만을 모스
크바로 돌려
1941년 모스크
바 함락의 위기
를 모면할 수 있
었다.

▼노몬한전투 관
동군 포로

◀민족협화 포스터
오족협화가 아니라 민족협화가 만주국 건국 무렵 기본 슬로건이었다.

▼오족협화 오카다 사부로스케. 만주국 국무원 총무청 현관에 걸려 있었다.
오족협화는 일본이 만주국을 건국할 때 이념이다. 5족은 일본인·한족·조선인·만주족·몽골족을 가리킨다.

백러시아인 반공대회

조선인 소녀들

오로촌족　퉁구스계의 한 종족

몽골인(몽고족)

개척단에서 물을 긷는 일본인 여성

만주국 협화회 중앙본부

▲ 만주국 수도 신징

1945년 8월 13일 소련 침공. 17일 중신회의에서 만주국 해체와 신징에서 창춘으로 이름을 바꾸기로 결정. 다음날 황제 푸이가 퇴위했으며 만주국은 사라졌다. 20일 소련군 점령.

◀ 다롄부두

842

대륙으로 가는 현관 다롄 랑수 거리　만주에서 가장 큰 항구 도시

다롄 러시아 정교회

봉톈(봉천) 공소　만철이 1924년 조선왕조가 소유한 고려관을 중축했다.

창춘 옌안대로와 신민광장

이국적인 하얼빈의 밤   내셔널 시티 오브 뉴욕 하얼빈 지점 앞

하얼빈 쑹화강 여객선과 야경

안산 쇼와제철소 푸순탄광 석탄을 사용해 많은 철강을 만들어 냈다.

푸순탄광 노천굴 풍경 만철이 관할했다.

농업이민단 출범

수이푸뤼 개척단 사람들   지린성 수란현

일바지 차림으로 일터로 가는 이바라키 개척단 일본 여성들

대두 재초작업을 하는 개척단 농민들

만몽개척평화기념관 시오이나군의 삼나무와 노송나무로 지은 대형 목조건축물. 2014년 개관. 민간 운영

시대를 알 수 있는 타임터널 구역 왼쪽에는 일본이 전쟁을 일으킨 연표, 오른쪽에는 만몽개척 추진 자료가 전시되어 있다.

'신천지 만주 희망의 땅' 구역에 재현한 개척단 주거 모형

'증언·저마다의 기억' 구역　만몽개척 경험자가 글로 남긴 자료

창춘역 만철 포스터(1924)

옥(구슬)으로 머리를 장식한 여성을 그린 만철 포스터(1930~31)

어린 양을 안고 있는 여성을 그린 만철 포스터(1937)

◀말을 탄 여성 포스터(1937) 만주 여성이 회색 얼룩무늬 말을 타고 있다.

▶족자형 포스터 직사각형 화면에 옛 시대 여성을 그려 족자 형태를 만들었다.

◀만주로 조선으로 철도성·조선총독부 철도국·만철이함께 여행을 장려하는 포스터

◀공개모집 포스
터(1939)
1만 킬로미터 돌
파기념 공개 모
집 포스터 1등
작품

▶민족의상을 차
려입은 만주 여
성(1937)

▲만철 1만 킬로미터 돌파 기념 포스터(1939)

▶'조선으로 만주로' 표어를 내건 포스터

滿鐵
S.M.R.

대나무 말춤(1937)　만주에서 음력 1월 15일 대보름에 추는 춤을 디자인했다.

조흔파(趙欣坡)

소설가. 평양에서 태어나다. 일본 센슈대학 법과 졸업. 경기여고교사,
세계일보사, 한국경제신문사 논설위원 공보실 공보국장, 중앙방송국
장을 역임. 지은 책《대하소설 만주》《대하소설 한국인》《대하소설
한국사》《조흔파문학전집 8권》《얄개이야기 총20권》 등이 있음.

조흔파문학전집 2
대하소설·만주Ⅱ

滿洲

아, 사라져 버리다
지은이 조흔파
1판 1쇄 발행/2018. 5. 5
펴낸이 고정일
저작권 정명숙
펴낸곳 동서문화사
창업 1956. 12. 12. 등록 16-3799
서울 중구 다산로 12길 6(신당동 4층)
☎ 546-0331~6 Fax. 545-0331
www.dongsuhbook.com
＊

사업자등록번호 211-87-75330
사업자등록번호 211-87-75330
ISBN 978-89-497-1686-2 04810
ISBN 978-89-497-1684-8 (세트)